Julie Cross

Kisses & Lies

Kisses & Lies

Julie Cross

Übersetzt von Franziska Jaekel

Ravensburger Buchverlag

Als Ravensburger Taschenbuch
Band 58517
erschienen 2018

MIX
Papier aus verantwortungsvollen Quellen
FSC® C114500

1 2 3 4 5 E D C B A

Deutsche Erstausgabe

Die Originalausgabe erschien 2016

Originally published in the U. S. under the title
»CHASING TRUTH: THE ELEANOR AMES SERIES«
This translation was published by arrangement with
Entangled Publishing, LLC through RightsMix LLC.

Lektorat: Ulrike Schuldes
Umschlaggestaltung: Anna Rohner
unter Verwendung von Bildern von
© InnervisionArt/Shutterstock; © mandritoiu/Shutterstock;
© seksan1/Fotolia

Printed in Germany

ISBN 978-3-473-58517-5

www.ravensburger.de

An all die Veronicas:
Vor langer Zeit waren wir einmal Freunde.

KAPITEL 1

Es ist ja nicht so, als hätte ich noch nie ein Mädchen oben ohne gesehen. Ich meine, ich bin selbst eins. Nicht oben ohne. Also, jetzt jedenfalls nicht. Aber ich bin ein Mädchen.

Allerdings ist es nicht gerade normal, dass ein halb nacktes Mädchen in unserer Wohngegend um sechs Uhr morgens schreiend Klamotten vom Nachbarbalkon wirft.

Von meinem Balkon aus beobachte ich, wie eine Handvoll grauer und marineblauer Klamotten im Pool landet, direkt vor Mrs Olsen, die gerade seitlich ihre Bahnen zieht. Die alte Dame hält an, blickt auf und entdeckt die halb nackte Blonde. Entsetzt springt sie so schnell aus dem Pool, wie eine über Siebzigjährige springen kann.

»Willst du mir vielleicht noch was anderes geben, das ich anziehen soll?«, schnauzt die Blonde die Person in der Nachbarwohnung an, die sie so aufgebracht hat. Die neuen Nachbarn sind gestern eingezogen, während ich eine Wurzelbehandlung überstanden und fast den ganzen Tag mit Schmerzmitteln vollgepumpt verschlafen habe.

»Ganz genau! Bleib ruhig hier drin! Ist mir völlig egal! Ein schönes Leben noch!« Das Mädchen marschiert zurück in das Apartment, und ein paar Sekunden später höre ich die Wohnungstür zuknallen. In einem hastig übergeworfenen, blauen Sommerkleid poltert sie die Treppe hinunter. Ich bleibe in Deckung, bis sie mit quietschenden Reifen vom Parkplatz fährt, dann schleiche ich auf Zehenspitzen zur Wohnungstür – um meine Schwester und ihren Freund nicht zu wecken, die nur an Samstagen nicht um sechs Uhr aufstehen müssen – und gehe hinunter zum Pool. Wenn die halb nackte Blonde nicht so schnell verschwunden wäre, hätte ich mich bei ihr bedankt. Ich warte schon seit zwanzig Minuten darauf, dass Mrs Olsen endlich aus dem Pool kommt. Jetzt gehört er nur mir.

Ich beuge mich hinunter und fische die Klamotten aus dem Wasser, die nicht weit vom Beckenrand im Pool treiben. Ein graues T-Shirt – Herrengröße M. Ein marineblaues T-Shirt – Herrengröße M. Zwei marineblaue Shorts.

»Äh … tut mir leid deswegen.«

Die nassen Shorts rutschen mir aus den Fingern, und ich schaue hoch, das heißt, ich blinzele im Sonnenlicht zu einer großen, schattenhaften, männlichen Gestalt hinauf. Ich starre auf die braunen nackten Füße, dann erlaube ich meinem Blick, ‚nordwärts zu wandern. Der Waschbrettbauch lenkt mich einen Moment ab, und ich bücke mich erneut nach den nassen Shorts und lasse sie platschend auf seine Zehen fallen, bevor ich mich aufrichte.

»Hast du irgendwas gegen Farben?«, frage ich.

Jetzt, da ich stehe, kann ich meinen neuen Nachbarn endlich genauer unter die Lupe nehmen. Ich hatte jemanden erwartet, der älter ist, aber Mr Ich-trage-nur-Sporthosen-weil-ich-Bauchmuskeln-aus-Stahl-habe ist definitiv eher ein Junge als ein Mann.

Er runzelt die Stirn. »Farben?«

»Ja, so was wie Rot, Grün, Orange. Oder Rosa, falls du drauf stehst.«

»Ach so.« Er zuckt mit den Schultern. »Hab noch nie darüber nachgedacht.«

Der Typ bückt sich, um die tropfnassen Klamotten von seinen Füßen aufzuheben, und schenkt mir dann ein Grinsen mit zwei perfekten Grübchen. Ich verschränke die Arme vor der Brust – ich vertraue niemandem mit Grübchen – und warte darauf, dass er mir irgendeine Art Erklärung anbietet. Als er das nicht tut, fordere ich ihn dazu heraus.

»Läuft das jetzt immer so ab? Sollte ich morgen vielleicht meinen Kescher mitbringen? Ich könnte auch die Hausverwaltung bitten, eine Poledance-Stange aufzustellen. Wenn deine Freundin hier noch mal in ihrem Kostüm auftaucht, könnte sie doch gleich für ein wenig Unterhaltung sorgen.«

Der Typ schüttelt den Kopf, und zu meiner großen Überraschung wird er rot. Er schaut kurz zum Parkplatz, wo die halb nackte Blonde gerade davongebraust ist, und dann wieder zu mir. »Ich bin nicht … ich meine, sie ist nicht …« Seufzend gibt er sich geschlagen.

»Was ist los?«, hake ich nach. »Stehst du etwa nicht auf Mädchen oben ohne?«

»Wäre das so ein großes Verbrechen? Abgesehen davon kenne ich sie nicht einmal.«

»So was soll vorkommen.« Ich tue so, als würde ich angestrengt nachdenken. »Hattest du möglicherweise irgendeine chemische Substanz in deinem Blutkreislauf, als du sie kennengelernt hast? Das könnte den Gedächtnisverlust erklären.«

Normalerweise würde ich jetzt noch die Augen verdrehen und den Typen insgeheim als Arschloch betiteln, aber mein neuer Nachbar hat etwas fast Kindliches und Unschuldiges an sich. Als er seine Füße neben mir aufgepflanzt und sich gebückt hat, um seine nassen Klamotten aufzuheben, war es noch nicht da gewesen. Aber seine Reaktion, nachdem ich das halbnackte Mädchen erwähnt habe, lässt mich aufhorchen. So etwas macht mich neugierig. Als das Mädchen Mrs Olsen verschreckt hat, war mein Interesse natürlich schon geweckt. Aber dann ist es schnell wieder langweilig geworden. Ein One-Night-Stand unter Alkoholeinfluss, der wie viele andere falsch interpretiert wurde.

Doch jetzt würde ich nur zu gern wissen, wie die beiden zueinander stehen oder standen. Aber mein weiser und dummer Vater – ja, man kann beides sein – hat mir schon vor langer Zeit beigebracht, nie meine Karten aufzudecken und immer ein Pokerface zu behalten.

Anstatt also meinen heißen Nachbarn weiter mit Fragen zu löchern, werfe ich mein Badetuch auf den nächstbesten Stuhl und springe in den Pool. Als ich wieder auftauche, erlaube ich mir nur einen winzigen Blick in seine Richtung. Er steht immer noch da, mit seinen tropfenden Klamotten in der Hand und halb offenem Mund. Ich zwinge mich zu einem übertriebenen Freistil, wobei ich für diese frühe Tageszeit viel zu schnell schwimme. Eine Minute später trottet mein Nachbar wieder die Treppe hoch.

Ich mache eine Pause am flachen Ende des Pools und lache in mich hinein. Doch als ich zu der leeren Treppe in der einsamen Wohnanlage aufschaue, frage ich mich unwillkürlich, ob das der

Grund sein könnte, warum ich an meiner neuen Schule keine Freunde gefunden habe.

Bis auf Simon.

Mein einziger Freund an der Holden Prep. Vielleicht der einzige wahre Freund in meinem ganzen Leben.

»Hey, Kleine!«

Ich tauche aus meinem Selbstmitleid auf und schaue zu einer hochgewachsenen, dunkelhäutigen Gestalt empor, die am Beckenrand steht. »Hey, Ace.«

Aidan, der Freund meiner Schwester, ignoriert, dass ich seinen Decknamen benutzt habe. Er wirft sein Handtuch auf einen leeren Stuhl und springt am tiefen Ende in den Pool. Ich sehe ihm ein wenig neidisch dabei zu, wie er die ganze Bahn durchschwimmt, ohne einmal Luft zu holen, bis er schließlich auf magische Weise neben mir auftaucht. Während der letzten sechs bis acht Monate ist es mir immer schwerer gefallen, mein Pokerface Aidan gegenüber aufrechtzuerhalten. Wie zum Beweis mustert er mich und liest dabei offenbar meine Gedanken. »Vor ein paar Monaten konntest du noch nicht einmal schwimmen, Ellie.«

Vor ein paar Monaten bin ich in diesen Pool gefallen und wäre fast ertrunken. Ich verenge die Augen zu Schlitzen. »Das weiß ich.«

Er grinst mich an, doch seine Miene ist überhaupt nicht mit dem falschen Grübchen-Grinsen unseres neuen Nachbarn vergleichbar. »Hab Geduld, Grünschnabel. Du musst noch viel lernen.« Er schlägt mit der Hand auf die Wasseroberfläche, sodass mir eine Welle direkt ins Gesicht spritzt. »Aber du wirst es nicht weit bringen, wenn du deinen faulen Hintern nur hier auf den

Stufen ausruhst. Vier Bahnen reichen nicht als Training. Und erzähl mir nicht, dass du bloß nach L. A. gezogen bist, um Sonnenbäder zu nehmen.«

»Virginia ist nicht L. A., soweit ich weiß. Außerdem hatte ich gestern eine verdammte Wurzelbehandlung! Und du bringst dieses ganze Rumspionieren echt auf ein völlig neues Level, Ace.«

»Beim Secret Service gibt es keine Spione«, korrigiert er mich. »Und ja, ich habe dich schwimmen sehen.« Er spritzt noch mehr Wasser in meine Richtung, wahrscheinlich um mich anzustacheln. »Und ich hab auch gesehen, wie du unseren neuen Nachbarn vergrault hast. Gut gemacht! Ein Junge weniger, den ich verscheuchen muss, Eleanor.«

Ich beiße die Zähne zusammen, als ich meinen vollen Namen höre. Damit will er mir nur heimzahlen, dass ich die ganze Zeit seinen Secret-Service-Ohrstöpsel-Namen benutze. »Glaubst du, ich hätte etwas sanfter mit ihm umgehen sollen?«

»Nein.« Aidan wirft einen kurzen Blick auf den Balkon neben unserem. »Miles kommt damit sicher klar.«

»Miles?« Ich hebe eine Augenbraue. »Du hast ihn schon kennengelernt? Hat er irgendeinen Aufpasser?«

Aidan wirft mir seinen schönsten Ich-bin-erwachsen-und-weiß-deshalb-mehr-als-du-Blick zu. »Glaubst du etwa, ich würde auch nur irgendjemanden, der hier neu einzieht, nicht überprüfen?«

Mit »überprüfen« meint er genaue Nachforschungen über die Vorgeschichte, einen Backgroundcheck, auch in Bezug auf mögliche Vorstrafen. Nur was meine Schwester und mich betrifft, ist Aidan erstaunlicherweise ziemlich tolerant.

»Du besitzt offenbar die Fähigkeit, dir die Vorschriften zurechtzubiegen, sonst hättest du dich wohl kaum auf Harper und mich eingelassen.«

»Das ist eine weitere Lektion, die du noch lernen musst«, erwidert Aidan. »Du und ich, wir sind gar nicht so verschieden. Wir haben beide ein feines Gespür dafür, Kleinigkeiten zu bemerken, und wir sind Experten darin, Geheimnisse zu bewahren.«

»Heißt es deshalb Secret Service?«, scherze ich, denn ich bin nicht sicher, was ich mit der Vorstellung anfangen soll, dass Aidan irgendwas mit mir oder Harper gemeinsam haben könnte. Er ist der Inbegriff des Guten. Meine Familie ist das Gegenteil davon. »Ich habe mich schon immer gefragt, woher der Name kommt.«

Er verdreht die Augen. »Wir wissen beide, dass du Miles Beckett im Schlaf um den Finger hättest wickeln können. Aber das hast du nicht.«

Er sagt das, als würde es mir leichtfallen, alles einfach über den Haufen zu werfen, was mir mein ganzes Leben lang beigebracht wurde, und nur noch nach diesem neuen Mantra zu handeln. Ich meine, ich bin froh, dass ich die Leute nicht mehr betrügen muss. Genau wie meine ältere Schwester bin ich hier, weil ich dieses Leben nicht mehr führen will. Aber von Zeit zu Zeit – wenn ich zum Beispiel bei Best Buy bin und der Typ, der eine »Diagnose« meines Laptop-Problems stellen soll, mich wie ein ahnungsloses Mädchen abzocken will –, dann muss ich mich wirklich zusammenreißen, ihm nicht das Gegenteil zu beweisen und auf den Teil von mir zurückzugreifen, den ich mit meinem alten Nachnamen hinter mir gelassen habe.

Aidan ist militärischer eingestellt, als er zugeben will, und unser Gespräch endet an dieser Stelle, weil er der Meinung ist, dass ich endlich meinen faulen Hintern bewegen soll. Es ist bereits September und der Pool wird bald winterfest gemacht. Also schwimme ich und schwimme und schwimme, bis die Worte meines Vaters nur noch als geisterhafte Erinnerung zurückbleiben – dass Schwimmstunden bloß etwas für Kinder mit einer Sozialversicherungsnummer sind. Für Kinder, die länger als sechs Monate an einem Ort wohnen.

Ich zähle die Bahnen gar nicht mehr mit – wahrscheinlich sind es mehr, als ich jemals bei einer Trainingsstunde geschafft habe –, aber als ich schließlich aufhöre zu schwimmen, ist nicht mehr nur Aidan mit mir im Pool. Miles Beckett hat anscheinend genug Kisten ausgepackt, um seine Badehose zu finden, und kommt jetzt im perfekten Schmetterlingsstil auf mich zu. Er hält neben mir am Beckenrand an – wobei er kaum außer Atem ist – und mustert mich, als hätte ich ihn nicht vor weniger als einer Stunde zum Erröten gebracht.

»Du solltest an deinem Schwimmstil arbeiten.«

Ich pruste los. »Du solltest an deinen One-Night-Stands arbeiten.« Ich verpasse seine Reaktion, weil ich Aidan lachen höre. Ich hatte ganz vergessen, dass er auch noch da ist.

»Na komm schon, Miss Sunshine.« Aidan nickt in Richtung unseres Apartments. »Deine Schwester wollte Waffeln machen.«

»Und das hast du zugelassen?« Ich klettere aus dem Pool. »Kaum zu glauben, dass Leute dich einstellen, um Menschen zu beschützen und Leben zu retten.«

»Du kannst dich gern anschließen«, sagt Aidan zu Miles.

»Tu das lieber nicht, glaub mir.« Ich schlinge mir mein Handtuch um die Hüfte und klopfe mir selbst auf die Schulter. Tägliche Bürgerpflicht? Erledigt! Ich nicke Aidan zu. »So rettet man Leben.«

Ich bin schon halb die Treppe hoch, als ich hinter mir höre: »War nett, dich kennenzulernen, Eleanor Ames.«

Was zum …? Ich bleibe stehen, drehe mich langsam um und schaue zu meinem neuen Nachbarn hinunter. »Ich kann mich nicht erinnern, dass ich mich vorgestellt habe.«

Sein Grinsen ist mir nur allzu vertraut. So glotzen Typen, die mich anmachen wollen (das heißt Typen, die mir an die Wäsche wollen). »Sieht so aus, als wärst du hier berühmt-berüchtigt.«

»Ist das so?« Ich lache in mich hinein. Wie süß. Er hat keine Ahnung, wie berüchtigt ich wirklich bin. Oder besser gesagt, meine Familie. »Ich bin sicher, dass alles, was du gehört hast, absolut wahr ist.«

Aidan hat mich eingeholt und versucht, seine Belustigung nicht zu zeigen. »Das war ja ein Knaller.«

»Was soll's. Ich begegne unseren Nachbarn sowieso nicht oft, vor allem seit die Schule letzte Woche wieder angefangen hat.« Ich zucke mit den Schultern.

»Er geht an die Holden.« Aidan klingt jetzt wieder ernster, seine Hand liegt auf dem Türknauf zu unserem Apartment. »Miles ist ein guter Junge.«

»Gut? Bist du sicher?« Er hat offenbar das halb nackte Mädchen vergessen. »Ich glaube, du verlierst langsam dein feines Gespür.«

Er übergeht meine spitze Bemerkung. »Könnte doch nett sein, einen neuen Freund in der Schule zu haben.«

»Na klar.« Ich nicke. »Weil der einzige Freund, den ich hatte, Selbstmord begangen hat. Viel Glück, Miles.«

Aidan dreht sich zu mir um. »Ellie, Simons Tod hat nichts mit dir zu tun.«

Ich verdrehe genervt die Augen, doch innerlich bin ich aufgewühlt. »Das weiß ich. Gott, hör bloß mit diesem Therapeutengeschwafel auf.«

Ja, ich weiß das alles wirklich. Es ist drei Monate her, seit Simon – der Sohn eines Senators und mein einziger Freund in den noblen Fluren der Holden Prep – also, seit er … an einem besseren Ort ist. Der stechende Schmerz, den ich jedes Mal verspüre, wenn sein Name fällt, lässt langsam nach. Aber ich habe immer noch Fragen. Und es kostet mich meine ganze Selbstbeherrschung, nicht nach den Antworten zu suchen.

»Außerdem warst du selbst letzten Frühling die Neue«, erinnert Aidan mich. »Du weißt bestimmt besser als jeder andere, wie schwer das sein kann.«

Glücklicherweise muss ich Miles Beckett, den Neuen an der Schule, nicht allzu lange bedauern, denn als Aidan die Tür öffnet, heult uns der Rauchmelder entgegen und die ganze Küche ist voller Qualm.

KAPITEL 2

Aidan drückt sich an mir vorbei und rennt in die raucherfüllte Küche. »Harper!«

Ich bin zu sehr damit beschäftigt, ihm bei der Suche nach der Ursache des Feuers zu helfen, um ihm an den Kopf zu werfen: Ich hab's dir ja gesagt.

Wir husten und können bei all dem Rauch kaum etwas erkennen. Aber dann entdecke ich tatsächlich Flammen bei einem Gerät, das wie ein Waffeleisen aussieht (seit wann haben wir ein Waffeleisen?), und während Aidan unzählige Flüche ausstößt, reiße ich den Feuerlöscher aus der Halterung unter dem Spülbecken. Ein Schwall weißlich grüner Schaum trifft die kleinen Flammen und erstickt sie fast augenblicklich. Der Rauchmelder piept so laut, dass wir nicht miteinander sprechen können. Also schnappt sich Aidan einen Stuhl und stellt sich darauf, um den Alarm auszuschalten, während ich die Balkontür aufreiße.

»Oh nein … zur Hölle, nein!«, hallt Harpers Geschrei durch die Wohnung, wahrscheinlich ist es bis draußen zu hören. Sie trägt ihren Bademantel und hat ein Handtuch um ihr langes blondes Haar geschlungen. Mit einem flehenden Blick sieht sie Aidan und mich an. »Ich schwöre bei Gott, das Teil war aus, als ich duschen gegangen bin! Was zum Teufel ist passiert?«

Sie rennt zur Küchenanrichte. Der Rauch strömt aus dem Apartment, sodass sich die Sicht verbessert, und ich bemerke den kleinen Haufen verkohlter und seltsam verformter Waffeln, der auf einem Teller auf der Anrichte liegt. Die Arbeitsplatte ist voller Eierschalen, verschütteter Milch und benutzter Messbecher. Harpers Miene verwandelt sich von am Boden zerstört zu stinksauer. Gerade als ich mir sicher bin, dass sie das Waffeleisen jeden Moment an die Wand pfeffern wird, stößt sie einen Schrei aus.

Finger haben sich um die Balkonbrüstung gelegt. Miles Beckett (inklusive seiner Bauchmuskeln) springt über das Geländer, landet barfuß und mit nacktem Oberkörper auf dem Balkon und richtet den Blick in die Küche, als wäre er zum Kampf bereit. »Sind alle okay?«

Ich verdrehe die Augen. Ich kann einfach nicht anders. Ich meine, du lieber Himmel, wir haben nicht umsonst eine Treppe.

Aidan wirft die Batterie des Rauchmelders auf die Anrichte und springt vom Stuhl. »Ich denke, wir haben alles unter Kontrolle.«

Miles kommt trotzdem herein und wirft mir einen flüchtigen Blick zu. Ich umklammere immer noch den Feuerlöscher, mein Handtuch hat sich längst verabschiedet.

»Steht dir echt gut.«

Ich öffne den Mund, um ihm die Meinung zu geigen, aber da greift Harper nach dem Waffeleisen. »Harper, nicht! Das Ding stand gerade in Flammen!«

Wenn meine Schwester richtig sauer wird, sieht sie rot. Ihr gesunder Menschenverstand scheint sich dann völlig zu verabschieden. Das ist ihre größte Schwäche – jedenfalls sagt das mein Vater. Zum Glück steht Aidan mit einem Topflappen bereit. Er schnappt sich das Gerät, bevor Harper dazukommt, und hält es über ihrem Kopf in die Höhe, sodass das Kabel hinter ihm herunterbaumelt.

»Gott, was ist nur los mit mir?« Harper wirft hilflos die Arme in die Luft. »Nichts mach ich richtig. Jedes Kindergartenkind kann wahrscheinlich Waffeln backen, ohne alles in Brand zu stecken.«

»Es ist nicht deine Schuld.« Aidan startet einen schwachen Versuch, sich das Waffeleisen genauer anzusehen. »Hast du das Ding nicht vom Flohmarkt? Es ist wahrscheinlich kaputt. Der Verkäufer hat dich bestimmt übers Ohr gehauen.«

Harper lacht, aber es klingt nicht gerade erfreut. Sie würde sich niemals reinlegen lassen. Das müsste Aidan eigentlich wissen. Er weiß es auch, rufe ich mir ins Gedächtnis. Ich vergesse manchmal, dass man auch aus guten Gründen lügen und betrügen kann.

Ich räuspere mich und deute mit einem Nicken auf den Balkoneindringling, nur um sicherzugehen, dass die beiden Miles' Anwesenheit nicht vergessen haben. Miles schaut mich wieder an und zeigt mit dem Finger auf das schwere Teil in meinen Armen. »Den solltet ihr ersetzen.«

»Wer bist du? Der Wohnungsbrandschutzbeauftragte?«, will ich wissen. Was macht er überhaupt noch hier? Das hier ist nicht der Pool, sondern unser Privatbereich.

Harper ist immer noch zu angepisst, um ein vernünftiges Gespräch zu führen. Sie stürmt an uns vorbei ins Schlafzimmer und knallt die Tür hinter sich zu. Eine Sekunde später reißt sie die Tür wieder auf und streckt den Kopf heraus. »Wagt es ja nicht, das Durcheinander hier aufzuräumen! Keiner von euch!«

Ich atme durch und lege den Feuerlöscher auf den Tisch. Mein Herzschlag beruhigt sich langsam nach diesem Adrenalinrausch. Ich sehe zu Aidan hinüber, der gerade das Waffeleisen senkt. Ein Lächeln umspielt seine Mundwinkel. Er öffnet mit einem Fuß den Mülleimer und wirft das verbrannte Gerät hinein.

»Sie hat recht«, sagt er zu mir. »Ein Kindergartenkind würde das wahrscheinlich auch ohne Zimmerbrand hinbekommen.«

Ich schaue mich in der chaotischen Küche um und seufze. »Ich kümmere mich darum. Geh und sorg dafür, dass sie nicht mehr sauer ist. Wie auch immer du das anstellst. Und verschone mich mit irgendwelchen Details.«

»Die Donuts zahl ich.« Aidan legt eine Hand auf meinen Kopf und verstrubbelt mir das feuchte Haar. »Gib mir nur dreißig Minuten.«

Er ist schon fast an der Schlafzimmertür, aber ich kann mir nicht verkneifen, noch etwas hinzuzufügen. »Dreißig Minuten? Länger dauert es neuerdings nicht?«

»Ach, halt den Mund, Eleanor!«

Ich lache, nachdem er im Zimmer verschwunden ist. Ich konnte sein Gesicht nicht sehen, aber nach so einer Bemerkung wird Aidan normalerweise rot. Als ich mich umdrehe, vergeht mir mein Lachen jedoch schnell. Miles Beckett ist immer noch da, und in der Küche herrscht das totale Chaos.

»Oh Mann«, murmele ich vor mich hin und schiebe den Mülleimer zur Anrichte hinüber. Ich hatte eigentlich vor, die verkohlten Reste einfach in den Eimer zu fegen, aber der Schaum aus dem Feuerlöscher ist hart geworden und klebt überall fest.

»Du wirst eine Menge Wasser brauchen, um das sauber zu kriegen«, sagt Miles. Und dann kommt er auch noch weiter in die Wohnung herein und stellt sich in seiner übertrieben selbstbewussten Art genau neben mich. »Wir sollten zuerst die Mikrowelle aus der Steckdose ziehen.«

»Wir?« Ich ziehe eine Augenbraue hoch. »Deine Dienste werden hier nicht länger benötigt. Es sei denn …«, ich zerre den Teller mit den Waffeln unter dem chemischen Schaum hervor und drehe mich dann grinsend zu ihm um, »… du hast Hunger?«

»Äh … nein.« Er nimmt mir den Teller ab und wirft ihn in den Mülleimer.

»Danke, jetzt kannst du gehen.« Ich deute mit der Hand in Richtung Balkon. »Rutsch einfach an der Feuerwehrstange runter und schon bist du weg.«

Er lacht. »Ich wette, du sprengst jede Party.«

Ich stütze mich auf dem Ellbogen ab und erwidere seinen Blick – nur um sicherzugehen, dass ich es immer noch draufhabe. »Und ich wette, du fragst dich insgeheim, wie viel Schaden du heute Morgen angerichtet hast, als ich deine schmutzige Wäsche gesehen habe. Und das im wahrsten Sinne des Wortes.«

Er hebt eine Augenbraue, sagt aber nichts. Er ist wirklich süß. Ich bin nicht zu stolz, um das zuzugeben. Und ich bin nicht zu stolz, um zuzugeben, dass seine attraktive Erscheinung das Ganze noch unterhaltsamer macht.

»Aber eigentlich spricht das für dich«, sage ich mit sanfter Stimme. »Ich bin die Letzte, die andere nach ihrer schmutzigen Wäsche beurteilt.«

Meine Mutter hat immer gesagt, dass eine Lüge viel wirkungsvoller ist, wenn sie in einem Stück Wahrheit verpackt ist. Das ist wahrscheinlich der nützlichste Rat, den meine Eltern mir mit auf den Weg gegeben haben.

Er lächelt mich düster an. »Das gilt nur für einen von uns beiden.«

Ich kann meinen schockierten Gesichtsausdruck nicht verbergen – diese Antwort hätte ich nicht erwartet. Aber Miles ist bereits auf dem Weg zur Wohnungstür und hat mir zum Glück den Rücken zugekehrt.

»Wir sehen uns am Montag in der Schule«, sagt er, bevor er verschwindet.

Ich stehe einen Moment nur da und versuche herauszufinden, welchen Nerv ich da wohl getroffen habe. Doch dann beschließe ich, mir nicht den Kopf darüber zu zerbrechen, denn das ist es nicht wert. Ich räume die Küche auf, bis Aidan wieder auftaucht und sich wie versprochen – er hält seine Versprechen immer rigoros – auf den Weg zum Donutladen macht. Ich gehe zum Schlafzimmer und bleibe im Türrahmen stehen. Harper trägt jetzt ein Sommerkleid über ihrem Badeanzug. Sie sitzt auf dem vorbildlich gemachten Bett und blättert in einer Zeitschrift, die ich im Supermarkt sonst immer nur an der Kasse liegen sehe.

Ich betrete das Zimmer und öffne eine Schublade in der Kommode, weil ich mir ein T-Shirt ausleihen will. Harper und ich sind genau gleich groß – einen Meter siebenundsechzig. Aber damit enden unsere Gemeinsamkeiten auch schon. Sie hat das blonde Haar und den hellen Teint unserer Mutter geerbt, ich habe die braunen Haare, die braunen Augen und die Sommersprossen unseres Vaters. Meine Schwester und ich sehen uns zwar nicht ähnlich, aber zum Glück können wir trotzdem unsere Klamotten tauschen.

»So ein Schwachsinn. Hier steht ›einfache Dreißig-Minuten-Gerichte‹«, erklärt sie mir. »Aber keins davon ist einfach oder in dreißig Minuten zu schaffen. Können wir die wegen falscher Versprechungen verklagen?«

»Warum nicht? Die Eltern meines Laborpartners in Physik sind Rechtsanwälte. Wir könnten gleich beide anheuern.« Ich lasse mich neben ihr aufs Bett plumpsen.

»Ich kann nicht glauben, dass ich fünf Dollar dafür bezahlt habe.« Harper seufzt und wirft die Zeitschrift auf den Boden. »Du hast die Küche aufgeräumt, oder?«

»Noch nicht ganz.« Ich verberge mein schlechtes Gewissen und mustere sie. Schließlich frage ich: »Warum ist es so wichtig für dich, gut im Kochen zu sein? Aidan macht das doch nichts aus.«

»Es wird ihm aber was ausmachen«, erwidert sie, den Blick auf den Fernseher vor sich gerichtet.

Meine Schwester ist vierundzwanzig und fast acht Jahre älter als ich, aber wenn sie solche Dinge sagt, kommt ihre Naivität zum Vorschein. Eine Eigenschaft, die sie davon abhält, die Wahrheit zu sehen, selbst wenn sie direkt vor ihrer Nase liegt. Ich weiß nicht, ob ich froh darüber sein soll, dass ich nicht so bin. Jedenfalls habe ich einen großen Teil von Harpers Leben verpasst. Bis vor acht Monaten, als sie sich auf die Suche nach mir gemacht hat, habe ich meine Schwester jahrelang nicht gesehen. Ich dachte, sie hätte mich verlassen – nicht meine Familie, sondern mich. Ich dachte, ich wäre ihr egal. Dabei konnte sie mich einfach nur nicht finden.

Ich rutsche so nah an sie heran, dass ich meinen Kopf auf ihre Schulter legen kann. »Lass uns doch einen Kochkurs machen. Zusammen. Wir könnten jedem erzählen, dass du acht Jahre lang im Koma gelegen hast, und als du wieder aufgewacht bist –«

»Stand ein gut aussehender Mann neben meinem Bett und hatte sich bereits in mich verliebt«, fährt Harper mit meiner Märchenstunde fort. »Ein Mann mit einem guten Job und medizinischen Kenntnissen.«

»Diese Geschichte wirkt viel zu konstruiert.« Ich greife über sie hinweg und öffne Aidans Nachttischschublade, in der er immer einen Vorrat an sauren Gummibärchen hortet. »Noch mal von vorn.«

Harper schaut zu, wie ich mir ein paar davon in den Mund stecke. »Du weißt, wofür wir die benutzen, oder?«

Mein Kiefer erstarrt mitten im Kauen und meine Augen weiten sich. Mir fällt nicht das Geringste dazu ein – was kein gutes Zeichen ist.

Harper bricht in schallendes Gelächter aus. Ihre blauen Augen funkeln vor Vergnügen. »Wenn ich das bei dir schaffe, habe ich es definitiv noch drauf.«

Ich erwidere nichts, freue mich aber, dass ich nicht die Einzige bin, die ab und zu das Bedürfnis hat, die eigenen Fähigkeiten zu testen. Bis vor Kurzem war das professionelle Betrügen von Leuten mein einziger Lebensinhalt. Nicht ganz leicht, so etwas ohne Weiteres abzulegen.

»Weißt du, was?«, sagt Harper. »Wir könnten uns doch einfach bei einem Kochkurs anmelden, ohne uns zu verstellen.«

»Stimmt …«

»Gut!« Ihre übliche bestimmende Art ist zurück. »Ich werde

mich darum kümmern. Und du bist dafür etwas netter zu dem armen Kerl von nebenan.« Sie beobachtet mich.

Ich bin nicht so dumm, darauf zu reagieren. Ich kaue einfach weiter Aidans Gummibärchen. Nur auf der rechten Seite, um nicht auf den wurzelbehandelten Zahn von gestern zu beißen. Harper ist wohl zu abgelenkt, um das zu bemerken, denn sonst hätte sie mir die Tüte schon längst weggenommen.

»Irgendein stinksaures, halb nacktes Mädchen hat heute Morgen seine Klamotten vom Balkon in den Pool geschmissen. Möchtest du wirklich, dass ich mich mit so jemandem anfreunde?«

»Im Ernst?« Sie fischt sich ein paar Gummibärchen aus der Tüte und ich nicke. »Tja, dann steckt bestimmt eine gute Geschichte dahinter.«

»Oder auch nicht.«

»Weißt du«, sagt Harper, »es macht dich nicht schwach oder verwundbar, wenn du dich jemandem öffnest. Das kann auch ganz großartig sein.«

»Wie bei Simon?«, erinnere ich sie, wobei mir klar ist, dass diese Unterhaltung jetzt bald zu Ende ist.

Ihre Miene verfinstert sich. »Ich weiß, ich hab ihn nur einmal getroffen, aber er kam mir nicht selbstmordgefährdet vor. Ich kapier das immer noch nicht.«

Ich auch nicht. Aber wie ich schon sagte, es sind noch viele Fragen offen. Ein Kaninchenbau, in den ich lieber nicht fallen möchte. Aber was, wenn Harpers und mein Bauchgefühl stimmen? Wenn Simon sich letzten Juni doch nicht umgebracht hat, wie ist er dann gestorben? Und noch wichtiger, wer hat ihn getötet?

»Ich kann dich verstehen, Harp. Es ist nur schwer, Freundschaften zu schließen, vor allem in der Schule, wenn ich nichts über mich erzählen kann …« Ich schaue weg, um ihr zu zeigen, dass ich ehrlich bin. »Es fühlt sich nur wie ein weiterer Betrug an, weißt du?«

»Das muss es nicht«, hält sie dagegen. »Du darfst dein Leben nicht von unseren Eltern und dem, was sie getan haben, bestimmen lassen. Du musst du selbst sein. Wer auch immer das jetzt ist.«

Die Wohnungstür geht auf und ich springe vom Bett hoch, mehr als bereit, diesem Gespräch für ein paar Donuts zu entkommen.

»Ellie …« Harper wartet.

Ich seufze, bevor ich mich zu meiner Schwester umdrehe. »Genau darum geht es … mein Leben wird durch sie bestimmt.« Aber eigentlich wird mein Leben durch mich selbst bestimmt. Denn es geht nicht nur um meine Eltern. Es geht auch um mich. Um das, was ich getan habe. Völlig falsche Dinge. Und ich kann nicht mal behaupten, ich hätte nicht gewusst, was ich da tue. Denn das wusste ich genau. Ich weiß es immer noch. Ohne die Karten offen auf den Tisch zu legen, kann ich nicht wirklich ich selbst sein, oder?

KAPITEL 3

»Ist der Bus immer so spät dran?« Miles beugt sich an mir vorbei und späht um die Ecke. »Im Fahrplan steht 6:58 Uhr.«

»Ich glaube, da hast du gerade eine wichtige philosophische Frage gestellt.« Ich werfe einen Blick auf mein Handy. »Was bedeutet der Ausdruck ›spät dran‹? Wenn es 6:59 Uhr ist oder 6:58 Uhr und eine Sekunde? Denn nach meiner Uhr ist es jetzt 6:58 Uhr und zweiundzwanzig Sekunden … dreiundzwanzig …«

»Okay, hab verstanden«, brummt er, während er immer noch um die Ecke nach dem Schulbus Ausschau hält. »Pünktlichkeit ist nicht gleich cool.«

Ich sehe ihn an. »Schon das Wort Pünktlichkeit ist uncool.«

Ich war nach unserem letzten Gespräch schon ziemlich baff, aber im Vergleich zu dieser Unterhaltung war das noch gar nichts. Als Miles sich am Samstagmorgen neben mir am Pool aufgebaut und mir seine Bauchmuskeln präsentiert hat, oder als er spidermanmäßig an unserem Balkon hochgeklettert ist, kam er wie der coole, lässige Typ rüber. Jetzt ist er zu pünktlich, zu verkrampft, zu zugeknöpft und viel zu gekämmt. Er trägt ein weißes Schulpoloshirt und eine Kakihose wie ich, aber durch die perfekten Bügelfalten an seinen Hosenbeinen und die glänzenden schwarzen Anzugschuhe wirkt sein Outfit ganz anders als meins.

Am ganzen Wochenende habe ich außer Miles niemanden mehr im Apartment nebenan auftauchen sehen. Aber vielleicht bügelt sich seine Mom da drin ja einen Wolf, damit er an seinem ersten Tag in der neuen Schule aussieht, als wäre er von einer Dose Sprühstärke überfallen worden.

»Okay«, wiederholt Miles, diesmal ohne sarkastisch zu klingen. Der Bus donnert um die Ecke und hält mit quietschenden Reifen vor uns an – um 6:58 Uhr und siebenundfünfzig Sekunden.

Miles lächelt mich höflich an. »Danke, dass du mich daran erinnert hast, dem System zu vertrauen.«

»Du verarschst mich, oder?« Ich lache. »So einen Hinweis würdest du doch niemals von mir annehmen.«

Ich springe vor ihm in den Bus und setze mich auf den hintersten Platz auf der Fahrerseite. Miles geht langsam durch die leeren Reihen – bei uns hält der Bus zuerst –, bis er beschließt, sich neben mich zu setzen.

»Echt jetzt? Mann, du kannst jeden anderen Platz nehmen.«

Er schiebt seinen Rucksack – der natürlich dunkelblau ist – zwischen seine Füße und zieht ein zusammengefaltetes Blatt Papier aus der Tasche. »Schon, aber wäre es nicht schlecht für meinen Ruf, wenn ich allein sitze?«

»Nein.« Ich bemühe mich, ruhig zu klingen. »Es ist schlecht für deinen Ruf, wenn halb nackte Mädchen aus deinem Apartment stürmen.«

Wo war seine bügelnde Mutter, als das passiert ist? Im Supermarkt, um Sprühstärke zu kaufen?

»Verstehe.« Er sieht mich mit großen, unschuldigen braunen Augen an. »Dann stimmt die Sache mit der schmutzigen Wäsche wohl doch nicht so ganz.«

Stimmt, gestern habe ich zu ihm gesagt, dass ich andere nicht nach ihrer schmutzigen Wäsche beurteile. Geht es ihm heute Morgen etwa darum? Sein Image von schmutzig in blitzsauber zu verwandeln? Für alle Fälle? Okay, sollte das zutreffen, bin ich ziemlich beeindruckt. Gut gemacht, Miles Beckett. Ich schüttele den Kopf und strecke die Hand aus. »Lass mich mal deinen Stundenplan sehen.«

Er zögert, doch dann gibt er mir das inzwischen auseinandergefaltete Blatt. »Denkst du, es wäre eine gute Idee, wenn ich mich für das Footballteam melde?«

»Wann?«, frage ich, während ich seinen Stundenplan überfliege. Collegevorbereitungskurs Mathe, und er ist in der Elften. Beeindruckend. »Nächstes Jahr? Die haben nämlich schon irgendwann im Juli mit dem Training begonnen. Wo warst du überhaupt letzte Woche?«

Ziemlich merkwürdig, die erste Schulwoche nach den Ferien zu verpassen.

»Äh … Sommercamp?«

Warum fragt er mich das? »Was für ein Camp denn?«

Er zuckt mit den Schultern. »Ach, du weißt schon, das Übliche.«

»Miles Beckett, der unvergleichliche Mathecrack. Woher kommst du?«

»Woher ich komme?«, wiederholt er. Ein eindeutiger Versuch, Zeit zu schinden. »Na ja, aus einer Kleinstadt …«

»In Transsilvanien?« Mal ehrlich, was ist so schlimm daran,

zu sagen, woher man kommt? Diese Information habe ich nie zurückgehalten, und ich bin eine professionelle Geheimnishüterin.

»Eigentlich in Kalifornien. Eine kleine Stadt nicht weit von San José.« Er beugt sich zu mir und tut so, als würde er in den Stundenplan schauen, aber ein Mathegenie hätte den längst abgespeichert.

»Ein Junge von der Westküste«, sage ich, als der Bus so abrupt anhält, dass wir nach vorn fliegen und mit der Stirn an die Rückenlehne vor uns knallen. »Das ist bestimmt eine spannende Umstellung für dich. Aber verlier bloß kein Wort über Stanford oder wie viel es kostet, in Kalifornien zu wohnen. Die Leute aus D. C. sind sehr stolz auf ihre unverschämt teuren Häuser.«

Er nickt und mir wird klar, dass er das alles tatsächlich ernst nimmt.

Was soll's. Ich kann eine Lüge auf hundert Meter Entfernung erkennen, und er lügt eindeutig. Ich bin nur nicht ganz sicher, welcher Teil seiner Geschichte nicht stimmt – dass er aus Kalifornien stammt, die Sache mit dem Sommercamp oder sein brandneuer gebügelt-gestriegelter Saubermann-Look.

Zwei Zehntklässlerinnen steigen in den Bus. Ich kenne Mädchen wie sie, denn sie entsprechen dem klassischen, überall beliebten Volleyballer-Typ. Neugierig beäugen sie Miles, und er überrascht mich schon wieder, indem er von seinem Platz aufspringt und der Rothaarigen, die vor ihrer Freundin steht, die Hand hinstreckt. »Hi, ich bin Miles. Der Neue hier.«

Die Rothaarige starrt auf seine Hand, und ich bin sicher, dass sie gleich loslacht, doch stattdessen lässt sie den Blick über Miles wandern und hebt eine Augenbraue. Dann schaut sie über die Schulter zu ihrer Freundin und formt das Wort Hotty mit den Lippen, dreht sich wieder um und schüttelt ihm die Hand. »Ich bin Gabby. Und das ist Laura.«

»In welche Klasse gehst du, Miles?«, fragt Laura.

»In die Elfte«, erwidert er prompt. »Ich bin siebzehn.«

Das kam ihm jetzt aber schneller über die Lippen als der Rest seiner Geschichte. Die beiden Mädchen wechseln wieder einen Blick und kichern. Dann schaut Gabby zu mir. »Hey, Ellie, wie geht's?«

Zuerst bin ich ziemlich erstaunt, doch dann fällt mir ein, dass sie mich schon mal gegrüßt hat. Ich habe ihr freundlich zugenickt, sonst nichts. Vielleicht hat Harper recht. Vielleicht muss ich mich bei den Kids in der Schule doch mehr anstrengen. »Hey, Gabby.«

Der Bus fährt weiter und Miles setzt sich wieder hin. Er sieht mich an, als wollte er sagen: Na, wie mach ich mich bis jetzt? Als ich ihn nicht mit einer Antwort beehre, fragt er mich schließlich, warum so wenig Schüler im Bus sind.

»Die Holden Prep kostet dreißigtausend Dollar im Jahr. Was glaubst du denn, wie viele Familien, die so viel Geld für eine Schule ausgeben, ihre Kinder in einen gelben Bus stecken?«

Er dreht sich zu mir und sieht mich an. »Wahrscheinlich nur Familien, die die Dreißigtausend *nicht* bezahlen.«

Aidan hatte eine Menge Fäden ziehen müssen, um die nötige finanzielle Unterstützung für die Holden zu bekommen. Er bestand darauf, mich an die beste Schule der Umgebung zu schicken, und war davon überzeugt, dass Privatschulen allgemein eher nachsichtig sind, was korrekte Unterlagen betrifft. Aber die

Wartelisten sind lang und die Schüler bewerben sich schon sehr früh für Privatschulen an der Ostküste. Da frage ich mich natürlich, wie mein Nachbar das angestellt hat … War er auf dieser Warteliste?

»Ganz genau.« Ich nicke. »Praktisch jeder an der Schule wohnt in einer riesigen Villa und hat einen Privatchauffeur.«

Als ich im Frühling hier angefangen habe, dachten alle, ich hätte von einer anderen noblen Privatschule gewechselt. Anscheinend ist es dann leichter, so spät noch an eine neue Schule zu kommen.

»Sieht so aus – bis auf uns«, sagt Miles.

Ich bin nicht sicher, ob es mir gefällt, mit ihm in einen Topf geworfen zu werden. Nicht nach dem Kommentar über meinen Schwimmstil. »Und du warst offenbar nicht fleißig genug, deine Hausaufgaben über die Holden zu machen. Hättest du das getan, müssten wir jetzt nicht diese Unterhaltung führen.«

»Glaub mir, ich mache immer meine Hausaufgaben.«

Ich lache. »Tja, dann bist du ja goldrichtig hier.«

»Ganz genau, denn die Holden schickt jedes Jahr fünfzehn Prozent von ihren Abgängern an Eliteunis.«

»Zwei Fleißpunkte für dich.« Ich klopfe ihm auf die Schulter. »Du hast dir die großen blinkenden Worte auf der ersten Seite der Schulhomepage gut eingeprägt.«

»Ich weiß sogar, dass der Sohn des kalifornischen Senators an der Holden war«, fügt Miles hinzu.

Mir läuft sofort ein kalter Schauer über den Rücken.

»Das ist doch der Junge, der im Juni Selbstmord begangen hat. Es war bei uns überall in den Nachrichten.«

Hier war es auch überall in den Nachrichten. Eigentlich hatte ich sogar damit gerechnet, dass er über Simon Bescheid weiß. Aber die Art, wie er darüber spricht, als wollte er mich herausfordern, als wollte er unbedingt wissen, was ich persönlich darüber weiß, erwischt bei mir einen wunden Punkt.

»Also hier sind inzwischen alle ziemlich genervt von dieser Geschichte.« Ich öffne meinen Rucksack und blättere emsig in meinem Geschichtsbuch. Trotzdem bemerke ich, wie sich Miles neben mir versteift. Seine Miene verhärtet sich. Fast wie am Samstag, als ich die Bemerkung über die schmutzige Wäsche gemacht habe. Als hätte ich ihn beleidigt. Was überhaupt keinen Sinn macht, wenn man bedenkt, dass ich diejenige bin, die Simon kannte. Die vor drei Monaten hier war und mit all den Fragen zurechtkommen musste. Die ihn zuletzt gesehen hat.

Miles Beckett hat kein Recht, hier aufzukreuzen und die Gerüchte über Simon Gilbert wieder aufleben zu lassen, nur weil er irgendwas in den Nachrichten gehört hat. Nur weil er aus Kalifornien kommt – wenn das überhaupt stimmt. Simon hat hier gewohnt.

Die Bremsen quietschen und der Bus hält mit einem Ruck an. Ich schaue aus dem Fenster und entdecke einen meiner tollen Klassenkameraden, Bret Thomas, in einem brandneuen roten Mustang, der direkt vor uns auf den Parkplatz abbiegt. Über den Mittelgang kann ich durch die Busfenster auf der anderen Seite genau sehen, wie das rote Auto scharf ausweichen muss. Ich stoße laut die Luft aus, und ein paar andere im Bus auch. Bret bringt seinen Wagen nur wenige Zentimeter vor einem Mädchen zum Stehen. Mit weit aufgerissenen Augen wirbelt sie herum. Bret drückt auf die Hupe, bis das Mädchen, das für ein paar Sekunden wie erstarrt ist, schließlich aus dem Weg geht.

Ich lege eine Hand auf die Brust, während Miles »Oh Gott!« murmelt.

Endlich biegt auch der Bus auf den Parkplatz ab und hält an. Ich stehe mit wackligen Beinen auf und steige aus. Direkt vor dem Schulgebäude parkt eine schwarze Limousine. Davor steht ein SUV. Miles verlässt ebenfalls den Bus und bleibt neben mir stehen, während ich die ganze Zeit auf die Limousine starre.

»Wer sitzt denn in dieser noblen Kiste?«

»Den kennst du sicher«, sage ich und beobachte, wie ein groß gewachsener Mann mit eleganter Grauhaarfrisur aus der Limousine steigt und sich umschaut. »Das ist Senator Gilbert.«

Bret Thomas, der eben beinahe einen Unfall mit Fahrerflucht auf dem Schulparkplatz verursacht hätte, geht mit einem Grinsen im Gesicht direkt auf Senator Gilbert zu. Die beiden schütteln sich die Hand. Ich weiß nicht, was ich fühle, aber es ist jede Menge. Der Senator dreht den Kopf und sein Blick bleibt an mir hängen. Für einen Moment bin ich wieder am Abend des Frühlingsballs in Simons Haus, gebe seinem Vater die Hand und lasse mir von Simon ein Blumenarmband über das Handgelenk streifen.

Ich kann die rosaroten Rosen immer noch riechen, als hätte ich sie direkt vor der Nase. Mir stockt der Atem. Senator Gilbert hebt die Sonnenbrille und sieht mich direkt an, dann schaut er wieder weg und beachtet mich nicht mehr. Er legt einen Arm um Brets Schultern und betritt mit ihm das Schulgebäude, gefolgt von einer ungewöhnlich großen Horde von Sicherheitskräften. Es kostet mich meine ganze Kraft, Bret keinen finsteren Blick zuzuwerfen. Für wen hält der Kerl sich? Er konnte Simon noch nicht einmal leiden.

Gabby kommt auf mich zu. Sie hat die ganze Tortur wie ich aus nächster Nähe mitbekommen. »Ich hab gehört, dass heute Vormittag ein Baum für Simon gepflanzt werden soll.«

Ich sehe sie ungläubig an. »Ein Baum?«

»Ja, ich weiß.« Sie zuckt mit den Schultern, dann geht sie an mir vorbei zum Eingang.

Ich drehe mich nach rechts, da ich einen Kommentar von meinem neuen Nachbarn erwarte, der schließlich vorhin mit dem Thema Simon angefangen hat. Aber er ist nicht mehr da. Ich habe nicht mal mitbekommen, dass er weggegangen ist.

Wahrscheinlich hat Miles andere Dinge im Kopf als einen Jungen, den er nicht mal kannte. Besonders an seinem ersten Tag an der neuen Schule. Mir dagegen wird heute wohl die ganze Zeit der Gedanke an einen Baum im Kopf herumspuken, auf dem Simons Name steht. Ich richte den Blick auf den Haupteingang der Schule und fühle mich sofort an den Tag zurückversetzt, als ich zum ersten Mal durch diese Türen getreten bin – und zum ersten Mal Simon begegnete.

»Ich hab gehört, du sollst mich überall herumführen?«, sprach ich den rothaarigen, sommersprossigen Jungen vor dem Sekretariat an.

»Eleanor?«, fragte er.

»Ellie.« Ich nickte den Flur hinunter. »Und du bist?«

»Simon.« Er räusperte sich. »Simon Gilbert. Ja, dieser Gilbert. Aber wir müssen nicht über den Beruf unserer Eltern reden. Wir können uns die Cafeteria anschauen und die Laborräume, und ich kann dir einen Vortrag darüber halten, wie die Holden in sämtlichen Kursen neueste Technologien einsetzt.«

»Ich bin absolut dafür, das Gespräch über unsere Eltern wegzu-

lassen.« Ich gab ihm den Stundenplan, den ich gerade bekommen hatte. »Kannst du mir zeigen, wo die einzelnen Klassenräume sind?«

»Wir haben Bio zusammen.« Er schob die Brille hoch, die ihm ein Stück heruntergerutscht war. Dann sah er mich verdammt ernst an. Und aufrichtig. Ich konnte in ihm lesen wie in einem Buch. »Du kannst mir jede Frage stellen. Ich verspreche dir, dass ich dir alles sagen werde, was ich weiß, ohne Tabu. Das bleibt natürlich unter uns. Mir fallen gleich ein paar Dinge ein, die ich selbst gern über diese Schule gewusst hätte, bevor ich hier angefangen habe.«

Ich musterte ihn lange genug, um zu sehen, wie seine Pupillen sich weiteten. »Wie wäre es, wenn wir damit gleich anfangen? Was hättest du denn gern über die Schule gewusst?«

Wenn Simon doch jetzt nur hier wäre, um all meine Fragen zu beantworten. Um mir zu erzählen, was passiert ist. Nach dem Ball hat er mich abgesetzt und am nächsten Morgen war er tot. Als er sich von mir verabschiedet hat, wirkte er glücklich und normal, einfach wie Simon. Und dann hat er sich umgebracht. Bevor seine Eltern nach Hause kamen. Ohne dass ihn noch jemand gesehen hat.

Vielleicht werde ich mich irgendwann wieder daran gewöhnen, seinen Namen zu hören. Aber wie zur Hölle soll ich über die wenigen Stunden hinwegkommen, die zwischen »alles ist gut« und, na ja, »nicht gut« vergangen sind?

KAPITEL 4

Die Baumpflanzaktion für Simon wurde ein totaler Reinfall. Nur die Schüler, die in der ersten Stunde freihatten, durften daran teilnehmen, dabei kommen die meisten von ihnen sowieso erst zur zweiten Stunde in die Schule. Zwei Gesprächen zufolge, die ich zwischen der dritten und vierten Stunde mitgehört hatte – eins in der Nähe meines Spinds und das andere auf dem Mädchenklo –, waren die einzigen Anwesenden eine lokale Nachrichtencrew, ein paar Lehrer, die an diesem Morgen in der ersten Stunde keinen Unterricht hatten, und Mitglieder der Schülervertretung, die wahrscheinlich daran teilnehmen mussten. Ich bin froh, dass ich nicht hingehen konnte, denn ich bin mir ziemlich sicher, dass Simon es gehasst hätte.

Da ich das alles jetzt wusste, war sein Baum in der vierten Stunde schon nichts Neues mehr.

»Wir sprachen über die Zwanzigerjahre und die Welt, die Fitzgerald in dieser Epoche entworfen hat«, sagt Mr Lance, während er über das winzige Podium schreitet. »Ich möchte jetzt die Charaktere genauer betrachten. Was geht in Gatsby vor? Was treibt ihn an?« Er lässt den Blick durch den Raum wandern, bis er in der zweiten Reihe ganz rechts hängen bleibt – wo ich sitze. »Ellie? Was sind Gatsbys Motive?«

Ich setze mich gerade hin und wiederhole die Frage in Gedanken: Was sind Gatsbys Motive?

»Komm schon, Eleanor, was sind seine Motive?«, fragte mein Dad mit seiner dröhnenden Predigerstimme. »Du kannst dich nicht darauf einlassen, ohne zu wissen, was er will. Was will er?«

Ich trat mit der Spitze meiner geliehenen Golfschuhe gegen ein Stück perfekt geschnittenen Country-Club-Rasen. »Mich.«

»Was hast du gesagt?«, hakte Dad nach, damit es noch dramatischer wirkte.

»Mich, Dad.« Ich funkelte ihn wütend an. »Er will mich. Wahrscheinlich ohne Klamotten.«

Er zuckte zusammen, aber nur für einen kurzen Moment. »Gut. Und wirst du ihm geben, was er will?«

Mir blieb der Mund offen stehen. »Du machst Witze, oder?«

»Die Antwort ist Nein, Eleanor«, schnauzte Dad mich an. »Du wirst ihn anlocken und deinen Charme spielen lassen. Aber du wirst ihm nicht alles geben. Denn dann wäre es vorbei. Die Tür zu seinem stinkreichen gutgläubigen Vater wäre wieder zu und es gäbe keine Zuwendung von fünfzig Riesen für unseren äußerst guten Zweck.«

»Welcher gute Zweck ist das noch mal? Wir haben mit Sicherheit genug Wale für ein ganzes Leben gerettet.«

»Ellie?«, wiederholt Mr Lance.

Ich schüttele den Kopf und konzentriere mich. »Ich weiß es nicht.«

»Du weißt es nicht?« Er runzelt die Stirn. »Weil du keine Zeit hattest, die Kapitel am Wochenende zu lesen?«

»Doch, ich habe sie gelesen. Ich weiß nur die Antwort nicht.«

»Sie will damit sagen, dass sie hin- und hergerissen ist«,

springt mein Sitznachbar für mich ein. Cody Smith nickt mir zu. Er ist so was wie ein Kiffer, der schon so oft in einer »Ich habe die Hausaufgaben nicht gemacht und muss mich mit irgendwelchem Mist rausreden«-Situation war, dass man sie gar nicht mehr zählen kann.

Ich werfe Cody einen flüchtigen Blick zu, dann wende ich mich wieder zu Mr Lance. »Ich bin nicht hin- und hergerissen. Ich habe es nur nicht verstanden. Gatsby hat Geld. Er hat Macht und Einfluss. Er hat die inoffizielle Aufmerksamkeit von Daisy. Er weiß, dass sie ihn will. Er weiß, dass ihre Familiensituation sich nicht ändern lässt. Ich verstehe nicht, warum er so eine geheimnisvolle Figur sein soll. Es gibt kein Rätsel, das gelöst werden muss. Ich weiß genau, wer er ist, obwohl ich erst zwanzig Prozent des Buches gelesen habe.«

Mr Lance legt seinen Kopf mit dem schütteren Haar zur Seite und wartet einen Moment, bevor er fragt: »Was ist mit Fitzgeralds Bemerkung über Gatsby im ersten Kapitel?«

»Sie meinen seine außergewöhnliche Gabe, nie die Hoffnung aufzugeben?«

Mr Lance nickt.

»Ich denke, er könnte auch ein dummer Träumer sein, der daran glaubt, dass man Dinge wirklich ändern kann.«

Mein Lehrer lächelt. »Vielleicht ist er genau das. Und obwohl ich deinen Zynismus und deine Abneigung gegen die Vorhersehbarkeit bewundere, finde ich Gatsby sehr interessant und ich habe die Geschichte schon unzählige Male gelesen.«

»Was ist mit der Liebe?«, wirft ein Mädchen von der anderen Seite des Raums ein. »Er sehnt sich nach Liebe. Er möchte, dass Daisy ihm gehört, genau wie alles andere.«

Mr Lance schaut in ihre Richtung und dann wieder zu mir. »Das ist möglich – und unterbrecht mich, wenn das jetzt zu verrückt klingt –, aber vielleicht jagt Gatsby dem Unmöglichen nach, wie Miss Ames so intelligent dargestellt hat, und zwar mit voller Absicht.«

»Sie meinen, er weiß, dass er scheitern wird?«, fragt jemand von ganz hinten.

»So ähnlich.« Mr Lance macht wieder ein paar Schritte und bleibt dann vor der Klasse stehen. »Es ist ihm nicht wirklich *bewusst*, aber insgeheim weiß er es.«

»Irgendwie selbstzerstörerisch?«, frage ich.

Mr Lance zeigt mit dem Finger auf mich. »Ja! Ganz genau. Er jagt dieser Sache nach, die sich ›glücklich sein‹ nennt, und erst wenn er das erreicht hat, wird alles gut …«

Ich nehme meinen Stift und schreibe ein paar Sätze auf, für den Fall, dass ich mich später mal in einem Aufsatz auf Gatsby beziehen muss: *Einer Sache hinterherzurennen ist einfacher, als stehen zu bleiben. Wenn man stehen bleibt, wird man zum Ziel.*

Mr Lance dreht sich um, malt einen großen Smiley an die Tafel und schreibt das Wort »GLÜCKLICH« darüber. »Es wird sogar nicht nur gut, sondern perfekt. Wenn Gatsby Daisy bekommt, ist für ihn alles perfekt. Denn das bedeutet, Veränderung ist möglich. Seine Hoffnung verfolgt ein Ziel. Was im Grunde bedeutet, dass auch er ein Ziel verfolgt.« Er dreht sich wieder zur Klasse um. »Und wer möchte kein Ziel für sich selbst haben?«

Das passiert mir immer, wenn ich zu Hause etwas lese, was uns Mr Lance aufgegeben hat. Ich bin mir sicher in meiner Interpretation. Dann komme ich in die Klasse, wir beginnen über die Geschichte zu diskutieren, und ehe es mir richtig bewusst ist, schlage ich eine ganz andere Richtung ein.

»Wir haben noch eine Minute, um auf eure *lilafarbenen* Blätter zurückzukommen«, sagt Mr Lance. »Vergesst nicht, dass ich in dieser Woche jeden Nachmittag einen College-Schreibworkshop anbiete. Raum 105. Ich möchte euch alle dort sehen. Heute Abend lest ihr die nächsten zwei Kapitel und versucht, Gatsbys Jagd nach dem vollkommenen Glück besser zu verstehen.«

Ich mache mir rasch noch eine Notiz: *das grüne Licht am Dock = Gatsbys Kaninchen.*

Das erinnert mich sofort an die Hunderennen, bei denen ich in unzähligen Städten war. An das ausgestopfte Kaninchen, dem alle Windhunde nachgejagt sind. Mir fällt ein, dass ich meinen Dad einmal gefragt habe, ob die Hunde diese sinnlose Jagd mögen. »Meinst du das ernst?«, hat er geantwortet. »Sie lieben es. Das Kaninchen zu jagen, das brennende Verlangen, es als Erster zu kriegen … Wer würde das nicht mögen?«

Aber die Hunde haben es nicht gefangen. Nie. Und was, wenn sie es doch gefangen hätten? Hätten sie es dann in Sekunden zerbissen und wären enttäuscht gewesen, weil es nur ausgestopft war? Wahrscheinlich nicht – aber nur weil es Hunde sind. Tiere folgen immer ihrem Instinkt. Dem Instinkt des Menschen stehen Wünsche und Verlangen im Weg.

Ich beschließe, auch diesen Gedanken aufzuschreiben, weil ich weiß, dass wir am Ende einen drei- bis fünfseitigen Aufsatz über ein zentrales Thema des Buchs schreiben müssen. Und Mr Lance steht eher auf originelle Gedanken als auf Lehrbuchinterpretationen.

Tierischer Instinkt vs. menschliche Wünsche und Verlangen.

Mr Lance' schlurfende Schritte bleiben neben meinem Tisch stehen. Ich rechne damit, dass ein Blatt auf meinen Hefter fällt, doch als das nicht passiert, blicke ich hoch. Er liest meine Notizen.

Meine Wangen beginnen zu glühen. Ich habe erst vor Kurzem aufgehört, die gute Schülerin zu »spielen«, und angefangen, tatsächlich eine gute Schülerin zu sein, deshalb bin ich manchmal noch etwas unsicher. Es fällt mir nicht ganz leicht, ich selbst zu sein. Besonders weil ich den Platz an dieser Schule hauptsächlich wegen einer Lüge während des Aufnahmegesprächs bekommen habe – und mit Lüge meine ich, dass ich mir eine ultimativ rührselige Geschichte über meine Familie und ein verheerendes Feuer ausgedacht habe. Die Art von Feuer, die Geburtsurkunden und Sozialversicherungsausweise vernichtet. Außerdem habe ich mich in drei Fremdsprachen und perfekter Aussprache mit dem Schulleiter unterhalten und damit den Eindruck vermittelt, dass ich sie fließend beherrsche. Ich bin auch darin begabt, Eindruck zu schinden.

Schließlich lässt Mr Lance meinen Aufsatz auf den Tisch fallen und tippt mit dem Finger auf die Stichpunkte, die ich mir gerade notiert habe. »Es gefällt mir, wie du an die Sache herangehst.«

Ich muss mich richtig anstrengen, nicht zu grinsen. Es ist immer besser, cool zu bleiben. Ich drehe den Aufsatz um und lasse den Blick zu der roten Bewertung auf der ersten Seite wandern.

98 %

Ellie, ernsthaft, warum bist du nicht in meinem Leistungskurs??

Hmmm … Vielleicht weil ich ohne irgendwelche Noten,

Testergebnisse oder sonstige Nachweise hier aufgenommen wurde? Vielleicht weil ich nie gut genug dafür war? Obwohl ich oft die Musterschülerin gespielt habe und meine Darbietung jedes Mal ziemlich glaubhaft war.

Es klingelt zum Ende der Stunde und alle hetzen aus dem Raum. Selbst Mr Lance hat es eilig. Ich lese noch einmal meine Bewertung, bevor ich meine Sachen zusammenpacke. Direkt vor dem Klassenzimmer bleibe ich stehen, denn ich höre ein Flüstern hinter mir. Zwei der beliebtesten Elftklässler der Holden Prep – Bret Thomas und Dominic DeLuca – beugen sich über Cody Smith, der scheinbar eingeschlafen ist. Bret ist mir heute Morgen innerhalb weniger Minuten gleich zwei Mal negativ aufgefallen, daher komme ich sofort zu dem Schluss, dass er irgendein Ding drehen will. Dominic scheint mir weniger verdächtig zu sein, aber er hat diesen nachdenklichen, italienischen Lovercharme – groß, dunkle Haare, permanent gerunzelte Stirn –, sodass er irgendwie sexy wirkt. Ich traue beiden nicht über den Weg.

»Ach komm, er ist ein Kiffer. Es würde sich keiner wundern, wenn er geschnappt wird«, sagt Bret.

Ich lausche angestrengt, denn in den Pausen ist es immer laut auf dem Flur, und schnappe noch etwas anderes auf.

»Bist du sicher, dass Benson heute kontrolliert?«

Benson. Der Schulleiter.

Schritte kommen in meine Richtung. Ich schiebe mich rasch von der Tür weg und lehne mich an die Wand. Ich tue so, als wäre ich in mein Handy vertieft, während Bret und Dominic an mir vorbeirauschen.

Plötzlich erinnere ich mich daran, wie die beiden vor Monaten schon einmal im Flur an mir vorbeigelaufen sind. Nach einer Unterrichtsstunde, die wir alle zusammen hatten, sind sie auf Simon zugegangen und haben ihn zu einer Party bei Dominic eingeladen. Simon strahlte über das ganze Gesicht, aber als sie an mir vorbeikamen, hörte ich Dominic sagen: »Alter, warum zur Hölle musstest du diesen Loser einladen?«

»Weißt du nicht, wer sein Vater ist?«

Ich warte, bis sie um die Ecke sind, dann gehe ich zurück in den Klassenraum. Cody regt sich nicht einmal, als ich in die Tasche seines Kapuzenpullis greife. Meine Finger streifen etwas, das sich wie ein Plastiktütchen anfühlt. Ich ziehe es heraus, betrachte die bunten Pillen darin – definitiv kein Gras – und versuche herauszufinden, was das sein könnte.

Cody hebt den Kopf, Sabber läuft ihm über die Wange und er schaut sich verwirrt um. Das meinte ich mit »wenn man stehen bleibt, wird man zum Ziel«. Hastig lasse ich das Tütchen in meiner Hosentasche verschwinden und lege eine Hand auf seinen Rücken, als hätte ich ihn wachrütteln wollen. »Hey, Zeit zu gehen.«

Er wischt sich mit dem Ärmel über die Wange und grinst mich aus seinem Sommersprossengesicht an. »Oh, Shit. Ich wollte eigentlich nicht vor der sechsten Stunde einpennen.«

»Ist schon gut. Du hast immer noch vier Minuten.« Ich husche aus dem Raum, mein Herz schlägt etwas zu schnell. Ich bin aus der Übung.

Eine Schulter streift mich auf dem Flur, dann höre ich eine leise, dunkle Stimme an meinem Ohr. »Hast du diesem Typen gerade etwas geklaut?«

Mein Herz schlägt noch schneller. Ich versuche, meinen Atem

ruhig zu halten. Ich werfe Miles nur einen kurzen Blick zu. »Welcher Typ?«, frage ich dann.

»Echt jetzt?«, erwidert er. »Ich hab gesehen, wie du ihm eine Tüte abgenommen hast. Du kaufst Drogen.«

»Herrgott noch mal, sei still.« Ich lege die Handfläche auf seine Brust und schiebe ihn über den Hauptflur bis ans Ende einer Spindreihe. »Willst du etwa, dass ich von der Schule fliege?«

Er schlägt meine Hand weg und verengt die Augen zu Schlitzen. »Entweder hast du einem Klassenkameraden Drogen geklaut oder sie gekauft. Egal wie, das war idiotisch und du solltest wahrscheinlich besser von der Schule fliegen.«

Aus dem Augenwinkel sehe ich die Tür zum Mädchenklo. »Gutes Argument, Miles. Warum gehst du nicht zu Dr. Bensons Büro und erzählst es ihm? Ich werde hier warten.«

Er lächelt sarkastisch. »Na klar.«

Zum Glück wurde ich schon oft erwischt und konnte mich immer wieder befreien. Bevor Miles also seine Hand heben kann, ahne ich seine Bewegung im Voraus – meine Hände werden auf meinem Rücken landen und zwar nicht auf die sexy Art – und weiche seinem Griff aus. Ehe er sich von der Wand drücken kann, reiße ich schon die Toilettentür auf.

Ich schließe mich in einer der Kabinen ein und werfe die Pillen – samt Tüte – in die Toilette. Der illegale Stoff verschwindet im Abflussrohr, als Miles, der unter der Kabinentür hindurchgekrochen ist, sich gerade aufrichtet.

»Ich danke dir, Miles. Ich bin endlich zu der Einsicht gekommen, dass ich nichts mehr nehmen möchte und lieber meine Gehirnzellen behalten will. Ich gehe gleich zu einer Beratung.«

»D-du …«, stammelt er und zeigt auf das Toilettenbecken. »Wie konntest du nur …? Warum hast du …?«

»Ich habe euch doch schon tausendmal gesagt, nur zwei Füße pro Kabine!«

Miles schiebt rasch den Riegel zurück und öffnet die Tür. Eine der Sportlehrerinnen steht mit verschränkten Armen vor uns. Sie funkelt Miles böse an, als wäre alles seine Schuld. Er ist ja auch der Junge auf dem Mädchenklo. »Was geht hier vor?«

Miles will protestieren, seine Hand deutet in meine Richtung. Ohne lange nachzudenken, trete ich vor und hebe einen Arm, um ihn zurückzuhalten. »Es ist nicht seine Schuld. Ich habe ihn angestachelt.«

»Angestachelt wozu?«, fragt die Lehrerin, ihr Fuß klopft ungeduldig auf den Boden, die Arme sind immer noch verschränkt.

»Miles hat Bedenken wegen der Menge an Tampons, die angeblich in der Toilette runtergespült werden, statt dass man sie in den dafür vorgesehenen umweltfreundlichen Wachspapiertüten entsorgt.« Ich sehe Miles für den Bruchteil einer Sekunde an, lange genug, um mitzubekommen, wie ihm die Kinnlade herunterklappt und er die Stirn runzelt. »Ich habe ihm erklärt, dass es sowieso unmöglich ist, einen Tampon runterzuspülen, weil sie die Toiletten verstopfen. Doch er war der Meinung, dass es doch möglich ist, und viele das hier auch tun, und dass man deshalb entsprechende Schilder an den Kabinentüren anbringen sollte. Ich hab behauptet, dass es auf der Mädchentoilette gar keine Kabinentüren gibt, aber natürlich hat er mir nicht geglaubt. Also ist er mitgekommen, damit er sich davon überzeugen kann.«

Die Lehrerin steht einfach nur da, als wüsste sie nicht, was sie sagen soll. Ich habe auf die harte Tour gelernt, wie wichtig es ist, einen Moment des Schweigens auszunutzen.

»Das war dumm von mir. Ich meine, mir liegt die Umwelt auch am Herzen. Wirklich. Und diese ganzen Statistiken, die Miles genannt hat, dass die Kosten für die Reinigung von Klärgruben viel höher sind, als den Müll rauszubringen! Das sind unsere Steuergelder, über die wir da reden. Oder vielleicht auch nicht, weil das hier ja eine private Einrichtung ist, aber trotzdem ist es Geldverschwendung, und das alles nur wegen ein paar nachlässigen Schülerinnen, die ihre Tage haben.« Ich senke den Blick. »Das war wirklich eine schäbige Art, sich bei einer Diskussion durchzusetzen.«

Die Sportlehrerin reibt sich die Schläfen und murmelt: »Los jetzt zum Unterricht. Alle beide.«

Ich greife nach dem Ärmel des Drogenfahnders neben mir und mache mich mit ihm auf den Weg zur Tür. Doch bevor wir endgültig entlassen sind, höre ich die Lehrerin sagen: »Und du …«, sie deutet auf Miles, »suchst dir gefälligst ein anderes Thema. Niemand möchte sich von dir erklären lassen, wie man Hygieneprodukte für Damen entsorgt.« Sie schüttelt den Kopf. »Ich fasse es nicht, ihr Kids übertreibt es jedes Jahr mehr mit diesem ganzen Collegebewerbungskram. Jemand sollte das mal Harvard stecken.«

Sie drängt sich an uns vorbei und geht davon, während sie immer noch vor sich hin schimpft.

Für das Mittagessen bin ich schon zu spät dran, also gehe ich gleich in Richtung Cafeteria. Miles ist mir direkt auf den Fersen.

»Ich kann nicht glauben, was du da gerade gesagt hast.« Er sieht wirklich schockiert aus. »Du wirst dir mit dieser Manipulation von Beweismitteln dreimal so viel Ärger einhandeln, als wenn man dich damit erwischt.«

Ich drehe mich um und baue mich direkt vor ihm auf. »Oder ich werde gar nicht erwischt und …« Ich strecke die Arme aus. »Tada! Nirgendwo Ärger.« Ich tippe mit dem Finger an mein Kinn. »Ja, das gefällt mir am besten.«

Vor den Türen zur Cafeteria bleibe ich stehen. Miles macht einen Schritt in meine Richtung, sodass ich sein Duschgel oder Deo oder Aftershave riechen kann, ein frischer Minzeduft. Ich kämpfe gegen den Drang, mich noch näher zu ihm zu beugen. Der Ärger verschwindet aus seinem Gesicht und er setzt ein verdammt gutes Pokerface auf. »Weißt du, was ich noch weniger ausstehen kann als Drogendealer, die nicht erwischt werden?«

Ich mustere ihn von Kopf bis Fuß. »Zerknitterte Klamotten?«

»Richtig gute Lügner«, sagt er mit immer noch ausdruckslosem Gesicht.

Ich lache und blicke über die Schulter in die Tiefen der lärmerfüllten Cafeteria. »Tja, Miles Beckett, dann stell dich darauf ein, noch vor dem Ende des Schultags achthundert Feinde zu haben.«

Ich drücke die Tür auf und bedeute ihm, zuerst hineinzugehen, ihr wisst schon, weil er der Neue an der Schule ist und ich nett zu ihm sein soll. Er wirft mir einen finsteren Blick zu, geht aber schließlich an mir vorbei.

»Halt mir einen Platz neben dir frei, Alter«, rufe ich ihm nach. Dann lehne ich mich an die Tür und stoße die ganze angestaute Anspannung in einem einzigen Atemzug aus. Ich dachte, Miles wäre bloß eine Nervensäge, jemand, der mich manchmal auf die Palme bringt, aber ich hatte nicht erwartet, dass er mein Leben ruinieren könnte. Und obwohl ich gerade davongekommen bin, bezweifle ich, dass ich schon aus der Nummer raus bin.

KAPITEL 5

Aidan hat immer noch das Messer in der Hand. »Miles hat dich ganz sicher mit den Drogen gesehen?«

»Na ja, das hat er jedenfalls gesagt.« Ich schnappe mir ein Stück rote Paprika von Aidans Schneidebrett und werfe einen prüfenden Blick darauf. »Was ist das?«

»Das nennt man Gemüse. Ich habe in einem Elternratgeber darüber gelesen.« Er geht ein paar Schritte zur Seite, um den Grillkäse im Ofen umzudrehen. »Wenn du kein Gemüse isst, fallen dir irgendwann die Zähne aus.«

»Moment, du hast ein Buch gelesen?« Ich setze mich auf die Küchenanrichte direkt neben das Schneidebrett.

Aidan verdreht die Augen. »Hab es in einem Buchladen während der Mittagspause überflogen.«

Er arbeitet im Moment in verschiedenen Regierungsgebäuden in D. C. Ich nehme an, wenn er für eine bestimmte Person verantwortlich ist (in nähere Details bin ich nicht eingeweiht), hängt er mit einem Politiker oder einem Familienmitglied in der Stadt fest. Das meint Aidan, wenn er »Mittagspause« sagt, wie ich herausgefunden habe.

»Miles war richtig wild darauf, mich anzuzeigen, als wäre es seine Bürgerpflicht oder so.« Ich lasse das Gemüse fallen und schnappe mir das halbe Sandwich, das Aidan gerade auf das Schneidebrett gelegt hat. Der Käse ist klebrig und heiß in meinem Mund. Ich kaue schnell, ehe ich weiterspreche. »Er hat sich sogar die Zeit genommen, mich darauf hinzuweisen, dass die Manipulation von Beweismitteln ein schlimmeres Verbrechen ist als ihr Besitz.«

Aidan schaut mich mit erhobener Augenbraue an. »Er hat wirklich ›Manipulation von Beweismitteln‹ gesagt?«

»Ich weiß, ziemlich schräg, was?« Ich deute auf das zweite perfekt goldbraune Sandwich, das er gerade auf das Schneidebrett legen will. »Lass das lieber noch ein wenig anbrennen.«

»Anbrennen?« fragt Aidan, dann versteht er, was ich meine – darin ist er gut –, und lässt es zurück in die Pfanne gleiten.

Harper wird jede Minute nach Hause kommen. Und sie möchte ganz bestimmt kein perfekt zubereitetes Essen von Aidan serviert bekommen. Ich nehme mir die zweite Hälfte des nicht angebrannten Sandwiches. »Keine Sorge, ich werde die Beweise vernichten.«

Aidan verdreht wieder die Augen. »Du hättest dich auch einfach mal raushalten können.«

Ich zucke mit den Schultern. Ich weiß, das hätte ich tun können. Aber als diese Typen an mir vorbeigelaufen sind, als würde ihnen die Welt gehören, genau wie an dem Tag, als sie Simon zu dieser exklusiven Party für die coolen Kids eingeladen haben … keine Ahnung, da war Cody irgendwie zu einer weniger intelligenten, bekifften Reinkarnation von Simon geworden.

»Ich komme morgen mit zur Schule und rede mit Benson. Nur für den Fall, dass er irgendwas mitbekommen hat«, sagt Aidan, als ich nicht antworte.

Käse klebt an meinem Gaumen. »Was willst du ihm denn sagen?«

»Wahrscheinlich die Wahrheit.« Er seufzt, dann schenkt er mir sein unverkennbares Lächeln. »Es wird schon gut gehen. Mach dir keine Gedanken.«

Ich springe von der Anrichte und spähe durch die Balkonschiebetür. Miles ist draußen am Pool. »Gib mir ein paar Minuten, um den Drogenfahnder zum Schweigen zu bringen, bevor du den Gerechten spielst und zum Schulleiter gehst.« Ich lege eine Hand auf mein Herz und sehe ihn flehend an. »Mein Sozialleben ist vorbei, wenn die anderen an der Schule herausfinden, dass du mit Benson befreundet bist.«

Er deutet mit dem Pfannenwender auf mich. »Aber mach nichts allzu Verrücktes, okay?«

»Zu verrückt?« Ich kratze mich am Kopf. »Du meinst, ich soll ihn nicht hypnotisieren oder so?«

Als ich in Richtung Schlafzimmer gehe, ruft Aidan mir nach: »Was hast du vor, Ellie?«

»Ich ziehe nur Harpers superknappen Bikini an«, rufe ich aus meinem Zimmer. Dann prüfe ich den Akkustand an meinem Handy: zehn Prozent. Ich denke, das reicht aus. »Du weißt schon, das Teil, das sie anzieht, wenn ihr zwei zum Mitternachtsschwimmen nach unten geht.«

Ich bin schnell genug aus meinem Zimmer raus, um noch mitzubekommen, wie Aidan den Mund wieder zumacht, als er mich immer noch in meinen Schulklamotten sieht.

»Ernsthaft, Ellie, denk lieber darüber nach, dich beim nächsten Mal nicht einzumischen. Ich meine, ich kann verstehen, warum du helfen wolltest, aber was, wenn sie ihre Drogen noch bei zehn anderen Kids versteckt hätten? Hättest du dann alle Tütchen in der Toilette runtergespült?«

Die Antwort auf diese Frage ist natürlich Nein. Woher hätte ich wissen sollen, wo und wann und wer? Aber während ich die Treppe hinuntergehe und mich auf den Weg zum Pool mache, denke ich darüber nach, dass ich Bret und Dominic auffliegen lassen könnte, wenn ich wollte. Sie würden es nicht einmal kommen sehen. Es wäre nur ein wenig Vorarbeit nötig – Kontakt zur Quelle herstellen, Vertrauen aufbauen –, dann wäre ich drin. Und wenn man drin ist, erfährt man am besten, wo und wann und wer. Das wäre ein viel größerer Tribut an Simon, als einen Baum zu pflanzen.

Ich schiebe den Gedanken beiseite. Vorerst. Jetzt muss ich mich auf Miles konzentrieren, der von seinem Buch aufschaut, als er mich bemerkt.

»Hey, Ellie! Genau die Person, die ich jetzt sehen wollte.«

Das ist eine Überraschung. Ich ziehe einen Gartenstuhl zu ihm heran und setze mich hin. »Können wir über heute Vormittag reden?«

Seine Haare liegen jetzt nicht mehr ganz so ordentlich, sein Hemd ist aufgeknöpft und die Hose bis über die Knöchel hochgekrempelt. »Du meinst, du willst wissen, ob ich mit irgendjemandem über deine kleine Drogensucht gesprochen habe?«

»Ich hab dir doch schon gesagt, dass ich damit aufgehört habe. Ich war heute Nachmittag sogar bei einer Selbsthilfegruppe. Ein Obdachloser hat mich im Arm gehalten, während ich alles schluchzend gestanden habe.«

Miles stellt die Füße auf den betonierten Beckenrand und dreht sich zu mir. »Ich hasse Leute wie dich.«

Ich platziere meine Füße so, dass sie auf seine zeigen. »Zu welcher Sorte gehöre ich denn genau?«

»Verwischte Grenzen, zu viele Grauzonen«, zählt er auf. »Die Sorte, die glaubt, dass sie sich über das Gesetz stellen kann …«

»Du musst echt mal lockerer werden.« Ich schüttele den Kopf. Von welchem Planeten kommt der denn? »Sonst wirst du am Ende noch in den Abfallcontainer hinter der Sporthalle gestopft. Stell dir vor, wie zerknittert deine Hose dann wäre.«

»Die Sorte, die ihr Haar nach hinten wirft«, fährt er fort, ohne auf meine Spitze einzugehen, »mit einem engen Kleid durch den Raum läuft und richtig nett fragt, damit sie bekommt, was sie will.«

Ich sollte beleidigt sein. Ich brauche doch kein enges Kleid, um zu bekommen, was ich will. Ich kann mich nicht mal daran erinnern, wann ich das letzte Mal ein enges Kleid getragen habe.

Ich beuge mich zu ihm und senke die Stimme. »Bedeutet das, du verpfeifst mich?«

»Diesmal nicht.« Er sieht mir direkt in die Augen. »Aber ich brauche eine Mitfahrgelegenheit. Denkst du, du kannst mir helfen?«

»Eine Mitfahrgelegenheit?« Ich greife in meine Tasche, hole eine Handvoll Kleingeld heraus und halte es ihm hin. »Die Bushaltestelle ist zwei Blocks westlich von hier. Das hier sollte für eine Rundfahrt reichen.«

Miles verdreht die Augen. »Ich meinte, in einem Auto.«

»Macht es dir nichts aus, mit jemanden in ein Auto zu steigen, der unter Drogen steht?«

Er sieht mich nur an.

»Ich habe kein Auto«, sage ich ehrlich.

»Was ist mit Lawrence … äh, Aidan?«, fragt er. »Würde er dir sein Auto leihen?«

Also sind die beiden schon auf dem Kumpel-Kumpel-Nachname-Level? Seit wann? Ich weiß, dass Miles am Freitag eingezogen ist, während ich beim Zahnarzt war und diese schreckliche Wurzelbehandlung hatte – danke, Mom und Dad, für die Zahnpflege, auf die ihr nicht geachtet habt. Dann bin ich nach Hause gekommen, habe die verschriebenen Schmerztabletten genommen und für ein paar Stunden geschlafen. Ihre Männerfreundschaft muss sich zu diesem Zeitpunkt entwickelt haben.

»Ich habe keinen Führerschein«, entscheide ich mich erneut für die Wahrheit. »Hab zu viel Angst. Die vielen anderen Autos könnten meinen Untergang bedeuten.«

Okay, der letzte Teil ist eine Lüge. Ich bin schon oft Auto gefahren. Nur nicht legal, aber Harper und ich versuchen jetzt auf dem legalen Weg zu bleiben. Meistens jedenfalls. Und einen Führerschein zu bekommen, ist für jemanden ohne Geburtsurkunde oder Sozialversicherungsausweis ziemlich schwierig. Aber Aidan arbeitet daran. Eines Tages werde ich offiziell gemeldet sein. Ich bin natürlich in Amerika geboren. In Salt Lake City, um genau zu sein. Und was ist amerikanischer als das Land der Mormonen?

Miles wirkt enttäuscht. Ich habe keine Ahnung, ob mein Geld für den Bus ausreicht, damit er seinen Teil der Abmachung einhalten kann. »Na ja, macht nichts.«

»Was ist mit deinen Betreuern? Zu beschäftigt damit, deine Hosen zu bügeln?« Ich schaue zu seinem Apartment hinauf. Ich habe noch keine Erwachsenen dort gesehen, aber er ist in der Highschool, also muss jemand mit ihm dort wohnen.

Er runzelt die Stirn. »Meine Hosen zu bügeln? Ich wohne mit Clyde zusammen und der bügelt überhaupt nichts.«

»Und Clyde ist …?«, hake ich sofort nach.

»Mein Onkel.« Er schaut zum Balkon hinauf und dann wieder zu mir. »Er ist viel unterwegs. Beruflich.«

»Und er hat dir kein Auto dagelassen, mit dem du fahren kannst, während er weg ist?«

Seine Kiefermuskeln spannen sich. »Wahrscheinlich vertraut er mir nicht genug, um mir seinen Wagen zu überlassen. Und hast du schon mal versucht, deine Lebensmitteleinkäufe mit dem Bus zu transportieren? Nicht gerade einfach.«

Ich mustere ihn kurz, dann wende ich mich ab und rufe Aidan durch die offene Balkontür zu: »Hey, Ace! Miles braucht eine Mitfahrgelegenheit zum Supermarkt!«

Aidan streckt den Kopf heraus und ruft uns zu, dass wir ihm nur ein paar Minuten geben sollen.

Ich drehe mich wieder zu Miles. »Na bitte, da hast du deine Mitfahrgelegenheit.«

»Das hätte ich auch allein hinbekommen.«

»Hast du aber nicht«, betone ich. Ich suche sein Gesicht nach Anzeichen von Ärger ab, bin aber nur wieder von seinem Pokerface beeindruckt. »Und du willst Lebensmittel einkaufen? Macht ihr das immer so, du und dein Onkel Clyde?«

Miles zuckt mit den Schultern. »Keine Ahnung. Ich bin gerade erst zu ihm gezogen. Und zum Glück bleibe ich auch nur für ein Schulhalbjahr.«

»Was kommt danach?« Ich ziehe meine Schuhe wieder an und lasse mir einen Moment Zeit, um den heißen Typen mir gegenüber zu bewundern. Vielleicht kann ich ihn dazu überreden, ohne Shirt einkaufen zu gehen? Oder vorher noch kurz in den Pool zu springen? »Ziehst du dann in dein eigenes Haus?«

»Ich geh wieder nach Hause zurück«, sagt er nur, als hätte ich das wissen müssen. Ich dachte, er ist zu Hause.

»Nach Kalifornien? Zu deinen –«

»Eltern.« Er klingt angespannt und wendet den Blick ab. »Sie sind … im Moment im Ausland.«

Also wohnt er nur vorübergehend hier. Vielleicht ist das auch besser so. Obwohl sein Anblick wirklich nicht zu verachten ist.

KAPITEL 6

Aidan hat seinen Einkauf schon vor fünfzehn Minuten beendet und muss jetzt noch was anderes erledigen, deshalb hänge ich mit meinem neuen Schulfreund im Supermarkt fest. Ich habe noch nie viel Zeit in Supermärkten verbracht, also weiß ich auch nicht wirklich, was ich hier soll. Bei Miles scheint das ganz anders zu sein. Er nimmt die größte Packung Klopapier aus dem Regal und lässt sie in den Einkaufswagen fallen.

»Erwartest du eine Verdauungsstörung?«, frage ich.

»Weißt du, was ich außerdem hasse?« Miles schiebt den Einkaufswagen weiter und richtet seine Aufmerksamkeit nun auf einen riesigen Stapel Küchenpapierrollen. »Leute, die den Einkauf anderer kommentieren.«

Ich schenke ihm ein Lächeln. »Das hättest du lieber für dich behalten sollen, Alter.«

Nachdem er sich endlich seine Küchenrollen ausgesucht hat – zwanzig Stück –, geht er zu den Tiefkühlvitrinen hinüber, wo er sich mit einem Vorrat an gefrorenen Erbsen eindeckt. Es ist schwer zu sagen, ob er wirklich darin vertieft ist, die Preise zu vergleichen, oder sich nur sehr darum bemüht, mich zu ignorieren. Ich unterbreche das Schweigen trotzdem und frage ihn nach jedem Artikel, den er in den Wagen lädt.

»Bist du sicher, dass du nicht das Müsli der Billigmarke nehmen willst? Kostet heute nur die Hälfte.«

Er starrt mich an und geht weiter, dann legt er drei Dutzend Eier in den Wagen. Bevor ich den Mund öffnen kann, erklärt er: »Die halten sich länger als zwei Wochen. Man kann sie monatelang aufbewahren.«

»Das meinte ich gar nicht. Ich bin nur beeindruckt, dass du überhaupt weißt, wie man Eier kocht.«

»Eier und Thunfischauflauf.« Er greift mit beiden Händen nach zwei Drei-Liter-Packungen Milch. »Das ist alles, was ich kochen kann.«

»Thunfischauflauf …« Ich habe keine Ahnung, was genau ich mir darunter vorstellen soll, aber irgendetwas daran klingt angenehm und vertraut. Nach Geborgenheit. Nach einem Gericht, das eine Mom kocht, die immer zu Hause ist. Vielleicht verstehe ich jetzt auch, was Harper immer mit dem Kochen hat.

Doch plötzlich werde ich von Stimmen auf der anderen Seite des Ganges abgelenkt, sodass ich Miles nicht mit seinem Thunfischauflauf nerven kann. Ich spähe durch einen Spalt zwischen den hohen Tiefkühlschränken und entdecke Chantel Maloney und Justice Kimura, zwei Mädchen, die in Bret und Dominiks Clique an vorderster Front stehen. Chantel war angeblich in der neunten Klasse mit Bret zusammen, und letztes Jahr ist eine andere Freundin der beiden, Gwen, mit ihm gegangen.

»Dominic hat gesagt, dass er dieses Wochenende auf der Jacht verbringt, weil seine Eltern in China sind«, sagt Chantel. »Wollen wir den Vorbereitungskurs für den Collegetest schwänzen?«

»Du bist doch diejenige, die gekillt wird, wenn sie keine Bestpunktzahl erreicht. Und du kannst nicht einfach bei Fat Matt abschreiben«, erwiderte Justice. »Außerdem habe ich ein Feldhockeyprobespiel.«

Ich stehe jetzt mit dem Rücken an den Gefrierschrank gedrückt. Miles hat seinen Einkauf unterbrochen und beobachtet, wie ich meine Klassenkameradinnen ausspioniere. Eine seiner Augenbrauen wandert nach oben, doch bevor er etwas sagen kann, greife ich nach seinem Arm und ziehe ihn so nah zu mir heran, dass ich ihm eine Hand auf den Mund legen kann. Als ich Miles' Lippen an meiner Handfläche spüre, bekommt meine spontane Aktion eine ganz neue Richtung. Mir wird leicht flau im Magen, mein Herz schlägt schneller.

»Uuuuh, Hockey. Ich weiß ja, wer in diesem Jahr der Co-Trainer ist«, zieht Chantel ihre Freundin auf.

»Ach, halt die Klappe«, erwidert Justice, dann lachen beide los. »Ich brauche außerschulische Aktivitäten für die Collegebewerbung. Es hat nichts damit zu tun, dass Bret freiwillig als Trainerassistent mitmacht.«

»Stimmt, wir waren alle schon mal bei Bret an der Reihe. Nur du nicht.« Chantel lacht erneut, ihr vogelartiges Zwitschern hallt durch den ganzen Supermarkt. Ich stelle mir vor, wie sie dabei ihr blondes Haar über die Schulter wirft. »Also, Dominics Jacht? Samstag?«

»Bin dabei«, sagt Justice. »Vielleicht sollten wir auch Fat Matt einladen. Er hat heute in Geschichte die ganze Zeit sabbernd auf deinen Hintern gestarrt.«

»Gott, wie widerlich. Die Holden braucht wirklich strengere Maßstäbe für neue Bewerber. Die Anzahl der Loser wächst viel zu schnell.«

Jetzt ist mir klar, wie Justice und Chantel es letztes Jahr ganz allein fertiggebracht haben, gleich vierzehn Neuntklässlerinnen auf der Toilette zum Weinen zu bringen.

Miles zieht meine Hand von seinem Mund und wirft mir einen unmissverständlichen Blick zu, das ja nicht noch einmal zu wagen. Schon klar, das hatte ich sowieso nicht vor. Ich schnappe mir seinen Einkaufswagen und schiebe ihn hastig den Gang hinunter.

Sofort rennt er mir nach. »Was zum Teufel sollte das?«

»Ach, du weißt schon … Mädchenkram.« Ich seufze, als ich seinen Gesichtsausdruck sehe. Das kauft er mir nicht ab. »Na schön. Wenn du es unbedingt wissen willst, es geht um Bret und Dominic. Ich stehe auf sie.«

Er runzelt die Stirn. »Auf beide?«

Oh. Ich sollte mir einen aussuchen, sonst kommt das merkwürdig rüber. »Bret, ich meinte Bret.« Ich nicke in Richtung der beiden Mädchen. »Aber offenbar habe ich Konkurrenz.«

Miles schüttelt den Kopf. »Vielleicht solltest du sie beim Feldhockey herausfordern.«

Ich bleibe stehen und drehe mich zu ihm um. »Das ist genial! Wieso bin ich nicht selbst darauf gekommen?«

»Das war ein Scherz«, sagt er mit zusammengebissenen Zähnen. »Und Bret … ist das nicht der Idiot mit dem roten Mustang, der heute Morgen fast ein Mädchen über den Haufen gefahren hätte?«

Ich hatte völlig vergessen, dass wir diese Szene gemeinsam vom Schulbus aus verfolgt haben. Meine ganze Aufmerksamkeit war darauf gerichtet gewesen, dass Bret Senator Gilbert die Hand geschüttelt und dem ahnungslosen Cody Smith Drogen untergeschoben hat.

»Er hat ein echt geiles Auto. Und Drogen. Du weißt doch, dass ich auf Drogen stehe.«

»Er ist überhaupt nicht dein Typ«, beharrt Miles. Dann nimmt er mir den Einkaufswagen weg. Kontrollfreak.

»Ist er nicht? Stimmt, du kennst mich ja so gut.« Ich lege die Hände auf seine Schultern, sodass er stehen bleiben muss. »Denk mal darüber nach, Miles ... Du warst doch auch im Schulbus. Du bist nach diesem Halbjahr hier wieder weg, aber ich muss noch fast zwei Jahre durchhalten. Ich wäre doch blöd, wenn ich mir kein enges Kleid anziehen würde, wie du so schön gesagt hast, um mir einen reichen Freund mit einem Auto anzulachen. Mal davon abgesehen, dass sein Vater ein großes Unternehmen leitet. Hallo, schon mal was von Empfehlungsschreiben gehört?«

Miles setzt wieder sein Pokerface auf und geht an mir vorbei. »Na dann, viel Glück dabei.«

Ich bleibe stehen und sehe ihm nach, wobei sich ein winziges Gefühl in mir regt ... ein neues Gefühl. Es gefällt mir nicht, dass er mir vielleicht geglaubt hat. Aber ging es nicht darum? Und jetzt renne ich ihm nach, um ihn einzuholen. Das gefällt mir auch nicht.

»Sag mir, was du wirklich denkst«, fordere ich ihn auf.

Miles weicht meinem Blick aus. »Was ich wirklich denke?«

Ich verschränke die Arme und nicke.

»Wenn du auf Drogen stehen würdest, hättest du nicht eine ganze Tüte voll in der Toilette heruntergespült. Und wenn du auf jemanden wie Bret stehen würdest, hättest du ihn dir schon längst geangelt. Du bist nicht neu hier. Also warum er? Und warum jetzt?«

»Ist das etwa so einfach?«, mache ich mich lustig. Er ist schlauer, als ich erwartet hatte. »Auch wenn ich mir keine Brustvergrößerung leisten kann wie der Rest meiner Konkurrentinnen?«

Für einen winzigen Sekundenbruchteil wandert Miles' Blick zu meinem Ausschnitt. Rasch schaut er wieder auf.

Ich zeige mit dem Finger auf ihn. »Du stehst also doch auf Brüste. Ich habe mich schon gewundert. Besonders nachdem du die halb nackte Lady neulich vergrault hast.«

»Was kümmert es dich, worauf ich stehe?« Er kann mich nicht mal mehr ansehen. Dann murmelt er: »Entschuldige.«

An der Kasse zieht Miles einen Umschlag aus seiner Brieftasche, der mit *Geld für Lebensmittel* beschriftet ist. Dem Stapel Zwanziger nach zu urteilen, stecken da mindestens fünfhundert Dollar drin.

»Dein Onkel ist wohl eine ganze Weile nicht in der Stadt, was?«

Miles betrachtet den Umschlag, als würde er diesen Zusammenhang zum ersten Mal herstellen. »Kann sein. Aber ist nichts Neues für mich.«

Nachdem Miles die unzähligen Einkaufstüten in den Kofferraum geladen hat, lehnen wir uns an das Auto und warten auf Aidan. Erst ein paar Sekunden später bekomme ich mit, dass Aidan mit seinem Boss Jack auf dem Parkplatz steht, nur zwei Autoreihen von uns entfernt. Jack – das ist die Abkürzung seines Nachnamens Jakowski – redet so laut, dass ich ihn fast verstehen kann.

Ich sehe Miles an und nicke in Richtung der beiden. »Ich sag Bescheid, dass wir fertig sind.«

Langsam gehe ich auf sie zu, damit ich weiterhin einen guten Abstand zu ihnen halten kann.

»Die Parkplatzüberwachung vom fünfzehnten Juni zeigt, dass Ellie aus seinem Wagen gestiegen ist«, höre ich Jack sagen.

Der fünfzehnte Juni. Der Abend des Frühlingsballs. Die Nacht, in der Simon starb.

»Ich kann nicht glauben, dass sie nach all der Zeit wieder an Ellie dran sind«, sagt Aidan. »Die Akte wurde doch geschlossen.«

Mein ganzer Körper gefriert zu Eis. Vor Monaten hat man mir erzählt, dass die Videoaufnahmen der Überwachungskamera beschädigt wären. Wie einige andere Schüler der Holden Prep wurde ich stundenlang vom FBI befragt.

»Niemand beschuldigt Ellie. Ihr Alibi wurde überprüft und ist in Ordnung«, versichert Jack Aidan, aber auf Aidans Stirn bilden sich trotzdem Sorgenfalten. Er reibt sich den dunklen Dreitagebart an seinen Wangen.

»Was ist mit diesem Thomas? Der wird ebenfalls auf dem Filmmaterial zu sehen sein, was nicht mit seiner Geschichte übereinstimmt.«

Die beiden müssen meine Gegenwart gespürt haben, denn plötzlich drehen sie sich um. Mein Herz rast sofort los, aber nach außen hin bleibe ich cool und ruhig.

Aidan zwingt sich zu einem angespannten Lächeln. Seine muskulösen Arme sind vor der Brust verschränkt, was den Eindruck noch verstärkt, dass er viel kräftiger ist als sein Boss. »Seid ihr fertig?«

»Ja.« Ich deute mit dem Kinn in Richtung Miles. »Hoffentlich musst du nicht noch Klopapier besorgen. Das ist jetzt wahrscheinlich ausverkauft.«

Die beiden kommen näher, bis Jack die Hand hebt, um mit mir abzuklatschen. »Wie läuft's in Algebra? Ich hoffe, es gab keine Wutanfälle mehr?«

»Ich bekomme doch keine Wutanfälle.«

Aidan lacht los, bricht aber schnell mit einem Husten ab, als ich ihn böse anfunkele. Okay, vielleicht kann man es doch als Wutanfall bezeichnen, wenn ab und zu das Lehrbuch oder der Taschenrechner gegen die Wand fliegt. Aber da war ich total frustriert. Typisch Jack. Jemand, der den Schießstand offenbar lange genug verlassen hat, um etwas Mathe zu lernen.

»Nichts, wofür du dich schämen müsstest«, sagt Jack, dann wendet er sich wieder zu Aidan. »Komm heute Abend in mein Büro. Ich geb dir die Unterlagen, die du brauchst.«

Er macht sich auf den Weg zu seinem Auto, und als er endlich weg ist, würde ich Aidan am liebsten sofort fragen, was zur Hölle hier vorgeht. Aber ich spüre, dass Miles mich beobachtet. Ich versuche, ihn zu ignorieren, während wir zu Aidans Wagen zurückgehen. Doch nachdem wir eingestiegen sind, halte ich es nicht mehr aus. Ich drehe mich abrupt zu Miles auf dem Rücksitz um. »Was ist los?«

»Nichts. Ich freue mich nur, dass ich deine Schwachstelle gefunden habe.«

»Meine Schwachstelle?« Ich bekomme ein wenig Panik. Selbst Aidan lässt diese Bemerkung aufhorchen, denn er mustert Miles im Rückspiegel.

»Algebra«, sagt er.

Ich lache und versuche, nicht überrascht zu klingen. Wie konnte er das aus dieser Entfernung hören?

»Offenbar hast du mich noch nicht Hockey spielen sehen.«

»Hockey?« Aidan biegt vom Parkplatz auf die Straße ab, dann wirft er mir einen kurzen Blick zu, ob ich das ernst meine.

»Ellie möchten einen Jungen mit ihrem Schiebepass beeindrucken«, sagt Miles ganz ruhig.

»Welchen Jungen?«, will Aidan wissen, während ich gleichzeitig frage: »Was zur Hölle ist ein Schiebepass?«

Ich nicke in Richtung Miles. »Keinen Jungen. Hör nicht auf ihn.«

So viel zu meiner Verteidigungsstrategie. Meine Gedanken sind ganz woanders. Wahrscheinlich versuchen sie gerade herauszufinden, woher dieses Videomaterial plötzlich aufgetaucht ist. Bedeutet das, sie ermitteln wieder gegen mich? Schließlich war ich die letzte Person, die Simon lebend gesehen hat. Doch nun scheint ein weiterer Schüler der Holden Prep involviert zu sein, falls Jack recht damit hat, dass Bret Thomas an diesem Abend ebenfalls auf dem Parkplatz war. Zumindest wird meine Geschichte überprüft.

In diesem Moment fällt mir ein Honda Accord ins Auge, der am Straßenrand angehalten hat. Der Fahrer müht sich gerade damit ab, einen Reifen zu wechseln. Das muss ein Zeichen sein.

»Da!«, rufe ich und zeige durch die Windschutzscheibe. Aidan bremst abrupt ab.

»Entschuldigung«, sage ich, als er mir einen bösen Blick zuwirft. »Ich dachte nur, dass der Mann vielleicht Hilfe braucht. Zwei starke Kerle, die mit anpacken …«

Aidan verdreht die Augen, fährt aber trotzdem rechts ran und hält vor dem Honda an. »Miles, kommst du mit?«

»Klar!« Miles stößt die Tür auf. Er ist wieder ganz Mister Höflich.

Als die beiden außer Sichtweite sind und den Mann begrüßen, schnappe ich mir Aidans Handy aus der Mittelkonsole und tippe schnell sein Passwort ein. Er weiß, dass ich es kenne, und hat es trotzdem noch nicht geändert. Was stimmt nicht mit ihm?

Er vertraut mir. Das ist es.

Mein schlechtes Gewissen meldet sich und ich höre auf zu tippen. Mein Cousin Denny hat mir gezeigt, wie man ein Handy so einstellt, dass eingehende Nachrichten und E-Mails automatisch als Kopie an eine andere Nummer weitergeleitet werden. Ich bin fast fertig, als die hintere Wagentür aufgeht. Ich schließe die App und lege das Handy zurück.

Es ist nur Miles, nicht Aidan, aber mein Herz schlägt mir trotzdem bis zum Hals. Was zur Hölle tue ich hier? Aidan vertraut mir. Ich kann doch nicht ausgerechnet seine Privatsphäre verletzen.

Ich lasse mich in den Sitz sinken, erleichtert, dass ich mein Vorhaben nicht beenden konnte, und gleichzeitig beschämt, weil der Gedanke daran meine Finger in Bewegung gesetzt hat.

Als Aidan sich wieder hinter das Lenkrad klemmt, mustere ich ihn. Er hat einen Schmierfleck auf seinem Hemd.

»Alles okay?«, frage ich.

»Ja, er ist wieder startklar.« Aidan macht das Radio an, während er rückwärts wieder auf die Straße fährt, und stellt meinen Lieblingssender ein – den er am wenigsten mag.

Gott, bin ich ein schrecklicher Mensch.

Nachdem Miles, als wir wieder zu Hause sind, seine Drei-Liter-Milchpackungen und den Klopapiervorrat in sein Apartment geschleppt hat, hält Aidan mich vor unserer Wohnung an.

»Du hast gehört, worüber Jack und ich geredet haben«, sagt er, und es ist keine Frage.

Ich zögere, nicke aber schließlich. »Ist alles okay? Wird der Fall noch einmal aufgerollt?«

»Nein«, sagt Aidan.

Meine geschulten Ohren nehmen sofort wahr, dass er nicht lügt, obwohl ich ein winziges Zögern erkenne. »Und es gibt ein Video, auf dem zu sehen ist, wie ich aus Simons Wagen steige?«

»Es ist nicht ganz klar, ob du es bist«, gesteht Aidan. »Aber es gibt auch keinen Grund zu der Annahme, dass Simon mit einem anderen Mädchen auf unserem Parkplatz war. Es passt zu der Geschichte, die du der Polizei erzählt hast und die Harper untermauert hat, als sie die Zeit genannt hat, wann du an diesem Abend zu Hause warst.«

»Und wie passt Bret Thomas in diese Geschichte?«

Aidan hebt die Augenbrauen, und eine Falte bildet sich zwischen seinen Augen. »Ich hatte gehofft, dass *du* mir das sagen kannst.«

»Keine Ahnung.« Aber die Rädchen in meinem Kopf drehen sich bereits auf Hochtouren und rekapitulieren alles, was ich über Simons Tod weiß. »Besteht die Chance, dass ich mir dieses Video ansehen kann?«

Aidan scheint hin- und hergerissen zu sein, doch dann nickt er. »Ein Mal. Und wirklich nur das eine Mal. Jack bringt mich um, wenn er erfährt, dass ich es dir gezeigt habe.«

Wir gehen zum Tisch in der Nähe des Pools. Aidan tippt eine Weile auf seinem Handy herum, dann reicht er es mir. Ich sehe, wie der dunkle Parkplatz auf dem Display erscheint und schließlich Simons schwarzer Audi in eine freie Lücke fährt. Die Beifahrerin trägt eindeutig ein Kleid, aber es ist nicht zu erkennen, welche Farbe das Kleid hat oder die Haare oder irgendwas sonst.

»Wo ist Bret?«, frage ich.

Aidan beugt sich zu mir und zeigt auf ein Auto ganz am Rand. »Es ist nur die Vorderseite zu erkennen.«

»Und man sieht Simon nicht.« Das Video ist zu Ende und ich gebe Aidan sein Handy zurück. »Wir wissen nicht mal, ob Simon überhaupt am Steuer seines Wagens saß.«

Ich weiß das natürlich, denn ich war ja dabei, aber aus der Perspektive eines Ermittlers ist es nicht eindeutig.

»Wer sollte denn sonst seinen Wagen fahren?«, hakt Aidan nach.

Ich hebe frustriert die Hände. »Ich weiß es nicht, sein Mörder vielleicht.«

»Ellie«, sagt Aidan sanft.

Ich bin mir sicher, dass er gleich wieder mit einer seiner Deshalb-muss-es-Selbstmord-gewesen-sein-Lektionen beginnt, aber das will oder muss ich mir nicht noch einmal anhören. »Okay, hab schon verstanden.«

»Immer noch keine Idee, warum dieser Thomas dort gewesen sein könnte?«, fragt Aidan prompt. »Er scheint plötzlich überall aufzutauchen, wo es um den Abend vor drei Monaten geht.«

Überall? Was haben sie denn noch entdeckt und warum sieht es so aus, als hielten Aidan und Jack irgendwelche Beweise zurück? Das würden sie doch nicht tun, oder?

»Nein, immer noch keine Idee«, erwidere ich. »Aber ich werde es herausfinden.«

Ich lasse Aidan stehen, betrete die Wohnung und gehe in mein Zimmer. Ich schnappe mir das erstbeste Heft, das auf dem Stapel auf meinem Schreibtisch liegt, und beginne zu schreiben.

Was ich über Simons Tod weiß:

1) Er hat mich am 15. Juni um 23:36 Uhr auf dem Parkplatz in unserer Wohnanlage abgesetzt.
2) Er ist nach Hause gefahren; seine Eltern waren nicht da, sondern auf einer Wohltätigkeitsveranstaltung.
3) Etwa um 2:00 Uhr morgens fanden Senator Gilbert und seine Frau Simon tot in ihrem Wintergarten.
4) Es war eine Waffe im Spiel. Genauer gesagt, er wurde erschossen.

Und jetzt kann ich noch ein Detail hinzufügen.

5) Bret Thomas' Auto stand zur selben Zeit auf dem Parkplatz, als Simon mich dort abgesetzt hat.

Ich weiß nicht, ob Simon eine Nachricht hinterlassen hat und ob er, nachdem er mich abgesetzt hat, noch irgendwo anders war, ehe er nach Hause gefahren ist. Ich bin die ganze Zeit davon ausgegangen, dass ich die letzte Person war, die ihn lebend gesehen hat, weil bei ihm niemand zu Hause war. Aber was, wenn das nicht stimmt? Das würde alles ändern. Was, wenn Bret ihm gefolgt ist und sie angehalten und sich gestritten haben? Oder … keine Ahnung … es gibt Millionen denkbare Szenarien, die sich in der Zeit zwischen 23:36 Uhr und 2:00 Uhr morgens abgespielt haben könnten, als seine Eltern ihn fanden.

Dieser arrogante, privilegierte Scheißer verheimlicht offensichtlich etwas.

Eine Million Möglichkeiten, aber nur ein logischer Ausgangspunkt: Bret Thomas.

KAPITEL 7

Während meiner Kindheit wurden mir raffinierte, mehrstufige Strategien beigebracht, um Betrügereien im großen Stil durchzuziehen. Meine Familie lebt nach diesen Strategien, wie andere Familien sich nach den Geboten der Kirche oder ihrer Religion richten. Und ich benutze den Begriff »Familie« nicht im eigentlichen Sinn, weil wir oft in großen Gruppen unterwegs waren und ich mit den meisten dieser Leute nicht verwandt bin. Meine Idee, in Bret Thomas' Privatsphäre einzudringen, ist also kein Vorhaben, in das ich einfach blind hineinrenne. Es verlangt Planung und ein wenig Vorbereitung – hauptsächlich, indem ich die Quelle besser kennenlerne und herausfinde, wie ich Vertrauen bei ihr aufbauen kann.

Den genauen Moment des ersten Kontakts mit Bret habe ich nicht geplant, nur dass es heute sein würde. Samstag. Beim Feldhockeyprobespiel, falls sich eine Gelegenheit bietet. Ich will an sein Handy rankommen. Ich möchte so viel wie möglich über ihn wissen, aus der Vergangenheit und im Augenblick. Aber zuerst muss ich ihn dazu bringen, mich zu mögen, mir zu vertrauen. Wenn alles gut läuft, wird er mir dann vielleicht den Zugang zu seinem Privatbereich gewähren.

»Miss Ames, wie ich sehe, sind Sie meinem Rat gefolgt«, begrüßt mich die Trainerin Haskins (besagte Sportlehrerin, die die Mädchentoiletten beaufsichtigt, damit dort keine merkwürdigen Dinge passieren), als ich das Spielfeld betrete. »Haben Sie den Debattierclub für eine neue außerschulische Aktivität geschmissen?«

Ich beschließe, ihr nicht zu verraten, dass ich noch nie im Debattierclub war. »Ja, Feldhockey. Ich weiß einfach, dass das mein neues Ding ist.«

»Richtige Einstellung!« Sie betrachtet mein Outfit – Sportklamotten und Turnschuhe –, dann fügt sie hinzu: »Wir müssen auf jeden Fall noch ein paar Schienbeinschoner für Sie auftreiben, bevor Sie spielen können.«

Ich sehe mich um, als die Mädchen auf das Spielfeld kommen. Jede Spielerin hat einen Hockeyschläger, Schienbeinschoner mit schicken Socken darüber und spezielle Schuhe. Ein paar Mädchen haben sogar Handschuhe an.

Ich will gerade kneifen und wieder abhauen, bevor ich da noch tiefer hineingerate, als Bret Thomas aus der Sporthalle kommt und ich mich wieder daran erinnere, warum ich eigentlich hier bin.

»Mr Thomas«, ruft die Trainerin Bret zu. »Können Sie Miss Ames helfen, sich ein Paar Schienbeinschoner und einen Schläger aus dem Geräteraum herauszusuchen?«

Nicht auf alles vorbereitet zu sein, hat auch seine Vorteile.

Bret hört auf die Trainerin und geht zur Sporthalle zurück. Er hält mir bereits die Tür auf, als ich bei ihm ankomme. Wir gehen durch die Halle zum Geräteraum. Bret öffnet die Tür und zeigt auf eine Kiste voller Schienbeinschoner und eine Reihe Hockeyschläger, die an der Wand lehnen.

»Such dir was aus.«

Während ich nach einem passenden Paar Schienbeinschoner suche, spüre ich seinen Blick auf mir. Das ist die Gelegenheit, den Köder auszuwerfen.

Ich weiß, dass er nicht auf Mädchen steht, die zu direkt sind und ihn anflirten. Das riecht für Bret nach Verzweiflung und er trampelt auf jedem herum, der diese Art von Schwäche zeigt.

Doch weil er gerade dabei ist, mich genau abzuchecken, steht mir die Tür zumindest einen Spaltbreit offen. Mit den passenden Schienbeinschonern unter dem Arm drehe ich mich zu ihm um.

»Hey, Blick nach oben, Kumpel.«

Seine Augen weiten sich und er hebt ergeben die Hände. »Sorry!«

»Jetzt kapier ich, warum du unbedingt dabei helfen willst, ein Mädchenteam zu trainieren.« Ich schnappe mir einen Schläger von der Wand und verlasse den Geräteraum.

Bret schließt die Tür ab und holt mich ein. »War nur ein Reflex. Neunundneunzig Prozent der Zeit verhalte ich mich professionell.«

»Okay, ich werde dir verzeihen«, sage ich auf dem Weg nach draußen. »Aber dafür hilfst du mir, in die Mannschaft zu kommen.«

»Ach ja?« Bret mustert mich mit einer erhobenen Augenbraue. Er sieht gut aus, auf diese geleckte, blonde, sonnengebräunte, reiche Yuppie-Art. »Einfach so? Ich habe dich noch nicht mal spielen sehen. Und wie es scheint, hast du wahrscheinlich auch noch nie gespielt.«

»Dann sei darauf gefasst, dass es dich gleich umhauen wird.«

Ich schwinge den Hockeyschläger wie einen Baseballschläger. »Ich habe mir acht YouTube-Videos angesehen, also bin ich auf einem ziemlich professionellen Level. Hier wird doch irgendwo professionell Feldhockey gespielt, oder?«

Bret lacht und hält meine Hände fest, damit ich aufhöre, den Schläger zu schwingen. »Sei vorsichtig, sonst bringst du noch jemanden um.«

Aus dem Augenwinkel bekomme ich mit, wie Justice Kimura, die Bienenkönigin der elften Klassen, in unsere Richtung schaut, und halte sofort etwas Abstand zu Bret.

Bret schüttelt den Kopf, als würde er nicht ganz schlau aus mir werden. »Halt den Schläger einfach unten am Boden.«

Ich schenke ihm mein schönstes Lächeln. »Danke, Trainer.«

Er beobachtet mich immer noch, als ich längst wieder bei den anderen Mädchen bin und Trainerin Haskins lausche, die nicht aufhört, über Teamwork zu schwafeln und dass Anstrengung mehr zählt als Talent. Sie erklärt uns, dass wir uns jetzt aufwärmen und dann ein paar einfache Übungen durchführen werden, während Bret Notizen für sie macht, damit sie Punkte verteilen kann, bevor wir mit dem eigentlichen Trainingsspiel beginnen. Am Montag wird sie dann eine Liste aushängen, wer aufgenommen wurde und wer nicht. Hoffentlich schaffe ich es nicht ins Team.

Mein einziges Ziel ist es, Brets Aufmerksamkeit zu gewinnen, und ich bin bereits auf einem guten Weg.

Während die Trainerin redet, beobachte ich Justice. Dank ihrer japanischen Wurzeln besitzt sie eine exotische Schönheit. Doch je länger ich sie mustere, desto deutlicher bemerke ich, wie sich ihre sonst so selbstbewusste Bienenköniginnen-Ausstrahlung langsam in Luft auflöst. Sie bindet sich ihr dunkles Haar ständig zu einem Pferdeschwanz zusammen, nur um ihn gleich darauf wieder zu lösen, und tut so, als würde sie ihre perfekt manikürten Fingernägel prüfen, um anschließend darauf herumzukauen. Ich kenne sie nicht besonders gut, aber ich weiß, dass Simon ziemlich verknallt in sie war. Dadurch hat meine Freundschaft zu Simon überhaupt erst richtig begonnen, denn im Frühjahr war Justice in unserem Biologiekurs.

»Willst du, dass sie mitbekommt, wie sehr du auf sie stehst?«, fragte ich Simon, nachdem er sich eine Woche lang hauptsächlich auf den Labortisch vor uns konzentriert hatte, statt auf den verstümmelten Schweinefötus, den wir untersuchen sollten. »Es sieht nämlich ganz danach aus.«

Er lief sofort rot an und öffnete den Mund, um zu protestieren. Damals spielte ich noch die Rolle einer normalen Highschoolschülerin, statt wirklich eine zu sein. Und aus irgendeinem Grund hatte ich beschlossen, dass meine Rolle einen besten Freund haben sollte.

»Es ist völlig in Ordnung, sie anzuschmachten«, erklärte ich ihm. »Aber es sollte im zeitlichen Rahmen bleiben.« Ich stach mit einer Nadel in den Bauch des Schweins und zog die Haut ein Stück beiseite, bis die Eingeweide zu sehen waren. »Jenseits davon landest du schnell in der gruseligen Stalker-Ecke.«

Simon blickte zu mir auf, todernst wie immer. »Wie groß ist denn dieser Zeitrahmen? Glaubst du, er ist bereits überschritten?«

Ich kritzelte ein paar Notizen auf unser Arbeitsblatt. »Du bist schon drei Tage drüber.«

»Shit«, murmelte er leise.

Das war der Moment, als ich wusste, dass ich Simon Gilbert als besten Freund haben wollte. Ich hatte noch nie jemanden kennengelernt, der das genaue Gegenteil von mir war. So vollkommen ehrlich und bescheiden. So gutgläubig. Und für den Bruchteil einer Sekunde überlegte ich, ob er mich nur an der Nase herumführte. Ob ich zur Abwechslung mal das Opfer war. Aber mein Bauchgefühl verriet mir, dass das nicht stimmte. Und auf mein Bauchgefühl konnte ich mich schon immer ziemlich gut verlassen.

Weniger als eine Stunde später waren Bret und Dominic auf dem Flur an mir vorbeigerauscht und hatten sich über Simons Einladung zu dieser Party gestritten. Aber ich war zu sehr damit beschäftigt, meine Rolle zu spielen, und dachte, dass Simons beste Freundin bestimmt keine Ahnung hätte, wie man sich an diesen beiden Arschlöchern rächen könnte. Aber ich hätte es tun sollen. Als er noch am Leben war, um es zu genießen. Andererseits hätte ich ihm dann auch erzählen müssen, dass sie ihn nur ausnutzen wollten.

Ein Pfiff ertönt und ich schüttele die Erinnerung an Simon ab, wie er das Mädchen von hinten anstarrt, das ich jetzt gerade im Visier habe, während wir den Platz rauf- und runterrennen.

Nach einer Stunde harter Übungen und hinter dem dämlichen Ball Herjagen weiß ich nun, dass Justice Kimura noch schlechter ist als ich, trotz meiner mangelnden Hockey-Erfahrung. Ich bin mir nicht mal ganz sicher, ob das nur für Feldhockey gilt, denn sie scheint generell nicht besonders sportlich begabt zu sein. Als ich eine der Spielführerinnen für unser Trainingsspiel werde, wähle ich sie trotzdem als Erste in mein Team. Sie wirft mir einen selbstgefälligen Blick zu, als hätte sie das erwartet, und übernimmt dann indirekt die Wahl des restlichen Teams, indem sie leise abfällige Bemerkungen über bestimmte Mädchen fallen lässt.

In einem Video auf YouTube habe ich gesehen, wie sich die Spieler gegenseitig mit den Schultern zur Seite drängen, um an den Ball zu kommen. Also beschließe ich, diese Technik auch mal auszuprobieren. Nachdem Macy Leonard den Ball von Justice geklaut hat, jage ich ihr nach und stoße sie mit der Schulter zu Boden, bevor ich auf das Tor ziele. Der Ball fliegt ins Netz, als Trainerin H. mehrmals ihre Pfeife schrillen lässt.

»Ames, so können Sie hier nicht spielen! Wir foulen nicht!« Sie beugt sich prüfend über Macy, dann wirft sie mir einen spitzen Blick zu.

»Entschuldigung!«, brülle ich über das Spielfeld. »Soll ich Eisbeutel holen?«

Justice taucht neben mir auf. »Geschieht ihr ganz recht.«

Ich lächele sie zaghaft an, dann setze ich wieder meine ahnungslose und bedauernde Miene auf.

Macy ist zu stolz und zu hart im Nehmen, als sich eine Niederlage einzugestehen. Sie rappelt sich auf und wischt sich mit den Fingern über die Nase. »Mir geht's gut! Keine Sorge!«

Als ich Blut auf ihrem Trikot entdecke, habe ich sofort ein schlechtes Gewissen. Okay, keine Fouls mehr. Und Himmel noch mal, dieses Mädchen sollte es unbedingt ins Team schaffen. Trainerin Haskins wechselt mich aus und ich lande an der Seitenlinie neben Bret. Er sieht mich mit einem überraschten Gesichtsausdruck an und schüttelt dann den Kopf.

»Was?«, frage ich ganz unschuldig.

»Nichts.« Er schreibt etwas auf sein Klemmbrett, während er

mir alle paar Sekunden einen verstohlenen Blick zuwirft. »Erinnere mich nur daran, dass ich mich nie mit dir anlege.«

Du hast ja keine Ahnung, Alter.

»Das war ein Unfall. Ich konnte mich nicht mehr bremsen«, halte ich dagegen. »Ich bin eben leistungsorientiert.«

»Ich auch.« Er will noch etwas sagen, doch da mischt sich Justice in unser Gespräch.

»Also, da bin ich ganz anders«, sagt sie und bricht damit ihre lahme Vorstellung auf dem Spielfeld ab. »Ellie, richtig? Wir hatten letztes Jahr Bio zusammen.«

»Ellie Ames«, fügt Bret hinzu. »Mr Lance' Lieblingsschülerin.«

»Gar nicht.« Ich richte den Blick an den beiden vorbei auf das Spielfeld. Ich habe keine Ahnung, wie das weitergehen wird – Bret, der nur mich beachtet, und Justice, die verknallt in ihn ist. Dabei scheint sie merkwürdigerweise gar nicht richtig in ihn verknallt zu sein, wie Chantel neulich im Supermarkt behauptet hat. In den letzten paar Tagen sind mir jedenfalls keine Anzeichen dafür aufgefallen. »Ich bin die ganze Woche über sein Lieblingsbuch hergezogen. Und ich diskutiere fast jeden Tag mit ihm.«

»Von so einem Scheiß kriegt der Kerl doch einen Ständer«, erwidert Bret nüchtern.

»Ekelhaft!« Justice rümpft die Nase. »Es sollte für Lehrer gesetzlich verboten sein, bei irgendetwas einen Ständer zu kriegen.«

Bret studiert die Punkteliste und schaut dann Justice und mich an. »Leider muss ich euch sagen, dass ihr beide es wahrscheinlich nicht ins Team schaffen werdet.«

»Das wollte ich sowieso nicht«, murmelt Justice.

Neben meinem linken Fuß liegt Brets iPhone im Gras. Ich werfe einen kurzen Blick darauf, dann schaue ich wieder hoch. Noch nicht. Erst Vertrauen aufbauen, dann in die Privatsphäre eindringen.

»Gehst du heute Abend zu Dominics Party?«, will Bret von Justice wissen. Nachdem sie das bejaht hat, wendet er sich an mich. »Und was ist mit dir?«

»Ich habe darüber nachgedacht. Dominic hat das neulich in der Sporthalle erwähnt.« Er hatte es tatsächlich erwähnt, nur nicht mir gegenüber. Und definitiv nicht, um mich einzuladen. Aber wenn du eine Einladung in den Club der coolen Kids bekommen willst, tust du am besten so, als hättest du schon eine. »Aber ich hab eine Menge Hausaufgaben und muss Collegeessays für den Workshop schreiben, also mal sehen.«

»Du solltest kommen«, sagt Bret.

Justice lächelt mich aufrichtig an, was mich echt schockiert. »Ja, unbedingt.«

Zwischenmenschliche Beziehungen eingehen – erledigt!

Vom Spielfeld hinter uns ruft jemand Brets Namen. Ich blinzele in die Sonne und entdecke Jacob, Chantels aktuellen Freund, sofern ich auf dem neuesten Stand der Schulgerüchteküche bin. Bret joggt hinüber und redet mit ihm. Justice streckt Jacob kurz den erhobenen Daumen entgegen. Als sie bemerkt, dass ich sie beobachte, senkt sie die Hand schnell wieder.

»Also …«, ich schwenke meine Arme und verfolge weiter das Trainingsspiel, »… wollen wir den Rest dieses Testspiels sausen lassen oder nutzen wir noch mal unsere Chance?«

Justice blickt wehmütig in Richtung Mädchenumkleide.

»Meine Eltern würden mich umbringen, wenn ich jetzt einfach gehe.«

»Ich könnte dir eine blutige Nase verpassen«, schlage ich vor.

Sie beäugt mich mit einer hochgezogenen Braue. »Irgendwie habe ich da keinen Zweifel.«

Gut. Das solltest du auch nicht.

KAPITEL 8

»Eine Party auf einer Jacht am Potomac River«, wiederholt Harper von ihrem sicheren Platz auf den Stufen am flachen Ende des Pools aus. »Wer steuert denn diese Jacht?«

Keuchend vom Schwimmen klammere ich mich an den Beckenrand. »Ich bin ziemlich sicher, dass sie vor Anker liegt.«

»Warum interessierst du dich plötzlich für Partys?«, will Harper wissen.

Ich tauche mit dem Kopf unter, und als ich wieder hochkomme, sage ich: »Du hast mir doch neulich einen Vortrag darüber gehalten, dass ich mich den Leuten mehr öffnen soll. Das hat mich zum Nachdenken gebracht.«

»Aha.« Sie sieht mich an, als wollte sie sagen: Ja, klar! Dann schaut sie zu Aidan, der die Treppe herunterkommt, nachdem er seinen Anzug im Apartment ausgezogen hat. »Und diese Party auf der Jacht wird dir bei deinem Vorhaben helfen?«

Vorhaben. Interessante Wortwahl.

»Es ist zumindest ein Anfang.«

Harper kneift die Augen zusammen. Sie weiß, dass ich lüge, aber sie lässt sich Zeit und wartet den richtigen Moment ab, ehe sie mich darauf hinweist. Oder sie will erst mal rausfinden, was ich wirklich vorhabe.

»Was für ein Anfang?«, fragt Aidan.

»Ein Anfang für Ellies soziales Engagement.« Harper grinst mich an. »Sie will nachher zu einer Party von irgendwelchen reichen Kids auf einer Jacht.«

Ich strecke ihr die Zunge raus, als Aidan gerade nicht hinschaut.

»Offenbar hat sie beschlossen, Freundschaften in der Schule zu schließen.«

»Hmm …« Aidan starrt vom Rand des Pools auf mich herab, er hat die muskulösen Arme vor der Brust verschränkt, seine dunkle Haut hebt sich von dem weißen Poloshirt ab – er wirkt grimmig und einschüchternd. »Und würdest du diese Behauptung auch unter einem Lügendetektor wiederholen?«

Ich wusste gar nicht, dass er so einschüchternd sein kann.

»Klar.« Ich lasse mich auf dem Rücken treiben und starre in den klaren, blauen Himmel. »Ich würden jeden Lügendetektortest im Schlaf bestehen.«

»Bist du da sicher?«, fordert Aidan mich heraus. »Ich habe schon die coolsten und gelassensten Agenten daran scheitern sehen. Du hast wohl Superkräfte.«

Mit den Ohren im Wasser verstehe ich ihn kaum über das Rauschen des Poolfilters hinweg. »Dann teste mich doch.«

»Mein Lügendetektor ist leider in der Werkstatt. Wie wäre es mit einem Memory-Spiel? Hast du dir die Fotos noch mal angesehen, während ich oben war?«

Ich erreiche mit den Füßen den Boden des Pools und gehe zur Treppe. »Nein, du kannst Harper fragen. Sie ist meine Zeugin.«

Harper reicht mir ein Handtuch und schwört, dass ich die

Wahrheit sage. Im Sommer haben Harper und ich Aidan dabei geholfen, sich auf ein paar Tests vorzubereiten, die er für den Secret Service machen musste. Tests, bei denen man Fotos gezeigt bekommt, die man sorgfältig studieren muss, bevor sie einem wieder weggenommen werden. Später wird man nach Details auf diesen Fotos befragt. Es hat sich herausgestellt, dass ich bei diesem Spiel ziemlich gut bin, und jetzt benutzt Aidan mich gern als Gegnerin, um seine Fähigkeiten zu trainieren.

In ein Handtuch gewickelt, setze ich mich an den Sonnenschirmtisch neben dem Pool. Aidan sitzt rechts von mir, Harper links. Harper blättert durch den Stapel Farbfotos, wobei sie die Bilder vor uns verborgen hält. »Auf dem Foto von dem Stadtzentrum, was habt ihr zwischen den beiden höchsten Gebäuden gesehen?«

»Eine Gasse«, sage ich sofort. Aidan hat den Mund geöffnet, aber ich hab ihm das Wort abgeschnitten. Ich blinzele ins Nichts und lasse das Bild vor meinem inneren Auge erscheinen. »Und ein ›Herumlungern verboten‹-Schild.«

»Einen 2005er Ford Fusion«, fährt Aidan dazwischen. »Dunkelblau – nein, jägergrün. Und ein –«

»Bally's-Fitness-Mitgliedsmagnet auf der Kofferraumklappe!«, rufe ich. »Nummernschild Land of Linco–«

»Illinois!«, unterbricht mich Aidan.

Ich schlage mit der Hand auf den Glastisch, als könnte ich dann klarer denken. »5L62F45.«

Aidan hält inne und dreht sich zu mir. »Was war das denn?«

»Das Nummernschild. Sollten wir nicht –?«

Harper hält sich das Foto näher vors Gesicht. »5L62F45. Oh Gott, ich glaub, ich brauche eine Brille.«

»Wie konntest du das erkennen? Und wie konntest du dir das merken?« Aidan sieht mich fragend an.

Meine Wangen beginnen zu glühen, als hätte ich etwas Falsches getan. Wieso kann ich mich an das Nummernschild erinnern? Das hat bestimmt etwas mit meinen Denkprozessen zu tun. Ich habe mir das Nummernschild eingeprägt, damit ich Aidan schlagen kann, weil ich davon ausgegangen bin, dass er dasselbe tun würde. War das Betrug? Der schmale Grat ist mir noch nie ganz klar gewesen.

»Ich … ich weiß es nicht …«, stottere ich und strenge mich noch mehr an, das Ganze zu entwirren, weil Aidan mich nach wie vor anstarrt, als wäre ich ein Freak. »Dieses Nummernschild kann man sich leicht merken. Fünf L … fünf Liter … zweiundsechzig … das Alter, ab dem man Seniorenermäßigung bekommt. F für Fuck. Und fünfundvierzig … weil heute der Geburtstag meiner –« Ich breche den Satz ab.

»Moms Geburtstag.« Harper schaut von dem Foto auf.

Ich starre auf meine Fingernägel. »Heute. Heute wird sie fünfundvierzig.«

Letztes Jahr hat meine Familie den Geburtstag meiner Mutter gefeiert, indem sie eine fünfundachtzigjährige Frau um zehntausend Dollar betrogen hat. Ich hab eine oskarreife Darbietung abgeliefert und ihr meinen Dad als Wundertherapeuten verkauft, der mich von einer straffällig gewordenen Jugendlichen in eine sittsame, anständige und ehrgeizige Highschoolschülerin verwandelt hat. Meine Mom war die alleinerziehende Mutter, die nicht mehr wusste, was sie noch mit mir anstellen soll. Zehn Riesen und ein Monat in Dr. Ames Reprogrammierungs-Camp hatten mein Leben gerettet. Und das könnte auch das Leben ihres Enkels retten. Später, als meine Familie mit Steak und Hummer und Schokoladen-Lavakuchen beim Abendessen saß, musste ich an die alte Dame und ihren hoffnungsvollen Blick denken, während sie dabei zusah, wie das Reprogrammierungs-Team auftauchte und ihren Enkelsohn aus seiner Abwärtsspirale holte. Aber wir hatten natürlich nicht vor, irgendjemanden zu retten. Ganz im Gegenteil. Wir drückten dem Jungen zweihundert Dollar, einen gefälschten Ausweis und ein Busticket nach Vegas in die Hand.

An diesem Abend konnte ich nichts essen, und als ich meiner Mutter über den Tisch hinweg einen Blick zuwarf, bemerkte ich, dass ihr Lächeln nicht ihre Augen erreicht hatte und sie ihr Essen auf dem Teller hin- und herschob, ohne auch nur einen Bissen ihres Geburtstagsdinners anzurühren. Mein Dad war voll überschwänglicher Freude, und nicht das geringste Schuldgefühl verdarb ihm den Appetit. Und meine Mom neben ihm fühlte sich wie ein Stück Scheiße, tat aber so, als wäre sie glücklich. Sie war vierundvierzig Jahre alt und tat immer noch alles für ihn. Sogar Dinge, die sie gar nicht tun wollte, da bin ich mir ganz sicher. Ich frage mich, ob sie dort, wo sie jetzt ist, wohl gerade ihren fünfundvierzigsten Geburtstag feiert.

Meine Familie hat diesen Trickbetrug noch öfter durchgezogen, doch glücklicherweise ohne meine Eltern und mich, immer mit einem anderen Dr. Ames. Aber die Erinnerung daran lässt mich nicht los. Sie hängt so stark an mir, dass ich mir den Nachnamen Ames ausgesucht habe, als das FBI Harper und mir vorschlug, unsere Namen zu ändern. Nur um nicht zu vergessen, wie ich mich gefühlt habe, nachdem wir der alten Dame das Geld abgeknöpft hatten. Harper war so froh, mich wiederzuhaben, dass es ihr egal war, welchen Namen ich wählte. Sie hat gar nicht weiter darüber nachgedacht.

Aidan reibt sich mit der Hand über das Gesicht und lässt die Erwähnung unserer Mutter einen Moment in der Luft hängen, bevor er wieder auf das Spiel zurückkommt. »Im Ernst, Ellie, schwörst du, dass du nicht betrogen hast?«

»Warum sollte ich betrügen?«, erwidere ich. »Spielen wir oder nicht?«

Aidan mustert mich noch einen Moment lang, dann nickt er Harper zu. Sie schüttelt den Kopf und konzentriert sich wieder auf die Fotos. »Okay, das Bild mit dem Lagerhaus in der Wüste … nennt so viele Eingänge wie möglich.«

»Das Fenster«, sage ich nur noch halb so energisch.

»Welches Fenster?«, hakt Harper nach.

»Du kannst doch nicht –?«, beginnt Aidan, hält aber inne, als er sieht, dass Harper das Foto betrachtet.

»Stimmt, sie hat recht. Diese Schlösser sind ziemlich einfach, man könnte sie geräuschlos öffnen.«

Ich schaue zwischen den beiden Erwachsenen hin und her und glaube zu erkennen, wovor Harper solche Angst hat. Aidan betrachtet sie, als wäre sie eine Fremde für ihn. Und ich frage mich nicht zum ersten Mal, wie die beiden sich kennengelernt haben. Keiner von ihnen will es mir erzählen.

Harper senkt den Blick wieder auf die Fotos. »Vielleicht liege ich mit dem Schloss auch falsch. Warum sollte es leicht zu knacken sein?«

»Es ist nur ein Bild, Harper«, sage ich. Sie muss sich nicht schämen. Sie hat ihre Fähigkeiten nicht dazu missbraucht, dieser netten alten Dame das Geld aus der Tasche zu ziehen. Ich zeige mit dem Finger auf Aidan. »Aidan ist derjenige, der das Ganze für eine Bombenfabrik oder so was hält. Normale Leute benutzen normale, unzuverlässige Schlösser.«

Schweigen breitet sich zwischen uns aus. Eine Nachbarin schüttelt ihren Türvorleger über dem Balkon aus und ich kann praktisch den Staub auf den Boden fallen hören.

»Ich denke, wir haben für heute genug Memory gespielt.« Aidan greift über den Tisch und nimmt Harper behutsam die Fotos aus der Hand, dann sagt er so leise, dass ich ihn kaum verstehen kann: »Ich wollte dich nicht kritisieren. Ich war nur völlig verblüfft, weil jeder in meinem Team vorgeschlagen hätte, ein Fenster einzuschlagen, um in das Gebäude einzudringen. Niemand würde auch nur in Betracht ziehen, sich lautlos Zugang zu verschaffen. Aber es ist schlau. Muskeln stehen dem Hirn häufiger im Weg, als man denkt.«

Ein Kloß bildet sich in meiner Kehle und ich bin froh, dass Aidan den Blick auf meine Schwester gerichtet hat und nicht auf mich. Harper hebt eine Hand und streicht ihm über den Kopf. »Dann müssen wir dir wohl ein paar Tricks beibringen.«

»Oh, sehr gern.« Er steht auf und küsst sie auf die Stirn. »Ich lasse euch zwei Ladys mal allein, damit ihr euch unterhalten könnt.«

Harper und ich sehen ihm nach, wie er mit den Fotos davongeht. Als er außer Sichtweite ist, brechen wir aus unerfindlichen Gründen in schallendes Gelächter aus.

»Er hat so einen süßen Hintern«, sagt Harper.

»Das kommt von dem ganzen Lauern und Über-Leute-Herfallen.« Ich öffne ihre Handtasche und wühle darin herum, bis ich ein Päckchen Kaubonbons finde, doch sie reißt es mir sofort aus der Hand. »Hey, ich bin am Verhungern!«, protestiere ich.

»Wer war noch mal das Mädchen, das heulend auf der Couch lag?«, erinnert Harper mich, ohne die Süßigkeiten herauszurücken. *»Mein Zahn explodiert gleich, ich sterbe, Harper, ich halte das nicht länger aus, erlöse mich …«*

Ich blitze sie wütend an.

»Sind diese Süßigkeiten etwa tausend Dollar wert? Wir werden diese Rechnung fünf Jahre lang abbezahlen.«

»Entschuldige«, murmele ich. Gott, ich hasse es, dass sie meinetwegen so viel Geld ausgeben müssen. Wenn ich einen Job hätte, könnte ich sie wenigstens unterstützen. Oder wenn ich einen kleinen Betrug durchziehen würde oder zwei … »Ich kann immer noch nicht glauben, dass wir tatsächlich eine Rechnung bezahlen.«

Harper sieht mich lange an. »Dieses Nummernschild … Du hast es dir so gemerkt, wie ich es dir beigebracht habe, oder?«

Ich nicke. »Fünf Liter für die Senioren und für Mom ist das Fuck, weil sie erst fünfundvierzig ist.«

Harper lacht. »Das ergibt doch überhaupt keinen Sinn.«

»Tja, hat aber funktioniert.« Ich zucke mit den Schultern. »Hast du an ihren Geburtstag gedacht? Ich meine, bevor ich ihn erwähnt habe?«

»Ja.« Sie blickt zu unserem Apartment hinauf. »Heute Morgen, als ich auf mein Handy geschaut habe.«

Ich kaue auf meinem Daumennagel. »Denkst du, es geht ihr gut?«

»Ich bin sicher, dass es ihr gut geht.« Sie weicht meinem Blick aus, ihre Miene wird zu Stein.

Und damit ist das Gespräch über Mom beendet. Harper ist es egal, dass heute Moms Geburtstag ist, und ich kann es ihr nicht verübeln. Für sie ist das ein schmerzhaftes Thema, und für mich inzwischen auch, seit sie mir die Wahrheit über den Sommer damals erzählt hat. Meine Eltern liebten es, mir die Geschichte meiner Geburt zu erzählen. Geboren am 4. Juli. Wie amerikanisch. Aber Harper war acht, als ich geboren wurde, und sie erinnert sich an Details, die dieses Geburtsdatum widerlegen – kälteres Wetter, die Tatsache, dass sie zu der Zeit in der Schule war. Ende August wäre vielleicht gerade noch denkbar, aber September oder Oktober ist eher wahrscheinlich. Mein Geburtstag könnte sogar heute sein. Bin ich überhaupt schon siebzehn? Oder bin ich noch sechzehn? Wer zur Hölle weiß das schon?

Ihr denkt vielleicht, das ist doch keine so große Sache, und glaubt mir, ich habe versucht, keine große Sache daraus zu machen, aber ein Geburtstag … Dieses Datum ist wie ein Stempel für jeden Menschen, und er bedeutet: Hier bin ich, ich existiere.

»Ellie?« Harper holt mich ins Hier und Jetzt zurück. »Ich habe einen Kochkurs für uns gefunden. Oder ich sollte es wohl kulinarische Studien nennen. Der Typ, der für die Feldsteins kocht, unterrichtet das.«

»Ist es teuer? Ich möchte nicht, dass du dein ganzes Gehalt für einen Kurs für mich verpulverst.«

Harper arbeitet Teilzeit als Nanny für eine stinkreiche Familie. Keiner von uns kann legal hier arbeiten, also täuscht Harper einen Akzent vor, und die Feldsteins sind überzeugt davon, dass sie eine echte illegale deutsche Nanny eingestellt haben und ihre Kinder im Alter von fünf Jahren zweisprachig sind. Aidan ist nicht gerade begeistert von dieser Lüge, aber er lässt es trotzdem durchgehen, weil Harper den Kindern tatsächlich Deutsch beibringen kann. Es ist kein kompletter Betrug.

»Wir können den Kurs kostenlos besuchen.« Harper grinst. »Dank meiner fantastischen Beziehungen. Sonntagabend. Du und ich. Wir kochen ein paar koschere Gerichte.«

»Warum denn koscher?«, frage ich, als ein roter Mustang neben uns in die Parklücke fährt. Ungläubig starre ich auf das Cabrio.

Miles springt aus Brets Wagen. Und wer lümmelt auf dem Rücksitz? Dominic DeLuca, Justice und Jacob, Chantels Freund.

»Danke fürs Mitnehmen, Mann«, sagt Miles.

»Kein Problem«, erwidert Bret. »Wir sehen uns später!«

Mein Mund steht immer noch offen, als Miles auf dem Weg zu seinem Apartment an Harper und mir vorbeiflitzt.

»Hey!«, rufe ich ihm nach. Er bleibt stehen, dreht sich um, und tut so, als wäre er überrascht, mich hier draußen zu sehen. Ich laufe zu ihm und senke die Stimme. »Seit wann hängst du denn mit denen rum?«

»Vorbereitungskurs für den Collegetest«, sagt er knapp, als hätte ich mir das denken können. Und verdammt … ich hätte tatsächlich daran denken müssen. Diese Idee wäre viel besser gewesen als das Feldhockeyprobespiel.

»Okay, aber warum warst du in Brets Wagen?« Ganz besonders nach allem, was er über den Kerl losgelassen hat, als wir einkaufen waren.

»Ich brauchte eine Mitfahrgelegenheit.« Er breitet die Arme aus. »Nur die Dummen nehmen den Bus. Das hast du selbst gesagt.«

»Was genau hast du vor?«, will ich wissen.

Miles ist heute ganz Mr Disziplin und sehr darum bemüht, seinen Blick auf mein Gesicht gerichtet zu halten und nicht auf mein Bikinioberteil. Aber ich bemerke die Anspannung, die abwärts ziehende Schwerkraft, gegen die er ankämpft. Es kribbelt in meinem Magen, wenn ich nur daran denke, dass er mich am liebsten abchecken würde.

»Was hast du vor?« Er wartet nicht auf meine Antwort, sondern geht einfach weiter.

Nachdem Miles die Wohnungstür hinter sich geschlossen hat, drehe ich mich zu Harper um. »Ich brauche ein richtig hautenges Kleid.«

Sie hebt eine Augenbraue. »Scharfe Braut?«

Ich schüttele den Kopf.

»Zuckerpüppchen?«

»Ohne bestimmte Absicht«, lüge ich. »Ich will einfach nur heiß aussehen.«

KAPITEL 9

»Möchtest du etwas trinken?«, fragt mich Bret.

Ich beäuge kritisch die diversen Cocktailgläser, die an der Bar an Deck bereitstehen, und schüttele den Kopf. »Nein, danke.«

Bret schenkt mir sein umwerfendes Grinsen, mit dem er bestimmt alles bekommt, was er haben will, und geht dann ein paar Klassenkameraden begrüßen, die gerade aufgetaucht sind. Es ist ziemlich voll an Deck, und ohne die Kakihosen und Schulpolohemden erkenne ich kaum jemanden wieder. Wahrscheinlich beruht das auf Gegenseitigkeit, denn ich trage ein Designerkleid, das Mrs Feldstein Harper geschenkt hat, weil es »aus der letzten Saison« ist, und ein Paar Plateausandalen, die ich unglaublich toll finde, die aber gleichzeitig die unbequemsten und lautesten Schuhe sind, die ich jemals an den Füßen hatte.

Dominic DeLuca hat genau wie Bret Boardshorts und ein T-Shirt an. Er ist barfuß, seine Nase leicht gerötet und das dunkle Haar vom Schwimmen noch ganz durcheinander. Sonnencremeduft geht von ihm aus. Ich sage Dominic Hallo, aber er lächelt nicht, sondern erwidert meine Begrüßung nur mit einem knappen Nicken und einem kurzen »Hey«.

Er spielt wie immer den nachdenklichen, coolen Typen.

Ich drehe eine Runde auf dem Deck. Ich kann kaum glauben,

dass einer Familie eine Dreißig-Meter-Jacht inklusive eingebauter Boxen – aus denen Musik dröhnt –, eines Barkeepers und jeder Menge Steh- und Sitzplätze gehört. Die Sonne geht langsam unter und die Lichter an Deck schalten sich nacheinander ein, bis es ringsherum farbenfroh leuchtet. Das Einzige, was mir an diesem Boot nicht gefällt, ist die Reling. Ich bin noch nie in einem Fluss, See oder im Meer geschwommen. Ich bin nicht mal sicher, ob ich das überhaupt könnte. Und mich heute Abend irgendwo dieser Reling zu nähern, steht ganz sicher nicht auf meiner To-do-Liste.

Chantel und Justice sind gerade angekommen und kippen die ersten Drinks an der Bar. Ich warte, bis Justice mich entdeckt, und winke, bevor ich mich zu ihnen geselle. Ich weiß, dass ich nicht einfach davon ausgehen kann, dass die Kameradschaftlichkeit auf dem Hockeyfeld heute Vormittag auch vor ihren Freundinnen noch gilt. Sie trägt ihr glänzendes schwarzes Haar offen, hat ein wunderschönes dunkelblaues Kleid an und Schuhe, die noch höher sind als meine.

»Oh mein Gott, Ellie! Du sieht fantastisch aus!«, sagt Justice.

Chantel wirft mir ein gespieltes Lächeln zu. »Absolut.«

»Woher hast du dieses Kleid?«, fragt Justice.

»Von meiner Schwester. Die Frau, für die sie als Nanny arbeitet, trägt ihre Kleider nur einmal und will sie dann loswerden.« Ich streiche mit der Hand über den seidigen schwarzen Stoff. Das Kleid schmiegt sich wie Butter an meine Haut und wirkt schlicht. »Es ist absolut perfekt.«

»Dieser Stoff ist der Hammer. Und auch noch strapazierfähig.« Justice lässt die Hand über den schmalen Träger an meiner Schulter wandern. »Aber am besten ist der Schnitt.«

Vielleicht besitzt die Bienenkönigin der Holden Prep am Ende doch eine menschliche Seite.

»Sie interessiert sich für Design«, erklärt Chantel, als wäre das der einzige Grund, warum jemand die Strapazierfähigkeit eines Stoffes kommentieren würde. Gleichzeitig rümpft sie die Nase und signalisiert damit, dass sie dieses Hobby nicht teilt. Sie greift nach einem Glas mit irgendeinem hellrosa Getränk und hält es vor uns in die Höhe. »Das schmeckt unglaublich. Wollt ihr nicht auch mal probieren?«

»Sei vorsichtig damit«, warnt Justice. Sie sieht mich an und seufzt. »Gott, ich vermisse meine Nanny.«

»Ich auch.« Chantel leert in drei Sekunden das halbe Glas. »Meine hat die ganzen Hausaufgaben für mich erledigt. Ist echt nervig, dass ich das jetzt allein machen muss.«

»Sie hat deine Hausaufgaben gemacht? Du bist so verdammt faul, Chantel«, sagt Justice.

Chantel verdreht die Augen. »Mir doch egal.«

»Und …«, sage ich zu Justice, »überlegst du, an eine Schule für Design zu gehen?«

Ich habe noch nie über das College nachgedacht, aber alle anderen an meiner Schule scheinen das zu tun, also ist das ein ungefährliches Gesprächsthema.

»Ich würde dafür töten, wenn ich auf die Designerschule in New York gehen könnte. Aber meine Eltern würden das nie erlauben.« Die menschliche Justice verschwindet und ihre Nase wandert buchstäblich eine Stufe höher. »Mein Dad war in Stanford und meine Mom hat erst in Princeton studiert und war dann in Stanford an der juristischen Fakultät.«

Ich will eine weitere Frage stellen, aber da beschließt Justice, quer über das Deck nach Bret zu rufen. »Thomas! Haben wir es jetzt ins Team geschafft oder nicht? Wir wissen, dass du es weißt.«

Das Grinsen von vorhin breitet sich wieder auf Brets Gesicht aus. »Ihr seid beide in der Schulauswahl! Herzlichen Glückwunsch!«

»Was?«, stoßen Justice und ich gleichzeitig hervor.

Bret lacht. »War nur 'n Scherz.« Er deutet mit dem Finger auf Justice. »Du hast es echt verkackt.« Dann richtet er den Finger auf mich. »Und du warst viel zu gefährlich.«

»Gott sei Dank.« Justice greift sich mit der Hand an die Brust. Dann dreht sie sich zu mir und lächelt. »Er mag dich.«

»Wer?« Ich nehme mir ein Glas und halte es fest, ohne daraus zu trinken.

»Du weißt schon, wer«, sagt Justice. »Er war sofort in dich verknallt, als du diese Tussi mit dem dicken Hintern beim Trainingsspiel umgenietet hast.«

»Ich dachte, *du* stehst auf Bret«, zischt Chantel mit gesenkter Stimme, als sollte das nur Justice hören.

Justice scheint zu merken, dass sie etwas verbockt hat. Rasch lässt sie den Blick über das Deck wandern, bis sie Chantels Freund Jacob entdeckt hat. »Ich glaube, Jacob hat schon seinen fünften Wodka Tonic … Vielleicht gehst du besser zu ihm, um ihn im Zaum zu halten.«

Chantel schnaubt verärgert und knallt ihr Gals auf den Bartresen, geht aber trotzdem zu Jacob. Als wir allein sind, gebe ich Justice ein paar Sekunden, damit sie ein Geständnis ablegen kann, was sie jedoch nicht tut.

»Ich weiß, dass Chantel denken soll, du wärst in Bret verliebt«, sage ich. Sie will etwas erwidern, aber ich lasse sie nicht zu Wort kommen. »Die Frage ist nur, warum? Entweder läuft da was zwischen dir und Jacob hinter dem Rücken deiner besten Freundin, oder Jacob benutzt dich, um Chantel auf die Probe zu stellen und herauszufinden, ob sie immer noch auf Bret steht. Die beiden waren doch letztes Jahr zusammen, oder?«

Justice' Augen weiten sich. »Wie – ich meine, auf keinen Fall! Ich mache doch nicht mit Jacob rum!«

»Sag das noch ein bisschen lauter und Chantel kann dich hören«, warne ich sie. »Also ist Sportskanone Jacob sich wohl nicht ganz sicher, was?«

Der schockierte Gesichtsausdruck verschwindet und Justice beginnt zu grinsen. »Warum hängen wir eigentlich erst jetzt zusammen ab?«

»Schicksal«, lüge ich. Schicksal ist Blödsinn. »Jetzt ist wahrscheinlich unsere Zeit gekommen.«

Sie nimmt sich ein Glas mit dem rosa Zeug. »Darauf trinken wir einen!«

»Auf ein neues Schuljahr und neue Freunde!« Ich hebe mein Glas und stoße mit ihr an. »Und neue Liebe.«

»Und neue Geheimnisse.« Sie mustert mich und stellt mir damit schweigend die entsprechende Frage.

»Ich werde Chantel nicht erzählen, dass du Teil von Jacobs Psychospielchen bist.« Ich stelle das Glas ab, ohne einen Schluck getrunken zu haben, im Gegensatz zu Justice. »Und jetzt wird es Zeit, dass ich meinen Betätigungsbereich etwas ausweite.«

Bret steht in meinem Blickfeld. Ich betrachte ihn und überlege, welche Taktik ich anwenden sollte.

»Schnapp ihn dir, Süße.« Justice klatscht mir auf den Po

und schiebt mich vorwärts. »Aber lass ihn ein Kondom benutzen.«

Während ich langsam das Deck überquere, spüre ich eine innere Genugtuung, bin aber gleichzeitig auch erleichtert, dass mein altes Selbstvertrauen und meine Fähigkeiten alle noch da sind. Etliche Augenpaare sind auf mich gerichtet. Meine Mutter hat mir beigebracht, wie man am besten durch einen großen Raum geht und dabei die Blicke auf sich zieht – alle Blicke. Wie abgedroschen das auch klingen mag, es kommt dabei wirklich mehr auf das Innere als auf das Äußere an. Wie du über dich selbst denkst, beeinflusst die Art, dich zu bewegen. Das hat mir meine Mom Hunderte Male eingetrichtert.

Ich komme der Reling immer näher und will mich schon fast wieder abwenden und zur Bar zurückkehren, aber da hat Bret bereits mitbekommen, dass ich zu ihm wollte. Er zieht eine Augenbraue hoch – der Typ steht wirklich auf freche Mädchen, was mich dazu bringt, ihn zwei Prozent weniger zu hassen. Und das ist ziemlich nützlich, denn ich muss ja so tun, als könnte ich ihn leiden. Ich lasse meinen Blick verschwimmen, damit mich die Nähe zum Wasser nicht ablenkt, aber mein Herz schlägt trotzdem schneller, die Angst verlangsamt meine Schritte. Schnell drehe ich mich um, sodass ich mit dem Rücken zur Reling stehe.

Bret mustert mich, dann kommt er auf mich zu, immer näher. Er hält erst an, als nur noch ein paar Zentimeter zwischen uns sind. »Hey.«

»Hey.« Ich lasse ihn nicht aus den Augen – vermeide damit den Blick auf das Wasser – und sage nach einer kurzen Pause: »Justice meint, du stehst auf körperlich aggressive Mädchen.«

Er lacht. »Warum? Willst du deine Vorzüge verkaufen?«

»Ich verkaufe immer meine Vorzüge. Aber ich bin extrem wählerisch, was interessierte Käufer betrifft.«

»Gut zu wissen.« Sein Blick wandert direkt in meinen Ausschnitt, aber anders als Miles wird er nicht rot. »Du hast gar nichts zu trinken. Möchtest du etwas?«

»Das hast du mich schon gefragt«, erinnere ich ihn. »Und nein. Meine Schwester kann einen Cocktail aus einer Meile Entfernung riechen. Ich beschränke mich lieber auf geruchlose Substanzen.«

Seine Augenbrauen schießen in die Höhe. »Deshalb bist du also hier.«

Ich zucke mit den Schultern, aber in meiner Magengegend brodelt es nervös. Habe ich zu früh alles auf eine Karte gesetzt? Ich halte den Atem an, weiche Brets Blick aber nicht aus.

Er greift mit der Hand in die Tasche seiner Shorts und zieht eine kleine weiße Dose heraus. Ich seufze erleichtert, mein Timing war perfekt. Er schaut sich um, dann dreht er sich wieder zu mir. »Was nimmst du?«

»Was habe ich denn zur Auswahl?« Ich bleibe cool, während er ein Dutzend Pillen in seine Hand schüttet. Zwei davon schiebt er wieder in die Dose zurück.

»Was war das?«

»Nichts, was ich dir geben würde.«

»Warum? War das Rohypnol?«

Gott, bitte sag Nein. Sonst muss ich ihm seine Eier zu einem Knoten drehen und das würde meinen Plan ruinieren, in seine Clique zu kommen.

Bret schüttelt den Kopf. »Aber die nimmt man in anderen Ländern auch als Einschlafhilfe.«

»In welchen Ländern?«, hake ich nach, doch dann winke ich ab. »Vergiss es. Ich will's gar nicht wissen. Also, was hast du anzubieten?«

»Ecstasy, LSD, PCP, Adderall«, rattert er mit gesenkter Stimme herunter, während er seine Handfläche sorgfältig verdeckt hält.

»Adderall? Falls ich beschließe, mich an die Bar zu setzen und für einen Test zu lernen?« Ich richte den Blick auf das Gedränge an Deck. »Ich glaube, für mich ist das eher ein Ecstasy-Abend.«

Warme Finger heben meine Hand und drehen sie um. Zwei Pillen landen in meiner Handfläche, dann drücken dieselben warmen Finger meine Hand sanft zu einer Faust. Als ich Bret wieder ansehe, ist die kleine weiße Dose verschwunden. Aalglatt. Er wäre ein erstklassiger Taschendieb.

»Wie viel?«, frage ich, denn ich bin nicht sicher, ob er gerade dealt oder nur nett sein will.

»Das geht auf mich.« Bret beugt sich näher, sein Atem streift mein Ohr und ich muss heftig gegen den Drang ankämpfen, nicht zurückzuweichen. »Aber du musst sie nehmen, wenn ich dabei bin.«

Mein Herz schlägt wie verrückt, Angst überfällt mich. Ich will etwas erwidern, aber Bret sagt lachend: »Kleiner Scherz. Aber mal im Ernst, nimm nicht beide auf einmal. Das geht voll auf dein Herz, es fühlt sich an, als würde es explodieren.«

Ich glaube, gleich passiert dasselbe, nur weil ich die Pillen in meiner Hand halte. Ich schiebe sie unbemerkt in meine Handtasche. Aber ich schaffe es trotzdem nicht, meine Gedanken oder meinen Herzschlag zu beruhigen.

Entspann dich. Atme, Ellie. Komm runter. Alles easy.

Das ist mein Körper und er tut genau das, was ich will.

Mit jedem längeren Atemzug senken sich meine Schultern. Hier und jetzt. Aidan nennt diese Techniken Bewältigungsmechanismen. Für mich sind es Trainingsübungen. Ich spiele diese Spiele vielleicht nicht mehr, aber ich habe nicht vor, so bald aus der Form zu kommen.

Bret wirft mir einen merkwürdigen Blick zu. »Alles okay?«

»Ich fühle mich auf Booten nicht besonders wohl …« Ich deute mit dem Kopf in Richtung Potomac River hinter mir. »Relings und große Wassermassen.«

Er zuckt mit den Schultern, wirkt aber nicht mehr so misstrauisch. »Dominic und ich übernachten hier so oft wie möglich. Er schläft schon seit Donnerstag unter Deck, weil seine Eltern in China sind. Es gibt nichts Besseres. Party auf Deck, Schlafzimmer gleich darunter, und jeden Tag kommt eine Putzkolonne vorbei.«

Dominic übernachtet unter Deck? Das könnte ein guter Ort zum Spionieren sein.

»Wie lange sind sie denn noch in China?«, frage ich und füge gleich hinzu: »Falls ich meinen Vorrat aufstocken muss. Dann will ich doch wissen, wo ich dich finde.«

»Du willst also wissen, wo du mich findest«, wiederholt er. »Bist du immer so cool? Von wem lässt du dich denn sonst so abschleppen?«

Wer mich abschleppt? Gute Frage. Aber erst will ich dir mal ein paar Fragen stellen, Bret … Was hast du nach dem Frühlingsball auf unserem Parkplatz gemacht? Bist du Simon nach Hause gefolgt? Hat er Drogen bei dir gekauft? Hast du ihm etwas gegeben, dass ihn dazu gebracht hat, sich zu erschießen?

»Eigentlich bin ich schon eine Weile mit niemandem mehr zusammen«, sage ich.

»Und wer war es davor?«, hakt er nach. »Jemand, den ich kenne?«

Ich wende den Blick ab und kaue auf meinem Daumennagel. »War nur ein guter Freund. Aber ich kann nicht … ich meine, er ist nicht … Er ist nicht hier.«

Bret bricht neben mir in schallendes Gelächter aus. »Niemals. Simon Gilbert hatte doch überhaupt nichts mit dir gemeinsam. Nicht in einer Million Jahre. Der Typ hätte nicht mal ein Glas Champagner angerührt.«

»Das würde ich auch nicht«, betone ich, während ich mich dafür hasse, Simons Image zu ruinieren. »Und habe ich Simon gesagt?«

»Okay, schon verstanden. Es war nicht Simon.« Er hebt die Hände. Und offensichtlich ging es im Juni auf unserem Parkplatz auch nicht um einen Drogendeal. »Aber wenn du irgendwas brauchst, geh zu Dominic, wenn ich mal nicht kann. Er ist der Einzige an unserer Schule, bei dem ich sicher bin, dass er Party mit dir macht, ohne dich sofort zu verpfeifen.«

»Gut zu wissen.«

Ich will gerade meine Flucht ins Bad antreten, als ich jemanden aus dem Augenwinkel auf die Jacht kommen sehe. Mir bleibt der Mund offen stehen und ich unterdrücke ein ärgerliches Stöhnen.

Miles Beckett.

KAPITEL 10

Was ist schlimmer als Miles' Auftauchen auf der Drogenparty der coolen Kids? Genau vier Dinge, die ich alle in Gedanken zusammenfasse, als er die Jacht betritt. Erstens: Bret lässt mich stehen, um mit Miles abzuklatschen. Zweitens: Dominic kommt herbeigeeilt, um ihn zu begrüßen. Dominic, der für mich nur ein angepisstes Nicken übrig hatte. Drittens: Justice grinst und flüstert aufgeregt mit Chantel. Und viertens: Miles hat seine steif gebügelte Hose mit einer lässigen Jeans getauscht und trägt dazu ein lockeres Freizeithemd.

In Jeans sieht er unglaublich gut aus. Er sieht immer unglaublich gut aus. Punkt. Seine Haut ist leicht gebräunt, wahrscheinlich von den ganzen Bahnen, die er heute Nachmittag im Pool geschwommen ist, als ich reingegangen bin, um mich für die Party zurechtzumachen. Ja, ich habe zugesehen. Ehrlich, jetzt bedauere ich es.

Ich starre ihn wütend an, denn ich habe keine Lust, mich der Parade von Miles-Beckett-Verehrern anzuschließen. Ich meine, mal ernsthaft, die kennen ihn doch gar nicht. Hat er ihnen heute Nachmittag beim Vorbereitungskurs eine Gehirnwäsche verpasst? Jetzt schlägt er mit Bret die Fäuste zusammen, obwohl er neulich im Supermarkt noch über ihn hergezogen ist. Außerdem hätte er mich fast wegen diesem Drogentütchen verpfiffen, und er weiß, dass Bret und Dominic in die Sache verwickelt sind. Ich verstehe das nicht. Was zieht er da ab?

Er wendet sich zur Bar, und ganz der coole, lässige Typ, in den er sich verwandelt hat, streift er »aus Versehen« Justice' Arm, als er sich ein Glas nimmt. Sie tut so, als hätte sie erst jetzt bemerkt, dass er auch auf der Party ist, und zupft ihn am Hemdsärmel. Dann sagt sie etwas, das ihn zum Lachen bringt, was ich aber nicht hören kann. Mein Magen zieht sich zusammen.

Bin ich enttäuscht, weil er sich vor mir bei den coolen Kids eingeschleimt hat, obwohl ich einen Vorsprung hatte? Oder bin ich enttäuscht, weil er Justice vor mir bemerkt hat? Doch dann schaut er sich um, als würde er das Deck absuchen, bis sein Blick an mir hängen bleibt.

Er blinzelt. Sieht weg. Dann schaut er wieder zu mir. Sein intensiver Blick, die Art, wie er mich vom Kopf bis zu den Zehen mustert, jagt mir einen Hitzeschauer über den Rücken. Ich schüttele das unerwünschte Gefühl ab und gehe auf die kleine Gruppe zu.

Bret macht eine große Show daraus, mir Miles vorzustellen, als wäre er ein Promi oder so was – was zur Hölle ist in diesem Vorbereitungskurs passiert? –, und ich lächele gespielt. »Wir sind uns schon ein paarmal über den Weg gelaufen.«

»Sie sind Nachbarn«, sagt Dominic, was mich überrascht. Er vermeidet immer noch den Blickkontakt mit mir, eine düstere Miene liegt auf seinem hübschen Gesicht. Er sieht Bret an. »Gehen wir jetzt schwimmen, oder was?«

»Alter, es ist kaum fünf Sekunden her, dass du diesen Vorschlag gemacht hast.« Bret schüttelt den Kopf. »Wenn du gleich loslegen willst, hättest du mir das sagen müssen.«

Leise, angespannte Worte fallen zwischen den beiden.

»Du sahst beschäftigt aus.« Dominics Blick fällt schließlich auf mich. »Ich wollte dich nicht stören.«

Okay, was zum Teufel habe ich Dominic DeLuca getan?

Miles schaut zwischen den beiden Jungs hin und her und hebt dann eine Augenbraue, als wollte er mich fragen, was ich getan habe, um zwischen den dicksten Freunden diese schlechte Stimmung auszulösen. Ich gehe ein paar Schritte auf Miles zu, um ihn dazu zu bringen, etwas zu sagen. Er sieht mich direkt an, als wollte er mich herausfordern. Aber ich erwidere seinen Blick lange genug, um zu bemerken, dass er nervös ist.

»Hast du nie das Gefühl, jemandem auf Schritt und Tritt zu folgen?«

»Ich folge jedenfalls nicht dir, falls du das damit sagen wolltest.« Ein Grinsen breitet sich in Miles' Gesicht aus. »Ich kann nur einfach nicht Nein sagen, wenn ich eingeladen werde.«

»Natürlich nicht.« Ich schüttele den Kopf. »Armer, hilfloser Miles ohne Freunde. Der Thunfischauflauf hat wohl nicht genug Trost gespendet?«

Bevor ich ihn fragen kann, was er tatsächlich vorhat, verwickeln Dominic und Bret ihn in eine Diskussion über eine nächtliche Schwimmaktion, mit der ich nichts zu tun haben will. Ich treffe auf ein paar andere Klassenkameraden und unterhalte mich eine Weile mit ihnen, während ich beobachte, wie Justice Miles aus der Ferne begafft. Dann mache ich mich auf den Weg unter Deck.

Drei Mädchen kommen gerade die Treppe hoch, als ich hinuntergehe. Ich drücke meinen Rücken gegen die Wand und lasse sie vorbei. Das untere Deck der Jacht ist ganz anders, als ich es mir vorgestellt habe. Ich dachte, hier gäbe es nur einen Hartholzboden und Wasser und irgendwelchen Bootskram. Aber am Ende der Treppe betreten meine Plateauschuhe einen dicken Plüschteppich und vor mir erstreckt sich ein Wohnzimmer mit offener Küche und einem riesigen Flachbildfernseher.

Jetzt verstehe ich auch, warum Bret erzählt hat, dass sie gern hier abhängen. Der Schiffsbauch ist wie ein eigenes Apartment. Ich gehe zum Sessel neben der Couch und sehe mir die Handtaschen an, die dort aufgestapelt sind. Ich öffne die oberste und finde einen Schülerausweis, der Justice' Freundin Briley gehört. Ich mache Fotos von ihrem Führerschein, ihrer Kreditkarte – vorn und hinten – und halte dann inne. Ich brauche diese Informationen ja gar nicht. Als Nächstes finde ich Chantels Handtasche. Sie hat ein Pillenfläschchen Penicillin dabei. Oh Mann, dass hätte ich lieber nicht gewusst.

Justice' Tasche liegt direkt darunter. Nachdem sie bewiesen hat, wie raffiniert sie ist, fühle ich mich moralisch verpflichtet, ihren Führerschein zu fotografieren. Ganz hinten in ihrem Portemonnaie steckt ihr Sozialversicherungsausweis. Ich mache auch davon ein Foto, dann schnappe ich mir ihr Handy. Sie ist eine der wenigen, die ihr Handy hier unten gelassen haben. Und es ist nicht durch ein Passwort geschützt. Zwei weitere Mädchen kommen auf dem Weg zum Bad die Treppe herunter. Als sie in meine Richtung schauen, tue ich so, als wäre ich mit dem Tippen einer Nachricht beschäftigt. Justice schreibt bestimmt mit Chantels Freund. Ich scrolle durch ihre Nachrichten.

Justice: Vielleicht solltest du ihr einfach vertrauen.

Jacob: Vielleicht solltest du mir einfach helfen.

Jacob: Siehst du? Wir stehen fast auf derselben Seite. Nur 2 Wörter sind anders.

Justice: Haha. Na gut. Ich tue es im Namen der Liebe. Sonst nichts.

Plötzlich fühlt sich das Handy ganz heiß und schwer in meiner Hand an, wie eine verbotene Frucht. Okay, vielleicht ist sie doch nicht die hinterhältige Schlange, für die ich sie gehalten habe. Wenn die Jungs nur auch Handtaschen hätten, die sie unter Deck liegen lassen würden. Meine Arbeit wäre so viel einfacher.

Ich sehe mich um und entdecke eine geschlossene Tür neben dem Bad. Das Schlafzimmer, das Bret erwähnt hat? Ich drehe den Knauf, aber es ist abgeschlossen.

Ich schaue rasch zu Treppe, um sicherzugehen, dass niemand herunterkommt, dann ziehe ich eine Haarklemme aus meinen Haaren und stochere damit im Schloss herum. Der Knauf gibt nach, ich drehe ihn langsam und vorsichtig, öffne die Tür einen Spalt und schlüpfe hinein. Es ist dunkel im Zimmer, aber ich erkenne die Umrisse eines großen Doppelbettes. Ich schließe die Tür hinter mir und benutze mein Handy, um den Nachtschrank anzuleuchten. Eine Brieftasche, ein Schlüssel und etwas Kleingeld liegen darauf verstreut. Ich ziehe den Ausweis aus der Brieftasche und leuchte auf ein Bild von Dominic. Er sieht darauf genauso verschlossen aus wie immer. Vielleicht ist das einfach seine Art. Ich fotografiere seine Ausweise und Kreditkarten, obwohl ich wünschte, sie würden Bret gehören. Dominic war nicht in der Juninacht auf dem Parkplatz. Ich brauche ihn nicht so sehr wie Bret.

Am Fußende des Bettes liegen eine rote Reisetasche und ein Rucksack. Ich muss mein Kleid ganz schön weit hochziehen, um vor der Tasche in die Hocke zu gehen. Weil Bret und Dominic beide hier übernachten, weiß ich nicht, wem von beiden welche Tasche gehört.

Zuerst öffne ich den Reißverschluss der Reisetasche und greife mit der Hand hinein. Ich taste nach etwas, das sich nicht nach Klamotten anfühlt. Vielleicht finde ich eine Tüte mit Drogen, wie Dominic und Bret sie Cody Smith unterschieben wollten. Ich ziehe ein Schulpolohemd aus der Tasche und entdecke ein Namensschild am Etikett: Dominic DeLuca. Ich verkneife mir ein Lachen, weil er wie im Kindergarten Namensschilder an seiner Schuluniform trägt. Also ist das nicht Brets Tasche. Ich lasse das Shirt fallen und greife noch einmal hinein. Meine Finger streifen etwas Plastikartiges. Ich schiebe die Klamotten zur Seite und leuchte hinein. Mindestens dreißig Kondompäckchen liegen auf dem ganzen Boden der Tasche verstreut. Guter Junge, Dominic. Auch eine Art, auf Nummer sicher zu gehen. Und zwar eine sehr übertriebene. Ich durchsuche noch alle Seitentaschen, finde aber nichts von Bedeutung. Nichts Belastendes oder auch nur entfernt Interessantes.

Ich halte kurz inne und lausche auf Schritte, dann wende ich mich dem Rucksack zu. Die einzigen Geräusche kommen von der Party über mir. Ich hole ein Geschichtslehrbuch und ein Schmierheft für fünf Unterrichtsfächer heraus – nichts weiter Spannendes. Als Nächstes kommt ein Spanischbuch zum Vorschein. Jetzt bin ich mir sicher, dass auch der Rucksack Dominic gehört. Bret hat Deutsch III belegt – kein Spanisch –, direkt vor meinem Deutschkurs. Dann stoße ich auf einen braunen Umschlag. Ich richte das Licht meines Handys darauf. Zum Glück ist er nicht zugeklebt. Ich lege mein Handy zur Seite, um den Inhalt auszuleeren. Mehrere Zeitungsausschnitte gleiten heraus. Ich greife wieder nach meinem Handy und beuge mich vor, um besser sehen zu können. Sofort springen mir die Schlagzeilen ins Auge.

Der Sohn des kalifornischen Senators wurde tot zu Hause aufgefunden

Verdacht auf Suizid ... Senator Gilbert und seine Familie betrauern heute bei einer privaten Beerdigung den Tod von Simon ... Simon Gilbert ist tot ...

Ist tot.

Tot.

Tot.

Die Worte verschwimmen vor meinen Augen, mein Herz beginnt schneller zu schlagen. Warum schleppt Dominic diese Artikel mit sich herum? Ich kann es kaum ertragen, diese Schlagzeilen zu lesen, geschweige denn, mir das Foto von Simon anzusehen, auf dem er in seinem Anzug vom Frühlingsball in die Kamera lächelt. Kalter Schweiß bildet sich auf meiner Stirn. Plötzlich ist mir der dunkle Raum zu viel. Zu unheimlich. Ich bin es gewohnt, auf der kriminellen Seite stehen, wenn ich in die Privatsphäre anderer eindringe, ihre Schwächen herausfinde, wo sie verwundbar oder angreifbar sind. Aber ich lasse nie zu, dass sie meine Schwachstellen finden.

Ich stecke alles zurück in Dominics Rucksack und will gerade davonstürzen, als ein Stift herausrollt. »St. Felicity's Shelter« steht darauf. Ich betrachte den Stift von allen Seiten und ziehe schließlich die Kappe ab. Mir stockt der Atem.

Das ist ein Abhörgerät.

Jemand hat Dominic eine Wanze untergeschoben?

In diesem Moment geht die Schlafzimmertür auf – und ich habe keine Chance, mich zu verstecken.

KAPITEL 11

Miles steht im Türrahmen, ohne Hemd und tropfnass. Da er im Laufe der letzten Woche schon einige Male Zeuge meines nicht ganz ehrlichen Verhaltens geworden ist, breche ich in Panik aus, bevor er überhaupt den Mund öffnet.

»Was machst du hier?«, will er wissen, die Arme vor der muskulösen Brust verschränkt. »Dominic hat gesagt, dass er die Tür immer abschließt.« Sein Blick wandert von meinem Gesicht zu meinen Händen. »Was hast du da?«

Ich springe auf, schiebe mein Kleid mit einer Hand wieder an die richtige Stelle, während ich in der anderen den Stift hinter meinem Rücken verberge. Mein Puls ist außer Kontrolle. Ich brauche ganz schnell eine Ausrede, bevor ich völlig durchdrehe. Er hat mich schon einmal dabei ertappt, wie ich Drogen in der Schultoilette runtergespült habe, um nicht damit erwischt zu werden, und dann sogar eine Lehrerin angelogen habe, deshalb kann ich jetzt nicht schon wieder das böse Mädchen spielen. Ich brauche etwas anderes, etwas, das er nicht erwartet.

»Was versteckst du da hinter deinem Rücken?« Er kommt auf mich zu. »Zeig her.«

Ich halte beide Hände nach hinten, lasse den Stift in meiner Handtasche verschwinden und taste nach den Pillen, die Bret mir gegeben hat. Ich versuche, mich an Miles vorbeizuschieben, aber ich weiß natürlich, dass er mich nicht gehen lassen wird.

»Gar nichts. Ich habe nur auf dem Weg zum Bad die falsche Tür erwischt.«

»Na klar.« Er baut sich mit seinem durchtrainierten, nassen Körper vor mir auf. Hätte ich jetzt keine anderen Sorgen, würde ich mir einen Moment Zeit nehmen und diesen Anblick genießen.

»Dann zeig mir jetzt deine Hände, Ellie.«

»Was bist du? Die Partypolizei?«, gebe ich schnippisch zurück und lasse mich noch weiter in meine neue Rolle hineinfallen. Ich werfe einen Blick in sein Gesicht, mustere die Haltung, mit der er vor mir steht, und mache ihm deutlich, dass ich mich geschlagen gebe. »Na schön.«

Ich öffne die Hand und zeige ihm die blauen Pillen.

Miles macht das Licht an und beugt sich näher. »Was ist das?«

»Naproxen«, starte ich einen Versuch.

Er verdreht die Augen. »Ecstasy, stimmt's?«

Ich lasse meine Gedanken zu dem Moment zurückwandern, als ich diese Zeitungsartikel gefunden und Simon auf den Fotos gesehen habe, denke an die Nacht, bevor er tot aufgefunden wurde, wie er mich angelächelt und mir das Blumenarmband über das Handgelenk geschoben hat. Unwillkürlich bildet sich ein Kloß in meinem Hals und Tränen steigen mir in die Augen. Als ich endlich zu sprechen beginne, klingt meine Stimme panisch. »Bitte … erzähl es nicht meiner Schwester. Oder Aidan. Du kannst mir die Tabletten wegnehmen. Ich schwöre, dass ich sie nicht nehmen wollte …«

Er hebt eine Augenbraue. »Du willst, dass ich für dich lüge?

Schon wieder?« Er schüttelt den Kopf. »Das kannst du vergessen.«

Mit einem unterdrückten Schluchzen dränge ich mich an ihm vorbei, haste ins Badezimmer und schließe ab, bevor er sich mir in den Weg stellen kann. Miles hämmert gegen die Tür. Ich prüfe mein Aussehen rasch im Spiegel und spritze mir etwas Wasser ins Gesicht, damit meine Wimperntusche verläuft.

»Ich schwöre, wenn ich die Toilettenspülung höre ...«, ruft Miles durch die Tür.

»Du verstehst das nicht«, rufe ich zurück. Eine Geschichte, Ellie, komm schon, du kriegst das hin. Ein Teenagerdrama. Dabei geht es nicht um Raumfahrttechnik. Es dreht sich immer nur um eine Handvoll Themen – Schule, Freunde, Jungs ... Eltern. *Bingo!* »Mein Dad wird mich umbringen. Er hat mich schon zu meiner Schwester geschickt. Er hasst mich. Für ihn bin ich nichts weiter als Abschaum.«

Mein Geständnis muss ihn aufgeschreckt haben, denn sein Tonfall verändert sich. »Ellie, komm erst mal da raus und dann reden wir darüber. Vielleicht ist es doch nicht so schlimm, dass deine Schwester davon erfahren muss. Und das würde ja auch nicht bedeuten, dass sie es gleich weitererzählt. Sie scheint ziemlich cool zu sein. Genau wie Lawren... äh ... Aidan.«

Er benutzt schon wieder den Nachnamen.

Miles rüttelt am Türknauf, bis er sich drehen lässt. Ich setze mich vor das Waschbecken auf den Boden, als schließlich die Tür aufgeht. Miles kommt herein und hockt sich vor mich hin. Er hat jetzt wieder seine Jeans an. Lag die vielleicht auch im Schlafzimmer bei Dominics Sachen? Nein, sie lag über der Couchlehne. Ich bin wirklich ganz schön aus der Übung. Ich denke wieder angestrengt an die Zeitungsartikel aus Dominics Rucksack und wiederhole die Worte endlos in meinem Kopf … tot aufgefunden … tot … tot.

Tränen laufen mir über die Wangen. Mein Make-up ist jetzt wahrscheinlich völlig verschmiert. Ich wische mir mit dem Arm über das Gesicht, als würde ich mich dafür schämen. Dann öffne ich die Hand und zeige Miles die Tabletten.

»Ich habe sie nicht genommen. Und auch nicht im Klo runtergespült.«

Ich dachte, dass er wieder seine unnahbare Ich-hasse-deine-Sorte-Mensch-Haltung annehmen wird, sobald er sieht, dass ich okay bin, aber Miles überrascht mich, indem er sich mir gegenüber auf den Badezimmerboden setzt. »Dein Dad ist also ein Arsch?«

»Er ist …«, schluchze ich. »Er ist Prediger. In einer Kirche in Utah. Er schämt sich für mich. Er wollte mich schon in eine Entzugsklinik einweisen lassen, weil ich Gras geraucht und ein paarmal Ecstasy genommen habe. Aber meine Mom und Harper waren der Meinung, dass es vielleicht …« Ich tauche noch tiefer in die Rolle ein und breche in lautes Schluchzen aus, während ich mein Gesicht gegen die Knie presse. »Ist sowieso egal. Jetzt werden sie mich bestimmt dorthin schicken.«

Miles legt die Hände auf meine nackten Schultern. Es kribbelt in meinem Bauch, aber ich verdränge das Gefühl. »Hör zu, Ellie –«

»Ich wollte sie nicht mal nehmen.« Ich hebe den Kopf und starre in seine funkelnden blauen Augen. Obwohl ich misstrauisch bin, weil Miles so plötzlich mit den coolen Kids abhängt, ist da etwas in seiner Miene – ganz besonders in seinen Augen –, das geradezu nach Aufrichtigkeit schreit. Abrupt stehe ich auf und wische mir mit einer Hand das Gesicht ab. »Vergiss es. Du glaubst mir ja sowieso nicht.«

»Ich möchte dir gern glauben.« Er baut sich wieder vor mir auf und versperrt die Tür. Er hebt meine Hände, nimmt mir die Tabletten ab und steckt sie in seine Hosentasche. Dann wandern sein rechter Zeige- und Mittelfinger zur Innenseite meines Handgelenks. Ich halte den Atem an, ich kann einfach nicht anders. Er riecht nach Sonne und frischer Luft. Und diese Augen, in denen sich so viele Gedanken spiegeln. Er tritt näher, sein Gesicht ist nur noch wenige Zentimeter von meinem entfernt.

»Jetzt sag mir noch mal ehrlich … Wolltest du das Ecstasy nehmen, das du aus Dominics Sachen geklaut hast?«

Ich sehe ihm direkt in die Augen. Ich weiß genau, was er vorhat, aber ich weiß nicht, woher er diese Methode kennt. Mein Puls wird schneller und sein Gesichtsausdruck verhärtet sich.

»Woher hast du diese Lügendetektor-Masche?«

»Ich glaube, aus einem Roman von Peter Abraham.« Er runzelt die Stirn. »Es könnte auch Stephen King gewesen sein …«

Ich gleite noch ein Stück in seine Richtung. Ich spüre seinen warmen Atem auf meiner Wange. »Und du denkst nicht, dass vielleicht auch andere Einflüsse meinen Puls beschleunigen könnten?«

Er formt ein O mit den Lippen, macht den Mund aber schnell wieder zu. Seine Wangen röten sich. Seine Stimme ist nur noch ein Flüstern. »Antworte auf meine Frage, Ellie.«

Ein langsamer, ruhiger Atemzug, schon habe ich meinen Herzschlag wieder unter Kontrolle. »Ich hatte nicht vor, heute Abend Ecstasy oder andere Drogen zu nehmen.«

»Gut.« Er mustert weiter mein Gesicht. »Und vor ein paar Tagen in der Schule? Was hattest du tatsächlich mit den Pillen vor?«

Seine Finger drücken sanft auf die Innenseite meines Handgelenks, während auch sein eigener Puls schneller wird. Aha. Das könnte nützlich sein. Ich lasse mich erneut von dem emotionalen Druck von vorhin leiten und warte, bis noch ein paar Tränen über meine Wangen laufen. »Dominic … er hat diesem Cody die Drogen untergeschoben, und das hat mich daran erinnert, wie …« Ich schlucke den Kloß in meinem Hals hinunter. Die Wahrheit zu sagen, ist viel schwerer, als zu lügen. Ich kann das nicht. Ich kann Simon nicht mit in diese Sache hineinziehen. »Ich wollte nicht, dass noch jemand so endet wie ich. Die ganze Zeit gegen sich selbst kämpfen. Oder Ärger für etwas bekommen, wofür man nichts kann.«

»Hattest du schon mal Ärger wegen einer Sache, für die du nichts konntest?«, fragt Miles.

Er hält immer noch mein Handgelenk fest, ich spüre seine Körperwärme. Ich beuge mich vor und lehne die Stirn an Miles' Schulter. Er versteift sich augenblicklich, so sehr, dass ich fast zurückgewichen wäre. Er scheint eine Entscheidung über mich getroffen zu haben, denn seine Schultern sinken nach unten und eine Hand landet auf meinem Rücken.

»Hey … es tut mir leid«, sagt er. »Ich wusste nicht, was in Wirklichkeit dahintersteckt.«

Wäre ich nicht so von seinem Geruch und dem Gefühl seiner Haut an meinem Gesicht gefesselt gewesen, hätte ich mir wahrscheinlich ein Lachen verkneifen müssen. Das war fast zu leicht. Ich dachte, Miles könnte zu einer echten Herausforderung für mich werden, vor allem weil er die Einstellung vertritt, nie irgendeinen Mist zu erzählen. Ich meine, ich rede zu neunzig Prozent Mist.

Ich drehe leicht den Kopf, sodass meine Lippen fast seinen Hals streifen. Die Anziehungskraft scheint mich regelrecht an ihn zu drücken. Aber vielleicht will ich das ja auch. Aus freien Stücken war ich bis jetzt nur mit einem Jungen zusammen. Er war Teil meiner »Familie« (natürlich kein Blutsverwandter, das wäre echt widerlich), aber die Beziehung stellte sich als totaler Fehltritt heraus, denn er war mir viel zu ähnlich. Für einen Moment spiele ich mit dem Gedanken, diesen Jungen hier aus reiner Neugier zu erkunden. Wie würde das sein? Ich lege meine Hand seitlich an seinen Hals. Sein Puls rast. Oh, oh! Vielleicht wird Miles am Ende doch noch zu einer Herausforderung für mich. Nur nicht auf die Art, die ich mir ursprünglich vorgestellt hatte.

Aber die Vernunft drängt die Neugier zurück. Ich habe getan, was ich tun musste, und sein Vertrauen gewonnen. Das darf ich jetzt nicht aufs Spiel setzen. Ich lege die Arme um seinen Nacken und umarme ihn, eine Geste, die hoffentlich freundschaftlich wirkt.

»Danke, dass du mich vor Schlimmerem bewahrt hast. Ich versuche, keinen Mist mehr zu bauen, aber … na ja.«

Ich will mich von ihm lösen, doch Miles hält mich weiter fest. Als ihm das bewusst wird, lässt er rasch die Arme sinken. Wir hören Schritte auf der Treppe und werfen beide einen Blick durch die offene Badezimmertür. Ich wende mich zum Gehen, aber Miles berührt meinen Arm. »Warte.«

Er kommt wieder näher, ich halte den Atem an. Er nimmt

sanft mein Gesicht in die Hände. Für einen Moment breche in Panik aus – will er mich etwa küssen? Doch dann streicht er mit den Daumen unter meinen Augen entlang. Schwarze Wimperntusche klebt jetzt an seinen Fingern. Mein Herz bleibt fast stehen. Ich zwinge mich auszuatmen.

Er beugt sich zurück, betrachtet mich und nickt. »Schon viel besser.«

Wir verlassen das kleine Bad, kurz bevor zwei Mädchen aus unserer Klassenstufe unter Deck auftauchen. Sie mustern uns ganz seltsam, als wären sie nicht sicher, ob wir zusammen da drin waren. Die beiden betreten das Badezimmer und schließen die Tür hinter sich, sodass es plötzlich ziemlich dunkel ist.

Ich will die Treppe hochgehen, doch da greift Miles nach meiner Hand. »Versprichst du mir etwas?«

Ich drehe mich zu ihm um. »Was?«

Sein Gesicht ist voller Sorgenfalten. »Sag mir beim nächsten Mal Bescheid, wenn Dominic irgendjemandem Drogen unterschieben will«, erwidert er. »Versuch nicht noch einmal, das allein zu regeln, okay?«

Ich nicke. »Okay. Aber warum hängst du jetzt mit denen rum? Und warum interessiert es dich überhaupt, was ich mache?«

»Keine Ahnung.« Er schluckt. »Manchmal wünschte ich, ich würde mich nicht dafür interessieren. Oder die Wahrheit wissen wollen.«

Mit diesen Worten geht er an mir vorbei zurück an Deck. Ich schüttele das merkwürdig verunsichernde Gefühl ab, etwas Falsches gesagt zu haben. Schon wieder. Immer wenn ich denke, ich hätte Miles durchschaut, tut er etwas, das mich aus der Bahn wirft. Und ich weiß immer noch nicht, was mit diesem halb nackten Mädchen am letzten Wochenende los war. Haben die beiden miteinander geschlafen?

Warum kümmert mich das überhaupt?

Oben an Deck dröhnt die Musik jetzt noch lauter und die Stimmen klingen lebhafter, weil die meisten inzwischen angetrunken sind. Als Bret mich entdeckt, kommt er gleich auf mich zu. Er ist nass – genau wie Miles –, aber er hat sich ein T-Shirt übergezogen.

»Wo warst du denn? Du hast das große Wettschwimmen verpasst. Beckett hat geschummelt, falls du es genau wissen willst.«

»Wie kann man denn bei einem Wettschwimmen schummeln? Hat er vorher Red Bull getrunken? Oder eine von deinen Adderall genommen?«

»Er hat behauptet, er sei gar nicht so schnell«, sagt Bret. »Aber der Typ war wie eine verdammte Robbe.«

»Eine Robbe?«

Bret fährt fort, mir das Wettschwimmen detailliert zu schildern, aber ich kann mich nicht auf seine Worte konzentrieren. Ich bin immer noch ganz durcheinander von der emotionalen Achterbahn, in der ich gelandet bin. Mein Blick wandert über die Jacht bis zum Ende der Anlegestelle, wo ein Mann an einem Laternenmast lehnt.

Ich berühre Bret am T-Shirt. »Hey, ich glaube, ich werde abgeholt.«

»Oh, wirklich?« Er klingt enttäuscht, was vielversprechend ist. Er beugt sich zu mir herunter, viel zu nah an mein Gesicht, und ich bemühe mich wieder, nicht zurückzuweichen. »Ich hab deine Nummer gar nicht.«

Ich hebe eine Augenbraue, lasse einen Moment verstreichen, und lenke schließlich ein. »Fragst du etwa gerade danach?«

Er gibt mir sein Handy und ich tippe meine Nummer ein. »Eleanor Ames. In meinen Kontakten. Siehst gut darin aus.«

»Danke.« Kaum habe ich ihm den Rücken zugekehrt, verdrehe ich die Augen. Er ist dämlich betrunken. Ich mag eher ein wildes Auf-dem-Tisch-tanzen-Betrunkensein, aber jetzt ist nicht der richtige Zeitpunkt, wählerisch zu sein. Ich verabschiede mich noch kurz von Justice und Chantel. Justice sieht aus, als würde sie mich am liebsten mit Fragen über Bret bombardieren, doch dann taucht Miles neben ihr auf und sie ist abgelenkt.

Als ich das Ende der Anlegestelle erreiche, bleibe ich mit verschränkten Armen vor Jakowski – Jack – stehen. »Und, was machst du hier?«

Er zuckt mit den Schultern. »War nur in der Gegend unterwegs.«

»Na klar.« Ich kneife die Augen zusammen. »Hat Aidan dich geschickt, um meinen Babysitter zu spielen?«

»Kann sein, dass er mich gebeten hat, mal vorbeizuschauen, um zu sehen, ob du eine Mitfahrgelegenheit brauchst.« Er deutet mit dem Kinn auf einen schwarzen SUV, der dem Secret Service gehört. »Also … brauchst du eine oder hast du vor, mit deinen hemmungslosen, besoffenen Klassenkameraden die ganze Nacht durchzumachen?«

Ich ziehe die Augenbrauen hoch. »Überhaupt nicht voreingenommen, was?«

»Hey!« Er hebt abwehrend die Arme. »Bin ich etwa in die Party geplatzt und habe deinen Arsch da rausgezerrt?«

»Na schön.« Ich seufze und folge ihm zum Wagen. »Ich bin nur kein Fan davon, dass Aidan mir Babysitter auf Partys hinterherschickt.«

Als wir schließlich auf der Straße sind, brennt der Stift in meiner Handtasche förmlich ein Loch durch das perlenbesetzte Material. Ich muss das Teil unbedingt ausschalten. Zum Glück lässt sich Jack auf meinen Algebra-Kurs als Thema für die Fahrt ein.

»Mein Lehrer will, dass ich im Sommersemester Elementarmathematik belege«, erzähle ich ihm.

»Das sind doch tolle Neuigkeiten. Dann hast du ja alles durch«, erwidert Jack. Weil ich nicht gerade begeistert wirke, lacht er.

»Hasst außer mir denn niemand den ganzen Mathekram?« Ich starre aus dem Fenster. »Es kommt mir so vor, als würden alle in der Schule nur noch über Collegevorbereitungskurse und Zulassungstestergebnisse reden und wie man sich noch verbessern kann. Mir ist das völlig egal.«

»Und warum? Ich stelle am besten mal ein Lernprogramm für dich zusammen. Wenn du deine Ich-habe-keinen-Bock-auf-den-ganzen-Mist-Einstellung endlich ablegen würdest, könntest du verdammt gut abschneiden.« Er schaut mich kurz an und richtet den Blick dann wieder auf die Straße. »Du kannst dich doch nicht von Kleinigkeiten wie Mathe verunsichern lassen.«

Der Punkt ist aber, dass es für jemanden wie mich nicht vorgesehen ist, eine Zukunft zu planen und an Collegetests teilzunehmen. Meine Eltern haben schon vor Jahren dafür gesorgt, dass ich so ein Leben nicht führen werde – denn sie haben beschlossen, dass ich keine echte Identität brauche, wenn sie mir beibringen, kriminell zu sein. Natürlich weiß Jack nichts von alldem. Obwohl er manchmal Dinge erwähnt, bei denen ich mich frage, ob er doch etwas weiß.

Als ich zu Hause bin, schließe ich mich in meinem Zimmer ein und hole den Stift aus meiner Tasche. Sorgfältig begutachte ich ihn. Er ist so ähnlich wie das Teil vom FBI, das ich bei mir hatte, als ich in diese Bank gegangen bin, weil ich meinen Dad treffen wollte. Bedeutet das etwa, das FBI ermittelt immer noch in Simons Fall?

Meine Finger wandern rasch über den Stift und schalten das Abhörgerät aus. Das hätte ich vor neun Monaten auch gern getan, als nicht mein Vater, sondern meine Mutter plötzlich aufgetaucht ist, um den aufwendigen Betrug zu Ende zu bringen, der dann auf die schlimmste Art schiefgegangen ist.

Nachdem das Gerät keine Bedrohung mehr darstellt, lasse ich mich auf mein Bett sinken. Das alles macht mich wahnsinnig. Warum hat Dominic diese Artikel über Simon gesammelt?

Bei einem Memory-Spiel hat Aidan mir mal erklärt, dass es einer der größten Fehler eines Ermittlers ist, zwei verschiedene Beweisstücke in einen Topf zu werfen, nur weil sie im selben Karton gefunden wurden – oder wie in diesem Fall in einem Rucksack. Aber mein Vater hat immer gesagt, wer Diamanten an den Ohren und an den Fingern trägt, versteckt einen Haufen Geld unter der Matratze.

Ich drehe die kleine Metallwanze auf meiner Handfläche um. Ich habe keine Ahnung, wer von den beiden recht hat, aber ich weiß, dass irgendjemand versucht, etwas über Dominic DeLuca herauszufinden.

KAPITEL 12

Es ist schon dunkel draußen, als Harper und ich uns nach dem Sonntagabendkochkurs im Jüdischen Gemeindezentrum von unserem Küchenchef verabschieden. Wir – mit »wir« meine ich mich – haben nichts in Brand gesteckt oder zum Explodieren gebracht, was ich als großen Erfolg werte. Harper ist auf dem Weg nach Hause irrsinnig gut drauf und unser Magen voller koscherem Essen.

»Ich sage ja nicht, dass ich bald Kinder haben möchte. Aber irgendwann …«, argumentiert Harper.

Ich habe ihr an diesem Abend alles Mögliche unterstellt, was mit Kindern und Familie zu tun hat, um der Sache mit ihrer Kochbesessenheit auf den Grund zu gehen. Während unser Essen vor sich hin köchelte, hat sie von den Zwillingen geschwärmt, auf die sie aufpasst, und nachdem sie mich gezwungen hatte, mir Hunderte Sabber-Fotos der beiden anzusehen, habe ich ihr vorgehalten, dass sie selbst Babys haben will.

»Denk doch mal darüber nach«, sage ich. »Wenn du ein Kind in diese Welt setzt, hat es eine Mutter, die einen falschen Namen benutzt, keiner legalen Arbeit nachgehen kann –«

»Und einen Vater mit einem sehr gefährlichen Job«, fällt sie mir ins Wort. »Ich weiß das alles, Ellie. Ich bin nicht blöd.« Sie wirft mir einen vernichtenden Blick zu. »Aber ich werde die Chance auf ein richtiges Leben nicht aufgeben, nur weil meine Eltern Mist gebaut haben. Ich bin zu jung und zu optimistisch, um jetzt schon das Handtuch zu werfen.«

Tja, das optimistische Gen teilen wir nicht. Ich will ein noch besseres und stärkeres Argument anführen, als meine Sinne mich alarmieren, weil sie ein Geräusch hinter mir wahrnehmen. Meine Nackenhaare stellen sich auf. Schritte. Auf der Haut raschelnde Klamotten. Es ist dunkel auf der Straße, aber die gut gepflegten Rasenflächen in dieser Gegend machen eine Bedrohung eher unwahrscheinlich.

Ich werfe Harper einen flüchtigen Seitenblick zu. Sie kommt näher zu mir. Sie spürt es auch.

»Wer ist das?«, frage ich flüsternd.

Sie schüttelt den Kopf.

»Ellie!«, ruft da jemand hinter uns.

Harper stößt einen Schrei aus. Mein Herz schlägt mir bis zum Hals.

Die schattenhafte Gestalt, die meinen Namen gerufen hat, ist jetzt so nah, dass ich sie identifizieren kann. Ich greife mir mit einer Hand an die Brust und verpasse dem Kerl mit der anderen einen Schlag gegen die Schulter. »Was zum Teufel soll das, Bret?«

Er hebt entschuldigend die Arme. Der Ich-hab-doch-gar-nichts-gemacht«-Gesichtsausdruck sitzt ebenfalls perfekt. »Sorry! Ich wollte nicht –«

»Hast du aber!«, schimpft Harper. Sie drückt beschützend meinen Arm. »Herrgott noch mal.«

»Ich war bei dir zu Hause«, sagt Bret. »Und der große Typ an der Tür hat mir gesagt, wo du bist … Ich dachte, ich hol dich vielleicht noch ein –« Er schaut mit gerunzelter Stirn zwischen mir und meiner Schwester hin und her. »Seid ihr zwei immer so schreckhaft?«

»Schleichst du dich immer im Dunklen an ahnungslose Leute heran?«, frage ich zurück.

Er lacht. Harper und ich brauchen einen Moment, um von unserem Adrenalinstoß runterzukommen, dann gehen wir wortlos weiter. Bret ist offenbar der Meinung, wir hätten ihm verziehen, denn er schließt sich uns an, obwohl Harper ihn weiterhin böse anfunkelt.

»Was willst du, Bret?«, frage ich schließlich, als wir uns der Wohnanlage nähern. »Und was ist an Textnachrichten so verkehrt? Ich dachte, die benutzen alle Kids heutzutage.«

Etwas verlegen greift er sich mit einer Hand in den Nacken – ganz schön untypisch für ihn. »Ich hatte gehofft, du könntest mir bei meinem Englischaufsatz helfen. Ich stehe gerade mal auf C und Lance vergöttert dich regelrecht …«

Tatsächlich bin ich beeindruckt, dass er ein C in diesem Kurs hat. Vor allem weil er ja gleichzeitig damit beschäftigt ist, beim Hockeytraining zu helfen und Klassenkameraden Drogen unterzuschieben. Muss ganz schön anstrengend sein, sich dabei auch noch mit dem großen Gatsby zu beschäftigen.

Aber wie heißt es doch so schön? Sei deinen Freunden nah und bring deine Feinde dazu, dich zu lieben.

Harper schaut mich an, als wollte sie sagen: *Wer zur Hölle ist dieser Kerl? Soll ich ihn für dich abwimmeln?*

»Ist schon gut«, sage ich zu ihr und dann zu Bret: »Ich mache keine Hausaufgaben für andere.«

»Das verlange ich auch gar nicht von dir«, beharrt er. »Du sollst mir nur helfen. Das ist alles.«

Dann sag mir, was dein Auto im Juni auf unserem Parkplatz zu suchen hatte.

Wenn es doch nur so einfach wäre. Der Schlüssel zu verdeckten Ermittlungen ist, Vertrauen zu gewinnen. Selbst wenn man dabei koscheres Essen kotzen könnte.

»Okay, ich helfe dir«, sage ich schließlich.

Wir gehen zwischen zwei Gebäuden hindurch auf den Hof mit dem Pool. Da der Beckenrand und das Wasser beleuchtet sind, erkennt man trotz der Dunkelheit gut, dass eine männliche Person ihre Bahnen schwimmt. Miles' Schmetterlingsstil ist unverkennbar. Die weichen, perfekt abgestimmten Bewegungen – das Tempo, die Leichtigkeit, mit der seine Arme sich immer wieder aus dem Wasser heben, als würden sie niemals müde werden.

Ein älterer Mann, den ich nicht kenne, sitzt mit einer Zeitung und einer Zigarre im Mund auf einem der Gartenstühle. »Hey, Junge, mach mal 'ne Pause«, ruft er Miles zu.

»Ist das Beckett?«, fragt Bret. »Sieh mal an, trainiert für unser nächstes Wettschwimmen, der kleine Scheißer. Tut so, als wäre er noch nie in seinem Leben geschwommen, und hängt uns dann alle ab.«

Zigarrenqualm weht in unsere Richtung und mir dreht sich der Magen um. Ich hasse diesen Geruch.

»Hey, Junge!«, brüllt der Mann noch lauter. »Es reicht jetzt!«

Miles hält an, seine Füße berühren den Boden des Beckens. Er schiebt seine Schwimmbrille zur Seite und funkelt den Mann wütend an. »Wenn ich meinen Kopf lieber unter Wasser halte, vermeide ich damit vielleicht einen Schaden durch Passivrauchen.«

Der Mann schnaubt, macht die Zigarre aber nicht aus. Ist das etwas Miles' Onkel? Der Typ, der Briefumschläge voller Bargeld mit der Aufschrift »Geld für Lebensmittel« zurücklässt?

»Du rackerst dich hier ab für nichts«, sagt der Mann zu Miles. »Bist schon mindestens hundert Bahnen geschwommen. Wofür trainierst du eigentlich? Die Olympischen Spiele sind vorbei.«

Als Harper die Treppe zu unserem Apartment hinaufgeht, schaut Miles sich um und entdeckt Bret und mich. Sofort verwandelt er sich wieder in den coolen Typen von der Jachtparty. Er springt aus dem Pool, schüttelt das Wasser ab – was für ein Anblick! – und grinst Bret an. »Hey, Mann, was geht ab?«

Ich bin so damit beschäftigt, meinen Nachbarn mit dem nackten Oberkörper anzuhimmeln, dass ich kaum mitbekomme, wie Bret sagt: »Was denkst du, Ellie? Bereit für einen Dreier?«

Ich wirbele zu ihm herum. »Wie bitte?«

Bret lacht, aber Miles' Körper spannt sich. Er geht zu einem der Tische und schnappt sich sein Handtuch. »Er meint, zum Lernen.«

Offenbar habe ich diesen Teil verpasst. »Du bist doch gar nicht in unserem Kurs.«

»Aber er liest das Buch auch«, sagt Bret. »Und er hat nur Bestnoten.«

»Stimmt, Miles, der Musterschüler«, trällere ich.

Er dreht sich zu mir um, das Handtuch hängt jetzt um seinen Hals. »Und Ellie, die …« Er kratzt sich am Kopf. »Was genau bist du, Ellie? Ein Partygirl? Feldhockeystar? Retterin nasser Klamotten?«

Wir funkeln einander an, etwas liegt zwischen uns, als hätte ich das Vertrauen, das ich letzte Nacht aufgebaut habe, schon wieder verloren. Aber das kann nicht sein. Sonst hätte er Harper von den Drogen erzählt.

»Lehrerliebling«, sagt Bret. »Das ist Ellie, und ich nutze das zu meinem Vorteil aus.«

Ich zwinge mich zu einem Lächeln. »Komm mit rauf.«

In der Wohnung lasse ich Bret bei Harper am Küchentisch zurück, die ihm immer noch böse Blicke zuwirft. Aidan wartet im Türrahmen zu seinem und Harpers Zimmer auf mich.

»Ich weiß, was du denkst«, sage ich, bevor er etwas sagen kann. Dann senke ich die Stimme zu einem Flüstern. »Lass mich das einfach tun, okay? Du willst wissen, was er in der Nacht, als Simon starb, auf dem Parkplatz gemacht hat, und ich kann es herausfinden.«

Aidan spannt die Muskeln und lässt die Knöchel knacken. »Oder ich unterhalte mich mal kurz mit ihm und finde es schnell selbst heraus.«

»Genau, und riskierst dabei deinen Job.« Ich drücke eine Hand auf Aidans Brust und halte ihn zurück. »Außerdem wurde er bereits vom FBI befragt, schon vergessen?«

»Ellie«, sagt Aidan leise. »Als dein gesetzlicher Vormund kann ich nicht zulassen, dass du dich mit einem Jungen einlässt, der tütenweise Drogen durch die Gegend schleppt.«

»Es waren Dominics Drogen«, lüge ich. »Und ich nehme keine. Ich hab überhaupt nichts Illegales mit ihm vor. Im Moment lernen wir nur zusammen.«

»Okay«, lenkt er ein. »Aber ich behalte ihn im Auge.«

Ich hole meine Bücher aus meinem Zimmer und gehe zurück zu Bret. Kurz darauf klopft es an der Wohnungstür. Aidan lässt Miles zusammen mit dem Zigarren rauchenden Kerl herein. Er schüttelt dem älteren Mann die Hand. »Wie war die Reise, Clyde?«

Also ist das Onkel Clyde.

»Ach, wie immer.«

Aidan bietet ihm ein Bier an und die beiden gehen auf den Balkon. Da Aidan uns nicht mehr heimlich beobachtet, schiebe ich meinen Stuhl genau zwischen Miles und Bret und öffne meine Ausgabe des Gatsby.

»Also, Mr Lance hat uns die Aufgabe gegeben –«

»Alter«, sagt Bret zu Miles. »Justice dreht fast durch, weil du sie nicht angerufen hast. Bezweckst du damit irgendwas?«

Ich sehe Miles mit erhobener Augenbraue an, doch er weicht meinem Blick aus. »Bin nicht sicher. Ich versuche nur, hier erst mal anzukommen. Neue Umgebung, neue Schule …«

»Okay, das verstehe ich. Aber sie ist total ausgeflippt. Und wenn Justice erst mal an diesem Punkt ist, wird sie dich vermutlich –« Brets Augen weiten sich. »Ah, jetzt weiß ich, was du vorhast. Gut gespielt, Kumpel.«

Ich nehme das Buch und lasse es laut auf den Tisch knallen. »Hallo? Ich dachte, wir wollen lernen. Oder ist das hier ein Treffen der Vollarschkönige des Universums?«

»Entschuldige«, sagt Bret, dann gibt er sich einen Ruck und beugt sich vor, um einen Blick auf das Kapitel zu werfen, das ich gerade aufgeschlagen habe.

Miles ignoriert mich. »Kannst du Dominic ausrichten, dass

ich mich irgendwann diese Woche um den Bootsverleih kümmere, falls er immer noch Wasserski fahren will?«

Dominic. Miles hängt mit Dominic rum. Ich schaue ins Buch und denke kurz nach. »Hey, warum fragst du Dominic nicht gleich, ob er mit uns lernen möchte. Er ist doch auch in unserem Kurs.«

»Gute Idee!« Bret holt sein Handy heraus und tippt eine Nachricht. Dann wendet er sich wieder an Miles. »Dominic hat bei den Bootsverleihern keinen guten Ruf. Er hat überall hier in der Gegend Hausverbot. Er hat sich die Kante gegeben und im Sommer einen schweren Schiffsunfall verursacht. Sein Dad hat ihn heil da rausgehauen. Er kennt einen Richter«, erzählt Bret, als wäre das ganz normal. »Er war ein paar Monate echt neben der Spur, aber jetzt ist er wieder okay. Man darf ihn nur nicht trinken und Auto fahren lassen.«

Bret und Miles lachen, als würden sie nicht gerade darüber reden, ein paar ziemlich wichtige Gesetze zu brechen. Ich mustere Bret. Dass er in meinem Leben aufgetaucht ist, entpuppt sich als immer wertvoller. Er ist eine echte Klatschtante. Zumindest Miles gegenüber.

»Oh, davon habe ich gehört«, sage ich beiläufig.

Bret sieht mich erstaunt an. »Wirklich? Von wem?«

Ups …

»Justice, glaube ich … vielleicht auch Chantel.« Ich schüttele den Kopf. »Ich weiß es nicht mehr genau.«

»Wahrscheinlich Justice.« Bret verdreht die Augen. »Mal versteht sie sich mit Dominic und dann wieder nicht. Und wenn sie gerade die Nase voll von ihm hat, plaudert sie am liebsten seine Geheimnisse aus.«

Gut zu wissen. Vielleicht ergibt sich ja mal die Möglichkeit, diese Nase-voll-Phase heraufzubeschwören, und sie verrät mir etwas mehr über ihn. Zum Beispiel was es mit dem Umschlag voller Zeitungsausschnitte über Simon Gilbert auf sich hat.

Ich lächele die Jungs an. »Ich finde, dieses Gruppenlernding funktioniert wirklich großartig.«

KAPITEL 13

Ich brauche fast zwei Stunden zu dem Computerladen in Georgetown, also habe ich keine andere Wahl, als heute Nachmittag die Schule zu schwänzen, um dort noch vor Ladenschluss anzukommen. Ich werde mir wohl eine Entschuldigung für das Fernbleiben vom Unterricht ausdenken müssen. Denn Aidan und Harper werden mich sofort in die Mangel nehmen, wenn ich nach Hause komme, weil die Schule einen automatischen Anruf schickt, wenn jemand einen Kurs nicht besucht und die Eltern oder der Vormund nicht Bescheid gesagt haben.

Als ich *Tech Gear Unlimited* schließlich betrete, trage ich statt meiner Schuluniform ein gelbes Sommerkleid. Der Laden ist winzig, im Moment sind keine Kunden da. Die junge Frau hinter dem Tresen liest einen Comic und hat ihre schwarzen Stiefel auf der Theke abgelegt. Der perfekte Ort für vertrauliche Beratungsgespräche zu sämtlichen technischen Fragen. Hoffentlich enthält dieses Werbeversprechen auch ein Stückchen Wahrheit, denn ich musste einiges auf mich nehmen, um hierherzukommen.

»Wie kann ich dir helfen?«, fragt die junge Frau. Sie scheint in Harpers Alter zu sein, vielleicht ein bisschen älter. Ihr dunkelblondes Haar ist im Nacken zu einem losen Pferdeschwanz zusammengebunden. Sie trägt ein Star-Wars-T-Shirt mit einem Namensschild, auf dem »Connie« steht.

Ich stelle meine Tasche auf den Tresen. »Versprichst du, nicht zu lachen?«

Connie zeigt auf ein Schild an der Wand, auf dem steht: *Technisch überfordert? Keine Sorge! Das ist eine vorurteilsfreie Zone!*

»Auf eurer Internetseite steht, dass ihr jedes elektronische oder technische Gerät identifizieren könnt …« Ich beiße mir auf die Lippe, tue so, als wäre ich nervös, und hole dann langsam den St.-Felicity's-Shelter-Stift aus meiner Tasche. »Also … meine besten Freundinnen Sarah H. – Sarah mit einem h am Ende und einem H für den Anfangsbuchstaben ihres Nachnamens – und Sara C. –«

»Mit oder ohne h«, unterbricht mich Connie.

»Ohne h«, sage ich. »Also, wir essen immer draußen auf der überdachten Tribüne Mittag, weil das der beste Vitamin-D-Platz ist und Sarah H. da Mangelerscheinungen hat. Ich glaube, das verursacht Depressionen, und gestern sind ihr drei Haare ausgefallen, also wollen wir ihr da raushelfen. Ihr Koch macht uns mittwochs immer Sushi – nicht die einfachste Mahlzeit für draußen, aber egal. Ich hab gerade meine Spicy-Tuna-Rolle in die Sojasoße getaucht, als ich einen Stift im Gras entdeckte. Ich wusste gleich, dass daran etwas merkwürdig ist, denn keiner von uns hat je von St. Felicity's Shelter gehört, obwohl Sarah H. eine getaufte Katholikin ist, also hätten wir das echt kennen müssen.«

»Echt«, stimmt Connie mir amüsiert zu. Das Schild scheint also die Wahrheit zu sagen. Das ist wirklich eine vorurteilsfreie

Zone, denn ich hätte mich spätestens jetzt aus dem Laden geworfen.

»Ich habe die Kappe abgemacht …« Ich ziehe die Kappe ab und zeige ihr die Wanze, die darunter verborgen ist. Connie beugt sich vor und wirft einen genaueren Blick darauf. »… und das ist zum Vorschein gekommen. Das ist bestimmt irgendein Computerchip. Aber warum sollte so etwas in einem Stift versteckt sein? Es muss irgendwas streng Geheimes sein, oder? Und dann haben sich Sarah H. und Sara C. darüber gestritten, ob das Ding einem russischen oder einem chinesischen Spion gehört. Sarah H. sagte russisch. Aber Sara C. behauptete, dass wir uns heutzutage eher um die Chinesen Sorgen machen müssten und das mit den Russen in den Achtzigerjahren war. Ich wusste nicht, wer von beiden recht hatte, also hab ich angeboten, uns Hilfe zu besorgen.« Ich grinse sie an. »Und hier bin ich.«

»Hier bist du.« Connie sieht mich an. »Das ist ein Abhörgerät.«

»Warte …« Ich tue schockiert. »Also hat es tatsächlich mit Spionen zu tun? Spione benutzen doch so was, oder?«

»Klar«, sagt sie. »Oder Privatdetektive, FBI, CIA …«

Ich schlage mir die Hand vor den Mund. »Oh mein Gott, die CIA ist an unserer Schule! Ich glaube, ich weiß, wer es ist – dieser eine Typ in meinem Literaturkurs. Er hängt ständig am Handy rum und redet Türkisch oder Litauisch. Heiliger Strohsack, das muss ich meinen Eltern sagen. Sie werden ausflippen. Sie legen so viel Wert auf Privatsphäre.«

»Die CIA ist nur ein Beispiel dafür, wer diese Art von Geräten benutzt«, beruhigt Connie mich. »Soweit ich weiß, sind Geheimoperationen an amerikanischen Highschools bei der CIA nicht gerade oberste Priorität. Wie wäre es mit ein paar Nachforschungen über den Hersteller?«

Ich spiele mit meinem Handy und werfe einen prüfenden Blick auf meine Fingernägel, während Connie einen Laptop unter dem Tresen hervorholt und auf der Suche nach Antworten permanent darauf herumtippt. Nach ein paar Minuten sagt sie: »Dieser Hersteller hat definitiv einen Regierungsauftrag. Sieht so aus, als wäre die Regierung im Moment der einzige Abnehmer.«

Genau das wollte ich wissen. Wenn ich herausfinde, wem das Gerät gehört, komme ich vielleicht auch dahinter, warum der Besitzer Dominic DeLuca ausspionieren will.

»Wow!« Ich beuge mich näher zu ihr. »Echt jetzt? Das ist ja wie in *Bourne Identity*. Oder vielleicht *Skyfall*. Hast du den Film gesehen?«

»Sorry, nein.«

Dann sind wir schon zwei.

»Wow …«, sagt dann auch Connie, aber zu ihrem Laptop. »Das Teil ist wirklich erste Sahne. Top Qualität. Kostet wahrscheinlich ein paar Tausend mit zugehörigem Empfänger.«

»Empfänger? Oh, das Ding, mit dem man zuhören kann?«

Connie wirkt beeindruckt. »Ganz genau.«

»Also hat jemand diesen Abhörchip einfach in irgendeinen Stift gesteckt?«

»Nein.« Connie wirkt plötzlich ganz aufgeregt, als hätte ich ihr ein Festmahl der Technik serviert. »Ich glaube, St. Felicity's Shelter ist nur ein Codename.«

»Wofür?«

»Für irgendeine Regierungsbehörde oder eine spezielle Abteilung in einer bestehenden Ermittlungseinheit …«, rattert sie herunter, während sie durch eine Internetseite scrollt. »Aber ich sehe hier nur Theorien, die andere Technikfreaks wie ich online gepostet haben. Es gibt keine Beweise oder Fakten, die das belegen.«

Okay, der Scheiß wird langsam real. Genau deshalb brauchte ich die Tarnung als reiches, dummes Mädchen. Ich möchte nicht, dass ich in einer ihrer Technikfreak-Theorien mit irgendeiner Regierungsbehörde in Verbindung gebracht werde.

»Das ist so abgefahren. Ich meine, was wäre, wenn wir gestern nicht draußen Mittag gegessen hätten? Dann wäre das nie passiert.«

Connie wirft mir einen sehnsüchtigen und gleichzeitig besorgten Blick zu. »Willst du mir den Stift vielleicht eine Weile hierlassen, damit ich noch weiter recherchieren kann?«

Ich zucke mit den Schultern. »Wozu soll ich ihn auch benutzen? Ich meine, ohne dieses Empfängerteil … Wenn ich eins hätte, würde ich das Ding auf jeden Fall Sara C.'s Freund unterschieben. Ich weiß, dass er sie mit Gwen Saxton betrügt, aber sie glaubt mir nicht. Sie will es nicht wahrhaben, weil sie so verknallt in ihn ist.« Ich höre auf zu plappern und seufze. »Aber meine besten Freundinnen werden mich umbringen, wenn ich den Stift nicht wieder mitbringe. Sie wollten eigentlich nicht, dass ich allein hierherkomme, aber Sarah H. hat einen Biotest und Sara C. hat in diesem Monat schon acht Nachmittagskurse nicht besucht, also hat sie die Höchstgrenze schon überschritten.«

Ich kann förmlich sehen, wie sich die Rädchen in Connies

Kopf drehen, während sie nach einer Möglichkeit sucht, mich dazu zu bringen, ihr das Gerät trotzdem vorübergehend zu überlassen. Ich hoffe, dass sie mir im Gegenzug etwas Besseres anbietet. Ich bin viel zu pleite, um mir eine Abhörausrüstung leisten zu können.

»Wie wäre es, wenn ich dir ein Angebot mache?«, fragt sie prompt.

»Du meinst Geld? Das wird nicht wirklich helfen.«

»Ich meine, ich könnte dir ein vergleichbares, für mich jedoch weniger interessantes Gerät mit Empfänger ausleihen«, erwidert Connie. »Deine Freundinnen werden den Unterschied nicht merken und du kannst Sara C.'s Freund damit ficken –« Sie schließt die Augen und schüttelt den Kopf. »Das passiert mir andauernd. Ich suche mir immer die schlimmsten Wörter aus. Ich meinte, du kannst Beweise gegen ihn sammeln oder ihn auf frischer Tat ertappen.«

»Gut, denn so etwas würde ich nie tun. Ich gehe nur mit Jungs aus, die mindestens ein Meter fünfundachtzig sind und er ist nur ein Meter fünfundfünfzig. Außerdem ist er Sara C.'s Freund.« Ich beginne meine imaginären besten Freundinnen wirklich zu hassen. Das sind echt Zicken.

Connie lächelt. Sie ist jetzt noch aufgeregter, versucht es aber vor mir zu verbergen. Sie zeigt auf eine Tür hinter dem Tresen. »Komm mit in mein Büro. Dort bewahren wir die ganzen Top-Secret-Sachen auf. Ich zeig dir, wie man das Teil benutzt und so.«

Connie nimmt sich gute fünfundvierzig Minuten Zeit, um mir zu erklären, wie man jemandem mit einem Abhörgerät ausspioniert. Und obwohl ich schon einer Menge Leute Wanzen untergeschoben habe und auch schon danach abgesucht wurde, bin ich froh über die Schritt-für-Schritt-Anleitung, weil diese hier technisch so anspruchsvoll ist.

Bevor ich den Laden verlasse, gebe ich Connie noch meine Handynummer und verspreche ihr, nächste Woche wieder vorbeizukommen.

In dem Moment, als ich durch die Wohnungstür trete – mein neues Spielzeug ganz tief in meinem Rucksack vergraben –, weiß ich, dass ich in Schwierigkeiten stecke. Aidan und Harper sitzen am Küchentisch und reden leise und ernst miteinander. Sie unterbrechen ihr Gespräch und sehen mich an.

»Was zum Teufel … Ellie?«, sagt Harper, aber ihr Tonfall klingt eher erleichtert als verärgert. Ich fühle mich sofort wie der letzte Arsch. »Wo warst du?«

»Wir haben eine automatische Nachricht von der Schule bekommen, dass du die sechste, siebte und achte Stunde verpasst hast«, fügt Aidan hinzu.

Einen Augenblick lang genieße ich die Szene. Sie haben sich Sorgen um mich gemacht. Weil ich ein paar dämliche Unterrichtsstunden verpasst habe. All die Jahre, in denen ich überhaupt nicht zur Schule gegangen bin, die vielen Male, bei denen ich mit einem Freund abgehauen bin – oder besser gesagt … na ja, mit einem bestimmten Typen, der gar nicht mein Freund war – und erst am nächsten Tag wieder nach Hause kam, haben meine Eltern nicht mal mit der Wimper gezuckt.

Ich lehne mich an den Küchentresen und lächele sie an. Harper wird sauer werden, aber ich kann einfach nicht anders. »Ihr zwei seid so süß!«

»Bist du high?«, fragt Aidan, während Harper gleichzeitig fragt: »Bist du betrunken?«

Ich unterdrücke ein Lachen. »Nein, nichts von beidem. Und selbst wenn, ich bin ja nicht Auto gefahren oder so was.«

Aidan sieht mich scharf an. »Oder am Rand eines Pools entlanggegangen?«

Mir wird flau im Magen. Ich möchte nicht an den Abend im Frühling erinnert werden. Nachdem ich von Simons Tod gehört hatte … nachdem Aidan erfahren hat, dass Harper und ich nicht schwimmen können. Manchmal, wenn ich die Augen schließe, um einzuschlafen, finde ich mich am tiefen Ende des Pools wieder, Wasser läuft in meine Lunge, meine Klamotten kleben schwer an mir und ziehen mich zum Grund.

Ich senke den Blick. »Ein paar von uns haben beschlossen, blauzumachen und ins Einkaufszentrum zu gehen. War keine große Sache. Ich hätte es euch sagen sollen. Tut mir leid.«

»Wer?«, will Harper wissen. »Wen meinst du mit ›uns‹?«

»Es wäre nicht besonders cool von mir, wenn ich jetzt jemanden verpetze.«

Meine Schwester funkelt mich wütend an und ich weiß, dass ich ihr irgendetwas anbieten muss. Ich ziehe mein Handy heraus und starre einen Moment darauf, bevor ich zu Justice' Namen scrolle. Sie hat mir letztes Wochenende ihre Nummer gegeben, und sie weiß, dass ich über ihr kleines Spielchen mit Jacob hinter Chantels Rücken Bescheid weiß. Sie schuldet mir etwas. Ich drücke auf »Nummer wählen«. Glücklicherweise nimmt sie nach wenigen Freizeichen ab.

»Hey, Ellie, was gibt's? Wie läuft es mir Bret? Ich hab gehört, ihr habt euch neulich zum Lernen getroffen.«

Ich schaue zu Harper hinüber. »Du hast richtig gehört.«

Justice will Einzelheiten wissen, aber ich unterbreche sie. »Also, meine Schwester weiß, dass wir heute zusammen geschwänzt haben. Sie will niemandem Ärger machen, nur bestätigt kriegen, dass ich mit dir unterwegs war. Im Einkaufszentrum.«

»Richtig«, sagt Justice, die sofort kapiert. »Im Einkaufszentrum. Ich hatte mal wieder eine emotionale Krise. Musste einfach raus aus der Schule und mich mit Shoppen ablenken. Ich hasse es, wenn das passiert.«

Erleichtert seufze ich innerlich. »Was dagegen, wenn du ihr das noch mal persönlich sagst?«

Justice stimmt zu und ich reiche mein Handy an Harper weiter. Sie hört eine Weile zu und wirkt schon weniger sauer, dann gibt sie mir das Handy zurück.

»So was kommt nicht noch mal vor, Ellie«, warnt sie mich.

Ich bekreuzige mich, schwöre, dass ich mich in Zukunft gut benehmen werde, und gehe dann in mein Zimmer, immer noch mit Justice am Handy.

»Okay, jetzt musst du mir alles erzählen«, quiekt sie. »Wo warst du heute? Und es sollte besser was Abgefahrenes sein. Ich hab deiner Schwester nämlich erzählt, dass ich meine Jungfräulichkeit an einen Collegestudenten verloren habe, der noch drei andere Freundinnen hat, und dass ich mir dabei Chlamydien eingefangen habe.«

»Oh Gott, das hättest du doch nicht alles sagen müssen.«

»Ich bin da einfach so reingeschlittert und konnte nicht mehr aufhören.« Sie klingt wie jemand mit einem postbetrügerischen Adrenalinrausch. »Jetzt schuldest du mir einen Gefallen.«

»Witzig«, erwidere ich. »Ich dachte, das wäre andersrum.«

»Du bist echt unglaublich, Ellie. Das hätte wohl niemand gedacht«, erwidert Justice. Das geht den meisten so. »Okay, dann hilf mir einfach so, biiiiitte!«

»Was brauchst du denn? Einen gefälschten Ausweis? Entschuldigungszettel?«, rattere ich herunter.

»Das würdest du hinbekommen?«, fragt sie überrascht.

»Äh, nein«, lüge ich. »War nur ein Scherz. Jetzt sag schon, was du willst.«

»Miles Beckett.«

Ich schaue aus meinem Zimmerfenster zum Pool hinunter. Er ist nicht da. »Miles Beckett. Und auf welche bevorzugte Art? Gerührt? Frittiert? Pochiert? Gebraten?«

»Finde heraus, ob er auf mich steht«, sagt sie. »Aber unauffällig.«

Natürlich. Ich verdrehe die Augen. Zum Glück kann sie mich nicht sehen. »Ich werd's versuchen.«

Und das werde ich, denn sie hat bewiesen, dass sie ziemlich nützlich sein kann. Und ich werde auch nicht auf das Ziehen in meiner Magengegend achten, wenn ich daran denke, wie Miles mit ihr ins Bett steigt. *Lügnerin.*

»Schick mir sofort eine Nachricht, wenn du etwas herausgefunden hast.«

»Aber dir ist schon klar, dass er nur für ein halbes Jahr hier ist, oder?«, hake ich nach. »Dann geht er zurück nach Kalifornien oder wo auch immer seine Sprühstärke hergestellt wird.«

»Ja, ich weiß«, sagt sie. »Aber vielleicht können wir ihm die Holden Prep schmackhaft machen und er bleibt in Virgina? Oder ich hab einfach ein bisschen Spaß mit ihm und das war's.«

»Wenn du meinst.«

Ich beende das Gespräch, hänge mir meinen Rucksack wieder über die Schulter und gehe zur Wohnungstür.

»Wo willst du hin?«, rufen Harper und Aidan gleichzeitig.

»Zu einer Party.« Bevor sie gleich wieder losmeckern, füge ich hinzu: »Ich will mir nur von Miles die Hausaufgaben geben lassen, die ich verpasst habe.«

Ich muss nur Miles' Namen erwähnen, und schon lassen sie mich gehen. Sein Onkel Clyde und Aidan haben sich neulich echt gut verstanden. Das verleiht Miles irgendwie noch mehr Vertrauenswürdigkeit.

KAPITEL 14

Miles' Onkel Clyde öffnet die Tür. Seine Haare sind an einer Seite ganz platt gedrückt, als hätte er gerade auf der Couch ein Schläfchen gemacht. Im Fernsehen läuft *Glücksrad*. Ich versuche, an Clyde vorbei einen Blick in die Wohnung zu werfen, denn hier könnten eine Menge Geheimnisse von Miles verborgen sein. Soweit ich erkennen kann, ist das Wohnzimmer wie in einem dieser Musterhäuser eingerichtet. Braunes Ledersofa, Glascouchtisch, ein rot gemusterter Sessel, zu besagtem Sessel passende Vorhänge, schwarze Fernsehbank, ein paar farbenfrohe Deko-Artikel auf dem Couchtisch, Leinwandbilder an der Wand – typische Gegenstände, um einen solchen Raum auszustatten, aber nichts Persönliches.

Ich setze ein Lächeln auf. »Ist Miles zu Hause?«

»Sorry, Süße, er ist laufen gegangen.« Er reibt sich mit der Hand über das Gesicht und schaut auf die Uhr. »Schon vor einer ganzen Weile. Was zum Teufel stimmt nicht mit dem Bengel?«

»Oh, dann komme ich später noch mal vorbei.« Ich will mich umdrehen, aber Clyde hält mich zurück.

»Eleanor, oder?«, fragt er.

Ich nicke, obwohl es mir schwerfällt, ihn nicht zu korrigieren.

»Möchtest du nachher vielleicht zum Abendessen vorbeikommen?«

Ich runzele die Stirn. »Abendessen?«

Clyde nickt, als müsste er sich erst selbst überzeugen. »Der Junge – Miles – könnte ein bisschen Unterstützung gebrauchen, um Freunde zu finden.«

Oh, ich bezweifle, dass Miles auf diesem Gebiet meine Hilfe nötig hat, aber ich lasse mir auf keinen Fall die Gelegenheit entgehen, einen Blick in seine Wohnung werfen zu können. »Sicher, klingt großartig.«

Ich nehme meinen Rucksack und gehe zum Pool hinunter. Hoffentlich kann ich Miles abfangen, wenn er vom Laufen zurückkommt. Ich breite meine Bücher auf einem der Tische aus und beginne mit den Hausaufgaben. Doch bevor ich richtig anfangen kann, erhalte ich eine Nachricht von Justice.

Justice: Neuigkeiten???
Ich: Er ist nicht zu Hause. Sein Onkel sagt, er ist joggen.
Justice: Heiß. Ob er ohne Shirt läuft? Mach ein Foto für mich!

Genau das ist der Grund, warum ich Mädchengesprächen aus dem Weg gehe. Ich werde Justice auf keinen Fall erzählen, dass ich Miles seit seinem Einzug fast jeden Tag mit freiem Oberkörper gesehen habe. Sie würde wahrscheinlich hier im Hof kampieren. Miles von meinem Zimmer aus bei seinem Schmetterlingsstil zu beobachten, ist mein heimliches Vergnügen, und ich habe nicht vor, das mit jemandem zu teilen.

Ich lege das Handy zur Seite und schlage mein Mathebuch auf. Nachdem ich mich zwanzig Minuten mit den Hausaufgaben herumgequält habe, bedaure ich, dass ich den Kurs geschwänzt habe. Ich bin kurz davor, genervt aufzugeben, als Miles – ohne Shirt – in meine Richtung gejoggt kommt. Er ist schweißgebadet, atmet aber gleichmäßig.

Er hat Kopfhörer drin und scheint mich nicht zu bemerken. Dann lässt er sich am Beckenrand auf den Boden fallen und fängt an, Liegestütze zu machen. Ich nutze die Gelegenheit und beobachte ihn genau. Er ist so tief in Gedanken versunken, dass ich wahrscheinlich seinen Namen rufen könnte, ohne dass er es mitbekäme. Und er scheint eine schwere Last auf den Schultern zu tragen, trotz der unermüdlichen Leichtigkeit, mit der er seine Liegestütze absolviert. Mit einem Seufzen überlasse ich Miles seiner Fluchthandlung und wende mich wieder den Zahlen vor mir zu. Ich konzentriere mich auf Jacks Rat und versuche, die Problemaufgabe in einfachere Gleichungen zu zerlegen.

»Du brauchst die Abstandsformel.«

Ich zucke zusammen, als Miles' Finger auf meinem Lehrbuch landet und seine Stimme mich wieder in meine Umgebung zurückholt. In die Sonne blinzelnd, blicke ich zu ihm auf. »Was?«

»Die Abstandsformel«, wiederholt er. Er nimmt mir den Stift aus der Hand und schreibt die Formel oben auf mein Arbeitsblatt. Dann löst er die Gleichung, an der ich schon seit zehn Minuten festhänge.

Ich starre auf die Zahlen. »Das ist alles? Es kann doch nicht so leicht sein.«

Er legt den Stift hin und zuckt mit den Schultern. »Für dich offensichtlich nicht.«

Ich warte, bis er an der Treppe ist, bevor ich ihm den Finger zeige, natürlich hinter seinem Rücken.

»Das habe ich gesehen, Ellie«, sagt er.

Der lockere, spöttische Miles ist zurück. Aber wenigstens kann ich jetzt meine Hausaufgaben beenden.

»Wir sehen uns gleich zum Abendessen«, rufe ich ihm nach.

Er bleibt stehen und dreht sich um.

Ich grinse zufrieden. »Dein Onkel hat mich eingeladen.«

»Toll«, murmelt er. »Er hat wohl beschlossen, ein guter Nachbar zu sein.«

Dann stürmt er die Treppe hinauf, wahrscheinlich um ein Wörtchen mit seinem Onkel zu reden. Jetzt bin ich noch mehr gespannt auf dieses Essen als zuvor.

»Warum isst du nicht bei dir zu Hause?« Miles knallt geräuschvoll die Salatschüssel auf den Tisch. »Hat deine Schwester wieder etwas in Brand gesetzt?«

Ich zucke mit den Schultern. »Eher nicht. Donnerstags ist Erdnussbutter-Marmelade-Sandwich-Abend.«

»Klingt super«, sagt Miles. »Das solltest du nicht verpassen.«

Clyde stellt drei Gläser auf den Tisch, dann gibt er Miles einen Klaps auf den Hinterkopf. »Sei nicht so unverschämt.«

Miles holt mit flatternden Nasenflügeln Luft und bohrt einen Blick in Clydes Rücken. Die beiden sind offenbar nicht sehr glücklich über ihre Wohnsituation. Also, dieses Abendessen wird immer besser.

Miles deutet mit dem Finger – ziemlich aggressiv, sollte ich hinzufügen – auf einen leeren Stuhl und weist mich damit an, mich hinzusetzen. Ich lache in mich hinein. Es ist schön, ihn zur Abwechslung mal schlecht gelaunt zu erleben.

»Was darf ich dir denn zu trinken anbieten?«, fragt mich Clyde.

»Wasser wäre nett.«

Er nimmt einen Krug mit gefiltertem Wasser aus dem Kühlschrank, gießt mir etwas ein und stellt ihn in die Mitte des Tisches. Miles schiebt den Krug sofort ein paar Zentimeter nach rechts. Er holt verschiedene Salatdressings aus dem Kühlschrank und stellt die Flaschen dorthin, wo vorher der Wasserkrug stand. Ich kann mich nicht daran erinnern, wann ich das letzte Mal Salat gegessen habe. In Anbetracht der großen Auswahl an Dressings muss das hier regelmäßig vorkommen.

Clyde stößt genervt die Luft aus, dann gibt er sich dem schweigenden Streit mit seinem Neffen geschlagen, setzt sich mir gegenüber an den Tisch und überlässt Miles die restlichen Vorbereitungen für das Essen. Miles ist frisch geduscht, trägt ein T-Shirt (leider) und eine graue Jogginghose. Clyde und ich sehen ihm dabei zu, wie er in der Küche herumhantiert und schließlich einen Auflauf aus dem Ofen holt, den er vorsichtig auf den Tisch stellt. Er gießt sich Milch ein, dann stellt er den Milchkarton in seiner Nähe ab, als hätte er vor, sich später noch einmal nachzuschenken.

Clyde greift nach dem Löffel, der neben der Auflaufform liegt, doch Miles stößt seine Hand weg. »Das Brot ist noch nicht fertig.«

Ein paar Minuten später öffnet Miles noch mal den Ofen und zieht ein Baguette heraus. Er schneidet es in Scheiben und stellt es dann neben einem Stück Butter auf den Tisch. In meinem Magen rumort es beim Anblick des ganzen selbst gemachten Essens. Schließlich setzt sich Miles zu uns. Er nimmt meinen

Teller und füllt ihn mit etwas Weißem und Klebrigem aus der Auflaufform. Ich beuge mich vor, um die Portion zu begutachten.

»Das ist Thunfischauflauf«, sagt Miles. »Eins der zwei Gerichte, die ich kochen kann, schon vergessen?«

Misstrauisch starre ich auf meinen Teller. »Ich hatte auf Eier gehofft. Oder auf eine von Clydes Spezialitäten.«

Clyde lacht. »Meine Spezialität ist Roni's Pizza Palace. Ich habe gerade erst herausgefunden, wie ich da *on the line* bestellen kann.«

»Online«, korrigiert Miles seinen Onkel, wobei er ziemlich sauer klingt. »Nicht *on the line.*«

Bevor ich mir überlegen kann, was ich von dem Thunfischauflauf halten soll, klatscht Miles mir eine große Portion Salat auf den Teller. Mit einem prüfenden Blick beuge ich mich erneut vor.

»Was ist denn das knusprig gebackene Zeug obendrauf? Und da sind auch Erbsen drin, oder?«

Miles setzt wieder diesen gereizten Gesichtsausdruck auf, der mich fast zum Lachen bringt. »Entweder isst du jetzt oder du lässt es bleiben. Das meine ich ernst.«

Er lädt seinen Teller mit so viel Essen voll, dass es praktisch über den Rand hängt.

Eine Weile essen wir schweigend. Clydes Blick huscht die ganze Zeit zwischen Miles und mir hin und her.

Schließlich wende ich mich an Clyde. »Was machen Sie eigentlich beruflich?«

Miles erstickt fast an einem Schluck Milch. Clyde wirft ihm einen strengen Blick zu.

»Hauptsächlich decke ich Scheckbetrug auf. Ich arbeite als Berater für verschiedene Firmen.«

»Scheckbetrug«, wiederhole ich. Damit kenne ich mich ein bisschen aus. »Klingt interessant.«

»Ist eigentlich ziemlich langweilig«, gesteht Clyde. »Immer wieder Handschriften vergleichen, Kontounterlagen durchgehen … Ohne Kaffee würde ich andauernd während der Arbeit einschlafen.«

»Als wäre dir das noch nie passiert«, schnaubt Miles. Aber als Clyde ihn wütend anfunkelt, senkt er den Blick auf den Teller vor ihm und schaufelt weiter Essen in sich hinein.

Ich bombardiere Clyde weiter mit Fragen.

»Wie identifizieren Sie denn einen Serientäter, abgesehen von der Handschrift?«

»Gute Frage.« Clyde deutet mit der Gabel auf mich, offensichtlich beeindruckt von meinen Kenntnissen. Wenn er wüsste. »Bei Serientätern gibt es immer ein Muster. Manchmal ist es eine Reihe Zahlen, die sich wiederholt. Ich hab auch mal eine Frau geschnappt, die eine Viertelmillion Dollar mit gefälschten Schecks gestohlen hatte, weil ihr zweiter falscher Vorname immer denselben Anfangsbuchstaben hatte – ein V.«

Anfängerin. »Wow … das hat sie richtig vermasselt, was?«

Clydes Gesicht hellt sich begeistert auf. Scheint doch kein so langweiliger Job zu sein. »Ich glaube, sie wollen erwischt werden. Zumindest, um berühmt zu werden. Diese Männer …«

»Und Frauen«, erinnere ich ihn.

Er nickt. »Und Frauen … sind unglaublich gerissen. Wenn ich nur zehn Prozent ihrer Denkmuster folgen könnte, hätte ich schon etwas gelernt.«

»Das sind Kriminelle«, sagt Miles und sieht Clyde dabei an, als wäre er der letzte Dreck. »Das sind verdammte Kriminelle. Sie stehlen Geld. Wie kannst du so tun, als würden sie Respekt verdienen?«

Mein Magen schnürt sich zusammen. Mein Gesicht wird ganz heiß. Mit dem Salat auf meinem Teller bin ich fertig, also bleibt mir nichts anderes übrig, als mir eine Gabel Auflauf in den Mund zu schieben. Ich warte darauf, dass sich beim bloßen Gedanken an Thunfisch mein Würgereflex meldet, aber ich merke gar nichts Fischiges.

»Das schmeckt ja sogar«, sage ich zu Miles in der Hoffnung, das Thema wechseln zu können. Ich hätte gar nicht erst damit anfangen sollen.

»Ich hab ja nicht gesagt, dass es gute Menschen sind«, schimpft Clyde. Die beiden ignorieren meine positive Rückmeldung. »Ich hab nur gesagt, dass sie gut in dem sind, was sie tun. Und das ist eine Tatsache, nicht meine Meinung. Wenn sie nicht gut wären, hätte ich keinen Job.«

»Vielleicht wär das besser«, erwidert Miles.

Sie starren sich böse an, die Stimmung zwischen ihnen ist zum Zerreißen gespannt.

Wie in einer Sitcom klopft in diesem Moment jemand an die Tür. Das Eis im Zimmer zerplatzt in der Mitte. Ich vermute, dass es Harper oder Aidan sind, die nach mir sehen wollen, also schiebe ich mir rasch noch mehr Auflauf in den Mund, bevor ich gehen muss.

Aber es sind nicht Harper oder Aidan.

Es ist Dominic DeLuca.

Als er mich sieht, erstarrt er. Das wird echt immer merkwürdiger. Aber egal, vielleicht fällt mir da gerade eine weitere gute Gelegenheit in den Schoß. Ich stehe auf und trage meinen Teller zum Spülbecken, während ich den Rest des Auflaufs herunterkratze. »Ich gehe dann mal besser. Hausaufgaben und so.«

Clyde will protestieren, aber ich bin bereits auf dem Weg zur Tür. Dabei klopfe ich Miles noch auf den Rücken. Und dann – obwohl sein ganzer Körper zu Stein geworden ist – umarme ich Dominic.

»Schön, dich zu sehen, Dominic. Wir sollten auf jeden Fall öfter zusammen rumhängen.«

Während er steif wie ein Brett dasteht, ziehe ich unbemerkt seinen Autoschlüssel aus der Tasche seiner Shorts. Ich halte ihn an meinen Bauch verborgen und drücke die Tür auf. »Danke für das Abendessen!«

Als ich unser Apartment betrete, liegen Harper und Aidan in ihrem Schlafzimmer vor dem Fernseher, also kann ich mir die Wanze schnappen, die Connie mir mitgegeben hat, und schnell wieder verschwinden, ohne dass sie etwas mitbekommen. Ich gehe zum Parkplatz und drücke den Entriegelungsknopf an Dominics Autoschlüssel. Schon habe ich seinen Wagen gefunden. Ich öffne die Fahrertür, schlüpfe rasch hinein und sehe mich nach einem geeigneten Versteck für das Abhörgerät um. Ich entdecke einen Schlüsselanhänger, den er wahrscheinlich während einer Besichtigung des Weißen Hauses gekauft hat.

Ich klicke ihn auf und schiebe das winzige Teil hinein. Der perfekte Ort. Ich klappe das Bild des Weißen Hauses wieder zu und grinse.

»Dein Land braucht dich, Dominic. Sprich all deine Geheimnisse in diesen Schlüsselanhänger.«

Meine Stimme ertönt klar und deutlich aus dem Empfänger. Es funktioniert! Ich schiebe Dominics Autoschlüssel in das Zündschloss, sodass es so aussieht, als hätte er ihn einfach stecken lassen, dann nehme ich den langen Weg außen um die Wohnanlage herum zu unserem Apartment.

Minuten später sitze ich an meinem Schreibtisch, habe die Hausaufgaben vor mir ausgebreitet, die Kopfhörer auf, und warte darauf, dass Dominic DeLuca in sein Auto steigt, damit ich ihn belauschen kann.

KAPITEL 15

Die kreischende Punkmusik hört auf, und Dominics Stimme dröhnt in meinen Kopfhörern. »Ich hätte gern einen doppelten Bacon Burger …«

»Nur Salat, Ketchup und Gurken«, sage ich auswendig in meinem Zimmer vor mich hin. Gott, das ist so sinnlos. Seit einer Woche spioniere ich Dominic DeLuca nach und alles, was ich in Erfahrung bringen konnte, sind seine Fast-Food-Vorlieben. Und nachdem ich herausgefunden hatte, dass der Sender zu schwach ist, um mehr als eine Meile entfernt mithören zu können, musste ich vor Connie auch noch mal meine nervige Reiche-Mädchen-Masche abziehen, damit sie mir ein paar Verstärker leiht, um das Signal zu verbessern. Aber offenbar war alles umsonst.

Ich mache mich wieder an die Hausaufgaben und versuche, die plärrende Punkmusik zu ignorieren, doch nur ein paar Minuten später schaltet Dominic sie wieder aus. Ich vermute, dass er ausgestiegen ist, doch dann höre ich ihn reden, wahrscheinlich mit jemandem am Handy.

»Alter, wir sind nachher im Beach Club. Wir treffen uns dort … das sollte gut klappen. Ich kann mich wegschleichen.«

Mit großen Augen richte ich mich auf.

»Ja, genau … Ich schick dir eine Nachricht … Hm-hm … Hinter der …

»Ellie!«, ruft Harper. Es folgt ein Klopfen an die Tür.

Ich schnappe mir Connies Empfänger, muss mich schwer beherrschen, ihn nicht gegen die Wand zu pfeffern, reiße mir die Kopfhörer von den Ohren und schiebe alles unter mein Kissen.

»Harper!«, brülle ich zurück, die Hand schon auf dem Türknauf. »Ich hoffe, du weißt, dass du gerade eine ganze Woche –«

Es ist gar nicht meine Schwester, die da vor mir steht. Es sind Justice und Chantel. Harper taucht leicht verwirrt hinter ihnen auf. »Deine Freundinnen sind da.«

»Oh … hallo.« Ich setze eine etwas freundlichere Miene auf. »Euch habe ich nicht erwartet.« *Niemals.*

»Kann ich mir denken«, sagt Justice. Sie schiebt sich an mir vorbei und betritt mein Zimmer, bevor ich sie hereinbitten kann. Jetzt weiß ich, warum Harper so verwirrt aussieht. Ich zucke in ihre Richtung mit den Schultern und scheuche sie weg. Mit den beiden komme ich schon klar. Aber verdammt, ein schlechteres Timing hätten sie sich nicht aussuchen können.

»Es ist ja bezaubernd hier«, sagt Justice. Sie lässt den Blick durch mein Zimmer wandern, das ziemlich kahl ist. Als ich mit meiner Schwester zusammengezogen bin, hatte ich buchstäblich nur meine Klamotten am Leib und sonst nichts. Seitdem habe ich mir ein paar Dinge angeschafft, aber Klamotten, Make-up und Haarstylingzeug teile ich größtenteils mit meiner Schwester. Außer meinen Schuluniformen natürlich. Ich weiß, dass Aidan sein Kreditkartenlimit überziehen musste, um sie zu bezahlen, auch wenn er es nicht zugeben will.

»Äh … danke.« Ich klappe die Bücher zu, die auf meinem

Bett verstreut sind, und lege sie auf einen ordentlichen Stapel. »Ist noch nicht alles fertig.«

»Ich meinte das Apartment.« Justice beäugt immer noch meine persönlichen Sachen. Ihr stockt förmlich der Atem, als sie meinen Wandschrank öffnet und ihn so gut wie leer vorfindet. »Dieses Zimmer allerdings …«

Mein Gesicht beginnt zu glühen. »Tja, also …«

Sie geht zum Fenster, späht durch die Jalousie und zieht sie schließlich hoch. »Meine Güte, was für ein Ausblick!«

Chantel stellt sich neben ihre Freundin, um ebenfalls aus dem Fenster zu gaffen. »Gott, wunderschön.«

Ich verdrehe die Augen und gehe zu ihnen. Bestimmt ist Miles im Pool und führt seinen makellosen Schmetterlingsstil vor. »Ich warte ja nur auf den Winter, damit ich zusehen kann, wie er da draußen blau anläuft.«

Chantels Freund Jacob steht neben dem Pool und wirkt unheimlich gelangweilt. Als ich sie darauf anspreche, zuckt sie nur mit den Schultern und meint, dass es ihm nichts ausmacht, zu warten.

Justice lässt die Jalousie wieder fallen, dreht sich um und wirft einen Blick auf die Bücher auf meinem Bett. »Ich hab keine Ahnung, wie du bei der ganzen Ablenkung überhaupt zum Lernen kommst.«

Ich bemühe mich, über ihre Bemerkung hinwegzulachen, als wäre ich immun gegen Miles' Anziehungskraft. Dabei bin ich das absolut nicht. Genau aus diesem Grund waren meine Jalousien auch heruntergelassen, bevor Justice hereingestürmt ist.

»Ich kenne einen großartigen Dekorateur«, sagt Chantel, den Blick auf einen Stapel Milchkästen gerichtet, der mir als Nachtschrank dient. »Aber es könnte durchaus sein, dass er einen Herzstillstand bekommt, bevor er überhaupt die Farbmuster herausholen kann …«

»Ich bin auch eine großartige Dekorateurin.« Justice legt eine Hand auf die Brust. Chantel schnaubt. Justice funkelt sie böse an. »Bitte, Ellie, lass mich das übernehmen. Ich verspreche dir, dass ich keinen Herzstillstand bekomme. Wie viel kannst du ausgeben?«

Ich lache nervös. Jetzt bin ich geliefert. »Äh, nichts.«

»Nun, das wird wohl nicht funktionieren«, sagt Chantel.

»Eine kostenlose Zimmergestaltung.« Justice dreht sich dramatisch langsam im Kreis, ein Grinsen huscht über ihr Gesicht. »Herausforderung angenommen.«

Chantel lässt eine Kaugummiblase platzen. »Sie will nur aus deinem Fenster glotzen.«

Wahrscheinlich. Ich setze mich auf mein Bett und nehme mein Kissen in den Arm. »Also … ihr seid mit Jacob hier? Ihr hättet ihn ruhig mit raufbringen können.«

»Stimmt, ja!« Justice wirft ihr dunkles Haar über die Schulter. »Du gehst heute Abend mit uns weg.«

»In den Beach Club«, fügt Chantel hinzu, obwohl sie nicht besonders erfreut darüber zu sein scheint. »Bret hat uns vorbeigeschickt, um dich von deinen Hausaufgaben loszueisen.«

Er hat mich vorhin gefragt, ob ich mit ihm ausgehe, und ich hab ihm gesagt, dass ich noch Hausaufgaben machen muss. Es fällt mir nicht besonders leicht, so zu tun, als würde ich auf ihn stehen. Aber Dominics Telefonat hat mich plötzlich in die richtige Stimmung versetzt, mit in den Beach Club zu fahren. Der was genau ist? Eine Art Nachtclub? Ich hab schon seit Monaten keinen gefälschten Ausweis mehr – bei meinem ganzen ehrlichen Leben und so –, also hoffentlich spielt das Alter dort keine Rolle.

»Nicht nur Bret wollte, dass du mitkommst«, sagt Justice und klingt dabei ziemlich aufrichtig. »Chantel wird die ganze Zeit mit Jacob rumknutschen und ich brauche Unterstützung bei Miles. Dieser Typ ist schwer zu knacken.«

Was du nicht sagst. »Er klang aber interessiert, als er mit Bret über dich gesprochen hat. Vielleicht steht er nur nicht auf kurze Beziehungen. Weil er doch in ein paar Monaten …«

»Warum ist er überhaupt hier?«, fragt Justice. »Ich versteh das nicht.«

»Seine Eltern nehmen sich gerade frei für ein Forschungssemester oder so. Jedenfalls sind sie im Ausland. Das hat Dominic zumindest Jacob erzählt.« Chantel schaut auf ihr Handy. »Wir müssen echt los. Ist eine lange Fahrt.«

Forschungssemester. Sind sie etwa Professoren?

Ich ziehe mich schnell um, putze mir die Zähne und kämme meine Haare. Ich sehe nicht ansatzweise so aufgetakelt aus wie die beiden, aber was bleibt mir übrig, wenn Chantel ständig mit dem Fuß auf den Boden klopft und die Zeit checkt?

»Und die Fahrt ist wirklich so lange?«, frage ich, als wir mein Zimmer verlassen.

»Etwa eine Stunde, glaube ich, vielleicht auch –« Justice bleibt abrupt stehen, nachdem sie fast mit Aidan zusammengestoßen ist, der gerade durch die Wohnungstür hereinkommt. »Entschuldigung, das war absolut meine Schuld.«

»Kein Problem.« Aidan grinst die beiden Mädchen an und streckt seine Hand aus. »Ich bin Aidan, Ellies –«

»Der Freund meiner Schwester«, beende ich den Satz für ihn. Ich schiebe Chantel und Justice zur Tür, bevor irgendein Händeschütteln zustande kommt. »Wir haben es eilig. Lange Fahrt und so.«

»Wohin?«, fragen Aidan und Harper wie aus einem Mund.

Ich drehe mich zu ihnen um und forme mit den Lippen, dass ich ihnen eine Nachricht schicken werde.

Als wir draußen sind, schüttelt Justice den Kopf. »Wie ich schon sagte, so viele Ablenkungen hier.«

Jacob hängt sich sofort wie eine Klette an Chantel und scheint damit absolut zufrieden zu sein. Auf dem Parkplatz lehnt Bret an einem grauen SUV. Dominic steigt mit einer braunen Fast-Food-Tüte in der Hand auf der Fahrerseite aus. Als er mich sieht, knüllt er die Tüte zusammen und schmeißt sie in einen Mülleimer.

Ihn aus dieser Nähe zu sehen, nachdem ich gerade noch seine Stimme über die Kopfhörer in den Ohren hatte, jagt mir einen kalten Schauer über den ganzen Körper. Ich kann einfach nichts dagegen tun. Er macht mir Angst. So sehr ich dieses Gefühl auch ignorieren und an das Gute in ihm glauben will.

»Alter, warum hat das so lange gedauert?«, fragt Dominic, als Miles auftaucht – frisch geduscht, in Jeans und einem eng anliegenden grauen T-Shirt.

»Sorry, hab völlig das Zeitgefühl verloren.«

Sie klatschen ab und Miles wirft mir einen flüchtigen Blick zu. Er wirkt nicht überrascht, mich zu sehen. »Wollen wir los, oder was?«

Diese Frage stürzt Justice und Chantel in einen stillen Streit, wer bei wem mitfährt, vermute ich mal. Jetzt bemerke ich auch, dass Brets rotes Cabrio neben Dominics SUV parkt. Bret fängt meinen Blick auf und nickt in Richtung seines Wagens. So viel zu meinem Plan, Dominic mit meiner Liebe zu kreischender Punkmusik zu beeindrucken. Ich kenne inzwischen das ganze Geschrei von mindestens fünf Songs.

»Du fährst bei mir mit, Mann«, sagt Dominic zu Miles.

Justice macht einen Schritt auf sein Auto zu, aber Dominic lässt eine lahme Ausrede über seinen Hund fallen, der angeblich die Rückbank völlig verdreckt hat.

Als Bret schließlich rückwärts aus der Parklücke fährt – Chantel, Jacob und Justice haben sich widerwillig auf den winzigen Rücksitz gequetscht –, blicke ich sehnsüchtig zu meinem Apartment hinauf und verfluche mich, weil ich den Empfänger und die Kopfhörer nicht heimlich eingesteckt habe.

Bret grinst mich an und legt eine Hand auf mein Knie. »Bist du bereit?«

»Oh ja, total.« Ich starre auf seine Finger, die sich um mein Knie gelegt haben. »Der Beach Club. Kann's kaum erwarten.«

Wir fahren eine Weile schweigend weiter und lassen uns vom Geschnatter auf dem Rücksitz berieseln.

»Ich will sie einfach nur loswerden«, sagt Jacob.

Bret schaut kurz nach hinten. »Wen loswerden?«

»Diese Ehebrecherin, die sich an ihren Dad ranmacht«, erklärt Chantel.

»Seine neue persönliche Assistentin«, fügt Jacob angewidert hinzu. »Ich glaube, sie nimmt den persönlichen Teil etwas zu wörtlich.«

»Was ist daran so schlimm?«, will Bret wissen. »Mein Dad geht die ganze Zeit fremd und es ist mir scheißegal.«

»Muss schön für dich sein«, sagt Jacob. »Aber meine Mom ist Richterin, schon vergessen? Wenn sie ihn erwischt, reißt sie sich alles unter den Nagel – das Haus, die Autos, meine Spareinlagen. Und wie ich sie kenne, wird sie alles an eine dämliche Wohltätigkeitsorganisation verschleudern. Mein Dad weiß, dass ich das alles weiß und deshalb meinen verdammten Mund halten werde.«

Armer kleiner reicher Schnösel. Mom nimmt dir deinen Investmentfonds weg.

»Gott«, murmelt Justice. »Warum sind Eltern solche Pfeifen im Fremdgehen? Wir sollten deinem Dad ein paar Tipps geben, wie man sich nicht erwischen lässt.«

»Das ist kein Witz«, sagt Jacob. »Sieh dir das an.« Er spielt ein Video auf seinem Handy ab, und nicht mal fünf Sekunden später quieken Chantel und Justice auf.

»Mach das aus!«, schreit Chantel.

Ich halte Jacob meine Hand hin. »Zeig mal her.«

Ohne zu zögern, gibt er mir sein Handy. Ich vertrage den Anblick des Sexvideos im Arbeitszimmer besser als meine Altersgenossinnen. Jacobs Dad ist nicht gerade jemand, den man als Womanizer bezeichnen würde. Er hat einen ziemlichen Bauchansatz und eine Halbglatze … der strebsame Softwaretyp. Und die Frau, seine neue Assistentin, die die Hälfte der Zeit vom Schreibtisch verdeckt wird, fällt definitiv in den Bereich heiß – blond, lange Beine, unter dreißig.

»Hat er so was schon mal gemacht?«, frage ich.

»Nein, definitiv nicht. Er ist … na ja, sieh ihn dir an.« Jacob deutet mit der Hand auf das Handy, als würde die äußere Erscheinung seines Dads alles erklären.

Aber das erklärt nicht alles. Die eigentliche Wahrheit liegt in seiner Geschichte und in der Tatsache, dass er diese Situation eindeutig nicht unter Kontrolle hat.

»Sie hat doch bestimmt eine Bewerbung abgegeben, um den Job bei deinem Dad zu bekommen, oder?« Ich drehe mich zu Jacob um und gebe ihm sein Handy zurück. »Weißt du, wie man einen Backgroundcheck macht?«

»Woher soll ich wissen, wie das geht? Muss man dazu nicht Polizist sein, oder so?«

»Besorg mir die Bewerbung mit ihrer Sozialversicherungsnummer und ihre Kreditkartendaten, dann kümmere ich mich darum.« Ich lasse mich wieder in meinen Sitz sinken. »Ende der Woche ist sie weg.«

»Wie willst du das anstellen?«, fragt Chantel, ihr überheblicher Tonfall ist wieder voll aufgedreht. »Es ist illegal, jemanden zu feuern, nur weil er Sex mit seinem Boss hatte. Das fällt unter Belästigung.«

»Niemand wird sie feuern.« Ich stelle meine Füße auf das Armaturenbrett. »Sie wird von selbst gehen. Ganz still und leise, ohne Strafanzeige zu stellen. Und Jacob schuldet mir dann fünfhundert Dollar.«

Bret sieht mich erstaunt an. »Ist das der übliche Preis für einen Freundschaftsdienst?«

»Ich tue alles für meine Freunde, aber ich habe einen leeren Collegefonds, und eine Sechsundzwanzigjährige bezahlt meine Zahnarztrechnungen. Abgesehen davon …«, ich nicke in Richtung Jacob auf dem Rücksitz, »kann er es sich leisten.«

»Wenn du sie dazu bringst, sich endgültig von meinem Dad fernzuhalten, zahle ich dir das Doppelte«, sagt Jacob.

»Abgemacht«, erwidere ich und wir besiegeln den Deal, indem wir die Fäuste gegeneinanderschlagen.

Während der restlichen Fahrt bin ich voller Adrenalin und wälze Ideen im Kopf, wie ich Jacob von seinem Problem befreien kann. Sobald ich die Schwäche von Fräulein Liebhaberin mithilfe des Backgroundchecks herausgefunden habe, werde ich wissen, wie ich sie dazu bringe, von selbst zu kündigen.

»Die knallharte Ellie«, sagt Justice. »Wir sollten wohl besser aufpassen, was du mit einem Messer in der Hand anstellst.«

Ich werfe ihr mein süßestes Lächeln zu. »Welches Messer?«

»Ganz genau«, sagt Bret.

Genau. Es ist der einzige Weg, mit dem ich mich auskenne.

KAPITEL 16

Wie sich herausstellt, liegt der Beach Club tatsächlich am Strand. Wir sitzen zwischen Muscheln im Sand, große Wellen klatschen alle paar Sekunden gegen die Anlegestelle. Das hier ist ein privater Strandabschnitt, Teil des exklusiven Beach Clubs, in dem alle, außer Miles und ich, Mitglieder zu sein scheinen.

Hätte ich das vorher gewusst, hätte ich wahrscheinlich nicht das Haus verlassen. Zum Glück bin ich zu sehr damit beschäftigt, Dominic im Auge zu behalten, um mir vom Meer Angst einjagen zu lassen. Ich kann es kaum erwarten, dass er jemandem eine Nachricht über den genauen Treffpunkt schickt. Schade, dass ich nicht richtig hören konnte, wo dieser Treffpunkt sein soll … hinter irgendetwas. Das ist alles, was ich weiß.

Als wir hier ankamen, servierte uns ein Kellner in Schlips und Anzughose auf der Terrasse des Clubs fruchtige Martinis und kleine Appetithäppchen.

Ich war schon oft in der Country-Club-Szene unterwegs, aber nie als ich selbst. Country-Club-Jobs hatte mein Dad am liebsten. Wahrscheinlich weil die Betrügereien nicht sehr kreativ sein mussten. Normalerweise waren wir dabei neu in der Stadt, hatten gerade eine weitere Filiale unseres erfundenen Familienunternehmens eröffnet und suchten einen Sponsor für unsere

Mitgliedschaft im Country Club, damit Dads Golfspiel nicht unter dem Umzug zu leiden brauchte. Natürlich hatten wir immer die besten Empfehlungen unseres früheren Country Clubs im Gepäck. Wir schlossen Freundschaften, ließen uns einladen und fanden immer einen Weg, eine dieser reichen, arglosen Familien dazu zu bringen, uns einen Haufen Geld zu überlassen. Danach tauchten wir ab und nahmen unser erfundenes Unternehmen und das neue Geld mit.

»Klärt mich mal jemand über eure Tradition hier auf?«, höre ich Miles vom Anlegesteg aus fragen.

Ich sehe zu ihm hinüber. Er hat eine Hand auf Justice' Schulter gelegt, beugt sich zu ihr und flüstert ihr etwas ins Ohr. Allein bei der Vorstellung, an ihrer Stelle zu sein, läuft mir ein Schauer über den Rücken.

Gott, ich bin genauso schlimm wie sie und Chantel.

Wo ich gerade bei Chantel bin … Sobald wir von der Terrasse des Clubs zum Strand geschlendert waren, hat sie mit Jacob beschlossen, dass es wohl antörnend wäre, vor unseren Augen im Sand rumzuknutschen. Um den Blick nicht unbedingt in ihre Richtung lenken zu müssen, versammeln wir uns schließlich auf dem Anlegesteg.

Bret setzt sich neben mich, seine Hosenbeine sorgfältig hochgekrempelt. Er hält zwei Gläser in der Hand. »Was denkst du?«

»Worüber?« Ich nehme das Glas, stelle es aber neben mir ab. Ich hatte schon genug. »Über den Wir-sind-reich-Club? Das ist auszuhalten.«

»Du bist echt witzig.« Er lacht und trinkt einen Schluck. »Ich meine unser Vorhaben. Bist du dabei?«

»Wo denn dabei?« Ich werfe einen kurzen Blick zum anderen Ende der Anlegestelle, um sicherzugehen, dass Dominic noch da ist. Wann trifft er sich denn mit der geheimnisvollen Person?

Bret legt beide Hände auf meine Schultern und dreht mich zum Meer. Er deutet mit dem Finger zu einem Leuchtturm mitten im Wasser. »Jedes Jahr am letzten Abend der Strandsaison schwimmen Justice, Chantel, Dominic, Jacob und ich zu der Insel da drüben.«

»Zum Leuchtturm?« Mein Magen schnürt sich zusammen. »Im Dunkeln? Auf dem Schild steht, dass man nach achtzehn Uhr hier nicht mehr schwimmen darf.«

»Angst vor Haien?«, fragt Bret und setzt sich wieder gerade hin.

Hinter mir steht Justice auf. Sie macht eine große Show daraus, Miles auf die Beine zu helfen. Dominic gesellt sich zu ihnen und die drei fangen an, sich die Schuhe auszuziehen und die obere Schicht Klamotten. Chantel und Jacob verlassen ihren Knutschplatz und kommen ebenfalls auf den Steg. Ich drehe mich zu den glitzernden Lichtern auf der Terrasse des Clubs um. Uns wird doch bestimmt jemand sehen und dem Ganzen Einhalt gebieten, oder?

Ich weiche vom Rand der Anlegestelle zurück. Ich weiß nicht, ob ich das mitansehen kann. Ich drehe dem Wasser schnell den Rücken zu, aber das Geräusch von fünf Menschen, die hineinspringen, ist genauso schlimm wie der Anblick. Alle lachen. Und zwar unfassbar laut. Sie machen sich nicht mal die Mühe, ihr Vorhaben geheim zu halten. Vielleicht sind sie zu reich, um Ärger zu bekommen?

»Ich glaube, ich bleibe lieber hier, damit meine Haare nicht nass werden«, sage ich zu Bret. »Ruf mich, wenn du irgendwas brauchst.«

Er lacht, macht aber keine Anstalten, sich wie alle anderen auszuziehen. Stattdessen tritt er ganz nah zu mir. So richtig nah. »Vielleicht setze ich dieses Jahr mal aus.«

Bevor ich mich in die richtige Stimmung versetzen kann, ein Mädchen zu spielen, das Bret Thomas so nah bei sich haben möchte, schweben seine Lippen schon über meinen. Ich breche in Panik aus. Eine Stimme in meinem Kopf schreit *Nein, Nein Nein*. Mein Herz schlägt gegen meinen Brustkorb. Plötzlich wirkt das Meer gar nicht mehr so beängstigend.

»Wenn ich so darüber nachdenke …« Ich mache einen Schritt zurück und ziehe meine Schuhe aus. Ich drehe mich um. Renne los. Und springe.

Vom Rand der Anlegestelle ins Meer.

Das Wasser ist nicht so kalt, wie ich erwartet hatte, aber es schmeckt widerlich. Mein Kopf taucht wieder auf und ich spucke strampelnd die salzige Brühe aus. Na bitte! Ich kann das. Ich schwimme. Im Meer.

Über mir auf dem Steg schüttelt Bret den Kopf, als wäre ich verrückt. »Du hast vergessen, deine Klamotten auszuziehen!«

Stimmt. Das erklärt die vollgesogene Baumwolle, die mich nach unten zieht. Die anderen sind schon ein ganzes Stück voraus. Bret zieht sich schnell aus und taucht ins Wasser ein.

»Beckett!«, brüllt er, als sein Kopf wieder an der Oberfläche ist. »Gleich bist du geliefert!«

Eine Welle schlägt mir ins Gesicht und ich kämpfe mit den richtigen Schwimmbewegungen, um meinen Kopf über Wasser zu halten. Die Anlegestelle scheint bereits meilenweit entfernt zu sein.

»Keine Chance«, ruft Miles zurück. »Ich lass mich hier sogar wie ein fauler Sack treiben, damit du mich einholen kannst.«

Eine weitere Welle, diesmal größer, trifft mich voll im Gesicht. Wasser schießt mir in die Nase, ich will Luft holen, aber ich schlucke nur noch mehr Wasser. Ich huste und versuche, den Wellen den Rücken zuzudrehen.

»Ellie, hier rüber!«, ruft Justice.

Ich kann kaum ihren schaukelnden Kopf erkennen.

Entspann dich, Ellie. Kämpfe nicht gegen das Wasser. Lass dich von der Strömung treiben.

Das war das Erste, was Aidan mir beigebracht hat, nachdem er herausgefunden hatte, dass ich nicht schwimmen konnte. Ich kann nicht schwimmen. Doch, das kannst du, du Dummchen. Selbst in der Dunkelheit ist die nächste herannahende Welle deutlich sichtbar, und noch bevor sie mich trifft, weiß ich, dass es heftig sein wird.

Mein Kopf taucht unter, mein Körper überschlägt sich. Alles dreht sich um mich, die Linie zwischen oben und unten verschwimmt. Entspann dich. Du bist okay.

Meine Lunge schreit nach Atem. Wo ist die Oberfläche? Ich versuche, die Augen zu öffnen, einen Ausweg zu finden, aber das Wasser brennt so heftig und alles ist dunkel.

Das ist mein Arm, und ich halte ihn genau so, wie ich ihn haben will. Das sind meine Beine und sie helfen mir, mich an die Oberfläche zu strampeln.

Aber nichts davon passiert. In meiner Panik sehe ich plötzlich nur noch, wie ich im Frühling im Pool vor unserem Apartment gegen das Wasser gekämpft habe. Wie Aidans Hände nach meinem Shirt gegriffen und mich herausgezogen haben. Aber das hier ist kein Schwimmbecken. Das ist ein riesiger Ozean, der sich über Tausende Meilen erstreckt. Und ich ertrinke darin.

KAPITEL 17

Hände umfassen meine Taille. Beine, die nicht mir gehören, schwimmen zur Oberfläche hinauf.

Die kühle Nachtluft weht mir wieder ins Gesicht. Endlich.

Ich werde von den starken Händen, die mich unter Wasser gepackt haben, zur Leiter am Anlegesteg gehoben. Ich huste, heiße Tränen laufen über meine Wangen, während sich der andere Körper neben mir auf die Holzbretter fallen lässt.

»Ellie?« Miles dreht mich auf die Seite und klopft mir auf den Rücken. »Alles okay?« Er ist ganz außer Atem. Und besorgt. Selbst in meinem elenden Zustand kann ich die Panik in seiner Stimme hören. Ich zwinge mich zu einem Nicken.

Ich bin okay. Ich bin am Leben. Ich bin okay.

Wasser verstopft meine Ohren, in meinem Kopf dreht sich alles. Ich schließe die Augen und lasse noch mehr heiße Tränen fließen.

»Hey, sieh mich an.« Miles hat sich über mich gebeugt, als ich die Augen wieder öffne. Sorgenfalten stehen auf seiner Stirn. »Du hast mich zu Tode erschreckt.«

Ich höre nicht, wie die anderen die Leiter zum Steg hinaufklettern, aber kurz darauf beugen sich auch Justice und Bret über mich.

»Wir müssen sie hier wegbringen«, sagt Bret. »Ich habe im Club versprochen, dass wir nicht unter Alkohol schwimmen gehen. Wir stecken tief in der Scheiße.«

»Dann bring sie nach Hause«, schnauzt Justice ihn an.

Mein ganzer Körper zittert, jeder Zentimeter.

Bret schüttelt den Kopf. »Ich kann nicht mehr fahren. Zu viele Drinks.«

»Jacob? Chantel?«, fragt Justice prompt. »Könnt ihr noch fahren?«

»Auf keinen Fall«, erwidert Jacob. »Jedenfalls nicht in den nächsten Stunden.«

Das Meer rauscht neben uns und ich will nur noch weg von hier, weit, weit weg.

»Gib mir deinen Schlüssel«, sagt Miles zu Bret. »Ich bin nüchtern.«

Ich setze mich langsam auf, um zu zeigen, dass ich kapiert habe. Miles und Bret ziehen ihre T-Shirts an, Bret sammelt meine Schuhe auf, während ich damit zu tun habe, aufzustehen und das Zittern irgendwie abzustellen.

Dominic greift Bret am Arm und hält ihn davon ab, zurück zum Strand zu gehen. »Bleib hier, Alter. Du kannst mit mir zurückfahren. Morgen Vormittag holen wir dein Auto bei Beckett ab.«

Sie unterhalten sich leise, dann verändert sich Brets Gesichtsausdruck, als wäre ihm erst jetzt etwas klar geworden. »Ist das okay?«

Ich bin nicht sicher, ob ich schon sprechen kann, also nicke ich nur und folge Miles zu dem roten Cabrio. Ich lasse meinen nassen Körper auf Brets teuren Ledersitz fallen und beobachte, wie er und Dominic den Strand hinunterlaufen, weg von den anderen.

Am liebsten würde ich den Kopf gegen das Armaturenbrett schlagen, aber ich halte mich zurück. Ich hätte einfach zulassen sollen, dass er mich küsst, und mir das Fast-Ertrinken damit gespart. Denn ich weiß, dass sie jetzt genau das tun, was Dominic heute Nachmittag mit jemandem am Telefon besprochen hat.

Miles drückt einen Knopf und das Verdeck des Wagens schließt sich über unseren Köpfen. Er dreht die Heizung auf. Doch selbst mit der warmen Luft, die mir jetzt entgegenbläst, höre ich nicht auf zu zittern. Ich spüre immer noch, wie die Wellen über meinem Kopf zusammenschlagen.

Miles wartet mindestens dreißig Minuten, bevor er etwas sagt. »Warum bist du gesprungen, wenn du nicht schwimmen kannst?« Er atmet aus, als wollte er seine eigenen traumatischen Bilder des Vorfalls loswerden. »Aber du kannst doch schwimmen. Ich hab dich im Pool gesehen.«

»Ich habe es gerade erst gelernt«, gebe ich zu. »Während des Sommers.«

Er schaut mich einen Moment lang an, dann richtet er den Blick wieder auf die Straße. »Nur im Pool?«

Ich nicke. Im Augenblick ist keine weitere Erklärung nötig, denn Miles schweigt erneut, übertrieben auf das Fahren konzentriert. Er braust mindestens zehn Meilen zu schnell die Autobahn entlang. Aber er tut es geschmeidig und leicht wie bei seinem Schmetterlingsstil. Er hat nicht mal das GPS eingeschaltet, sondern scheint genau zu wissen, wohin er fahren muss. Was sehr interessant ist, wenn man bedenkt, dass er eigentlich gerade erst aus Kalifornien hergezogen ist.

Ich blende das Radio und das Geräusch des Blinkers aus und lasse meinen Gedanken freien Lauf. Wieso bin ich heute Abend im Meer gelandet und warum brauche ich unbedingt Antworten von Leuten, die mich fast hätten ertrinken lassen?

»Unsere Kinder hätten wahrscheinlich braune Augen und braune Haare«, sagte Simon.

»Und sie wären nicht sehr groß«, fügte ich hinzu, während ich das Genetik-Arbeitsblatt überflog. »Und Rechtshänder.«

Simon nickte zustimmend. »Das ist gut. Es ist viel leichter, Rechtshänder zu sein.«

»Wieso?« Ich radierte eine Zeile unserer Arbeit weg. »Ist doch keine große Sache.«

»Es entspricht eher der Norm«, erwiderte er. »Man kann sich besser anpassen.«

Ich legte meinen Stift hin und sah ihn an. »Du meinst, man gehört dazu?«

»Ja, man gehört einfach dazu.« Er lachte leicht nervös. »Nicht, dass Linkshänder in der Gesellschaft weniger akzeptiert werden sollten, das sollten sie absolut nicht. Ich will damit nur sagen, dass es leichter ist, wenn man wie die meisten Menschen ist. Wenn ich Kinder hätte, würde ich mir das für sie wünschen. Dass sie dazugehören.«

Das scheint der größte Unterschied zwischen Simon und mir gewesen zu sein. Wenn ich dazugehören muss, dann gehöre ich auch dazu. Kein Problem. Die Frage ist eher, ob ich das will oder nicht. Simon wollte offensichtlich zu Brets und Dominics Clique gehören und er hatte dabei mehr im Sinn als Genetik und welche Hand die dominante ist. Aber in diesem Klassenraum, mit so vielen Ohren, die uns hätten hören können, konnte ich nicht weiter nachhaken. Und ein paar Tage später war er tot.

War das vielleicht eine Art Andeutung oder ein Hilferuf von ihm gewesen?

»Vielleicht solltest du nicht gleich nach Hause gehen.«

Ich stelle fest, dass wir bereits auf dem Parkplatz in unserer Wohnanlage angekommen sind. »Warum nicht?«

Miles mustert mich von Kopf bis Fuß, stellt dann den Motor ab und schaltet die Scheinwerfer aus. »Nimm's mir nicht übel, aber du bist völlig neben der Spur. Du zitterst und wirkst total verängstigt. Deine Schwester wird bestimmt ausflippen. Am besten, du kommst erst mal mit zu mir und ziehst dir ein paar trockene Klamotten an, dann wirst du …«

»Ja, okay«, sage ich entschieden, um Miles' mitfühlende Ansprache zu beenden. Mein Zustand normalisiert sich langsam, sodass ich anfange, mich dafür zu schämen, was im Beach Club passiert ist.

Wir gehen über den Hof, bleiben aber beide stehen, als wir Aidans und Jacks Stimmen hören. Sie hängen wahrscheinlich am Pool rum.

»Ist das Miles?«, höre ich Aidan sagen.

Ich ducke mich hinter eine Hecke. Miles hat recht, ich bin im Moment nicht in der Verfassung, mir eine Ausrede für die nassen Klamotten auszudenken.

Miles geht weiter und zeigt sich den beiden. »Ja, ich bin's.«

Ich krieche hinter der Hecke weiter und umrunde den Pool bis zur Treppe zu den Apartments in der zweiten Etage.

»Ellie?«, sagt Miles als Antwort auf eine Frage, die Aidan ihm gestellt haben muss. »Sie fährt mit den andern nach Hause. Sie ist bestimmt bald zurück. Ich muss noch ein Referat schreiben. Bret hat mir seinen Wagen geliehen.«

Ich bin immer noch barfuß, deshalb kann ich leise die Treppe hochschleichen. Als ich fast oben bin, steht Jack auf und streckt Miles seine Hand entgegen. »Agent Jakowski. Ich bin mit deinem Vater zur Schule gegangen. Super Typ, der Beste in seiner Klasse, wenn ich mich richtig erinnere.«

»Vielen Dank, Sir«, sagt Miles, seine Anspannung ist in jedem Wort zu hören.

»Was macht er denn jetzt?«, fragt Jack. »Ich war damals schon sicher, dass er zum FBI gehen würde –«

»Entschuldigung, da muss ich rangehen. War nett, Sie kennenzulernen, Agent Jakowski.« Miles hebt ruhig sein Handy ans Ohr. »Hey, Mann, alles okay?«

Hübsches Ablenkungsmanöver, Nachbar.

Ich denke einen Moment zu lange darüber nach, denn als Jack aufblickt, hat er mich hundertprozentig gesehen. Doch er schaut genauso schnell wieder weg. Ich haste weiter, um aus seinem Blickfeld zu verschwinden, und drücke mich mit dem Rücken an Miles' Wohnungstür. Eine Minute später steht er vor mir und steckt den Schlüssel ins Schloss.

»Ich glaube, Jack hat mich erkannt«, sage ich, als wir sicher in seinem Apartment sind.

Miles strafft sich. »Ja, mich auch.«

Ich will ihn fragen, was genau er damit meint … Aber sie haben sich die Hände geschüttelt. Warum hat er sich Jack nicht schon auf dem Parkplatz vor dem Supermarkt vor ein paar Wochen vorgestellt? Jack hat Miles damals kaum eines Blickes gewürdigt. Wahrscheinlich wusste er zu diesem Zeitpunkt noch nicht, wer Miles ist … der Sohn eines alten Klassenkameraden. Und warum berührt das Miles so sehr? Er tut fast so, als hätte er einen Geist gesehen. Ich meine, das ist schon ein merkwürdiger Zufall. Aber nicht so merkwürdig wie die Tatsache, dass Jack mich nicht verraten hat … Das kann ich wirklich nicht nachvollziehen. Er ist Aidans Boss. Er sollte sich doch eigentlich verpflichtet fühlen, es Aidan zu sagen, wenn er mich bei einer Lüge erwischt.

»Möchtest du ein paar trockene Klamotten?« Miles benutzt schon wieder ein Ablenkungsmanöver.

Ich folge ihm den Flur entlang, den ich nicht auskundschaften konnte, als ich neulich zum Thunfischauflauf eingeladen war. »Clyde ist nicht da?«, frage ich.

Miles schüttelt den Kopf. »Ist geschäftlich in New York oder Boston unterwegs. Weiß nicht mehr genau.«

Wir gehen an zwei geschlossenen Türen vorbei, dann an einer offenen Badezimmertür und an einer halb geöffneten Schlafzimmertür. »Ich wusste gar nicht, dass ihr drei Schlafzimmer habt.«

»Äh … doch«, antwortet er eher widerwillig. »Clyde benutzt das Extrazimmer für seine ganzen Sachen. Ich war noch nie drin.«

Miles drückt die halb offene Tür ganz auf und lässt mich zuerst eintreten. Miles' Zimmer ist noch kahler als meins. Und beunruhigend ordentlich. Das Doppelbett ist perfekt gemacht, mit untergeschlagenen Ecken und so. Ein Paar glänzende Schuhe stehen fein säuberlich unter dem Bett. Im offenen Wandschrank hängen gebügelte Hemden und Hosen ordentlich sortiert. Die Ablage auf der Kommode ist leer und auf dem Schreibtisch steht nur ein Stifthalter mit Bleistiften und Kulis – kein Computer, keine Bücher, gar nichts.

Ich bleibe in der Mitte des Zimmers stehen und sehe Miles dabei zu, wie er eine Schublade öffnet. Meine Augen weiten sich beim Anblick der akkurat zusammengelegten Shirts. Er nimmt ein marineblaues T-Shirt heraus, schließt die Schublade wieder und öffnet eine andere, aus der er eine graue Jogginghose holt.

»Kein Bügelbrett?«, scherze ich, als er mir die Sachen reicht.

Er will gerade etwas Schlaues entgegnen, runzelt stattdessen jedoch besorgt die Stirn. »Du zitterst ja immer noch.«

»Das liegt wahrscheinlich an den nassen Klamotten.« Okay, jetzt schäme ich mich doch, obwohl ich dieses erniedrigende Gefühl bis jetzt gut abgewehrt habe. »Dreh dich um, damit ich mich ausziehen kann.«

Er tritt von einem Fuß auf den anderen. »Du kannst auch im Badezimmer –«

Ich verdrehe die Augen. »Dreh dich einfach um.«

Seufzend fügt er sich. Ich halte den Blick auf seinen Hinterkopf gerichtet, während ich mich aus meinen Sachen schäle. Beim Anblick meiner kurzen Jeans und des Tops auf dem Boden, scheint Miles sich noch unwohler zu fühlen.

Ich dagegen fühle mich wieder wie ich selbst und genieße die Verschiebung der Machtverhältnisse regelrecht. Nachdem ich in Miles' weiche, warme Jogginghose geschlüpft bin, komme ich deshalb auch auf die Idee, dass es witzig wäre, ihm meinen nassen Slip an den Kopf zu werfen. »Übrigens, danke, dass du mich gerettet hast.«

»Kein Prob–« In dem Moment, als der Slip ihn trifft, dreht er sich blitzschnell um.

Mir entfährt ein Schrei, der jedoch sofort erstickt, als ich seinen Gesichtsausdruck sehe. Wie erstarrt glotzt er mich an. Mich. Ohne Oberteil. Ich rühre mich gefühlte zehn Minuten nicht von der Stelle, aber wahrscheinlich sind es nur ein paar Sekunden. Hitze kriecht von meiner Brust den Nacken hinauf bis in mein Gesicht. Er wendet den Blick rasch von meinem Busen ab, während ich wieder zum Leben erwache, mir das T-Shirt schnappe und es mir über den Kopf ziehe.

Miles bückt sich und sammelt die nassen Klamotten vom Boden auf. »Ich gehe die mal aufhängen. Im Badezimmer.«

Als er verschwunden ist, reibe ich mir mit der Hand über das Gesicht und atme durch. Gott, was tue ich hier überhaupt? Was habe ich wirklich vor? Wenn das kein Betrug ist, was ist es dann?

Miles kommt aus dem Bad zurück und ich zwinge mich, irgendetwas zu sagen, bevor die ganze Situation noch peinlicher wird. »Also … Jack kennt deinen Vater? Irgendwie merkwürdig, weil du doch aus Kalifornien kommst und so.«

Er wirkt überrascht und spielt an seinem Schreibtisch mit einem Stift herum. »Ich sagte, dass ich in Kalifornien aufgewachsen bin, nicht meine Eltern.«

»Also sind deine Eltern – oder zumindest dein Dad – von hier?« Ich taxiere ihn genau, suche nach dem kleinsten Anzeichen von Lüge.

Sein Blick bleibt auf den Stift gerichtet. »So ähnlich.«

»Und er sollte zum FBI?«, hake ich nach. »Was hat es damit auf sich?«

»Keine Ahnung. Vielleicht hat Agent Jakowski, als er noch in der Schule war, mal darüber gesprochen, dass er zum Secret Service will, und so kam das Thema zur Sprache … Wer weiß.«

»Komm schon, Miles, du musst dir schon eine bessere Lüge einfallen lassen. Ich hab mein Familiendrama schon vor dir ausgebreitet. Du schuldest mir diese Dad-Geschichte.«

Mit versteinerter Miene blickt er vom Schreibtisch auf, sein ganzer Körper scheint angespannt zu sein. »Du willst das wirklich hören?«

Ich lasse mich auf sein knitterfreies Bett fallen und lege die Beine übereinander.

Miles stößt einen Atemzug aus. »Meine Eltern sind beide …«

»Beide was?« Okay, damit lege ich ein paar Karten auf den Tisch, aber die Erwartung bringt mich fast um.

»Sie arbeiten im Ausland«, sagt er schließlich. »Im Auftrag der Regierung.«

Na klar, ungenauer geht es wohl nicht.

»Früher war ich mit ihnen unterwegs. Doch dann bin ich stattdessen auf verschiedene Internate in den USA gegangen.«

Ich lasse den Blick erneut durch sein Zimmer wandern. »Waren das Militärschulen?«

Er ignoriert meine Frage und fährt fort. »Letztes Jahr wollten sie sich in den Ferien mit mir in der Schweiz treffen. Wir wollten Weihnachten als Familie verbringen.«

Sein Tonfall wird immer beklemmender. Ich bekomme eine Gänsehaut und reibe mir mit beiden Händen über die Arme. »Okay, und was ist in der Schweiz passiert?«

Miles verlässt den Schreibtisch und setzt sich zu mir aufs Bett. Er rutscht nach hinten, bis er sich an die Wand lehnen kann. »Als ich an dem Haus ankam, das sie gemietet hatten, da –« Ihm versagt die Stimme und er gräbt die Finger in die Decke. Mir wird ganz flau im Magen.

»Sie waren …« Er schluckt, sucht meinen Blick. Seine Augen glänzen, er wirkt gequält.

Eine unsichtbare Kraft zwingt mich, näher zu ihm zu rutschen.

»Sie waren tot. Ermordet.«

Ich stoße den Atem aus, den ich für ein paar Sekunden angehalten habe. »Woher wusstest du –?« Ich räuspere mich. »Ich meine, was hast du dann gemacht?«

»Nichts. Ich konnte nichts tun.« Miles lehnt den Kopf an die Wand und dreht sich zu mir. Jetzt, da wir nebeneinandersitzen, spüre ich seine Wärme überall. »Ich war allein in einem fremden Land mit den Leichen meiner Eltern. Ich war nicht einmal alt genug, um Flugtickets nach Hause zu kaufen.«

»Oh Gott«, murmele ich. »Bist du deshalb hier? Bei Clyde?«

Er nickt. »Ich konnte mir das Schulgeld für das Internat diesen Herbst nicht mehr leisten, deshalb habe ich meinen Platz dort verloren. Holden hat mir für dieses Halbjahr ein Stipendium angeboten. Und meine alte Schule – meine richtige Schule – hat ab Januar wieder einen Platz frei und stellt Geldmittel zur Verfügung, sodass ich bald wieder zurück kann.«

Vielleicht erklärt das die Beziehung zu seinem Onkel. Er möchte bei seinen Eltern sein und nicht bei Clyde.

Meine Hand wandert wie von selbst zu seiner Hand und legt sich darauf. »Ich weiß genau, wie es ist, ein Problem nur mit Geld lösen zu können, das man nicht hat.«

»Oder nicht mit Geld lösen zu können, obwohl man genug davon hat.« Sanft zieht er seine Hand unter meiner hervor. Als ich mich gerade dafür verfluche, dem Drang nachgegeben zu haben, ihn zu berühren, hebt er den Arm und streicht mir eine feuchte Haarsträhne aus dem Gesicht. »Du siehst schon wieder besser aus. Nicht mehr so blau. Dafür rosiger.«

Bei diesem Wort errötet mein Gesicht noch mehr – und weil er mir jetzt genauso nah ist wie Justice vorhin auf dem Anlegesteg.

Sein Daumen streicht langsam über meine Wange. *Was hast du vor, Miles?* Mein Herz klopft laut in diesem stillen, fast dunklen Zimmer.

»Es tut mir leid.« Ich klinge dumm und unsicher. »Ich hätte dich nicht drängen sollen, mir davon zu erzählen. Es geht mich nichts an.«

»Ist schon gut.« Er nimmt den Kopf von der Wand. Warme Finger legen sich um meinen Nacken und ziehen mich näher.

Ich starre auf seine Lippen und versuche, mir einen Grund zu überlegen, etwas, für das es sich lohnt, ihm näher zu kommen. Aber es gibt nur Miles und mich, seine Hände, die mich heute vor dem Ertrinken gerettet haben, und seinen Mund, der meinen Lippen gefährlich nah ist. Ich beuge mich noch weiter zu ihm und schließe die Augen.

»Ellie, warte …« Miles' Stirn berührt meine, aber er lässt nicht zu, dass sich unsere Lippen berühren. »Vielleicht sollten wir –«

Aber meine Zweifel sind verflogen. Ich weiß genau, was ich will. Und es ist dieser Kuss. Ich spüre es an mir, in mir, überall.

Meine Finger tasten nach seinem leicht feuchten T-Shirt und ziehen daran. »Kein Warten mehr.«

Ich lasse sein Shirt los, greife nach seinem Gesicht und küsse ihn.

KAPITEL 18

Wärme breitet sich in meinem ganzen Körper aus. Seine Lippen sind weich und mein Puls rast. Sekunden später spüre ich, wie Miles zurückzuweichen beginnt. Aber bevor ich auch nur den Versuch starten kann, ihn umzustimmen, taucht er wieder ganz in den Kuss ein, umfasst mein Gesicht, vergräbt die Hände in meinem Haar und lässt sie schließlich nach unten wandern …

Warum kommt es mir so vor, als würde ich verbrennen, wenn ich nicht mehr von ihm kriege?

Zum Glück kann Miles Gedanken lesen. Er schiebt die Hände unter das T-Shirt, das er mir geborgt hat. Seine Fingerspitzen streichen an meinem Rücken hinab und dann drückt er mich an sich. Seine Zunge gleitet in meinen Mund und ich taste nach dem Saum seines Shirts, nach Haut, die ich berühren kann. Miles Becketts Haut.

Als es schließlich kaum mehr auszuhalten ist, lösen wir uns voneinander. Wir sind beide außer Atem, erstaunt über … na ja, alles, was gerade passiert ist.

Er zupft mein T-Shirt zurecht, streicht es glatt und murmelt dann: »Sorry.«

Ich muss mich anstrengen, nicht zu lächeln, und senke den

Blick auf meine Oberschenkel, damit er mein Gesicht nicht sehen kann. »Das war … es war …«

Miles setzt sich aufrecht hin. »Ich wollte das nicht tun.«

»Hast du aber«, halte ich dagegen.

»Du doch auch. Und ich weiß, warum. Wegen der Geschichte, die ich dir gerade erzählt habe.«

»Wegen der Geschichte?«, wiederhole ich leicht dümmlich. Dieser Kuss hat definitiv mein Hirn vernebelt.

»Die Macht einer guten Geschichte, stimmt's?« Er hebt eine Augenbraue und lässt sie oben. Er wartet. Wartet länger.

Moment …

»Eine Geschichte –« Die Antwort rollt langsam auf mich zu, ein verschwommenes, undeutliches Knäuel schwebt über meinem Kopf.

»Wie fühlt es sich an, auf eine erfundene, rührselige Geschichte hereinzufallen?«, fragt Miles mit tonloser Stimme. »Die arme Ellie und ihr autoritärer, ablehnender Prediger-Vater. Das hast du mir ziemlich gut verkauft.«

Mir fällt die Kinnlade herunter. »Was … Wieso …?«, stammele ich.

»Welche Frage soll ich dir beantworten?« Er steht auf, geht zum Schreibtisch hinüber und leert weiter seine Taschen, als hätten wir nicht gerade wegen seiner ermordeten Eltern geweint und rumgeknutscht.

»Deine Eltern sind gar nicht tot?« Ich beobachte seine Bewegungen – selbstbewusst und sicher – und bin immer noch völlig sprachlos. »Du hast mir nur etwas vorgemacht.«

»Das habe ich«, sagt er ungeniert. »Aber – zu meiner Verteidigung – du hast damit angefangen. Es ist dein Spiel.«

»Und welches Spiel soll das sein?« Es ist ein schwacher Versuch, meine Lüge aufrechtzuerhalten.

»Angeln«, sagt er schlicht.

Ich runzele die Stirn. »Angeln?«

»Ködern. Anbeißen lassen. An Land ziehen.« Er tut so, als würde er eine Angelrute halten und an der Angelrolle drehen. »Das hast du doch mit mir gemacht, oder?«

Ich bin beeindruckt. Ich meine, wieso auch nicht? Denn er hat recht. Das ist mein Spiel. »Du hast deine Eltern umgebracht, nur um mir eins auszuwischen?«

»Fiktiv ermordet«, korrigiert er mich. »Aber nicht, um dir eins auszuwischen. Sondern um dir zu zeigen, wie es sich anfühlt, wenn jemand deine Freundlichkeit ausnutzt. Und um dir klarzumachen, dass man nicht lügen muss, nur weil man gut lügen kann. Das bedeutet nämlich nicht, dass es auch richtig ist.«

Wahrscheinlich kann ich froh sein, dass niemand, den ich jemals betrogen habe, dieselbe Taktik angewendet hat wie Miles, denn dann wäre ich jetzt in der Hölle. Ich springe auf. »Vielen Dank für diese wertvolle Lektion, Miles. Ich hoffe, ich kann eines Tages dein Denkmal besuchen, wenn du gestorben bist und heiliggesprochen wurdest.«

Er macht eine leichte Verbeugung. »Gern geschehen. Betrachte es als meine Bürgerpflicht.«

Ich stemme die Hände in die Hüfte. »Wann genau hast du herausgefunden, dass ich dir nur eine rührselige Geschichte aufgetischt habe?«

An dem Abend auf der Jacht hat er es mir abgekauft. Das weiß ich genau. Aber einen Tag später war er mir gegenüber abweisend und kalt gewesen.

Miles grinst. »Eigentlich genau jetzt.«

Wieder bleibt mir der Mund offen stehen. »Nein, das stimmt nicht.«

»Es stimmt teilweise«, gibt er zu. »Harper hat mich darauf gebracht. Man stellt ihr ein paar harmlose Fragen –«

»Harper würde dir nie etwas verraten«, schnaube ich.

Er zieht schon wieder auf diese komische Art eine Augenbraue hoch und ich weiß, was er denkt. Aber ich bin ein bisschen besser darin als Harper, und wenn er mich reinlegen kann …

Ich schüttele den Kopf und deute mit dem Finger auf ihn. »Du hast mit mir rumgeknutscht! Ich habe dich nie manipuliert, damit du mich küsst. Was soll das?«

Er hebt die Hände. »Ich hab dir schon gesagt, dass dieser Teil nicht geplant war.«

»Na ja, jedenfalls kann ich nicht behaupten, dass es mir nicht gefallen hätte«, gebe ich zu und mustere ihn dabei genau. Er wirkt jetzt ganz anders. Gefährlicher. Interessanter. »Vielleicht solltest du öfter mal nichts vorausplanen. Das scheint sich für dich zu lohnen. Für mich hat es das auf jeden Fall.«

Miles überrascht mich mit einem finsteren Blick. »Du hast es immer noch nicht kapiert, oder?«

»Was?«

»Das war alles nur vorgetäuscht«, schnappt er zurück. »Es bedeutet mir nichts, wenn es nur ein Fake ist. Darin sind wir zwei völlig unterschiedlich.«

Langsam breitet sich ein Grinsen in meinem Gesicht aus. »Du hast etwas sehr Wichtiges vergessen.«

Ich gehe an ihm vorbei zur Tür. Es wird Zeit, dass ich nach

Hause komme. »Ich habe deine Geschichte geglaubt. Ich hab sie dir abgekauft. Es ist hart, aber die einzige Person, die bei diesem Kuss etwas vorgetäuscht hat, bist du.«

Der finstere Blick verschwindet und wird von einem leeren Starren ersetzt.

Ich drehe ihm den Rücken zu und gehe. »Danke noch mal, dass du mich gerettet hast.«

Als ich einen Schritt in den Flur mache, werden mir zwei Dinge bewusst: Erstens weiß ich immer noch nicht, warum Miles für ein Halbjahr an der Holden ist. Und zweitens habe ich wahrscheinlich gerade zugegeben, dass ich auf ihn stehe. Irgendwie fühlt sich das nicht wie der Sieg an, mit dem ich eigentlich meinen Abgang machen wollte.

An der Tür am Ende des Flurs bleibe ich einen Moment stehen. Ich werfe einen kurzen Blick über die Schulter und bekomme mit, wie Miles seine Zimmertür zuknallt. Das komplizierte Schloss an der dritten Schlafzimmertür hatte ich vorhin gar nicht bemerkt. Bewahrt Clyde dort wirklich seine Sachen auf? Warum dann die zusätzlichen Sicherheitsvorkehrungen?

Als ich unser Apartment betrete, ist es dunkel, nur in Aidan und Harpers Schlafzimmer brennt Licht. Ich spähe durch die offene Tür. Meine Schwester liegt im Bett und schnarcht leise, ein Kochbuch liegt aufgeklappt auf ihrer Brust. Ich gehe zu ihr und hebe das Buch behutsam hoch, doch sie öffnet die Augen. Sie streckt sich und lächelt, als sie sieht, dass ich es bin.

»Na, meine wunderschöne Schwester … wie war es im Beach Club?«

»Gut.« Bis auf den Teil, als ich fast ertrunken wäre. »Nichts Aufregendes.«

»Ach, erzähl mir morgen die ganze Geschichte. Ich bin total kaputt. Diese kleinen Monster haben mich heute völlig fertiggemacht.« Sie klopft auf den leeren Platz neben sich. »Aidan hat Nachtschicht.«

Harper schläft nicht gern allein. Wir haben uns in unserem Wohnmobil jahrelang ein Bett geteilt, sodass sie sich nie daran gewöhnt hat, alleine zu schlafen.

Ich lasse mich auf Aidans Seite des Bettes fallen, und als Harper die Nachttischlampe ausschaltet, fallen mir sofort die Augen zu. Erschöpft kuschele ich mich in das Kissen. Doch kurz darauf schaukele ich vor und zurück, und Wellen schlagen über meinem Kopf zusammen.

Ich schieße in die Höhe und schnappe nach Luft.

Neben mir sitzt Harper aufrecht im Bett. »Was ist los?«

»Ich glaube …« Ich greife mir an die Brust. »Vielleicht mache ich einfach noch eine Weile den Fernseher an.«

»Okay«, murmelt Harper. Sie dreht sich auf die Seite und schließt die Augen. »Nacht, Ellie.«

Ich suche mir die langweiligste Sendung aus, in der Hoffnung, dass ich dabei einschlafe. Aber eine Stunde später bin ich immer noch wach. Dafür verpasse ich die Nachricht nicht, die Jacob mir schickt.

Jacob: Foto der Bewerbung der Geliebten
Ich: thx. Hat dein Dad vorher schon mal eine persönliche Assistentin eingestellt?
Jacob: Nein.
Ich: Schick mir ein Bild von deiner Kreditkarte, beide Seiten.

Natürlich macht er das auch noch. Idiot. Ich hab zwar nicht vor, das auszunutzen, aber echt jetzt? So viel Geld, und er macht sich nicht die geringste Mühe, es abzusichern?

Jacob: Hoffe, du bist ok?
Ich: Mir geht's gut. Aber kein Alkohol und dann Schwimmen mehr für mich.
Jacob: Verstehe. Zum Glück war unser Kumpel Miles da, um den Tag zu retten.

Ja, zum Glück. Aber »unser Kumpel«? Du kannst ihn gerne haben, Jacob.

Ich hole meinen Laptop und mache mich an die Arbeit.

Wie sich herausstellt, ist Rosa Lipman sechsunddreißig Jahre alt (ich hätte sie anhand des Videos auf höchstens fünfundzwanzig geschätzt) und hat ein blitzsauberes polizeiliches Führungszeugnis. Ihre letzte bekannte Anschrift war in Maryland, was nicht allzu merkwürdig ist. Zumindest liegt es nicht zu weit weg, um hier einen Job anzunehmen. Sie wurde einmal geschieden und ist wegen Haus, Autos und Unterhaltszahlung vor Gericht gegangen. Immer noch nichts Brauchbares.

Erst als ich ihre Kreditauskunft durchgehe, finde ich etwas. Im letzten Jahr wurden acht Dispokredite beantragt, aber schon innerhalb eines Monats wieder gekündigt. Ihre Steuerrückzahlung, nach der Scheidung wohlgemerkt, lässt auf ein sechsstelliges Einkommen schließen – ein bisschen hoch für eine persönliche Assistentin.

Rosa Lipman scheint das Opfer von Identitätsdiebstahl zu sein.

Die Betrügerin hat offensichtlich Ahnung, aber ich komme ihr trotzdem ziemlich schnell auf die Spur. Vielleicht sollte ich mal mit ihr reden, ihr ein paar Tipps geben und als Gegenleistung die Hälfte der Summe verlangen, die sie Jacobs Familie gestohlen hat. Aber so etwas hätte nur die alte Eleanor getan. Ich werde bloß dafür sorgen, dass ihr Betrug platzt, und verdiene damit eintausend Dollar.

KAPITEL 19

Obwohl ich Rosa Lipman ein paar Tage lang intensiv nachspioniert habe, reicht diese neue Besessenheit nicht aus, um mich von den Flashbacks abzulenken, bei denen ich immer wieder im Meer ertrinke. In einer Sekunde folge ich Ms Swansons Rechenaufgaben an der interaktiven Tafel, und in der nächsten rückt ihre monotone Stimme immer weiter in die Ferne, als würde sie am Ende eines Tunnels stehen.

Ich bin in der Robertson Treuhandbank in Charleston und warte auf meinen Vater. Ein Mann im Anzug geht an mir vorbei. Sein Blick bleibt an mir hängen, während er zum Informationsschalter weiterläuft. Ich lächele ihn an, gespannt auf seine Reaktion. Er stößt gegen den Schalter, wird knallrot und schaut dann weg. Cool und gelassen verdrehe ich die Augen, doch unter meinem engen Top und Rock schwitze ich Blut und Wasser. Die Augen weg von der Sicherheitskamera, Ellie. Beruhige dich. Bring deinen Puls unter Kontrolle.

Als ich mich gerade wieder zusammengerissen habe, tritt meine Mutter durch die Drehtür. Ihre Haare sind hochgesteckt, was ihren langen Hals und ihr wunderschönes Profil betont. Sie trägt einen grauen Hosenanzug, hochhackige Schuhe und hat einen Aktenkoffer in der Hand. Meine innere Ruhe ist sofort wie-

der dahin. Sie dürfte gar nicht hier sein. Das kann nicht wahr sein.

Ich sehe mich um, suche nach jemandem, irgendjemandem. Meine Brust hebt und senkt sich viel zu schnell. Und sie beobachten mich. Der Stift in meiner Rocktasche streift meinen Oberschenkel. Ich schaue nach unten in der Erwartung, dass er hell leuchtet und mich verrät. Dann fange ich den Blick meiner Mutter auf. Hätte ich doch nur telepathische Fähigkeiten. Verschwinde! Abbruch! *Aber sie schaut weg, schüttelt kaum merklich den Kopf und gibt mir damit zu verstehen, dass ich ruhig bleiben und bei dem neuen Plan mitmachen soll, den sie und Dad ohne mich geschmiedet haben. Ein Plan, der alles zerstört.*

Mom kehrt mir den Rücken zu und ich sehe etwas Großes und Metallisches, das mit bunten Drähten an ihr festgeschnallt ist. Eine Bombe? Was zum Teufel geht hier vor?

Sie dreht sich wieder zu mir um, hebt den Arm und hat plötzlich eine Art Fernbedienung in der Hand. Sie legt den Daumen auf den Auslöser, und bevor ich sie davon abhalten kann, drückt sie den Knopf. Ich werfe mich auf den Boden, kneife die Augen zusammen und erwarte eine Explosion. Stattdessen wackelt das ganze Gebäude und der Boden erzittert. Leute um mich herum rennen kreischend durcheinander. Ich spähe aus den Fenstern. Eine riesige Welle rauscht auf uns zu. Vor Angst wie erstarrt, blicke ich ihr entgegen. Die Welle trifft das Glas, zertrümmert es. Wasser flutet herein, überspült die Lobby der Bank. Schreibtische schwimmen an mir vorbei. Ich strampele und strampele, aber als ich meinen Kopf aus dem Wasser strecke, stößt mich eine weitere Welle um.

»Schön, Kelsey … gute Anwendung der Abstandsformel.«

Ich schrecke hoch, schnappe nach Luft. Ein paar Klassenkameraden, die in meiner Nähe sitzen, werfen mir einen »Wie bist du denn drauf?«-Blick zu.

Mein Arm schnellt in die Höhe. »Darf ich kurz zur Toilette?«

Ms Swanson nickt, und ich gehe zur Tür. Ich laufe durch mehrere Flure – ich brauche Bewegung, brauche Luft –, bevor ich mich in der Toilette einsperren oder in den Klassenraum zurückkehren kann.

Ich komme an einer offenen Klassenzimmertür vorbei und entdecke meinen Klassenlehrer, Mr Chin, der einen lebhaften Unterricht gibt. Er spricht Mandarin und schreibt chinesische Schriftzeichen an die Tafel. Dabei sagt er etwas, das die Klasse zum Lachen bringt. Dann fordert er eine Schülerin auf, eine Frage zu beantworten. Mit großen Augen schüttelt sie den Kopf. Da ruft Mr Chin noch jemand anders auf, ich bleibe im Flur stehen und spähe in den Raum. Weiter hinten fläzt Miles zurückgelehnt auf seinem Stuhl.

Ohne sich aufzusetzen, antwortet er Mr Chin auf Chinesisch. Der Lehrer scheint über seine Antwort erfreut zu sein, er klatscht sogar für Miles.

Bei dem plötzlichen Geräusch schreckt Miles hoch und ich trete rasch von der offenen Tür weg. Miles Beckett spricht also fließend Mandarin. Wer hätte das gedacht? Harper und ich sind echte Fremdsprachengenies, besonders was Akzente betrifft, aber keine von uns beherrscht eine Sprache, die so kompliziert ist wie Mandarin. Man braucht Jahre, um das zu lernen.

Da ich in den meisten Kursen genau wie Miles so etwas wie eine Musterschülerin bin – viel harte Arbeit und vorgetäuschter

Enthusiasmus –, wird es Ms Swanson bestimmt nicht stören, wenn ich etwas länger auf der Toilette bleibe.

Ich verlasse das Schulgebäude in Richtung der Sportplätze und hole mein Handy heraus, um im Sekretariat der Schule anzurufen.

»Hier ist Richterin Cohen … Mein Sohn Jacob ist heute Morgen losgegangen, ohne seine Medikamente zu nehmen«, sage ich. »Ich bin gerade nur zwei Minuten von der Schule entfernt … Könnten Sie ihn bitte zu mir rausschicken? Ich werde gleich im Gericht erwartet.«

»Selbstverständlich«, antwortet die Sekretärin. »Ich lasse ihn ausrufen.«

Nachdem ich aufgelegt habe, dauert es nur drei Minuten, bis Jacob aus dem Gebäude kommt. Er blickt sich um, wahrscheinlich sucht er den Wagen seiner Mutter und ist in Panik, weil sie eigentlich gar nicht in der Stadt ist. Ich winke ihn zu mir herüber und wir ziehen uns unter ein Vordach zurück, sodass uns die Sicherheitskameras nicht im Blick haben, die auf den Parkplatz und die Sportplätze gerichtet sind.

»Du hast mich ausrufen lassen?«, fragt Jacob erstaunt.

Ich zucke mit den Schultern. »Indirekt.«

»Was gibt's?«

Ich hole mein Handy heraus und scrolle durch die Fotos von neulich Abend. »Also, Rosa Lipman …«

»Ja?«, sagt er gespannt.

Ich lehne mich mit verschränkten Armen an die Wand des Schulgebäudes. »Rosa Lipman ist sechsunddreißig, wohnt in Maryland und arbeitet als Buchhalterin. Sie hat sich vor sechs Jahren scheiden lassen, und kürzlich hat ihr irgendjemand ihre

Identität gestohlen, der offene Dispokredite in Fredericksburg, Virginia und rund um D. C. laufen hat.«

Jacob macht große Augen. »Willst du damit sagen, dass sie … dass …?«

»Dass die Unter-dem-Schreibtisch-Freundin deines Dads gar nicht Rosa Lipman ist? Ja, das will ich damit sagen. Und sie macht der echten Rosa das Leben definitiv zur Hölle.«

Schockiert lehnt sich Jacob ebenfalls an die Wand. Dann wird sein Gesichtsausdruck skeptisch. »Bist du sicher? Es gibt doch bestimmt mehr als eine Rosa Lipman an der Ostküste.«

»Mit derselben Sozialversicherungsnummer?« Ich schüttele den Kopf. »Kaum möglich.«

Er argumentiert nicht dagegen, wirkt aber auch nicht völlig überzeugt.

»Ich kann es dir beweisen, aber wenn ich das tue, wird sie sofort verschwinden«, warne ich ihn.

»Verschwinden? Was hast du denn vor?«

»Es kostet mich nur einen Anruf«, erwidere ich. »Aber vielleicht wäre es besser, wenn wir alles deinem Dad erzählen und die Erwachsenen das regeln lassen.«

»Das wird nicht funktionieren. Er ist total verschossen.« Jacob zögert, dann sagt er mit Nachdruck: »Tu es.«

»Öffne die Bewerbung auf deinem Handy und gib mir ihre Telefonnummer.« Als ich die Nummer habe, wähle ich, drücke auf die Lautsprechfunktion und warte, dass die falsche Rosa abnimmt. Es dauert nur drei Freizeichen.

»Hallo, ist da Rosa Lipman?«

»Ja, am Apparat«, sagt sie mit gehauchter und authentischer Stimme. Sie ist definitiv eine Professionelle.

»Mein Name ist Betty Summers. Ich arbeite für die Abteilung Identitätsbetrug der Bundessteuerbehörde. Ich habe ein paar gute Neuigkeiten zu Ihrer Anfrage, die Sie letzten Monat gestellt haben.«

»Oh, tatsächlich?« Ein Teil ihres professionellen Tonfalls ist verschwunden und ich höre jetzt einen nervösen Unterton.

»Wir haben die Täterin bei einer Adresse in Fredericksburg, Virginia, ausfindig gemacht.« Ich werfe Jacob einen kurzen Blick zu und nenne dann seine Adresse. »Vierzehn Germantown Lane … Wir haben bereits die örtlichen Behörden informiert, jemanden hinzuschicken und die Festnahme vorzunehmen. Unsere Observation hat ergeben, dass sich die falsche Rosa Lipman auf dem Grundstück –«

Die Verbindung wird abgebrochen. Jacob und ich starren eine Weile die Worte *Anruf beendet* auf meinem Display an.

Dann wirft Jacob die Arme in die Luft und stößt einen Schrei aus. »Alter, war das geil!«

Ich lege ihm eine Hand auf den Mund, wobei ich in Richtung Klassenzimmer auf der anderen Seite der Mauer nicke. Ich gebe ihm noch zehn Sekunden, um abzufeiern, denn die könnte ich jetzt auch gebrauchen. Ich habe so etwas seit Ewigkeiten nicht mehr gemacht. Dann werde ich wieder sachlich. Ich suche ein Foto heraus, das ich neulich Abend am Strand gemacht habe. Ein Foto, auf dem Jacob etwas aus Brets oder Dominics Vorrat schnupft.

»Ich habe gehört, dass du wie deine Mom an der Columbia studieren willst. An der juristischen Fakultät …«

Er schaut auf das Bild und weicht zwei Schritte vor mir zurück. »Mist … was soll der Scheiß?«

»Entspann dich.« Ich verdrehe die Augen. »Ich hebe das nur auf, damit du nicht redest. Kein Wort zu irgendjemandem, dass ich dir geholfen habe, verstanden?«

»Was ist mit Justice und Chantel u-und Bret …«, stammelt er. »Die saßen mit im Auto.«

»Sag ihnen, dass du das selbst geregelt hast.« Er scheint noch nicht wirklich überzeugt zu sein, also füge ich hinzu: »Du kannst ihnen gern erzählen, dass ich dir einen Link zu einer Strafregisterprüfseite geschickt habe – jeder Idiot kann herausfinden, was ich über die Assistentin deines Dads ausgegraben habe. Aber wenn du mit der Geschichte herumprahlen willst, hast *du* den Anruf gemacht, und nicht ich.«

»Ich bin also Betty Summers?«

»Jetzt hast du's kapiert.« Ich klopfe ihm auf die Schulter. »Oh, und ich hätte meine Bezahlung gern in bar.«

Ich gehe zum Eingang der Schule zurück und lasse Jacob einfach stehen.

»Danke, Ellie! Ich schulde dir was.«

»Ja, tausend Dollar.« Ich drehe mich noch einmal zu ihm um. »Eine Sache noch.«

Er wartet, bis ich wieder bei ihm bin.

»Ich brauche die Antwort auf eine Frage, aber du darfst das niemandem gegenüber erwähnen. Niemals. Okay?«

Er schluckt. »Okay …«

»Du kennst Bret doch schon eine Weile, richtig?«

»Ja, eigentlich schon ewig. Wir waren zusammen auf der St. Matthews, bevor wir an die Holden gewechselt sind.«

Ich senke die Stimme.

»Kannst du dir irgendeinen Grund vorstellen, warum Bret

nach dem Frühlingsball Simon und mir zu meinem Apartment gefolgt sein könnte?«

»Dir und Simon –?« Seine Augen weiten sich. »Warte, der Frühlingsball? Das war doch die Nacht, in der Simon –«

»Gestorben ist«, beende ich den Satz für ihn. Das Superhirn nervt langsam. »Irgendeine Idee?«

Jacob steht eine Weile nur da und scheint sich total unbehaglich zu fühlen.

»Ich weiß es nicht, Ellie …« Er überlegt kurz. »Simon hat nur dieses eine Mal mit uns rumgehangen. Bret hat so richtig auf Kumpel gemacht, ist ihm regelrecht in den Arsch gekrochen, wahrscheinlich wegen Simons Dad, aber er würde nie … verdammt, keine Ahnung.«

»Tja, damit sind wir schon zwei.« Ich seufze, lasse ihn stehen und gehe zurück in die Schule.

Nach dem Mittagessen finde ich einen Umschlag mit Bargeld am Boden meines Spinds. Jacob hat also sein Wort gehalten. Aber ich kann immer noch nicht glauben, dass er mir tausend Dollar für so was gibt. Nach der Schule werde ich das Geld direkt zur Zahnarztpraxis bringen und einen Teil der Rechnung bezahlen, mit der Harper sich herumschlagen muss. Noch ein paar Skandale unter meinen Klassenkameraden, und ich krieg den ganzen Betrag zusammen.

KAPITEL 20

»Was genau macht sie da?«, flüstert Harper.

»Das nennt sich ›Wandakzente setzen‹.« Wir stehen im Flur vor meinem Zimmer und sehen Justice dabei zu, wie sie mit einer Farbwalze über die hintere Wand meines Zimmers streicht. Sie hat Kopfhörer in den Ohren und ihr iPhone steckt in der Tasche ihres Overalls, den sie sich gleich angezogen hat, als wir aus der Schule kamen. Sie tanzt und singt zu der Musik.

»Ich verstehe das nicht. Warum macht man sich diese Mühe? Das Apartment ist doch nur gemietet.«

Harper wirft mir einen seltsamen Blick zu. »Es ist zwar gemietet, aber wir machen hier nicht nur Ferien.«

»Das weiß ich«, versichere ich ihr. Trotzdem vergesse ich oft, dass normale Leute so etwas tun. Sie wohnen irgendwo länger als sechs Monate und streichen ihre Wände.

Die Farbe nennt sich Fuchsia und sie wirkt ziemlich … ähm … gewagt. Aber Justice hat auch noch graue Farbe mitgebracht und nach einer kurzen Anleitung stellt sie mich mit einer weiteren Rolle an eine andere Wand. Ich nutze die Gelegenheit, meine Kopfhörer anzuschließen, um Dominic zu belauschen. Hätte ich doch nur mehr Abhörgeräte. Dann könnte ich auch Bret, Jacob und Miles ausspionieren.

Aber die erste Stimme, die ich höre, ist nicht die von Dominic. Es ist Miles.

»Ich weiß nicht, Mann. Bist du dir sicher bei diesem Kerl?«

»Er ist cool. Keine Sorge.« Dominic lacht. *»Reg dich ab, Kumpel. Ich kaufe immer bei ihm.«*

Die Farbwalze rutscht mir fast aus der Hand. Justice schaut zu mir herüber und ich packe den Griff wieder fester und lächele. Sie seufzt. »Meine Mom würde mir in Millionen Jahren nicht erlauben, so etwas in unserem Haus zu machen. Ich musste die Gärtnerin bestechen, damit sie meinen Eltern nicht erzählt, dass ich die Farben aus dem Schuppen geklaut habe.«

Ich bin zu sehr davon abgelenkt, was bei Miles und Dominic läuft, um darüber nachzudenken, was für eine Art von Bestechung sie wohl gemeint hat.

»Aber du kaufst nur Gras bei dem Kerl, oder?«, fragt Miles. *»Nichts anderes?«*

»Ich hab mir auch schon anderen Stoff bei ihm geholt.«

»Was zum Beispiel?«, will Miles wissen.

»Normalerweise irgendwelche illegalen mexikanischen oder russischen Versionen von Valium oder Xanax. Was auch immer Davey besorgen kann.«

»Aber dieses Zeug nimmst du nicht mehr?«, fragt Miles mit sanfter, besorgter Stimme.

Ich lasse wieder fast die Farbrolle fallen. Was zum Teufel hat er vor?

»Dieser Sommer war ziemlich ätzend für mich«, sagt Dominic. Dann fügt er mit gesenkter Stimme hinzu: *»Da ist er.«*

Ich höre einen dröhnenden Motor, der kurz drauf abgestellt wird.

»Hey, Mann«, sagt Dominic. *»Das ist mein Kumpel M. B.«*

M. B.?

»Was geht ab?«, sagt eine tiefe Stimme. *»Hab ich dich am Telefon richtig verstanden? Du willst den neuen Stoff?«*

»Nur, wenn's wirklich neuer Stoff ist.« Miles' Stimme klingt glatt, ruhig, ein klein wenig abwehrend, aber ohne die Unsicherheit, die noch vor ein paar Minuten darin mitschwang.

Es herrscht einen Moment Stille. Dann ertönt wieder Daveys tiefe Stimme. *»Nicht so voreilig, Alter. Ich deale nicht mit fremden Typen. Dominic weiß das. Erst hängen wir zusammen rum, damit ich dich kennenlerne. Wir fangen da an, wo du wohnst. Kapiert?«*

»Ja, kapiert.«

Ich weiß nicht, wo sie sich getroffen haben, aber ich weiß, dass sie herkommen werden. Ich stelle mich absichtlich total dämlich an, spritze Farbe über die Wand, während die drei Jungs in einen Wagen steigen – ich bin nicht sicher, in wessen Wagen – und etwa zehn Minuten nur rumlabern.

Die effektivste Vorgehensweise bei einem Problem wie diesem, wenn jemand die Gesetze der Vorhersehbarkeit bricht, ist eine kleine »Privatstunde«, wie mein Dad es immer genannt hat. Das bedeutet, dass ich mir selbst eine kleine Privatstunde auf dem Gebiet Miles Beckett geben werde, indem ich sein Apartment durchsuche.

Durch das Fenster sehe ich, wie Miles, Dominic und ein großer Kerl – etwa Anfang zwanzig – über den Hof gehen. Sie werden jeden Moment die Treppe hochsteigen, aber Miles hält sie zurück. »Lasst uns hier am Pool bleiben. Mein Onkel ist oben.« Miles hebt den Arm und deutet auf sein Apartment.

Davey zuckt mit den Schultern und die drei setzen sich an einen der Sonnenschirmtische. Dominic und Davey zünden sich sofort eine Zigarette an.

Ich bin ganz sicher, dass Clyde die ganze Woche nicht da ist. Er hat es mir selbst erzählt. Miles will Davey, den Drogendealer, also nicht in seine Wohnung lassen. Damit habe ich das perfekte Schlupfloch für meinen Spionageplan. Aber nur, wenn ich schnell handle. Und Justice loswerde. Ich schaue kurz zu ihr hinüber, sie wird wahrscheinlich nicht so bald fertig sein.

»*Wo habt ihr das aufgeschnappt …?*«, fragt Davey.

Entweder hat er den Namen des Zeugs weggelassen, was auch immer sie bei ihm kaufen wollen, oder er hat so leise gesprochen, dass ich es durch das winzige Gerät in Dominics Schlüsselanhänger nicht hören konnte.

»*Du weißt schon, hier und da*«, antwortet Dominic. »*Ich bin immer auf dem Laufenden, was du so anbietest.*«

Davey lacht.

»*Hast du es probiert?*«, will Miles von Davey wissen. Er muss genickt haben oder so, denn Miles fügt hinzu: »*Und wie ist es?*«

»*Total abgefuckt. Ich war drei Tage lang wach. Richtig wach. Und ich hab nur Scheiße gemacht, verstehst du? Und dann bin ich einfach …*« Er macht ein Geräusch wie eine Explosion. »*Ist nichts für mich. Das ständige Auf und Ab. Aber wenn du es für was Bestimmtes brauchst … das kann verdammt nützlich sein.*«

»*Wie viel?*«, will Miles wissen.

»*Ich hab dir doch gesagt, immer mit der Ruhe, Alter*«, warnt ihn Davey. »*Und du weißt, dass ich kein Geld von dir will. Ich hab gehört, du hast was, das ich brauche.*«

»*Vielleicht.*«

»Hast du den Scheiß wirklich aus der Schweiz mitgebracht?« Davey klingt beeindruckt. *»Ich wette, du hattest die Hosen voll, als du durch den Zoll bist.«*

»Nur ein bisschen«, erwidert Miles.

Die Schweiz. Die erfundene Ermordung seiner Eltern. Ein Zufall? Eher unwahrscheinlich.

»Also hast du es hier?«, drängt Davey weiter.

»Vielleicht«, wiederholt Miles.

Okay, jetzt oder nie.

Ich lege die Farbwalze weg und erzähle Justice, dass ich die Post holen muss. Ich schnappe mir ein paar Werkzeuge und eine Taschenlampe aus der Küchenschublade und stopfe alles in meine Hosentasche. Ich drehe die Lautstärke am Empfänger etwas weiter auf, um nichts zu verpassen, was mein Nachbar sagt oder tut.

Sein Apartment ist perfekt aufgeräumt, still und leer. Weil meine Zeit begrenzt ist, beginne ich mit dem interessantesten Zimmer.

Ich knie mich vor die Tür dieses mysteriösen Raums – wo Clyde angeblich seine Sachen aufbewahrt – und untersuche das komplizierte Schloss. Ein Schloss, das definitiv nicht zu diesem Apartment gehört. Nach einigen Fehlversuchen habe ich es endlich geöffnet.

Ich schlüpfe in den dunklen Raum und schließe die Tür hinter mir. Es gibt keine Fenster. Es ist stockdunkel, bis ich meine Taschenlampe einschalte, den Lichtstrahl auf den Boden gerichtet.

»… hab meine Tasche in deinem Auto gelassen«, höre ich Miles sagen. *»Gib mir mal deinen Schlüssel.«*

Mist. Das war's mit meiner Absicherung. Ich überlege, ob ich abhauen und lieber später noch mal wiederkommen sollte, entscheide mich aber dagegen. Schließlich kann ich hören, wenn er die Autotür öffnet und schließt. Ich bleibe einen Moment reglos stehen, bis ich das klickende Geräusch höre, als er den Wagen entriegelt. Ich atme auf und hebe die Taschenlampe an. Es gibt einen kleinen Tisch und zwei Stühle. Ich richte den Lichtstrahl auf die Tischplatte – und mein Herz bleibt stehen.

Auf dem Tisch ausgebreitet, liegen Bilder von Simons Gesicht. Zeitungsartikel, mindestens zehn. Genau wie die, die ich in Dominics Rucksack gefunden habe. Schatten von Zetteln, die an der Wand hängen, fallen mir ins Auge. Ich richte die Taschenlampe darauf und schnappe laut nach Luft. Über dem Tisch hängt ein großes Foto. Ein Foto von mir. Genauer gesagt, von Simon und mir, wie wir am Abend des Frühlingsballs von seinem Haus zum Auto gehen.

Daneben ist ein Bild, das aussieht wie aus dem Überwachungsvideo, das Aidan mir auf dem Parkplatz gezeigt hat. Meine Schuhe, mein Kleid, eine schattenhafte Gestalt, die wie ich aussieht. Ein weiterer Schnappschuss zeigt Bret Thomas' Nummernschild auf dem Parkplatz an besagtem Abend.

Mein Herz rast in Rennwagengeschwindigkeit, meine Kehle ist wie zugeschnürt. Ich drehe mich langsam um meine eigene Achse und lasse den Lichtstrahl durch den Raum wandern. Simon ist überall. Fäden an der Wand verbinden Fotos und Notizen miteinander. Ich schaue mir einen Zettel genauer an und lese meine E-Mail-Adresse in meiner eigenen Handschrift. Ich hatte sie für Simon aufgeschrieben, als er mir nach unserer ersten Woche Bio angeboten hat, mit ihm zusammen zu lernen.

Wo zur Hölle hat Miles das her? Wo hat Simon diesen Zettel aufbewahrt? In seiner Brieftasche? In seinem Zimmer?

Das dumpfe Pochen in meiner Brust hallt in der Stille wider. Ich bin die ganze Zeit so neugierig auf Miles gewesen, wollte herausfinden, was hinter seiner Masche steckt. Aber ich hätte nie gedacht, dass er gefährlich sein könnte. Vielleicht gefährlich für mein Herz, aber nicht wirklich gefährlich.

Die Taschenlampe bewegt sich wie von selbst in meiner Hand und leuchtet auf eine Notiz, deren Schrift ich als Simons erkenne.

Ich weiß, mein Timing ist total mies, aber ich muss es dir sagen, bevor das vorbei ist. Ich liebe dich. Ich liebe dich wirklich. Ich weiß nicht, was du fühlst, aber ich muss es wissen, bevor es zu spät ist. Ich weiß, dass wir Freunde sind. Die besten Freunde. Aber vielleicht …
Sorry, ich bin ein viel zu großes Weichei, um dir das persönlich zu sagen.
In Liebe
S

Ich kann diese Nachricht nicht einmal richtig verarbeiten, denn ich bin zu abgelenkt von dem Foto, das daneben hängt. Darauf sind Jacob und ich vor der Schule neulich zu sehen. Wie zur Hölle konnte Miles dieses Foto schießen? Er saß ganz hinten in Mr Chins Klassenraum und war halb eingedöst. Und woher wusste er, dass ich draußen war?

Panik erfasst mich. Ich lasse die Taschenlampe fallen und beginne, meine Klamotten abzutasten. Die Antwort trifft mich wie ein Schlag, als mein Blick auf die Tennisschuhe an meinen Füßen fällt. Und plötzlich bewegt sich ein Schatten durch den Raum.

Arme packen mich von hinten. Eine Hand legt sich auf meinen Mund und erstickt meinen Schrei. Ein harter, runder Gegenstand drückt sich in meine Seite. *Eine Waffe.*

Der Griff lockert sich, ein weiterer Schrei bildet sich in meiner Kehle, doch da geht das Licht an und ich erstarre.

Miles steht ein paar Schritte von mir entfernt und hat eine Waffe auf mich gerichtet.

KAPITEL 21

Langsam hebe ich die Hände in die Höhe. In Gedanken spule ich all unsere Gespräche noch einmal ab … Wie Miles mich nach Simon ausfragt. Wie Miles herumschnüffelt und die ganze Zeit beobachtet. Hat er Simon das angetan, und weiß er jetzt, dass ich es weiß? Dann kann ich mir denken, wie die Geschichte enden wird.

Meine Arme zittern, aber ich lasse die Hände oben, wo er sie sehen kann. Eine Waffe ist auf mich gerichtet und das ist Neuland für mich. Ich wurde schon einmal erwischt, aber nicht auf diese Art.

»Wie bist du hier reingekommen?«, blafft er mich an. Bevor ich antworten kann, fährt er fort: »Du hast die Wanze in Dominics Schlüsselanhänger versteckt, habe ich recht?«

Ich schweige, drehe den Kopf aber weit genug, um eine Öffnung in der Wand zu bemerken. Eine Art Schiebetür. Was zum Teufel ist das für ein Raum? Wurde ich von einem Betrüger oder einem Serienmörder gestalkt und reingelegt?

»War es an dem Abend auf der Jacht? Als ich dich dabei erwischt habe, wie du Dominics Sachen durchwühlt hast?« Miles schüttelt den Kopf, als ärgerte er sich über sich selbst, weil er das übersehen hat. »Deshalb hast du dir den ganzen Mist über deine

Eltern ausgedacht. Um mich abzulenken. Du bist besser, als ich dachte.«

»Ich … ich … habe die Wanze in seinen Sachen gefunden. Ich hab ihm nichts untergeschoben«, bringe ich stockend hervor, ohne die Waffe aus den Augen zu lassen. »Ich dachte, Dominic könnte vielleicht … ich wollte nur herausfinden, ob …«

»Ob Dominic oder Bret irgendetwas wissen«, sagt Miles mit einem Kopfnicken. »Ob sie hinter dir her sind.«

»Hinter mir her?« Ich lasse die Arme sinken.

»Du kannst es nicht lassen, oder?« Er beißt die Zähne zusammen. In seinem Gesicht spiegelt sich ein tief verwurzelter Zorn. Ein kalter Schauer läuft durch meinen ganzen Körper. Aus diesem Zimmer komme ich nicht mehr raus.

Bring ihn zum Reden. Bring ihn einfach zum Reden.

»Was kann ich nicht lassen?« Ich zwinge ihn, Augenkontakt zu halten.

Bitte, lass Justice oder Harper nach mir suchen. Oder Aidan. Ihn könnte ich jetzt wirklich gut gebrauchen. Er hat eine Waffe und beherrscht den Würgegriff. Vorsichtig taste ich meine Tasche ab. Kein Handy. Gott, bin ich ein Idiot.

»Das Lügen.« Miles tritt näher, seine Wut steigert sich. »Du warst es, nicht wahr? Simon ist tot und du spielst das gute Mädchen, immer noch so verletzt und traurig.«

Jetzt weiß ich endlich, wie es sich anfühlt, wenn einem der Boden unter den Füßen weggezogen wird. »Du denkst, ich habe Simon getötet?«

»Du warst die letzte Person, die ihn lebend gesehen hat.« Miles kommt noch einen Schritt auf mich zu. »Und du hast viel Zeit damit verbracht, überall herumzuschnüffeln, um Dreck über die Leute in seinem Freundeskreis auszugraben. Um sicherzugehen, dass sie dir nicht schon auf der Spur sind. Aber ich bin noch nicht dahintergekommen, warum du ihn umgebracht hast. Wie praktisch, dass du im Grunde keine Identität hast. Du nicht und deine Schwester auch nicht. Arbeitet ihr zusammen? Und steckt Lawrence da auch mit drin? Ich habe gehört, dass Secret-Service-Agenten manchmal Angebote bekommen, denen sie nicht widerstehen können, und dann auf die andere Seite wechseln …«

Ich weiche zurück, bis ich gegen die Wand stoße. Ein Foto von Simon mit dem Blumenarmband in der Hand reißt ab, es segelt durch die Luft und landet neben meinen Füßen. Ich blicke zu Miles auf, meine Augen weiten sich. »Ich habe Simon nicht getötet.«

»Und ich glaube nicht, dass er Selbstmord begangen hat«, erwidert Miles. »Eigentlich bin ich sogar fast sicher, dass er es nicht selbst getan hat.«

»Was ist mit Bret Thomas?« Ich zeige auf das Foto von Brets Führerschein. »Er könnte Simon getötet oder ihn so aufgebracht haben, dass er sich –«

»Oder er hat auf dich gewartet. Um dich abzuschleppen. Oder damit ihr Simon in seinem Auto folgen konntet. Je mehr ich darüber nachdenke, desto besser passt das zusammen. Ein nettes Mädchen kommt an die Holden und freundet sich mit Simon an. Simon wird plötzlich zu einer Party der coolen Kids eingeladen … Das nette Mädchen hält sich von Simons neuem Freundeskreis fern, sodass nie eine Verbindung hergestellt werden kann. Das Bildmaterial vom Parkplatz war merkwürdigerweise beschädigt. Bis vor Kurzem. Und es ist unscharf, sodass keine Gesichter zu erkennen sind.« Miles kann die Waffe nicht länger ruhig halten, seine Hände zittern.

Ich trete einen Schritt näher, wobei ich die ganze Zeit sein Gesicht taxiere.

»Keine Bewegung«, herrscht er mich an.

Ich bleibe stehen. »Woher kennst du Simon?«

»Im Polizeibericht steht, dass nur Harper zu Hause war, als du angeblich in euer Apartment zurückgekehrt bist. Und wir wissen beide, dass sie für dich lügen würde. Niemand sonst hat dich reingehen sehen.«

»Ich habe Simon nicht getötet«, wiederhole ich.

»Ich dachte, du wärst ein einsames Mädchen, das nur lügt, um an sein Ziel zu gelangen, und niemanden an sich heranlässt. Aber dann …« Er atmet verärgert aus.

»Warum hätte ich ihn umbringen sollen?«, frage ich und meine Stimme wird lauter. Es regt mich langsam echt auf, dass er immer noch diese Waffe auf mich gerichtet hält. »Ich war in seinem Freundeskreis. Nicht Dominic DeLuca oder Bret Thomas, der Scheißkerl. Keiner dieser Typen weiß das Geringste über Simon. Aber mir war er wichtig. Er war mein Freund!«

»Nein, er war meiner!«, brüllt Miles mit glänzenden Augen.

Für einen Moment kann ich mich weder bewegen noch sprechen. Ich starre Miles an. Mein Blick wandert zu der Nachricht an der Wand, der Nachricht, die »S« geschrieben hat. Nachdem ich seine Worte gelesen hatte, dachte ich für einen flüchtigen Moment, er hätte sie vielleicht für mich geschrieben, und das wäre – na ja, nicht so toll gewesen, weil ich für ihn nicht dasselbe empfunden habe. Aber das Schreiben klang zu unreif für den Simon, den ich kannte, zu jung.

Miles' Hand zittert immer noch. »Okay, ich verstehe. Er hat dich geliebt. Er war dein Freund. Aber er war auch mein Freund. Das haben wir gemeinsam.«

Miles verliert für einen kurzen Moment seine Konzentration. Ich halte den Atem an, strecke blitzschnell den Arm aus und lege meine Finger um die Waffe.

»Woher kennst du Simon?«, frage ich erneut. Ich bin ihm jetzt so nah, dass ich seine Wärme spüre. »Miles, du weißt, dass ich Simon nichts getan habe. In dem Moment, als du das Licht angeschaltet hast, hast du gesehen, dass ich höllische Angst hatte. Sieh dir diesen Raum an! Das könnte eine verdammte Serienmörderhöhle sein! Und du triffst dich da draußen mit Drogendealern und redest über irgendeine Schmuggelware aus der Schweiz. Was soll ich davon halten?«

»Du hast Dominic verwanzt. Du bist bei mir eingebrochen.«

»Willst du mir das wirklich zum Vorwurf machen? Wenn du mitbekommen hättest, dass ich mich mit jemandem wie Davey einlasse, hättest du dann nicht auch darüber nachgedacht, meine Wohnung zu durchsuchen?«

Ich nehme meine Finger nicht von der Waffe, lege die andere Hand auf seinen Arm und drücke ihn sanft. Ich gebe ihm Zeit, sich alles durch den Kopf gehen zu lassen. Er ist schlau. Er wird darauf kommen.

Unter meiner Hand entspannen sich seine Muskeln ein wenig. Er sieht mich an, Schmerz liegt in seinen Augen. »Ich habe Simon nicht getötet, Ellie. Ich schwöre bei Gott –«

Ich drücke vorsichtig die Waffe nach unten, sodass er den Arm senken muss. »Ich glaube nicht, dass sich in diesem Raum ein Mörder befindet.«

Die Worte kommen ganz spontan aus meinem Mund, aber ich bin sicher, dass sie wahr sind. Wie er mich angesehen hat, als er dachte, dass ich … Da war nichts als purer Hass in seinem Blick. »Woher kennst du Simon?«

»Aus der Middle School«, sagt er mit belegter Stimme. »Wir sind zusammen –« Er bricht ab, erstarrt, als würde er auf etwas lauschen. Sein Körper spannt sich. »Shit.«

Plötzlich ist er wieder Miles und wird aktiv. Er hebt das schwarze Tuch hoch, mit dem der Tisch abgedeckt ist, und holt etwas hervor, das wie ein Funkgerät aussieht. Er schaltet es ein und Daveys Stimme erfüllt den Raum.

»So wickle ich keine Geschäfte ab«, sagt Davey. *»Das weißt du, D. Was hast du mit dem Kerl zu schaffen?«*

»Er ist cool«, erwidert Dominic. *»Sein Dad ist irgendein Diplomat, deshalb kommt er mit jedem Scheiß davon.«*

»Fuck. Er will abhauen.« Miles hockt sich auf den Boden, öffnet die Waffe und holt eine Handvoll Patronen unter dem Tisch hervor.

Mir bleibt der Mund offen stehen. »Die war nicht mal geladen?«

»Jetzt ist sie es.« Er schiebt die Waffe wieder zu und steckt sie hinten in seinen Hosenbund. Dann springt er auf und zieht ein winziges, golden schimmerndes Teil aus seiner Tasche, das er schnell in seiner Faust verschwinden lässt. Aber ich habe es trotzdem gesehen. Und ich weiß, was es ist. Ein Peilsender.

Er dreht sich zu mir um, ein warnender Ausdruck liegt in seinem Gesicht. »Du bleibst hier. Unsere Unterhaltung ist noch nicht zu Ende.«

Erst jetzt wird mir klar, was er vorhat. Ich halte ihn am Ärmel fest, bevor er loslaufen kann. »Du kannst da nicht mit einer Waffe raus!«

»Keine Sorge.« Er schüttelt meine Hand ab. »Ich weiß, was ich tue.«

»Davey durchschaut dich sofort. Siebzehnjährige, die in dieser Gegend wohnen, haben normalerweise keine Waffen.«

Miles scheint kurz darüber nachzudenken, doch dann geht er. »Bleib hier«, sagt er noch einmal, ehe er die Tür hinter sich schließt.

Ich ziehe meine Tennisschuhe aus und lasse mich auf den Boden plumpsen, um die Schuhe unter die Lupe zu nehmen. Ich ziehe die Sohle am linken Schuh zurück und entdecke ein rundes, goldglänzendes Teil, kaum größer als ein Fingernagel. Ich reiße es heraus und betrachte es genauer. Miles Beckett, du kleiner, hinterhältiger Scheißlügner! Wie lange ist das Ding schon in meinem Schuh? Mit einem Stuhlbein zertrümmere ich den Peilsender.

Durch das Funkgerät höre ich, wie Davey langsam die Beherrschung verliert. *»Mann, was zur Hölle versuchst du hier abzuziehen?«*, sagt er. Wahrscheinlich ist Miles gerade aufgetaucht.

»Nichts. Wurde nur aufgehalten –«

»So läuft das aber nicht«, erwidert Davey. *»Ich hab dir gesagt, dass wir erst zusammen abhängen müssen. Und du verschwindest einfach. Hast du mit jemandem telefoniert? Vielleicht mit einem Freund von deinem Diplomaten-Daddy, damit er mich schnappt?«*

»Was?« Miles klingt ziemlich überzeugend. *»Nein! Warum sollte ich …?«*

Das wird in einer Schießerei enden. Was völlig verrückt ist.

Ich schlüpfe wieder in meine Schuhe, drücke die Tür auf und renne durch das Apartment. Ich weiß nicht, wieso Miles es auf diesen Drogendealer abgesehen hat – ich weiß so einiges nicht über ihn –, aber diese Fragen müssen warten. Denn eins weiß ich genau: dass er nicht aufgeben wird, bis er Erfolg hatte oder erschossen wurde, und dass ich Davey diesen Sender unterschieben werde, ohne dass jemandem die Sicherung durchbrennt.

An der Treppe werde ich langsamer und atme erleichtert auf, als ich sehe, dass Justice' knallgelber Wagen nicht mehr auf dem Parkplatz steht. Ich habe keine Ahnung, warum oder wann sie abgehauen ist, aber ohne sie ist das Ganze weniger kompliziert.

Ich löse meinen Pferdeschwanz und schüttele meine Haare aus, so bekomme ich hoffentlich einen wilden, sexy Look. Ich krempele rasch den Rockbund meiner Schuluniform um, damit mehr Bein zu sehen ist, und öffne die beiden oberen Knöpfe meines Poloshirts. Ich zittere ein wenig, bin in Gedanken immer noch in diesem Raum, wo ich vor Angst fast durchgedreht wäre, deshalb rede ich mir die üblichen aufmunternden Worte zu.

Das ist mein Körper und er bewegt sich genau so, wie ich es will … Und ihr Jungs werdet mich nicht übersehen. Definitiv nicht.

Ich schlendere zum Pool hinüber, meine Haare wippen mir um die Schultern und ich trete extra laut auf, damit die drei in ihrem Gespräch innehalten und sich zu mir drehen. Sogar ohne aufzublicken, spüre ich Daveys Blick auf mir. Als ich ihn dann ansehe, wandern seine Augen an meinen Beinen hinauf bis zum Rocksaum und immer weiter nach oben. Ich stelle mich dicht neben Miles und lasse meine Hand in seine gleiten. Dann flüstere ich ihm laut genug ins Ohr, dass auch Davey es hören kann: »Danke für … du weißt schon. Das brauchte ich jetzt.«

Das Lächeln in meinem Gesicht erzählt die passende Geschichte dazu. Und als Davey die Augenbrauen hebt, weiß ich, dass ich gewonnen habe. Ich lasse den winzigen goldenen Peilsender aus Miles' Hand in meine wandern, ohne dass er protestieren kann. Ich könnte es dabei belassen und ihm seine ganze kleine Mission vermasseln, aber aus irgendeinem Grund beschließe ich, weiterzumachen. Handle jetzt, frage später. Und ich werde Fragen stellen. Eine Menge Fragen.

Ich stelle mich auf die Zehenspitzen und drücke Miles einen Kuss in den Nacken. »Morgen, gleiche Zeit?«

Aus dem Augenwinkel sehe ich, wie Dominics Kinnlade herunterklappt. Ich trete von Miles weg und näher an Davey heran. Ich werfe Miles einen kurzen Blick zu und hoffe, dass er wie neulich Abend mitspielt, als er mir die erfundene Geschichte über seine Eltern als wahr verkauft hat.

Ein Grinsen breitet sich in seinem Gesicht aus. »Stehe gern wieder zur Verfügung.«

Guter Junge.

Das Lächeln, das ich erwidere, ist echt. Es ist ein erleichtertes Lächeln. »Bis dann, Miles … Dominic.« Ich nicke Dominic zu, dann wandert mein Blick zu Davey. Genauer gesagt, an Davey hinauf, denn er ist verdammt groß. »Und unbekannter Typ …«

Ich halte inne und schaue zwischen Dominic und Davey hin und her. »Oh, Shit, habt ihr etwa auf Miles gewartet?«

Dominic kratzt sich völlig verwirrt am Kopf. Daveys abwehrende, argwöhnische Miene verschwindet und er nickt Miles anerkennend zu. Ich verzichte darauf, die Augen zu verdrehen. Der durchschaubarste Drogendealer ever.

»Ups, sorry«, sage ich schulterzuckend.

»Vielleicht schickst du mir beim nächsten Mal vorher eine Nachricht.« Miles wirft mir dieses sexy Lächeln zu, das er wirklich gut beherrscht, dann mustert er mich von oben bis unten – wie Davey gerade, nur besser. Mir wird ganz heiß unter seinem Blick. »Oder auch nicht. Mir ist beides recht.«

Davey unterdrückt ein Lachen. Er sieht Miles und Dominic an. »Wir wiederholen das demnächst.«

Ich atme innerlich auf. Mit den Fingerspitzen löse ich die Klebeabdeckung von der Rückseite des Peilsenders und plane gleich meinen nächsten Schritt. Ich drehe an meinem Ohrring, und als ich mich an Davey vorbeischiebe, ziehe ich ihn mir unbemerkt aus dem Ohr. Meine Mutter nennt diese Bewegung Federfinger. Ich habe damit auch schon Taschendieb gespielt.

»Mist ...« Ich hocke mich neben den Pool und suche den Boden ab. »Mir ist gerade mein Ohrring runtergefallen. Ich glaube, er ist ...« Ich stoße Daveys Sneaker an. Er reagiert sofort und hebt den Fuß. Ich lasse den Ohrring unter seinen Schuh rollen, während ich gleichzeitig den winzigen Sender unter die Schuhferse drücke. »Hab ihn! Gott sei Dank ist er nicht im Wasserfilter gelandet.«

Ich springe auf und schiebe den Ohrring zurück in das Loch in meinem Ohrläppchen.

Jetzt funkelt Davey mich an. Er beugt sich näher, sein Atem streift meinen Hals.

»Das ist ein hochwertiger Diamant«, sagt er. »Hast du schon mal über eine kleine Schraube hinten nachgedacht?«

Ich muss nicht zu Miles sehen, um zu wissen, dass ihn die ganze Situation völlig verrückt macht. Er hat mir gesagt, dass ich oben im Zimmer bleiben soll, aber ich habe mich nicht daran gehalten.

»Die Ohrringe gehören meiner Mutter. Sie hat mir erzählt, dass es besondere Schmuckstücke sind, aber mir war nicht klar ...« Ich grinse ihn an. »Danke, ich schau mal, ob ich neue Schrauben bekomme.« Ich halte den Atem an und warte.

Davey tritt einen Schritt zurück und zuckt mit den Schultern. Dann dreht er sich um und geht davon. Miles tut so, als würde er sich meinen Ohrring von hinten ansehen, während Davey den Parkplatz überquert und weitergeht. Als er außer Sichtweite ist, atmet Miles auf und flucht leise vor sich hin.

»Alter, was zur Hölle sollte das?«, knurrt Dominic böse und deutet mit dem Kinn in meine Richtung.

Ich strecke Miles die offene Handfläche entgegen. »Okay, zur Kasse bitte. Fünfzig Dollar. Plus fünf extra für den Kuss.« Ich rümpfe angewidert die Nase.

Miles wirft mir einen fassungslosen Blick zu, holt aber schließlich seine Brieftasche heraus und drückt mir das Geld in die Hand. *Wenn du mich in deinem Geheimzimmer mit einer Waffe bedrohst, räume ich eben deine Brieftasche leer.*

»Und, wer war dieser große Kerl?«, frage ich. »Wettest du wieder auf Fußballspiele? Hast du beim letzten Mal nicht um die fünfhundert Mäuse verloren? Ich habe nebenan gehört, wie dein Onkel dich angeschrien hat.«

»Wetten –«, mischt Dominic sich ein und nickt dann. »Ja, das hatten wir vor. Aber behalt das für dich, okay? Meine Eltern würden mich umbringen.«

»Ach nee!« Ich verdrehe die Augen. »Das ist illegal. Außerdem hat Miles schon Schweigegeld bezahlt. Du bist also fein raus.«

Ich stopfe das Geld in meine Tasche und gehe zurück zur Treppe. Als ich oben bin, sacke ich gegen die Wand, schließe die Augen und atme langsam ein und aus.

Ich bin in Sicherheit. Ich bin absolut sicher.

Kurz darauf ist auch Dominic verschwunden und Miles baut sich vor mir auf. Er probiert ein paar Worte, bringt aber keinen Ton heraus, bis er schließlich hervorpresst: »Tu das nie wieder!«

»Ich hab dir deinen Arsch gerettet«, halte ich dagegen. Obwohl ich nicht mal weiß, wovor ich ihn gerettet habe. Dass Davey ihn verletzt? Eine Anklage wegen illegalem Waffenbesitz? Dass er jemanden erschießt?

Er lehnt sich an die Wand, als bräuchte er eine Stütze. »Finde heraus, was mit Justice los war. Sie ist wie eine Verrückte davongerast, während du meine Schlösser geknackt hast. Und sag deiner Schwester, dass wir zusammen lernen wollen. Wir treffen uns bei mir wieder. In genau zwanzig Minuten.«

Und bevor ich etwas erwidern kann, ist er schon weg. Ich gehe zur Wohnungstür nebenan und will nach Harper rufen, aber sie wartet bereits im Wohnzimmer auf mich, die Arme vor der Brust verschränkt.

»Hab ich da etwa einen Federfinger gesehen? Ich hab aus dem Fenster geschaut, also, ich kann mich auch geirrt haben …«

»Schon möglich.« Ich tue ganz locker, öffne den Kühlschrank, nehme mir eine Flasche Wasser und beginne zu trinken. Ich sterbe vor Durst. Ich glaube, das ist eine Nachwirkung des

Schocks. Wenn man mit einer Schusswaffe bedroht wird, passiert das schon mal. »Was war denn mit Justice los?«

»Ihre Eltern haben angerufen. Klang so, als sollte sie irgendwo sein und hatte es vergessen. Sie hat versprochen, morgen mit dem Streichen weiterzumachen.« Harper kommt auf mich zu und mustert mich. »Was hast du da draußen am Pool gemacht? Mit hochgezogenem Rock, offenem Shirt und wilder Haarmähne, als hättest du gerade mit jemandem rumgemacht.«

Ich reibe mir die Schläfen und seufze. »Dominic hat irgendwelchen Ärger. Ich glaube, es geht um Glücksspiel. Ich hab nur versucht zu helfen.«

»Was ist mit Miles?«, fragt sie. »Steckt er auch mit drin?«

Weil immer noch so viele Miles-Fragen offen sind, die ich unbedingt beantwortet haben will, gebe ich mein Bestes, ihn aus dieser Lüge herauszuhalten. Vorerst. »Er weiß von nichts. Und er wartet auf mich. Wir wollen zusammen lernen. Ich erklär dir die ganze Geschichte später, okay?«

Sie lässt mich durch, damit ich meinen Rucksack mit den Schulsachen holen kann – und ich gebe mir das Versprechen, dass ich meine Schwester von jetzt an nur noch anlügen werde, wenn es aus Sicherheitsgründen nötig ist.

KAPITEL 22

Diesmal bin ich viel besser vorbereitet, als ich Miles zurück in sein Geheimzimmer folge. Nur weil ich nicht mehr glaube, dass er ein Mörder oder Serienkiller ist, bedeutet das noch lange nicht, dass ich ihm auch vertraue. Er hat einen verdammten Peilsender in meinem Schuh versteckt. Ich lege meine Hand auf den Türknauf und halte ihn fest. »Leg deine Waffe auf den Tisch.«

Er seufzt, zieht die Waffe aus seiner kakifarbenen Hose und gehorcht mir. »Und was ist mit dir? Was hast du bei dir?«

»Ich hatte einen Peilsender in meinem Schuh, aber den habe ich beseitigt.«

Miles nickt in Richtung der Metallteile auf dem Boden. »Hab ich schon mitbekommen. Übrigens, vielen Dank dafür. Weißt du eigentlich, wie viel so ein Ding kostet?«

Ich funkele ihn an. »Das ist mir bewusst.«

»Du hast nicht auf meine eigentliche Frage geantwortet«, sagt er und macht einen Schritt auf mich zu. »Was hast du bei dir?«

»Nichts.« Ich ziehe das Futter meiner Taschen heraus. »Siehst du?«

Miles schiebt einen Finger in meine Gürtelschlaufe, zieht mich zu sich heran, fasst unter mein Shirt und greift nach dem

Handy, das ich mir in den BH gesteckt habe. Ich sehe ihm halb erschrocken dabei zu, wie er es auseinandernimmt und die einzelnen Teile auf den Tisch legt.

Ich starre auf mein Shirt und frage mich, wie er so schnell darauf gekommen ist. Aber im Moment habe ich größere Sorgen. Die Hand immer noch fest auf dem Türknauf, sehe ich ihn direkt an und frage: »Woher hast du die Waffe? Bist du ein Cop? Wie alt bist du wirklich?«

»Siebzehn«, sagt er, als wäre die Frage völlig absurd. »Ich bin in der Highschool. Genau wie du.«

»Das kann ich kaum glauben, wenn ich mir dieses Geheimzimmer hier ansehe und deine ganzen Ermittlungen gegen Mörder und Drogendealer.«

Ich achte auf jedes kleinste Anzeichen, ob er nachgibt, ob er ehrlich mit mir redet. Es muss einfach sein. Normalerweise würde ich niemandem eine falsche Identität vorwerfen, denn ich habe so ein Leben selbst lange genug geführt, aber das hier ist etwas anderes.

Plötzlich lockert sich mein Griff um den Knauf, und mir wird bewusst, wie schwach meine Hände sind. Das Pochen in meinem Kopf wird stärker und mir wird übel. Ich bin im Moment nicht gerade in Bestform.

Miles wirkt besorgt. »Was ist los?«

Ich schüttele den Kopf. Meine Hand fällt vom Knauf und ich strecke den Arm nach dem Tisch aus, um das Gleichgewicht zu halten. »Nur ein bisschen schwindelig.«

Ich lasse mich auf den Stuhl fallen und stütze den Kopf mit der Hand ab. »Ich hab letzte Nacht nicht viel geschlafen.«

Miles verlässt abrupt den Raum und kommt mit einem Glas

Apfelsaft und einer Banane zurück. Er schiebt eine weitere versteckte Tür auf, hinter der das Bad vom Flur zum Vorschein kommt. »Ibuprofen oder Tylenol?«

»Vielleicht etwas Koffein«, sage ich und beäuge misstrauisch den Saft. »Woher weiß ich, dass du da nichts untergemischt hast, damit ich die letzten paar Stunden vergesse?«

»Ich habe nur Excedrin.« Miles kommt mit einer Pillendose zurück und stellt sie vor mich hin. »Und was den Saft betrifft, musst du mir wohl einfach vertrauen.«

Das wird bestimmt nicht passieren. Trotzdem trinke ich etwas Saft und nehme dann zwei Kopfschmerztabletten. Ich schäle die Banane und beiße ein kleines Stück ab. Miles sitzt mir gegenüber und wirkt gefasst. Ich weiß nicht, wo ich anfangen soll.

»Bist du wirklich aus Kalifornien?«, frage ich. Gleichzeitig rede ich mir ein, dass ich ihn auf jeden Fall durchschauen werde, auch wenn er ein begabter Geschichtenerzähler ist. Vorher hatte ich das nur nicht erwartet, aber jetzt bin ich auf alles vorbereitet.

»Nein«, sagt er.

Wahrheit.

Nun wird mir auch klar, warum er diese Lüge ausgewählt hat. Um das Thema Simon anzusprechen und um herauszufinden, was ich weiß. Kalifornien ist schließlich der Heimatstaat von Senator Gilbert.

»Welche Middle School hast du zusammen mit Simon besucht? Du hast mir erzählt, dass du in verschiedenen Internaten warst. War das gelogen?«

»St. Matthews. Ist hier in der Nähe.«

Lüge.

Ich beuge mich vor. »Ja, von dieser Schule habe ich gehört.

Jacob hat mir erzählt, dass er und Bret auch dort waren. Er kann deine Geschichte bestimmt bestätigen.«

Miles seufzt. »Na schön. Es war eine Militärschule.«

Ich nicke. »Erzähl mir von dieser Militärschule.«

Er lehnt sich auf seinem Stuhl zurück und trommelt mit den Fingern auf den Tisch. »Was willst du wissen?«

»Wo liegt die Schule?« Ich beobachte ihn genau, und als er einen Moment zögert, natürlich um sich eine falsche Antwort zurechtzulegen, füge ich hinzu: »Ich könnte mir ganz leicht Simons Akte aus Miss Geists Büro besorgen und es selbst herausfinden.«

»Dann tu das«, sagt er herausfordernd.

»Okay.« Ich stehe auf und greife nach den Einzelteilen meines Smartphones. »Und wenn ich dort bin, werde ich unserer Vertrauenslehrerin auch gleich erzählen, wie ich herausgefunden habe, dass Simon Gilbert eine heimliche Liebe hatte, die seine Gefühle offenbar nicht erwidert hat … was ihn vermutlich zum Äußersten getrieben hat.« Ich kratze mich am Kopf. »Oder vielleicht haben seine Gefühle dich zum Äußersten getrieben?«

Miles' ausdruckslose Miene weicht einem finsteren Blick, aber er sagt kein Wort.

Ich zucke mit den Schultern. »Sie ist ein Profi. Sie wird wissen, wie man sich die Einzelheiten erklären kann. Gut, dass ich ein paar Schnappschüsse von Simons Nachricht gemacht habe.«

Warme Finger legen sich um mein Handgelenk und halten mich fest. »Setz dich hin.«

Ich werfe ihm ein zufriedenes Lächeln zu und lasse mich wieder auf meinen Stuhl fallen.

»Baltimore«, presst er angespannt hervor. »Und es war ein Internat.«

Wahrheit.

Baltimore ist nicht besonders weit weg von hier. Es ist durchaus möglich, dass Simon dort zur Schule gegangen ist, wenn seine Familie bereits von der Westküste nach D. C. gezogen war. »Wie nah standet ihr euch?«

Der schmerzvolle Gesichtsausdruck kehrt zurück. Er schaut weg und richtet den Blick auf eins der Fotos an der Wand. »Er war mein Zimmernachbar, in den ganzen drei Jahren vor der Highschool.«

Wahrheit.

Und okay, vielleicht ist er tatsächlich siebzehn.

»Was ist passiert, als die Highschool anfing? Du bist an der Militärschule geblieben und Simon ist nach Virginia zurückgekehrt?«

»Simon war dort, weil …« Er schließt die Augen und schüttelt den Kopf. »Wir waren beide aus demselben Grund dort. Um in das Begabtenförderprogramm aufgenommen zu werden.«

»Also wart ihr Konkurrenten.« Ich beiße noch ein Stück von der Banane ab. »Was ist passiert? Wurde er nicht aufgenommen?«

»Nein«, sagt Miles. »Er hat die Aufnahmeprüfung geschmissen.«

Miles beißt die Zähne zusammen, als wäre er deswegen sauer auf Simon. Der Simon Gilbert, den ich kannte, hätte nie absichtlich eine Prüfung verhauen. Ich erwähne das Miles gegenüber.

»Es war nicht diese Art von Prüfung.« Er überlegt eine Weile. »Es war eher ... es ging eher um praktische Fähigkeiten und nicht um einen schriftlichen Test.«

Praktische Fähigkeiten? So was wie an einem Seil hochklettern oder unter Stacheldraht durchkriechen?

»Okay, und dann hast du deinen Platz im Förderprogramm aufgegeben, damit du herkommen und herausfinden kannst, was mit Simon passiert ist?« Der Gedanke, dass Miles Simons Tod rächen und deshalb wissen will, was wirklich passiert ist, hinterlässt ein flaues Gefühl in meiner Magengegend. Ich bin nicht bereit, mit Miles zusammenzuarbeiten.

»So was in der Art.« Er sieht mich immer noch nicht an, sondern mustert die Fotos an der Wand. Es ist offensichtlich, dass er schon zu viel verraten hat.

»Und warum bist du hinter dem Drogendealer her?«

»Ein Hobby«, sagt Miles.

Lüge.

Das finde ich echt zum Kotzen. »Fast jedes Wort aus deinem Mund war eine verdammte Lüge. Hast du irgendeinen aufgeblasenen Heldenkomplex? Oder bist du nur unfassbar dämlich? Warum willst du mir den wahren Grund nicht verraten, aus dem du hier bist?«

Seine Finger krümmen sich um die Tischkante, er spannt erneut den Kiefer. »Vielleicht kann ich dir einfach nicht sagen, warum ich hier bin, Ellie. Hast du daran mal gedacht? Dass ich – im Gegensatz zu dir – vielleicht froh wäre, wenn ich alle Fakten über mein Leben hier auf den Tisch legen könnte. Aber ich kann es nicht! Also komm verdammt noch mal damit klar. Denn weißt du, was? Ich bin nicht so ein guter Lügner wie du, und das sagt etwas über meinen Charakter aus. Und was ist mit deinem?«

»Du hast mir einen Sender untergeschoben!«, werfe ich ihm vor. »Und du hast mich geküsst! Ohne es wirklich zu wollen!« Der schnelle Anstieg meines Blutzuckerspiegels scheint sich nicht gerade positiv auf meine Impulskontrolle auszuwirken.

»Und du datest Bret Thomas, obwohl du heute sehr deutlich gemacht hast, dass du diesen Kerl nicht ausstehen kannst.« Miles steht auf, geht zu der Wand, wo die meisten Fotos von mir hängen, und beginnt, Stecknadeln herauszuziehen und Bilder zu verschieben.

»Also war das wirklich nur vorgetäuscht?« Das muss ich einen Moment verdauen.

»Sag du es mir.« Miles sieht mich an, ein Lächeln umspielt seine Lippen. »Ich habe dich in Aktion erlebt. Du legst einen Schalter um und ziehst die Blicke jedes Typen auf dich, wann immer du willst. Aber woher weißt du, ob die Reaktion auch echt ist? Dass du jemanden wirklich am Haken hast?«

»Leicht«, sage ich. »Veränderung der Gesichtsfarbe, Pupillenerweiterung, angespannte Hände, Herumzappeln, kurzzeitiges Vermeiden des Blickkontakts.«

Was zur Hölle tue ich da? Oder weiß er sowieso schon über mich Bescheid? Aber dann fällt mir etwas ein, was er vorhin gesagt hat, als er die Waffe noch auf mich gerichtet hielt.

Ich dachte, du wärst ein einsames Mädchen, das nur lügt, um an sein Ziel zu gelangen, und niemanden an sich heranlässt. Nein, er weiß nicht Bescheid.

Und tatsächlich hebt Miles eine Augenbraue und sagt: »Lawrence hat dir ein paar Tricks beigebracht, stimmt's?«

Ich zucke mit dem Schultern. »Aidan meint, ich sei der geborene Secret-Service-Agent.«

»Lawrence ist immer noch ein Anfänger.«

Ich sehe ihn erstaunt an. »Und du bist wohl Experte in Sachen Geheimdienst?«

»Wikipedia«, sagt er, wieder leicht nervös. »Hab gehört, alle Kids benutzen das.«

»Schon wieder gelogen«, sage ich, um ihn herauszufordern.

Er funkelt mich an. »Du bist so eine Heuchlerin. Du bist doch diejenige mit den besonderen Fähigkeiten.«

Der Ärger in seinem Gesicht verfliegt und ich sitze nur da und mustere ihn. Plötzlich, oder vielleicht endlich, scheinen wir auf derselben Wellenlänge zu sein. Er möchte es mir erzählen, aber er darf es nicht. Wenn ich richtig zwischen den Zeilen lese, möchte er, dass ich es selbst herausfinde.

»Hör mal, ich treffe mich noch mit jemandem und muss jetzt los.«

Ich setze mich auf, wieder voller Energie. »Geht es um den Drogendealer?«

»Ich bin nicht hinter Davey her.« Er ist eifrig damit beschäftigt, die Bananenschalen wegzuräumen.

»Warum nicht?«, will ich wissen. »Du könntest wenigstens die andere Hälfte des Peilsenders einschalten, damit wir wissen, wo er sich aufhält.«

»Die habe ich nicht«, brummt Miles. Er geht mit der Bananenschale und meinem Glas hinaus und bringt beides zurück in die Küche. »Abgesehen davon weiß ich gar nicht, wovon du redest. *Ich* habe ihm keinen Peilsender untergeschoben.«

»Oh Mann«, murmele ich. »Stell dich doch nicht so an. Du

warst geliefert, bevor ich aufgetaucht bin und deinen Arsch gerettet habe. Also kannst du dieses Zeuge-vor-Gericht-Spielchen endlich sein lassen.«

»Ich muss wirklich los.«

Wir sind in einer Sackgasse gelandet. Und ich habe im Moment nicht die Kraft, die Richtung zu wechseln. »Na schön, dann geh zu deinem geheimen Treffen mit der geheimnisvollen Person.«

Er baut mein Smartphone zusammen und drückt es mir in die Hand, während wir das Apartment verlassen. Dabei lässt er seine Finger noch einen Moment auf meinen.

»Geh und iss noch ein bisschen mehr. Und schlaf ein wenig, okay?«

Er dreht den Wohnungsschlüssel in der Hand, doch als ich seine Pupillen prüfen will, wendet er den Blick ab und schaut über meinen Kopf hinweg. Bevor er mich noch dabei erwischt, wie ich ihn genau unter die Lupe nehme, lasse ich ihn stehen und gehe zu meinem Apartment.

Ich muss unbedingt mehr über diese Militärschule herausfinden – und über Simons verloren geglaubten Freund. Ich setze mich sofort an meinen Laptop und mache mich an die Arbeit. *Militärschule Baltimore*, tippe ich in die Suchmaschine ein.

KAPITEL 23

Es ist zwei Uhr morgens und ich bin immer noch wach. Ich könnte das auf die halb gestrichene fuchsiarote Wand in meinem Zimmer schieben, aber es ist bereits die dritte oder vierte Nacht in Folge, dass ich zu dieser unsinnigen Zeit noch wach liege. Jedes Mal, wenn ich die Augen schließe, füllt sich der Raum mit Wasser, das Bett hebt sich vom Boden und schaukelt hin und her.

Ich werfe die Decke zurück und springe aus dem Bett. Ich kann nicht länger hier liegen. Das blaue Licht im Pool leuchtet hell durch mein Fenster herein. Ich ziehe die Jalousie hoch und entdecke Miles sofort. Er ist komplett angezogen, sitzt am Beckenrand und hält die nackten Füße ins Wasser.

Er muss gespürt haben, dass ich ihn beobachte, denn plötzlich hebt er den Kopf und schaut zu meinem Fenster. Ich überlege, ob ich mich verstecken soll, aber es ist zu spät. Er hat mich schon ertappt. Keine Ahnung, welche Reaktion ich erwartet habe, aber ich hätte definitiv nicht damit gerechnet, dass er aufsteht und am Balkongeländer zu mir heraufklettert. Er ist so schnell, dass ich nicht einmal Zeit habe, mein Fenster zu verriegeln, bevor er es erreicht hat und anklopft.

Ich öffne ihm und trete dann rasch zurück. Miles springt

förmlich vom Balkon durch das Fenster und landet so gut wie geräuschlos auf meinem Teppich.

Ich schüttele den Kopf. »Ich hätte dich auch durch die Wohnungstür reingelassen.«

»Wollte niemanden wecken.« Er sieht sich im halbdunklen Zimmer um, bemerkt den neuen Anstrich und dass die Möbel von der Wand weggerückt sind.

»Ist noch nicht fertig.« Ich bin nicht sicher, ob ich die Schlafanzughose mit dem Loch im Schritt anhabe. Ich trage nicht mal einen BH. Also verschränke ich sicherheitshalber die Arme vor der Brust. »Was machst du mitten in der Nacht am Pool? Hast du mich observiert?«

In dem Moment, als mir das Wort über die Lippen kommt, fällt mir sofort alles wieder ein, was ich vor ein paar Stunden im Internet gelesen habe. Und es fällt mir nicht leicht, diesem Miles Beckett gegenüberzustehen, der tatsächlich ein guter Mensch ist. Was hatte ich denn erwartet? Dass er wie ich ein geläuterter Krimineller ist? Das hätte es zumindest einfacher gemacht.

Er richtet sich auf und mustert mich. »Merkwürdige Wortwahl.«

»Aber vermutlich nicht für dich …«, feure ich zurück. »Mr Marshall Academy. Wie schwer ist es, in dieses McCone-Begabtenförderprogramm aufgenommen zu werden? Wie viele Versuchskaninchen wie du sind noch da draußen und spielen für ein Semester Teenager-FBI?«

Miles grinst mich an. »Das sind doch alles Verschwörungstheorien. Wo hast du das her? Ich dachte, du wärst besser, Ellie.«

»Ermittlungsbeamte greifen dauernd auf irgendwelche Verschwörungstheorien zurück.« Ich gehe zu meinem Schreibtisch, wo meine Notizen neben meinem Laptop liegen. Es war nicht ganz leicht, zu dieser Schlussfolgerung zu kommen. Die Marshall Academy hat einen tadellosen Ruf. Gut zweihundert Jahre alt, gegründet von einem toten Präsidenten, der jede Menge Sklaven besaß und Jungs zu Männern machen wollte. In den Siebzigern kamen noch Mädchen dazu … ähnliche Geschichten treffen auf fast zwei Dutzend Militärakademien in unserem Land zu.

Doch dann bin ich auf Chat-Seiten gelandet, wo das sogenannte McCone-Begabtenförderprogramm diskutiert wurde, bei dem sorgfältig ausgewählte Schüler zu zukünftigen Regierungsfunktionären, Heerführern und Ähnlichem ausgebildet werden. Dieses Programm beinhaltet angeblich auch ein Semester praktische Undercoverausbildung.

Weil ich kein Genie oder Technikexperte bin, musste ich mir mit einer anonymen E-Mail Hilfe bei meiner guten Freundin Connie holen. Und wie sich herausstellte, ist Connie nicht nur eine Verfechterin der Wahrheit, sie beschäftigt sich auch mit Verschwörungstheorien. Sehr hilfreiche Kombination.

»Kommt dir der Name Kathleen French bekannt vor? Offenbar bist du nicht der Erste aus dem Programm, dessen Tarnung aufgeflogen ist.« Ich taxiere Miles. Habe ich bereits seinen Panik-Nerv getroffen?

»Meine Tarnung ist nicht aufgeflogen«, blafft er zurück.

Und weil er mich neulich Abend so aufs Kreuz gelegt hat, kann ich mir den nächsten Satz einfach nicht verkneifen: »Ich glaube, jetzt schon.«

»Und?« Er verschränkt die Arme vor der Brust. »Hast du vor, mich zu verpfeifen?«

»Das weiß ich noch nicht.« Ich werfe einen Blick auf meine Notizen. »Es sieht aber so aus, als hätte jemand in den frühen Neunzigern diese Kathleen French verpfiffen. Laut einem Bericht des Boston Police Departments wurde sie wie Dutzende ihrer Kommilitoninnen von der Northeastern University wegen Prostitution verhaftet.«

»Wo hast du diesen Bericht gelesen?«, will Miles wissen.

Ich ignoriere die Frage und fahre fort. »Das FBI hatte einen vier Jahre alten Prostitutionsring hochgenommen, der von einer Gruppe MIT-Jungs gegründet worden war, die die Zukunft des Internets voraussahen und sich dachten, dass Sexvideos mit Prominenten in den Hauptrollen eine Menge Geld wert sein könnten. Leider wollten diese smarten Jungs nicht untergehen, ohne noch einmal richtig für Aufsehen zu sorgen. Weil sie die Sexvideos, die sie gesammelt hatten, nicht mehr veröffentlichen konnten, wollten sie ausposaunen, dass Kathleen French nicht nur an der Northeastern University eingeschrieben war, sondern gleichzeitig auch an der Marshall Academy. Aber irgendwie gelang es ihr zu verschwinden, noch bevor irgendeins der festgenommenen Mädchen vor Gericht kam. Bevor sie gegen ihre MIT-Zuhälter aussagen konnte.«

Ich muss zugeben, diese Geschichte hat mich wirklich umgehauen. Würde ich nicht auf der kriminellen Seite der Gesellschaft stehen, wäre sogar ich gern beim FBI gewesen, als das ans Licht kam.

Miles hat sein Pokerface aufgesetzt, aber er schweigt. Was soll er auch sagen?

»Du arbeitest nicht verdeckt als Prostituierte, oder?«, frage ich.

»Gott, nimmst du überhaupt irgendwas ernst, Ellie? Oder ist alles nur ein Spiel für dich?« Miles funkelt mich böse an. »Anders als du habe ich einen Job zu erledigen. Und dieser Scheiß ist gefährlich. Wenn ich etwas vor dir verheimliche, dann nur, weil ich nicht will, dass du oder sonst irgendjemand verletzt wird. Du hast gesagt, dass Kathleen vor der Verhandlung verschwunden ist. Weißt du denn auch, was mit ihr passiert ist?«

Ich schüttele den Kopf.

»Tja, das weiß niemand. Entweder ist sie unter einem anderen Namen aus dem Bundesstaat geflohen oder sie ist verdammt noch mal tot!«

Die Wucht seiner Worte trifft mich wie ein Schlag.

»Wie auch immer du an dieses vertrauliche Dokument herangekommen bist, du hast höchstwahrscheinlich Spuren hinterlassen«, sagt Miles. »Und falls Kathleen French durch irgendein Wunder noch am Leben sein sollte, hast du sie durch dein unüberlegtes Handeln wieder in Gefahr gebracht.«

Erschrocken starre ich ihn an. »Du hast mich doch praktisch dazu aufgefordert, eigene Nachforschungen anzustellen. Warum hast du das gemacht? Wärst du nur ein kleines Stück von deiner zwanghaften Disziplin abgerückt, um mir ein paar Dinge zu erklären, wäre das nie passiert.«

Miles weicht zurück, bis er gegen mein Bett stößt. Er setzt sich hin und reibt sich mit der Hand über sein Gesicht. »Du hast recht. Es tut mir leid, Ellie.«

Okay, diese Worte hatte ich jetzt nicht erwartet.

Er lässt den Arm sinken und schaut zu mir auf. »Ich bin nur ein wenig … Die ganze Sache ist so chaotisch geworden, und ich mache nichts Chaotisches. Niemals.«

»Das habe ich mir schon gedacht.« Ich trete näher, die Spannung zwischen uns lässt nach.

»Ich bin eigentlich zu dir raufgekommen, weil ich um einen Waffenstillstand bitten wollte«, gibt er zu. »Können wir nur für eine Weile auf derselben Seite sein? Ich glaube, es gibt einige Ungereimtheiten in den Ermittlungen zu Simons Fall. Und ich schulde es ihm … wir schulden es ihm … nach Antworten zu suchen. Denkst du nicht auch?«

Ich atme durch und setze mich neben Miles. »Ich kann nicht glauben, dass deine Schule dich hergeschickt hat, um den Tod deines Freundes zu untersuchen.«

Er schaut auf seine Hände hinunter. »Ich wurde nicht hergeschickt. Ich bin der Drittbeste meines Jahrgangs, deshalb durfte ich mir als einer der Ersten das Praktikum aussuchen. Für die Schule muss ich einen anderen Auftrag erledigen.«

»Drogendealer fassen«, murmele ich.

Er bestätigt das nicht, streitet es aber auch nicht ab. »Ich tue nichts Illegales, wenn ich etwas über Simons Leben herausfinden will, nachdem er die Marshall Academy verlassen hat. Sollten wir auf irgendetwas Brauchbares stoßen, melden wir das sofort den Behörden. Und wir halten uns immer an die Vorschriften.«

»Wir?«, hake ich sofort nach.

»Ganz genau.« Er sieht mich wieder an und nickt. »Wir haben beide Nachforschungen angestellt, aber gemeinsam … wären wir viel effizienter, was gut wäre, wenn man bedenkt, dass ich nur ein paar Monate an der Holden habe.«

»Genau das möchte jedes Mädchen hören … Baby, gemeinsam sind wir einfach so effizient.«

Er ringt sich ein Lächeln ab. »Ich bin gut darin. Und du hattest recht. Ich habe dich observiert. Ich dachte, du kannst vielleicht schlafen, während ich hier aufpasse.«

»Du willst mich beim Schlafen beobachten?«, pruste ich los. »Ganz schön gruselig, findest du nicht?«

Miles verdreht die Augen. »Ich versuche nur zu helfen.«

Klar, weil ich normalerweise auch immer einschlafe, wenn ein heißer Typ mitten in der Nacht bei mir im Zimmer ist.

Miles nimmt die Kissen von meinem Bett und legt sie ans Fußende. »Das ist ein Trick, den ich manchmal anwende. Die Seiten wechseln, sich auf die Decke legen, keine große Sache daraus machen.«

Ich bin skeptisch, setze mich aber trotzdem an das neue Kopfende und lehne mich an die Kissen. Miles lässt sich mir gegenüber aufs Bett fallen und legt die Beine hoch.

Ein Bild von Simon taucht vor meinem inneren Auge auf. Seine rotblonden Haare, die dünnen Beine auf meinem Bett ausgestreckt, genau wie Miles es jetzt tut. Das war im Juni, als wir für die Bio-Abschlussprüfung gebüffelt haben. Ein Kloß bildet sich in meinem Hals. Ich ziehe die Knie an die Brust und lege mein Kinn darauf.

»Bist du sicher, dass du mit mir zusammenarbeiten willst? Was, wenn ich nur Pech bringe? Wenn ich irgendwie der Grund für Simons Tod bin?«

Miles sieht aus, als würde er gleich loslachen, weil ich wieder einen meiner Witze gerissen habe. Aber diesmal ist es mir ernst.

»Ich weiß nicht, wie oder warum – wahrscheinlich ist das Agent Lawrence' Werk –, aber du bist gut. Denk nur daran, wie leicht es dir gefallen ist, dich der In-Clique anzuschließen. Du hast Justice dazu gebracht, dein Zimmer zu streichen. Jacob verehrt deine Genialität wie eine neue Religion. Und Bret Thomas wird dich bestimmt zum Homecomingball einladen. Genau das brauchen wir. Nichts ist besser als Insiderinformationen.«

»Was den letzten Teil betrifft, stimme ich dir absolut zu, aber …« Ich falte die Hände. »Weißt du noch, als ich neulich fast ertrunken wäre?«

Er nickt.

»Na ja, Bret wollte mich küssen, und ich konnte nicht damit umgehen. Ich war im Kopf einfach nicht bereit, mitzuspielen.«

»Deshalb bist du an diesem Abend ins Meer gesprungen? Obwohl du wusstest, dass du nicht gut schwimmen kannst?«

Ich vergrabe das Gesicht in meinen Händen. »Ich wusste nicht, dass ich *dort* nicht schwimmen kann. Ich wusste nur, dass ich es noch nie versucht hatte.« Ich lasse die Hände wieder sinken. »Das war dumm, ich hab's verstanden. Ich hätte sterben können, wenn du mich nicht rausgezogen hättest.«

Miles nimmt meine Füße und zieht daran, bis ich liege, dann legt er sich neben mich. »Du hättest dich durch die Wellen gekämpft. Der Selbsterhaltungstrieb verleiht Superkräfte. Und du kannst ja schwimmen. Ich habe es selbst gesehen.«

Seine Worte decken mich zu wie eine warme Decke. »Du willst also sagen, dass ich Bret beim nächsten Mal küssen soll?«

»Du bist doch eine talentierte Lügnerin. Sag ihm, dass du erkältet bist«, erwidert Miles. Seine Stimme klingt leise und sexy so nah an meinem Ohr.

»Warum hast du dir so was nicht selbst zurechtgelegt, bevor du mir diese wirklich wichtige Lektion erteilt hast?« Ich schüttele den Kopf. »Vergiss es. Ich will es gar nicht wissen.«

»Ich hätte dich nicht küssen sollen«, sagt Miles. »Ich werde das auch nicht noch einmal tun, dann ist es weniger kompliziert. Außerdem mache ich denselben Fehler nur selten ein zweites Mal.«

Ich bin enttäuscht. Aber genau genommen hat er nicht gesagt, dass er mich nicht mag.

»Wenn es so kompliziert ist, warum bist du dann in meinem Bett und machst dich an mich ran?« Ich will ihn wegschieben, aber er bleibt reglos neben mir liegen.

»Ich bin hier, um zu reden. Um Pläne zu schmieden. Um dir zu helfen, etwas Schlaf zu bekommen, damit du nicht alles vermasselst.«

»Oh, verstehe. Das hier ist also rein geschäftlich.«

Miles lacht. »Gib mir deine Hand.« Als ich mich nicht rühre, greift er danach. »In meiner Anfangszeit an der Militärakademie konnte ich auch nicht schlafen.«

Ich sehe zu, wie er meine Handfläche nach oben dreht, lasse mich tiefer in mein Kissen sinken und entspanne mich. »Oh, oh, ist das irgendeine chinesische Heilkunst?«, murmele ich. Plötzlich fühle ich mich ganz schläfrig.

»Nur eine Geschichte.« Miles malt mit dem Daumen kleine Kreise auf meine Handfläche. »Ich war elf und sehr nervös wegen dem Internat. Also haben sich meine Eltern beurlauben lassen und für einen Monat ein Haus in Baltimore gemietet. Es war weniger als eine Meile vom Internat entfernt. Nach den ersten schlaflosen Nächten habe ich mich immer aus meinem Zimmer geschlichen und bei meinen Eltern übernachtet.«

»Wurdest du erwischt?« Meine Lider werden immer schwerer. Ich kuschele mich in mein Kissen.

»Ja, eines Tages.« Miles zeichnet weiter Kreise.

»Aber Simon hat dich nicht verraten, stimmt's?«

»Nein«, erwidert Miles. »Später hat er mir erzählt, dass er sogar Kissen unter meine Decke gestopft oder sich Ausreden ausgedacht hat, ich sei unter der Dusche oder auf der Toilette.«

Miles streichelt sanft mit den Fingern über meinen Arm. Ich bin hin- und hergerissen zwischen Entspannung und Stimulierung, zwischen Einschlafen und mich auf ihn Stürzen.

»Ich bin mein ganzes Leben lang umgezogen, habe an Dutzenden Orten gewohnt, deshalb war es völlig unsinnig, dass ich Heimweh hatte. Meine Eltern konnten das genauso wenig verstehen wie ich.«

Ich glaube, ich schon – immerzu umziehen, aber sich trotzdem nach einem Zuhause sehnen. Ich will so ein Leben nicht mehr führen, aber es fühlt sich immer noch vertraut an.

»Der Schulleiter hat mich erwischt, als ich drei Wochen nach Beginn der sechsten Klasse mitten in der Nacht auf der Straße unterwegs war.« Miles rutscht ein Stück näher, sein Kopf liegt jetzt direkt neben meinem. »Wenn ich nicht schlafen konnte, hat Simon mir Geschichten erzählt oder mir aus einem der vielen Bücher aus unserem zusammengelegten Vorrat vorgelesen …« Sein Daumen kehrt zu meiner Handfläche zurück und zieht wieder Kreise. »Wenn das Licht ausgeschaltet wurde, hat er seine Taschenlampe genommen, obwohl das verboten war. Das war Simon, zumindest für mich. Er war einfach für mich da, als mein Freund. Er hat mich nie verurteilt, nie etwas als Gegenleistung verlangt.«

Mir fallen wieder die Augen zu, aber ich folge immer noch aufmerksam seinen Worten.

»Wir haben uns vollkommen vertraut«, sagt Miles. »Dabei war Vertrauen bis dahin nicht unbedingt Teil meines Lebens. Genauso wenig wie das Gefühl von Sicherheit. Wenn ich die Zeit zurückdrehen und etwas mit in die Zukunft nehmen könnte, wäre es genau das. Dieses sichere Gefühl, in diesem Zimmer, mit meinem Freund. Damals habe ich nicht kapiert, wie selten das ist …« Er hält inne und mir bricht ein wenig das Herz für ihn.

»Ich kann nicht dorthin zurückkehren.« Er streckt die Hand aus und streicht mir das Haar aus dem Gesicht. »Aber zu wissen, dass du mir glaubst und dass du genau wie ich nach Antworten suchst … das fühlt sich ein wenig so an, wie in diesem Zimmer zu sein.«

Ich hebe den Kopf und starre ihn an. Gott, am liebsten würde ich ihn jetzt küssen. Aber nach dem, was er neulich Abend abgezogen hat … Mein Instinkt schaltet sich ein und ich weiche ein Stück zurück. Es gibt Vertrauen und es gibt Vertrauen. Normalerweise lasse ich beides nicht zu, aber Miles werde ich zumindest mein »Vertrauen« schenken. Für Simon. Aber nicht mehr. Mein Herz bekommt er nicht.

»Mit einer Sache hast du recht«, sage ich und kuschle mich wieder in mein Kissen. »Vertrauen ist kein Teil der echten Welt. Ich bin gespannt, wann du mir sagst, dass diese ganze Geschichte nur meine nächste Lektion in Sachen ›Wie wird man ein Heiliger‹ ist.«

Enttäuscht atmet er durch. Und im Nu ist der kleine Moment der Harmonie vorbei. »Wie ich schon sagte, es ist kompliziert.«

Miles rollt sich von meinem Bett und steht auf. »Gute Nacht, Ellie.«

Ich warte, dass sich ein Gefühl der Genugtuung einstellt, als er geht, verunsichert durch meine Wenigkeit, aber ich bin überrascht, wie sehr mich seine Geschichte getroffen hat. Wie nah mir sein Schmerz geht.

KAPITEL 24

Miles: Wenn die Haushälterin dich nicht reinlässt, haust du wieder ab. Du kopierst keine Dateien, machst keine Fotos. Du siehst dich nur um und meldest dich dann zurück.

Ich verdrehe die Augen, nachdem ich Miles' Nachricht gelesen habe. Ich werde Dominics Zimmer nicht verlassen, ohne alle Dateien auf seinem Laptop zu kopieren. Miles wird mir später dankbar dafür sein.

Ich: Die Haushälterin hat nicht aufgemacht. Aber keine Sorge, ich hab nur zwei Fenster eingeschlagen, um reinzukommen.

Miles: Was?!

Ich: Joke.

Miles: Regel #228 – kein Sarkasmus.

Miles hat mich die ganze Woche mit seinen Regeln verrückt gemacht. Dabei war ich doch diejenige, die Dominic verwanzt hat und seit zwei Wochen abhört und die dem Drogendealer den Sender untergeschoben hat.

Dominic wohnt in einer Villa, ein von hohen Hecken umgebener Backsteinbau, sodass der Blick von der Straße aus verdeckt ist. Doch das Haus liegt in keiner eingezäunten Wohnanlage und es gibt auch keinen Sicherheitsdienst. Hineinzukommen wäre einfacher als manch anderer Einbruch, den ich schon hinter mir habe. Aber nein, ich soll klingeln und fragen, ob ich reinkommen darf.

Die Haushälterin bemüht sich sichtlich, mich zu verstehen, und antwortet in gebrochenem Englisch, also rede ich Portugiesisch mit ihr. Ich beherrsche diese Sprache ziemlich gut. Ich erkläre ihr, dass Dominic und ich gestern Abend auf seinem Zimmer gelernt haben und ich meinen Hefter bei ihm vergessen habe. Sie nimmt einen Schlüssel aus einem Kasten am Eingang, führt mich zu seinem Zimmer und schließt die Tür auf. Leider bleibt sie im Türrahmen stehen und beobachtet mich wie ein Falke.

Natürlich sollte ich meinen Hefter gestern Abend tatsächlich hier liegen lassen. Wir hatten uns extra zu einer Gatsby-Lernstunde verabredet – fünf Leute aus Lance' Englischkurs plus Miles. Er hat den Hefter in Dominics Zimmer geschmuggelt, bevor wir gegangen sind.

Im Gegensatz zum Rest der noblen, blitzsauberen Villa ist Dominics Zimmer total chaotisch und verdreckt. In diesem Durcheinander kann ich meinen Hefter kaum finden, aber die Haushälterin lächelt erleichtert, als sie meinen Namen darauf entdeckt. Sie dreht mir den Rücken zu, um mich hinauszuführen, als sich ein alter Instinkt in mir meldet. Bevor ich ihr brav folge, öffne ich noch rasch den Hebel eines der Fenster. Die freundliche Haushälterin schließt die Tür hinter uns ab und macht damit mehr als deutlich, dass in diesem Zimmer Betreten verboten ist.

Nur Minuten später weiche ich von unserem Plan ab und klettere durch das Fenster wieder hinein. Miles wird mir später dankbar sein, rede ich mir schon mindestens zum vierten Mal ein. Um auf Nummer sicher zu gehen, hole ich ein Paar Latexhandschuhe aus meiner Tasche, bevor ich die Sachen durchsuche, die sich auf seinem Bett stapeln. Ich mache Fotos von jedem Papierschnipsel, jeder Quittung, jedem Buch im Regal, bis ich einen Laptop unter der Decke finde. Ich klappe ihn auf und tippe Dominics Nachnamen als Passwort ein. Es funktioniert. *Idiot.*

Während ich darauf warte, dass die Daten von seiner Festplatte auf meinen USB-Stick kopiert werden, stelle ich mich in eine Zimmerecke und betrachte Dominics persönlichen Lebensraum.

Sein Bett ist mit teurer Bettwäsche in modischen Farben bezogen. Es ist voller Müll – Chipstüten, Beef-Jerky-Verpackungen, Getränkedosen. Ich gehe zum Bücherregal am Fußende des Bettes und suche jedes Regalbrett einzeln ab. Die Bücher sind achtlos hineingestopft, einige sogar verkehrt herum, und davor liegen irgendwelche Papiere verstreut. Ich schnappe mir einen großen Umschlag und lese die Aufschrift.

UNIVERSITÄT VON PENNSYLANIA –
ZULASSUNGSSTELLE

Ich nehme die Unterlagen heraus und überfliege sie. Dominic wurde vorzeitig zugelassen. Unter dem ganzen Papierkram ziehe ich ein Zwischenzeugnis hervor, das erst kürzlich von unserer Schule ausgestellt wurde und die Noten der ersten Wochen dokumentiert. Dominic hat ein knappes C in den meisten seiner Kurse, sein Notendurchschnitt beträgt 2,8, womit er im Mittelfeld unserer Klasse liegt. Das Regal darunter ist voller

CDs. Ich lese die ersten paar Titel und kenne keine der Bands, aber mir fällt auf, dass sie lose nach dem Alphabet geordnet sind.

Ich inspiziere den Rest des Zimmers, versuche Verbindungen herzustellen, irgendetwas Persönliches zu finden, das sofort ins Auge springt. Obwohl ich seinen Rucksack erst vor Kurzem durchsucht habe, nehme ich ihn mir noch einmal vor. Die Zeitungsausschnitte über Simon sind immer noch drin, fein säuberlich in den Umschlag sortiert. Daraus kann ich eine Schlussfolgerung über Dominic DeLuca ziehen: Dinge, die ihm wichtig sind, behandelt er mit Sorgfalt, mit allen anderen geht er total schlampig um.

Mein Handy summt in meiner Tasche. Ich ziehe es heraus und lese eine Nachricht von Miles.

Miles: Bist du noch im Haus? Wenn ja, Zeit zu gehen!

Der Download steht bei neunzig Prozent. Ich trete von einem Fuß auf den anderen und tippe eine Antwort.

Ich: Dauert noch.

Miles: Geht nicht. Los, raus da!

Komm schon, komm schon, komm schon, skandiere ich still in Richtung Laptop, *sechsundneunzig Prozent … siebenundneunzig Prozent …*

Ich höre das Geräusch nur entfernt, aber deutlich genug. Die Haustür geht auf. Mein Herz schlägt mir bis zum Hals. Ich lege die Finger um den Stick, damit ich ihn jeden Moment herausziehen kann.

Achtundneunzig Prozent … neunundneunzig Prozent …

»Dominic! Wo zum Teufel steckst du?«, brüllt eine dunkle Männerstimme. Schritte folgen der Stimme die Treppe herauf.

Ich kneife die Augen zu, zähle bis fünf und ziehe den Stick heraus. Für einen Sekundenbruchteil werfe ich einen Blick auf den Laptop und schnappe die Worte »Download beendet« vom Bildschirm auf.

Jemand fummelt am Türschloss herum. Der Knauf dreht sich. Ich verziehe mich ins Badezimmer, lasse die Tür offen und schlüpfe dahinter.

»Dominic, wehe, du bist nicht hier!« Schwarze Anzugschuhe stampfen am Bad vorbei, drehen dann um und kommen herein.

Ich kneife wieder die Augen zu und warte. Der Mann bleibt stehen und stößt einen angewiderten Laut aus. Kurz darauf knallt er die Zimmertür zu. Ich warte noch einen Moment, bevor ich hinter der Tür hervorkomme, dann schiebe ich den Laptop wieder unter die Decke, klettere aus dem Fenster und renne zur nächsten Bushaltestelle.

Ich setze mich auf die Bank und verschnaufe kurz, bevor ich Miles eine Nachricht sende.

Ich: War knapp, bin aber draußen.

Miles: Gut. Du hast zwar eine gute Tarnung, aber so ist es besser.

Ich: Ja, die Tarnung hat funktioniert. Aber die Haushälterin hat mich ständig beobachtet. Musste mit einem illegalen Trick noch mal zurückkommen.

Miles: Himmel noch mal, Ellie!

Ich: Also soll ich den USB-Stick mit Dominics Geheimnissen lieber vernichten?

Miles: In dreißig Minuten bei mir.

Nur Sekunden später verschwinden die Textnachrichten.

Miles hat sie gelöscht. Großartig. Ich wappne mich für eine weitere Lektion des heiligen Miles, das volle Programm – Schuldgefühle einreden, Gesetze herunterbeten, den Begriff Observierung erklären. Ich kann es kaum erwarten.

KAPITEL 25

»Du kannst nicht ständig bei mir einbrechen«, sagt Miles, als er das fensterlose Geheimzimmer betritt. Er ist schweißgebadet und trinkt eine Flasche Wasser in einem Zug leer. »Eines Tages wird Clyde dich erwischen.«

»Warum bist du so verschwitzt?« Ich beiße in ein Stück Pizza, die ich bestellt habe, während ich länger als eine Stunde auf Miles warten musste.

»War mit Dominic im Fitnessstudio. Er wollte nicht nach Hause. Sein Dad war sauer auf ihn.«

»Ja, das habe ich mitbekommen.« Unvermittelt denke ich an den scharfen Tonfall und die stampfenden Schritte seines Dads. »Und mach dir keine Sorgen wegen Clyde. Sollte er mich erwischen, erzähle ich ihm einfach, dass wir miteinander schlafen und du mir einen Schlüssel gegeben hast.«

Miles verschluckt sich an seinem Wasser. »Das erzählst du Clyde *nicht!*«

»In welcher Beziehung steht ihr eigentlich zueinander?« Ich halte ihm die Pizzaschachtel hin, doch er schüttelt den Kopf. »Ist er wirklich dein Onkel? Oder ist er so was wie dein Undercover-Betreuer?«

Als ich das Wort »undercover« erwähne, zuckt Miles leicht

zusammen. Er muss sich noch daran gewöhnen, dass jemand über sein streng geheimes Leben Bescheid weiß.

»Er ist mein Onkel. Leider.«

»Wieso leider?«

Miles klappt die Pizzaschachtel zu und wischt dann die Krümel vom Tisch. »Clyde ist ein Krimineller. Er hat genauso viel Erfahrung mit Scheckbetrug wie die Typen, die er aus dem Weg räumt.«

Der Käse bleibt mir am Gaumen kleben. »Was? Dann arbeitet er also gar nicht freiberuflich?«

»Das FBI heuert ihn ständig an.« Miles hebt eine heruntergefallene Stecknadel vom Boden auf und steckt sie an die Wand. »Er hat Straffreiheit bekommen, weil er den Auftraggeber hinter seinen Betrügereien verraten hat. Und jetzt glauben alle, er sei ein geläuterter Bösewicht, der den Graben zwischen den Kriminellen und dem FBI überbrückt.«

Ich zwinge mich, das Stück Pizza hinunterzuschlucken, das mir im Hals stecken geblieben ist. »Und was glaubst du?«

Miles dreht sich zu mir um. »Ich glaube, je größer der Graben zwischen den Kriminellen und den Leuten ist, die sie fassen wollen, desto besser.«

»Aber woher sollen sie denn ohne Informanten wissen, wie sie die bösen Jungs fassen können?«

»Keine Ahnung.« Miles schüttelt den Kopf. »Aber auf keinen Fall so. Ich habe doch nicht mein ganzes Leben damit verbracht, auf dem richtigen Weg zu bleiben, nur um jetzt mit jemandem zu arbeiten, der eigentlich im Bundesgefängnis sitzen müsste.«

»Oder bei ihm zu wohnen.«

Mir dreht sich die Pizza im Magen um und ich schiebe die Schachtel weiter weg.

»Ganz genau«, sagt Miles. »Nur gibt es nichts, was ich dagegen tun kann. Mein Dad vertraut seinem Bruder, also erwartet er das auch von mir.«

Ich lag die ganze Zeit richtig bei Miles. Er betritt keine Grauzone. Er kann nicht leicht verzeihen. Er wird nicht mein Partner bleiben, wenn er die Wahrheit herausfindet. Meine Geheimnisse sind überhaupt nicht vergleichbar mit seinen. Sie sind hässlich und müssen nur versteckt bleiben, damit ich mich als guter Mensch ausgeben kann. Seine Geheimnisse sind wichtig und ehrenvoll und bringen Leben in Gefahr, wenn sie herauskommen.

Ich grabe die Fingernägel in die Tischplatte. »Mir war gar nicht klar, dass das FBI auch Betrüger beschäftigt.«

»Das passiert häufiger, als du denkst.«

»Warum hast du mir eigentlich noch keinen Vortrag darüber gehalten, wie falsch es ist, irgendwo einzubrechen und sich illegal Informationen zu beschaffen?«, frage ich. »Ich dachte, du kommst gleich zur Sache. Holst vielleicht ein paar Handschellen hervor.«

Er hebt eine Augenbraue, während ich den USB-Stick zwischen uns auf den Tisch lege.

»Ich kann mir die Dateien auch allein ansehen, wenn du willst. Aber du solltest wissen, dass ich auf jeden Fall einen Blick darauf werfen werde, egal was du mit deiner heiligen Mission dazu sagst.«

Er starrt eine gefühlte Ewigkeit auf den Stick, dann schiebt er ihn in die Mitte des Tisches. »Nur als letzte Option, okay? Lass uns zuerst alle Informationen zusammentragen, die wir schon haben.«

Ein Notizheft landet vor mir, er schlägt eine Seite in der Mitte auf. »Das ist eine Liste mit Dingen, die ich gesehen habe, als ich deinen Hefter in Dominics Zimmer geschmuggelt habe.«

Die Liste ist lang. Es stehen sogar Details wie das Modell des iPads oder die Marke und die Farbe der Stifte auf Dominics Schreibtisch drauf. Ich lese mir jeden Stichpunkt sorgfältig durch, bis ich etwa in der Mitte der Seite angekommen bin.

»Da ist nichts Brauchbares dabei«, beschwere ich mich. »Nichts, das uns helfen könnte, etwas schlauer aus Dominic zu werden und vielleicht herauszufinden, warum er einen Umschlag mit Zeitungsartikeln über Simon mit sich herumschleppt. Er konnte Simon nicht mal leiden. Du hättest ihn im Frühling auf dem Schulflur hören sollen. Er war total sauer, weil Bret Simon zu einer Party eingeladen hat. Erklär mir das mal mit deiner Liste.«

Miles hat die Arme vor der Brust verschränkt. »Ich vermute, du kannst es besser?«

Ich deute auf den USB-Stick.

»Mit legalen Mitteln«, fordert er.

Ich denke einen Moment nach und rufe mir Dominics Zimmer ins Gedächtnis. »Der Typ ist ein Messi. Überall Krümel auf der schicken Bettwäsche. Aber seine Musiksammlung ist alphabetisch geordnet.«

»ADHS?«, schlägt Miles vor.

Ich schüttele den Kopf. »Aber offensichtlich geht er mit einigen Dingen in seinem Leben sehr gewissenhaft um.«

Miles lehnt sich in seinem Stuhl zurück und überlegt. »Diese

Zeitungsartikel waren sorgfältig ausgeschnitten und steckten fein säuberlich in diesem Umschlag.«

»Du hast sie auch gesehen?«

Er nickt. »Was wäre …«, Miles steht auf und geht im Zimmer auf und ab, »… wenn Dominic etwas mit Simons Tod zu tun hätte, jemand davon wüsste und ihn mit diesen Artikeln einschüchtern will? Vielleicht hat derjenige ihm auch den verwanzten Stift in den Rucksack gesteckt …«

»Wenn das so wäre, warum sollte Dominic die Artikel dann in seinem Rucksack herumtragen?«

»Du hast recht. Das ergibt keinen Sinn.« Miles setzt sich wieder hin. »Es ist eher wahrscheinlich, dass das FBI immer noch eine Handvoll Schüler an der Holden im Auge hat.«

»Bedeutet das, sie haben auch mich im Auge?«, frage ich. »Außerdem gehört die Wanze, die ich in Dominics Rucksack gefunden habe, nicht dem FBI.«

»Und woher weißt du das?«

»Ich habe eine Freundin, die das Teil für mich genauer unter die Lupe genommen hat.« Eigentlich untersucht sie es immer noch. Aber leider hat Miles, bevor er mich in seinem Geheimzimmer erwischt hat, Connies Abhörgerät in Dominics Schlüsselanhänger gefunden und sofort zerstört. Ich bin nicht sicher, ob sie mir weiterhin helfen wird, wenn ich ihr das erzähle.

»Wir haben also keine Ahnung, wer Dominic nachspioniert und weshalb er diese Zeitungsartikel bei sich hat«, schlussfolgert Miles. »Im Grunde haben wir in seinem Zimmer nichts herausgefunden.«

»Dieser USB-Stick sieht jetzt doch ziemlich vielversprechend aus, oder?«

Miles beäugt den Stick, dann nimmt er ihn vom Tisch und hält ihn in der Hand. »Ich denke, ich kann einen richterlichen Beschluss bekommen, um mir das Beweisstück mal anzusehen.«

»Einen richterlichen Beschluss? Im Ernst? Mit welcher Begründung? Du hast so ein vages Gefühl, dass das FBI bei den Ermittlungen in einem Selbstmord versagt hat?«

»Der Grund ist nicht das Problem. Es liegen genügend Hinweise auf Straftaten vor, die eine Hausdurchsuchung und eine Überprüfung der Online-Aktivitäten rechtfertigen.«

Ich richte mich auf. »Hausdurchsuchung? Du meinst Dominics Dad? Worin ist der denn verwickelt?«

Dominics Familie stammt aus einem alten Geldadelsgeschlecht. Es ist besonders schwer, die Machenschaften dieser Familien zu durchschauen, wenn man mögliche krumme Geschäfte aufdecken will.

Miles sieht mich verwundert an. »Ich rede natürlich von Dominic. Von seinen Straftaten, die ich als Zeuge mitbekommen habe.« Ich muss ziemlich ratlos aussehen, denn er fügt hinzu: »Hast du den Drogendealer vergessen, den er in seinem Kurzwahlspeicher hat und mit dem er letzte Woche hier aufgetaucht ist?«

»Ach, komm schon«, sage ich. »Dominic ist doch kein Verbrecher. Er ist nicht wirklich kriminell. Er ist vielleicht kein Heiliger wie du, aber …«

»Ellie, er kauft und konsumiert illegale Drogen. Gelegentlich verkauft er sie sogar an seine Freunde.« Miles macht eine kurze Pause, dann fährt er fort: »Wo ich herkomme, gilt das als Verbrechen. Und Leute, die Verbrechen begehen, werden wie noch mal genannt?«

Ich hebe abwehrend die Hände. »Okay, wenn du es so genau nehmen willst.«

»Die Begründung für eine Hausdurchsuchung ist also nicht das Problem, wie ich schon sagte. Kompliziert ist eher die Verschleierungstaktik. Es muss so aussehen, als würde ich nach etwas suchen, das zusammenhängt mit … mit meinen …«

»Schulaufgaben?«, sage ich prompt, obwohl ich weiß, dass er das nie öffentlich zugeben würde. Vielleicht haben sie ihn auf seiner Militärschule mit einem Verschwiegenheitsfluch belegt.

»Aber ich müsste nach etwas anderem suchen. Es so aussehen lassen, als wollte ich die Informationen nicht für mich verwenden.«

Ich stütze mich mit dem Ellbogen ab und mustere ihn. »Das hält dich nachts wach, was?«

Gott, wir sind so verschieden. Ich wäre mit den Dateien auf dem Stick längst zur Hälfte durch.

Er lässt den USB-Stick durch seine Finger wandern, und als Miles mich anschaut, überrascht mich sein intensiver Blick.

»Kann ich dich etwas fragen, Ellie?«

»Was?«

»Was hoffst du zu finden? Bei all den Nachforschungen über Simons Tod? Was hält dich davon ab, an den Selbstmord zu glauben, mit dem der Fall abgeschlossen wurde?«

Im Moment habe ich nur so ein Bauchgefühl. Aber das will Miles bestimmt nicht hören.

»Was hält *dich* denn davon ab, den Fall abzuschließen?«, drehe ich den Spieß um. »Hoffst du wirklich, einen Beweis für einen Unfall zu finden? Oder vielleicht sogar für Mord?«

Er beugt sich vor, sein Gesicht ist nur noch wenige Zentimeter von mir entfernt. »Ich hoffe, ich finde die Wahrheit heraus. Ich will nicht nur Indizien zusammenfügen, die eine glaubhafte Geschichte ergeben.«

Mein Herz pocht, die Erkenntnis trifft mich wie ein Schlag. »Weil du ein Puzzleteil hast, das nicht in diese Geschichte passt.« Ich glaube, ich wusste es seit dem Moment, als er mich mit der Waffe bedroht und sein wahres Ich offenbart hat. Ich wusste, dass ein echter und greifbarer Beweis Miles hierher geführt hat.

»Genau wie du«, sagt Miles. »Sonst wären wir nicht so aneinandergeraten, als wir dieselben Sachen herausfanden.«

»Nur aneinandergeraten oder noch etwas anderes?« Das ist zwar nicht der richtige Zeitpunkt, Witze über unsere Knutscherei zu reißen, doch diese Bemerkung konnte ich mir einfach nicht verkneifen. »Aber wenn du einen Beweis hast, warum gehst du damit nicht zu den Behörden? Wie lautet noch mal diese Vorschrift über das Vernichten von Beweismaterial, die du so schön zitiert hast?«

»Ich habe nichts vernichtet. Es reicht als Beweis allerdings nicht aus. Wenn ich mehr habe, werde ich den Dienstweg einhalten.«

Mein Blick wandert zu Simons Nachricht, die immer noch an der Wand hängt. »Du tust das nur für Simon«, folgere ich. »Wie war eure Beziehung, nachdem er dir diesen Brief geschrieben hatte?«

»Schwierig«, gibt er zu. »Wir waren beide ehrlich, aber keiner von uns hat bekommen, was er wollte. Er hat sich gewünscht, dass ich dasselbe für ihn empfinde, und ich habe mir meinen Freund zurückgewünscht.«

Mein Brustkorb zieht sich zusammen. Das passiert mir andauernd. Ich necke Miles, und dann sagt er plötzlich etwas, das mir sein Inneres offenbart. Aber ich kann mich nicht öffnen. Nicht jemandem gegenüber, der alles verabscheut, was mich ausmacht. Nicht jemandem gegenüber, der bald wieder fort ist, ein ehrbares Leben führt und nur seine Bürgerpflicht erfüllt. Das ist die Wahrheit und sie tut jetzt schon weh.

»Seid ihr in Kontakt geblieben, nachdem er die Marshall Academy verlassen hat?«, frage ich, um wieder zur Tagesordnung überzugehen.

»Ja, sind wir. Aber es war nicht mehr dasselbe. Da war immer diese unsichtbare Barriere zwischen uns, und egal wie sehr ich auch versucht habe, sie loszuwerden …« Er hält inne und räuspert sich. »Ich weiß nur, dass er alles für mich getan hätte, wenn ich ihn darum gebeten hätte. Und ich schulde es Simon, alles zu tun, was in meiner Macht steht, um die wahren Umstände seines Todes aufzudecken.«

»Dann lass uns die Wahrheit herausfinden«, erwidere ich. »Ohne diesen ganzen Vorschriftenscheiß. Das FBI hat den Fall abgeschlossen. Sie lassen uns keine Wahl.«

»Wenn wir weiter zusammenarbeiten wollen, müssen wir auch richtig zusammenarbeiten«, sagt Miles. »Du weichst nicht mehr von unseren Plänen ab, ohne dich vorher mit mir abzustimmen. Du gibst keine Beweisstücke mehr an geheime Quellen heraus oder was auch immer du mit dem verwanzten Stift angestellt hast.«

»Das war vor unserer Partnerschaft«, verteidige ich mich.

»Ich weiß. Aber von jetzt an sind wir ein Team. Und du wirst nicht lügen oder mich hintergehen, verstanden?«

Ich schlucke, mein Mund ist plötzlich trocken. »Verstanden.«

Und schon das könnte eine Lüge sein. Ich bin nicht mal sicher, ob ich weiß, wie man sich in einem Team verhält. In meiner Familie mussten wir natürlich auch zusammenarbeiten. Die Dr.-Ames-Masche hätte im Alleingang nie funktioniert. Aber untereinander ehrlich zu sein, war nie Teil unserer Abmachung. Die einzige Person aus meiner Familie, der ich je vertraut habe, ist Harper. Ich würde auch meine Mutter dazu zählen, aber wenn mein Dad von ihr verlangt hätte, mich anzulügen, hätte sie das getan.

Wir bleiben eine Weile schweigend sitzen. Wahrscheinlich setzt Miles gleich einen Vertrag auf oder er zwingt mich, unsere Vereinbarung mit Blut zu besiegeln. Doch er tut nichts dergleichen und die Stille macht mich immer nervöser.

»Bedeutet das, wir nehmen uns jetzt die Dateien auf dem USB-Stick vor?«

»Ja.« Er wirft den Stick auf den Tisch und greift nach seinem Laptop. »Genau.«

»Hat dich nur eine Stunde gekostet, auf meinen Zug aufzuspringen.« Ich hole meinen eigenen Laptop aus meinem Rucksack. »Nur gut, dass ich schon alles auf meinen Computer heruntergeladen habe. So holen wir die Zeit wieder auf, die du verschwendet hast.«

»Du bist unmöglich.«

Ich grinse ihn an. »Unmöglich oder unglaublich?«

»Du bist auf mindestens hundert verschiedene Arten unmöglich.«

Ich tippe mein Passwort ein und öffne den Ordner auf dem Desktop. »Macht es dir etwas aus, etwas deutlicher zu werden?«

Miles gibt sein eigenes, übertrieben kompliziertes Passwort

ein. »Unmöglich, weil du deine Spielchen nicht lassen kannst. Unmöglich, wenn es mal nicht nach deinem Willen geht. Unmöglich zu ignorieren.«

Unmöglich zu ignorieren. Wie beim Blick aus dem Fenster, wenn Miles im Pool ist. Leider wurde der Pool letzte Woche winterfest gemacht. Meine Wangen beginnen zu glühen. Ich versuche, mich auf Dominics Dateien zu konzentrieren, aber dann spüre ich seine Blicke auf mir.

»Was?«

»Nichts.« Er schüttelt den Kopf. Er hat den USB-Stick schon in der Hand, hält jedoch inne und berührt stattdessen meine Wange. »Ziemlich heiß.«

Ich funkele ihn an. »Es ist warm hier drin. Ich würde ein Fenster öffnen, wenn du eins hättest.«

Dreißig Sekunden später starrt er mich immer noch an. »Unmöglich, deine Gedanken zu lesen, was ich jetzt sehr gern tun würde.«

Ich lache finster. »Du kannst es versuchen, aber das hat noch nie ein Mann geschafft.«

Dann konzentriere ich mich wieder auf unsere Ermittlungsarbeit.

»Wie wäre es, wenn du dir die ganzen Textdateien vornimmst und ich die Fotos und Videos durchgehe?«

Miles taucht in Dominics brillante literarische Analysen ein, während ich einen Bildordner mit dem Namen »FAMILIENURLAUB 2006« öffne.

Nach meiner Erfahrung ist die Analyse einer Zielperson anhand von Computerdaten eine langwierige und mühsame Angelegenheit. Deshalb falle ich fast vom Stuhl, als sich nach nicht einmal fünf Minuten ein ziemlich eindeutiges Foto vor mir öffnet. »Oh mein Gott!«

Miles blickt überrascht auf.

Ich deute auf den Laptop. »Ich glaube, ich habe da was gefunden.«

Miles zieht den Laptop zu sich heran. »Was … Oh Scheiße.«

Ich schiebe den Stuhl zurück und laufe im Zimmer auf und ab. Einige Dinge fangen plötzlich an, einen Sinn zu ergeben. Ich rufe mir das Bild aus unserem Biokurs im letzten Halbjahr ins Gedächtnis. Simon sitzt links von mir an unserem Labortisch und starrt Justice die ganze Zeit an. Wenn ich auf Simons Platz säße und in dieselbe Richtung schauen würde, hätte ich klare Sicht auf Bret und Dominic …

»Warum habe ich daran nicht gleich gedacht, als ich diese Nachricht gelesen habe?« Ich deute auf Simons Zettel an der Wand.

Miles vergrößert das Foto und zoomt die wichtige Stelle heran. Ich komme zum Tisch beuge mich über ihn. Dominic DeLuca und Simon Gilbert küssen sich. Ich blinzele. Schaue noch einmal hin, um sicher zu sein, dass ich richtig sehe.

»Diesen Anzug hat er am Abend des Balls getragen.«

Miles nickt. »Es ist so nah aufgenommen, dass man schlecht sagen kann, wo sie gerade sind. Irgendwo draußen. Erinnerst du dich, ob er während des Balls irgendwann mal rausgegangen ist?«

»Er war ein paarmal auf der Toilette.«

Miles klickt auf das nächste Foto. Es ist ein Screenshot von einer E-Mail, die von *all-eyes-on-you@gmail.com* an Dominic geschickt wurde. Die E-Mail enthält keinen Text, aber in der Betreffzeile steht: FOTO VON DIR. Eine daumennagelgroße Abbildung des brisanten Fotos ist am unteren Rand zu sehen.

»Der hat ihm das Foto geschickt«, sage ich.

Miles nickt wieder. »Und er hat die E-Mail wahrscheinlich zur Sicherheit gelöscht.«

Wir klicken uns durch den absichtlich falsch benannten Familienurlaub-2006-Ordner und finden weitere E-Mail-Screenshots. Alle ohne Text. Alle von derselben Adresse. Immer dasselbe Foto im Anhang. Es sind Dutzende und sie sind alle seit Ende Juni immer im Abstand von einer Woche verschickt worden. Direkt nach Simons Tod.

Ich beginne wieder umherzutigern. In meinem Kopf herrscht ein einziges Chaos. Das ist alles zu viel auf einmal.

»Jetzt wissen wir, warum er die Zeitungsausschnitte bei sich hat.«

»Und warum er dich hasst«, fügt Miles hinzu und springt auf.

Abrupt drehe ich mich zu meinem Teamkollegen um. »Dominic hasst mich? Weil ich mit Simon zum Ball gegangen bin?«

»Denk doch mal nach, Ellie. Wenn das …«, er deutet auf das Knutschfoto, »… während des Balls passiert ist, bist du Dominics Hauptverdächtige, weil es äußerst wahrscheinlich ist, dass du Simons Verschwinden bemerkt hast.«

Ich runzele die Stirn. »Und was dann? Ich bin ihm nach draußen gefolgt, habe zugesehen, wie er einen anderen Jungen küsst, und ihn dann umgebracht?«

»Soweit ich weiß, geht Dominic nicht besonders offen mit seinen Dating-Vorlieben um. Wir denken vielleicht, dass wir hinter einem Mörder her sind, während er nur daran interessiert war, seine Affäre geheim zu halten.«

Ich kann Miles immer noch nicht ganz folgen und sehe ihn ratlos an.

»Dominic glaubt, du steckst hinter den E-Mails«, erklärt Miles. »Und er kann nichts sagen, weil du etwas weißt, das niemand wissen soll.«

Ich sinke auf meinen Stuhl. Dominic glaubt, ich erpresse ihn. »Aber ich habe diese E-Mails nicht an ihn geschickt. Und ich habe auch den verwanzten Stift nicht in seinem Rucksack versteckt.«

»Ich weiß.« Miles sieht mich an. »Da draußen läuft jemand herum, der es auf Dominic abgesehen hat. Er könnte in Gefahr sein und weiß es nicht einmal.«

KAPITEL 26

Miles: Bret lädt dich zum Homecomingball ein.

Ich starre völlig verwirrt auf die Nachricht. Vor allem weil Miles vor weniger als fünf Minuten noch neben mir im Bus saß. Ist er ausgestiegen und hat sofort eine Klatsch-und-Tratsch-Versammlung an seinem Spind abgehalten?

Ich: Bist du jetzt undercover als vierzehnjähriges Mädchen unterwegs?

Miles: Regel #228 erneut verletzt. Und du weißt, dass ich nicht undercover bin.

Richtig. Es ist ein empirisches Lernprogramm. Bei dem gute Jungs in Männer verwandelt werden, die sich mit Drogendealern herumtreiben.

Miles: der Ball = Operation Schulakten. Perfekte Bedingungen für diese Mission.

Sieh mal einer an, wer jetzt endgültig auf meinen Zug aufgesprungen ist. Und ein Einbruch ist ein weiter Sprung für Miles Beckett, dem Hüter der Vorschriften.

Ich: Verstanden. Nur zur Sicherheit: Soll ich Ja sagen?

Miles: Darauf antworte ich nicht. Wieder Regel #228. Ich frage Justice.

Ich habe Miles' Nachricht kaum zu Ende gelesen, als er schon auf dem Flur an mir vorbeigeht. Ich greife nach seinem Arm und ziehe ihn in einen weniger vollen Gang.

»Dir ist schon klar, dass Justice eine bühnenreife Vorstellung erwartet, wenn du sie zum Ball einlädst, oder?«

Miles lehnt sich gegen die Wand. Er wirkt cool und entspannt. »Ich habe alles im Griff.«

»Wann hast du dir deinen großartigen Plan denn ausgedacht? Während der zehn Minuten zwischen der Busfahrt und unserer Unterhaltung hier?«

»Ja, um ehrlich zu sein.«

Ich bin kein Experte, was normale Schulen betrifft, aber seit letztem Frühling habe ich einige Balleinladungen miterlebt, also weiß ich, welche Erwartungen erfüllt werden müssen.

»Auf jeden Fall reicht es nicht aus, wenn du die romantischen Worte mit M&Ms auf eine Pizza legst. Außerdem isst Justice nur glutenfrei – ich bezweifle also, dass sie sich über eine Pizza freut.«

Miles verschränkt die Arme vor der Brust. »Du traust mir offenbar gar nichts zu.«

»Zumindest hast du deine kostbare Zeit sicher nicht dafür geopfert, herauszufinden, wie man ein Mädchen stilvoll zu einem Schulball einlädt.«

»Tja, dann wart's mal ab.«

Mit dieser kryptischen Aussage lässt er mich im Flur stehen, sodass mir nichts anderes übrig bleibt, als zur ersten Stunde zu gehen. Auf dem Weg zum Klassenraum geht Dominic DeLuca an mir vorbei. Es ist total schräg, ihm zu begegnen, seit ich von seiner geheimen Affäre mit Simon weiß. Und nur Sekunden später taucht Miles neben ihm auf. Nachdem wir zu dem Schluss gekommen sind, dass Dominic in Gefahr sein könnte, behält Miles ihn ständig im Auge.

Ich setze mich an meinen üblichen Platz in der Mitte des Klassenzimmers und stopfe mein Handy in den Rucksack.

»Eleanor Ames?«, sagt Mr Chin mit einem Zettel in der Hand. Er kommt zu meinem Tisch und legt die Notiz vor mich hin. Es ist eine Aufforderung, mich nach der ersten Stunde im Büro der Vertrauenslehrerin einzufinden. Ich habe keine Ahnung, was das zu bedeuten hat, aber bestimmt nichts Gutes. Ich klopfe fast die ganze Stunde unruhig mit dem Fuß auf den Boden und schaue ständig auf die Uhr, bis es zum Unterrichtsende klingelt.

Schüler strömen auf die Gänge. Ich dränge mich durch Ellbogen und Rucksäcke, als auf einem der Fernsehbildschirme, die überall an den Wänden hängen, plötzlich nicht mehr die Liste der Nachmittagsaktivitäten, sondern ein riesiges rotes Herz zu sehen ist. Die Buchstaben J und U tauchen nacheinander im Inneren des Herzens auf, als würde sie jemand gerade eintippen. Ich bleibe mitten auf dem Gang stehen. Meine Klassenkameraden um mich herum tun dasselbe.

J-U-S-T-I-C-E
G-E-H-S-T
D-U
M-I-T
M-I-R
Z-U-M
H-O-M-E-C-O-M-I-N-G-B-A-L-L ?-?
M-I-L-E-S

Das Herz verschwindet und Fragezeichen blinken auf dem Bildschirm auf. Ein Freudenschrei ertönt vom Ende des Flurs. Als ich mich umdrehe, sehe ich Justice umringt von ihren Freundinnen, die alle auf- und abspringen.

Ein unbekanntes Gefühl macht sich in meiner Magengegend breit. Stört es mich, dass Miles mit Justice spielt? Oder liegt es daran, dass er sich nicht mit mir verabredet hat?

Miles taucht neben Justice auf. Ich kann sie nicht hören, aber ich bin sicher, dass er sie jetzt noch einmal persönlich fragt. Nachdem sie offensichtlich Ja gesagt hat, schenkt er ihr sein verführerisches Lächeln, das er mir auch schon so oft zugeworfen hat. Miles will sich umdrehen und zurück in seinen Klassenraum gehen, doch da greift Justice nach seinem Poloshirt, zieht ihn zu sich heran und küsst ihn. Direkt hier auf dem Gang. Vor einem riesigen Publikum.

Ich bleibe wie angewurzelt stehen und beobachte den Kuss.

Mann, Ellie! Reiß dich zusammen!

Als auch noch Applaus aufbrandet, stoße ich scharf die Luft aus, die ich angehalten habe, und wende mich ab. Ein paar Schulangestellte sind auf den Flur getreten, um sich die Vorstellung anzusehen, aber als ich die Tür öffne, gehen sie wieder zurück.

»Ich soll mich bei Ms Geist melden«, sage ich zur Sekretärin und schlucke den Kloß hinunter, der immer noch in meiner Kehle sitzt.

Bevor sie mich weiterschicken kann, öffnet Ms Geist bereits ihre Tür und ich erhasche einen Blick auf Aidan, der bereits in ihrem Büro sitzt. Ich schaffe es, einigermaßen ruhig zu bleiben, aber als auch noch Harper hinter mir hereinkommt, völlig außer Atem und mit den Zwillingen im Arm, breche ich in Panik aus.

»Immer hereinspaziert«, sagt Ms Geist mit warmer, freundlicher Stimme.

Mein Herz schlägt schneller. »Okay, was habe ich angestellt?«

Jemand in der Ecke des Büros lacht. Mr Lance steht nicht weit von Aidans Platz entfernt. »Als könntest du dir Ärger einhandeln«, sagt mein Lehrer.

Aidan verkneift sich ein Grinsen, und Harper sieht mich an, als wollte sie ihre Fähigkeiten im Gedankenlesen testen.

Ms Geist bittet uns herein und schließt die Tür hinter uns, sodass ihr kleines Büro jetzt ziemlich vollgestopft ist.

»Vielen Dank, dass Sie beide so kurzfristig kommen konnten«, sagt Ms Geist. Sie wirft einen Blick auf die Kleinen, dann schaut sie zwischen Harper und Aidan hin und her. »Sind das Ihre?«

Da die Zwillinge käseweiß sind und Aidan schwarz, würde ich sagen, das war eine rhetorische Frage.

Harper schüttelt den Kopf. »Nein, ich passe nur auf sie auf.«

Das Mädchen, Shayna, zieht einen ihrer schicken schwarzen Babyschuhe aus, wirft ihn an die Wand hinter dem Schreibtisch und ruft auf Deutsch: »Vielen Dank!«

Mr Lance lacht auf, lässt es dann aber wie ein Husten ausklingen. »Wie süß, sie sind zweisprachig.«

»Entschuldigen Sie bitte«, murmelt Harper und wird rot. Sie setzt die beiden Kleinen ab und holt schnell den Schuh wieder.

Aidan überrascht mich, indem er die Schuhwerferin hochnimmt und auf seinen Schoß setzt. Er flüstert ihr etwas ins Ohr und sie bleibt sofort still sitzen.

»Wie Sie wissen«, beginnt Ms Geist, »ist Mr Lance einer von Eleanors Lehrern und er hat mir gegenüber ein paar Sorgen geäußert.«

»Was für Sorgen?«, fragt Harper.

»Ellie ist eine meiner besten Schülerinnen«, sagt Mr Lance. »Aber sie bereitet sich im Moment überhaupt nicht auf die Bewerbung an einem der Top-Colleges vor.«

»College?«, platze ich heraus. »Deshalb sind wir alle hier?«

»Die elfte Klasse ist entscheidend für die Collegeplanung«, erklärt Ms Geist. »Und Eleanor ist nicht mal für einen der Zulassungstests angemeldet. Die meisten unserer Elftklässler bereiten sich schon auf den zweiten Durchlauf in beiden Tests vor. Sie muss im Herbst unbedingt an den AP-Kursen und Vorstellungsgesprächen teilnehmen … Ihre ECs sind fast bei null –«

»Was sind AP-Kurse?«, will Harper wissen, während Aidan gleichzeitig fragt: »Könnten Sie mir noch mal erklären, was ECs sind?«

Ms Geist ist offenbar total verwirrt von diesen Fragen. »Gehe ich recht in der Annahme, dass Sie bisher noch keinen pädagogischen Berater konsultiert haben?«

»Einen was?«, fragen Harper und ich wie aus einem Mund.

Mr Lance stellt sich neben den Schreibtisch. »Ms Geist versucht Ihnen nur deutlich zu machen, dass wir hier sind, um Ellie auf jede erdenkliche Art zu unterstützen. Sie ist ein großer Gewinn für diese Schule. Ich persönlich würde sie im Herbst liebend gern in meinem Englisch-Vorbereitungskurs sehen, und ich würde mich freuen, ihr bei den Bewerbungsessays zu helfen.« Er öffnet eine Aktenmappe und reicht Harper und Aidan ein Blatt Papier. »Das ist der Zulassungstest, den wir vor ein paar Wochen mit den Elftklässlern probehalber geschrieben haben. Wie Sie sehen, liegt Ellies Punktzahl unter den besten fünf Prozent des Landes. Sie hat das Potenzial, nicht nur die Zulassung, sondern auch ein Stipendium für eine der Eliteuniversitäten zu bekommen.«

»Was würden Sie als ersten Schritt empfehlen?«, fragt Aidan.

Ich blende die Unterhaltung für eine Weile aus und nutze die Gelegenheit, einen genaueren Blick auf Mr Lance zu werfen. Ich hasse es, dass er mich für einen guten Menschen hält, der zu etwas Besonderem fähig ist. Wenn er die Wahrheit wüsste.

»Ich weiß, es zieht sich schon Monate hin«, sagt Harper. »Aber wir haben immer noch keine Kopien von unseren Geburtsurkunden erhalten, und ohne die können wir keine neuen Sozialversicherungsausweise beantragen.« Sie stockt und verdrückt ein paar Tränen. »Es scheint, als könnten wir uns einfach nicht von dem Schaden erholen, den das Feuer in unserer Familie angerichtet hat. Und ohne Sozialversicherungsnummer kann sich Ellie weder an einem College bewerben noch an einem dieser Tests teilnehmen.«

Ja, meine Schwester kann es immer noch. Eine oscarreife Darbietung.

Aidan wirkt ein wenig erschrocken, reißt sich aber zusammen und tätschelt Harpers Rücken. »Ich habe genug von den ganzen sinnlosen Bemühungen«, sagt er mit seiner ernsten Agentenstimme. »Ich werde mich an eine höhere Stelle wenden und dafür sorgen, dass sich endlich jemand darum kümmert.«

Für einen Moment wünschte ich, das wäre alles echt – dass die beiden meine Eltern wären, wir tatsächlich alles bei einem Brand verloren hätten und Aidan sich irgendeinen mürrischen

Beamten vorknöpfen und die Geburtsurkunden für zwei Menschen verlangen könnte, die nie registriert waren.

Aber es ist nicht echt und ich spiele auch an dieser Schule nur eine Rolle, was sich bestimmt nicht so schnell ändern wird.

Ms Geist und Mr Lance kaufen uns die Geschichte problemlos ab. Harper muss schnell los, wahrscheinlich, um eine Windel zu wechseln, aber Aidan bleibt noch einen Moment bei mir auf dem Gang.

Wir lehnen uns gegen die Spindreihe, er holt eine Packung Skittles aus der Tasche und reicht sie mir. »Erzähl es aber nicht Harper.«

Ich zwinge mich zu einem Lächeln. »Danke.«

»Und jetzt raus mit der Sprache«, sagt er mit gesenkter Stimme. »Hast du bei diesem Übungstest geschummelt?«

»Das hätte ich wohl tun sollen.« Ich betrachte die Süßigkeiten. »Wenn ich durchgefallen wäre, hätte ich euch den Besuch in der Schule heute sicher erspart, stimmt's?«

»Aber du bist nicht durchgefallen. Du bist ehrgeizig und du hast super abgeschnitten. Sie irren sich nicht, Ellie. Du hast wirklich Potenzial.«

»Ich dachte, das hier sollte ein Neuanfang für mich sein, weißt du?« Ich blicke zu ihm auf und er nickt. »Aber ich stecke immer noch in diesem ganzen Mist aus der Vergangenheit fest.«

Er richtet seinen Blick starr geradeaus. »Es tut mir leid. So sollte es nicht laufen.«

»Vielleicht doch«, überlege ich laut. »Ich meine, ich bin nicht unschuldig. Vielleicht verdiene ich es nicht, endgültig frei zu sein. Abgesehen davon wollten sie meinen Dad und er läuft immer noch frei herum.«

»Genug davon«, ermahnt mich Aidan. »Am besten, du beeindruckst weiter die Lehrer, legst super Testergebnisse hin, und ich kümmere mich um den Rest, okay?«

Ihm zuliebe zwinge ich mich, glücklich auszusehen. Dabei haben mich das Gespräch mit Ms Geist und Lance und Miles' Homecoming-Einladung total runtergezogen, und zwar so sehr, dass Justice beim Mittagessen bemerkt, dass etwas nicht stimmt.

»Du siehst bedrückt aus«, sagt sie. »Ist es wegen Bret? Hat er dich nicht –?«

Ich schüttele schnell den Kopf. Ich habe keine Lust auf dieses Gequatsche.

»Nein, das ist es nicht. Ich hatte heute Vormittag ein Gespräch zum Thema College. Offenbar tue ich nicht genug, um mich darauf vorzubereiten.« Ich blicke von meinem Hamburger auf und bin überrascht, wie aufmerksam Justice mir zuhört. »Ich bin einfach nicht sicher, ob dieser Weg auch was für mich ist, verstehst du?«

»Diese Schule zielt wirklich nur auf einen Weg ab – Collegevorbereitung und noch mal Collegevorbereitung«, sagt sie. »Dabei weiß ich nicht einmal, ob ich überhaupt so ein Leben wie meine Eltern führen möchte. Aber was kann es schon schaden, sich vorzubereiten? Dann hat man später wenigstens die Wahl.«

Das ist ein kluger Rat. Aber für mich ist es wahrscheinlich schon zu spät für irgendeine Wahl. Vielleicht habe ich die Wahl auch bereits getroffen, als ich zugestimmt habe, mich mit dem FBI in diesen Banküberfall einzumischen. Ich will mich gerade bei Justice bedanken, als ein Kerl im mittleren Alter mit einer Kochmütze und einem Schälchen in der Hand auf unseren Tisch zukommt.

»Ich suche nach Eleanor Ames«, sagt er.

»Oh mein Gott, Leo, der Fernsehkoch!«, quiekt Ruby, eine von Justice' Freundinnen, die rechts von mir sitzt. »Sie sehen genauso aus wie in Ihrer Sendung!«

Ich sitze da wie ein Volltrottel, bis mich Justice unter dem Tisch anstößt. Ich räuspere mich. »Äh, ich bin Ellie.«

Der Typ stellt die Schale vor mir ab, und als ich frage, was das ist, sagt er widerstrebend: »Thunfischauflauf.« Er rümpft die Nase. »Nicht mein Rezept.«

Ich verkneife mir ein Lachen. Was zum Teufel soll das? Er reicht mir einen Umschlag und bleibt wartend stehen.

»Nun lies schon«, zischt Justice mir zu. Sie streckt die Hand aus, zieht eine Karte aus dem Umschlag und hält sie mir unter die Nase.

Ellie,
ich habe gehört, das ist dein Lieblingsgericht. Ziemlich seltsam, aber egal. Gehst du mit mir zum Homecomingball? Leo hat versprochen, dass er den Auflauf vor dem Ball noch einmal in seinem Restaurant kochen wird.
Schreib deine Antwort unten auf.
Danke,
Bret

Alle starren mich an, also bleibt mir nichts anderes übrig, als ein »Ja« an den unteren Rand der Karte zu kritzeln und sie dem Koch zurückzugeben. Augenblicklich marschiert er zu dem Tisch hinüber, wo Bret und Miles sitzen. Bret macht eine große Szene daraus, wie erleichtert und froh er über meine Antwort ist. Wir bekommen fast so viel Applaus wie Miles und Justice heute Morgen.

Ich betrachte den Auflauf und lächle. Grüne Erbsen sind zu sehen und zerkleinerte Kartoffelchips liegen obendrauf. Genau wie bei Miles. Bret schiebt sich auf den Stuhl neben mir. Sofort stecke ich meine Gabel in die Nudeln und stopfe mir einen riesigen Bissen in den Mund, um den großen Kussauftritt zu vermeiden, den Miles und Justice vorhin hatten. Er begnügt sich damit, mir einen Kuss auf die Wange zu drücken.

»Schmeckt es dir?«, fragt er.

Ich schlucke den Bissen hinunter. »Sehr lecker. Danke!«

Miles taucht mit seiner Gabel neben Justice auf und kostet einen noch größeren Bissen als ich. »Ist echt gut. Das Rezept muss ich haben.«

Ich schüttele nur den Kopf. »Ich bin sicher, das kriegst du raus.«

»Okay, Jungs«, sagt Justice ganz sachlich. »Lasst uns über die Details reden. Limousine oder nicht …?«

Ich blende das Gespräch aus, starre auf den Auflauf und stelle mir vor, ich würde mit der Person auf den Ball gehen, die sich dieses Geschenk eigentlich ausgedacht hat, und nicht mit dem, der nur einen Anruf getätigt und dafür bezahlt hat. Wie fühlt es sich wohl an, die Aufmerksamkeit von jemandem zu bekommen, die man sich die ganze Zeit gewünscht hat? Ohne einen falschen Vorwand, ohne eine bestimmte Absicht dahinter.

Mitten in der Diskussion über den Homecomingball schickt Miles mir eine Nachricht. Ich lege mein Handy in den Schoß und lese sie heimlich.

Miles: Sie hat mich geküsst.

Ich: Ich weiß, ich hab's gesehen.

Miles: Hab ihr gesagt, dass ich rein freundschaftlich mit ihr hingehen möchte.

Ich sehe ihn fragend an. Er deutet meinen Gesichtsausdruck richtig und beantwortet meine unausgesprochene Frage.

Miles: Es ist okay für sie.

Justice hebt die Stimme, die Tatsache, dass sie neonfarbene Limousinen nicht leiden kann, verleitet sie zu einer hitzigen Antwort. Ich mustere sie, sehe den Kuss auf dem Gang noch einmal direkt vor mir und bin mir sicher, dass sie Miles angelogen hat. Sie ist in ihn verknallt. Aber er war natürlich ehrlich zu ihr, auf die typische Miles-Beckett-Art. Ich habe keine Ahnung, wie das gut gehen soll.

Bevor ich in einen weiteren Tagtraum voller Küsse fallen kann, tippt mir Jacob auf die Schulter. Er fragt mich nach irgendwelchen Chemie-Mitschriften, aber seine Körpersprache – zappelige Hände, weit aufgerissene Augen – deutet darauf hin, dass es um etwas anderes geht. Ich beende rasch mein Mittagessen und treffe ihn vor seinem Spind, wo Chantel gerade ihre Zunge aus seinem Hals nimmt.

»Schlechter Zeitpunkt?«, frage ich prompt und wedele mit dem Chemie-Hefter in der Luft herum. Chantel versteht meinen Wink, wirft mir ihr perfektes Lächeln zu und tänzelt davon. Jacob öffnet seinen Spind. »Du hast mir doch neulich eine Frage gestellt, weißt du noch?«

Über Bret und was er im Juni auf meinem Parkplatz zu suchen hatte. Ich sehe mich kurz um, ob wir auch nicht belauscht werden. »Ja?«

»Ich war mit ihm auf dem Ball. Wir haben eine Weile zusammen abgefeiert, aber er hat nichts gesagt, ich meine, über dich oder … euer Date. Ich dachte nicht, dass es irgendeinen Grund zur Sorge gibt.« Er macht eine Pause und schaut sich ebenfalls um. »Aber heute Morgen hat Chantel vom Frühlingsball erzählt. Sie hatte wohl so viel getrunken, dass Bret sie nach Hause bringen musste.«

»Und …?«, frage ich. Worauf will er hinaus?

»Bret hat das mir gegenüber nie erwähnt, was merkwürdig ist. Also habe ich sie gefragt, ob irgendwas vorgefallen ist, du weißt schon, zwischen den beiden. Aber angeblich nicht. Sie ist sofort ohnmächtig geworden und erinnert sich nur daran, dass Bret irgendwo geparkt hatte, als sie dann kurz aufgewacht ist. Sie saßen einfach nur da.« Er senkt die Stimme und beugt sich leicht vor, als würde er meine Aufzeichnungen überfliegen. »Bret hat natürlich mitbekommen, dass sie aufgewacht ist. Er hat den Wagen gewendet und ist weitergefahren.«

»Und sie kann sich nicht daran erinnern, wo sie da geparkt hatten?«

Jacob schüttelt den Kopf.

»Hat sie erwähnt, ob er zwischendurch ausgestiegen ist?«

»Während sie wach war, hat er das Auto nicht verlassen.«

»Sonst noch was?«

Er schüttelt wieder den Kopf, hält dann aber inne. »Doch, er hatte eine Kamera in der Hand. Eine richtig gute.«

Na, das ist doch mal ein Leckerbissen. »Hat er irgendwelche Fotos gemacht?«

»Nicht, soweit sie mitbekommen hat.« Er wirkt beunruhigt, richtig beunruhigt. »Glaubst du, er hat Chantel fotografiert …

oder irgendwas mit ihr gemacht? Vor einem Monat waren sie noch zusammen. Dass ich so etwas überhaupt denke … Mann, ich bin so ein Arsch.« Er reibt sich mit der Hand übers Gesicht. »Tu einfach so, als hätte ich das nie gesagt, okay?«

»Ist schon gut«, versichere ich ihm. Ich glaube nicht, dass Bret scharf darauf war, Fotos von Chantel zu machen. »Es tut niemandem weh, Fragen zu stellen. Du bist besorgt. Aber wir sollten nicht vergessen, dass er auf unserem Parkplatz war, als Simon mich abgesetzt hat. Ich glaube, er hat Chantel nur notgedrungen mit dorthin genommen, mehr nicht.«

Oder als Alibi. Ein betrunkenes Mädchen, das bestätigen kann, dass er sie nach Hause gefahren hat, sich aber nicht genau daran erinnert, ob er direkt zu ihr gefahren ist oder nicht.

»Danke, dass du mir das erzählt hast«, sage ich.

In diesem Moment entdecke ich Miles, der gerade aus der Cafeteria kommt, und lasse Jacob stehen. Ich schnappe mir Miles und schleife ihn mit mir, in eine der hinteren Ecken der Bibliothek.

»Wir müssen mit diesen Treffen aufhören«, flüstert er mir ins Ohr. »Versucht Jacob, noch eine andere künftige Stiefmutter loszuwerden?«

Ich wende ihm mein Gesicht zu. »Nein, aber ich glaube, ich weiß jetzt, wer *all eyes on you* ist.«

Miles unterbricht mich kein einziges Mal, er hört mir aufmerksam zu, aber noch bevor ich ihm meinen Plan erörtern kann, mich auf dem Ball richtig an Bret ranzumachen, sagt er: »Du darfst auf keinen Fall mit diesem Kerl allein sein. Wir blasen die Mission ab. Es ist zu gefährlich. Lass mich –«

Ich schüttele den Kopf. »Du kannst unsere Pläne nicht einfach canceln. Wir sind ein Team, schon vergessen? Gleichberechtigte Partner.«

Er will protestieren und diese unwiderstehlichen Sorgenfalten bilden sich auf seiner Stirn.

»Abgesehen davon habe ich schon das perfekte Kleid für unsere Mission – ich meine, für den Ball.«

»Ellie …«, hält er dagegen, aber bevor er weiterreden kann, bin ich weg. Vielleicht hätten wir unsere Zusammenarbeit doch mit Blut besiegeln sollen. Ich werde jetzt jedenfalls keinen Rückzieher machen. Wenn Bret Thomas Dominic auf diese Weise terrorisiert, wozu ist er dann sonst noch fähig?

KAPITEL 27

»Hey, hast du mein Date gesehen?«, fragt mich Justice über die laute Musik in der Sporthalle hinweg.

Ich checke mein Handy nach Miles' neusten Nachrichten. »Ähm, als ich ihn das letzte Mal gesehen habe, hat er sich bei Mr Chin auf Mandarin eingeschleimt.«

Miles: Hast du die Geist im Blick?

Die Vertrauenslehrerin steht in der Nähe der Hallentüren und ist damit beschäftigt, Eintrittskarten zu kontrollieren (beziehungsweise den Alkohollevel).

Ich: Warum dauert das so lange?

Miles: Das Schloss ist schwer zu knacken.

Ich verdrehe die Augen. Amateur.

Bret steht auf der anderen Seite der Sporthalle und redet mit einem Typen, den ich nicht kenne. Ich behalte ihn im Auge, während ich langsam zum Hinterausgang der Halle gehe. Mit klackernden Absätzen eile ich den Flur hinunter und schlüpfe durch die Tür. Miles kniet mit einer Taschenlampe in der Hand in Ms Geists dunklem Büro auf dem Boden.

»Du solltest doch Schmiere stehen!«

»Das geht schon in Ordnung. Ich dachte, dass du ein einfaches Schloss knacken kannst.«

»Was ist mit der Geist?«

»Sie kontrolliert fleißig den Atem der Leute.« Ich schnappe mir die Taschenlampe und inspiziere das Schloss. Dann halte ich ihm meine freie Hand hin. »Skalpell, bitte.«

Er gibt mir widerwillig das Werkzeug, das er benutzt hat, und hält sogar die Taschenlampe für mich. Als er sich näher beugt, höre ich ihn einatmen. »Du riechst gut.«

Meine Wangen beginnen zu glühen. Er riecht auch gut. Nach Seife und Zimt. Ich konzentriere mich wieder auf das Schloss an dem uralten Aktenschrank. Ich hake das Werkzeug in den Spalt und rüttele vorsichtig daran. »Ein Tipp für die Zukunft … du darfst nicht zu aggressiv vorgehen. Und versuch dich in die Lage deines Gegenübers zu versetzen.«

»Wessen Lage?«

»Na, das Schloss«, sage ich. »Dringe mit dem größtmöglichen Fingerspitzengefühl ein, denn tief im Inneren möchte es sich für dich öffnen. Alles, was du tun musst …«, ich drehe das Werkzeug behutsam, bis ich einen kleinen Ruck spüre, »… ist, nett zu fragen.«

Mit einem breiten Grinsen gebe ich Miles das Werkzeug zurück. Bei seinem Blick schlägt mein Magen Purzelbaum.

»Du bist ziemlich unglaublich«, sagt er.

»Nur *ziemlich?*« Ich wende den Blick ab, mein Gesicht ist jetzt ganz heiß. Nachdem ich meine Gefühle so weit wie möglich weggeschoben habe, sehe ich ihn wieder an. »Was ist mit dir? Du hast dich in eine echte Hermine Granger verwandelt. Mr Ganz-nach-Vorschrift, der für die gute Sache einbricht. Das ist heiß.«

Er öffnet den Mund, formt Worte, hält dann aber inne und

zieht sein vibrierendes Handy aus der Anzugjacke. Seine Augen werden groß. »Da muss ich rangehen.«

Ich ziehe die Schublade auf und gehe auf der Suche nach Brets Akte direkt zum Buchstaben T. Ich kann kaum glauben, dass Ms Geist tatsächlich immer noch Akten über ihre Schüler führt. Dieser Papierkram ist wahrscheinlich genauso veraltet wie der Aktenschrank.

»Hallo, Dad.« Miles zieht Dominics Akte aus Abschnitt D und legt sie auf den Boden. Er holt eine winzige Digitalkamera aus der Tasche und beginnt, die einzelnen Seiten zu fotografieren. »Ja, es läuft alles bestens … ich lerne alles Mögliche.«

Ich öffne inzwischen Brets Akte – natürlich bin ich überhaupt nicht neugierig auf Miles' Gespräch. Ich blättere rasch durch die Seiten und halte nur inne, um immer wieder Fotos zu machen. Wir können uns das alles später genauer ansehen.

Miles lacht. »Ich kann nicht bis Weihnachten Türkisch lernen. Sag Mom, sie soll sich einen anderen Ort aussuchen.«

Ich stecke Brets Akte zurück. Meine Finger wandern rasch durch Abschnitt G.

»Ich bin auf dem Homecomingball … ja, ich habe eine Begleitung.« Miles schaut kurz zu mir, dann wendet er sich wieder der Akte zu. Er wechselt das Handy ans andere Ohr, um eine weitere Seite umzublättern. Jetzt höre ich eine männliche Stimme am anderen Ende. »Na, dann sorg dafür, dass ihr ein bisschen Spaß habt.«

Miles richtet sich auf, dreht mir den Rücken zu und geht durch das Büro. Schnell ziehe ich als Nächstes Simons Akte ein Stück aus der Schublade und öffne sie so weit, dass ich ein paar Seiten überfliegen kann.

Simon Gilbert ist einer der nettesten, aufmerksamsten und selbstkritischsten Schüler, mit denen ich jemals zusammengearbeitet habe. Er ist ein Gewinn für unsere Schule, für jeden in seiner Umgebung, und ich glaube ganz fest daran, dass er auch ein Gewinn für Ihre Universität sein wird …

Ein Empfehlungsschreiben eines seiner Lehrer aus dem letzten Jahr. Ich muss unwillkürlich lächeln. Das trifft genau auf ihn zu. *Hat* auf ihn zugetroffen. Ich blättere ein paar Seiten zurück.

Simon scheint mit seiner sexuellen Identität zu kämpfen. Wir haben ausführlich darüber diskutiert, wie er sich seiner Familie anvertrauen kann, und sogar Gesprächssituationen durchgespielt. Aber mit jeder Sitzung scheint er skeptischer zu werden. Heute wirkte er diesem Thema gegenüber ganz besonders frustriert und negativ eingestellt. Ich befürchte, er verfällt wieder in seine alten Denkmuster. Deshalb habe ich ihn gebeten, in ein paar Tagen noch einmal zu mir zu kommen.

Ich spüre einen schmerzhaften Stich, mein Herz klopft. Ich schaue auf das Datum oben auf der Seite: 19. Mai. Letztes Halbjahr. Ich schiebe die Aktenmappe zurück und springe auf. Ich gebe Miles zu verstehen, dass ich zurück in die Sporthalle gehe, und verlasse das Büro, bevor er etwas erwidern kann.

In der Nähe des Halleneingangs stoße ich beinahe mit Justice zusammen und vergesse fast, ein fröhliches Gesicht zu machen.

»Ich glaube, Miles telefoniert gerade mit seinen Eltern«, sage ich rasch. »Er war am Handy, als ich zur Toilette gegangen bin.«

»Oh, okay. Das ist gut, denke ich. Er hat mir erzählt, dass er nicht sehr oft mit ihnen redet.«

Tja, dann weiß sie mehr als ich. Seit er mir die erfundene Geschichte von seinen ermordeten Eltern aufgetischt hat, hat er kaum mehr ein Wort über sie verloren. Ich weiß, dass sie für die Regierung arbeiten und häufig ins Ausland reisen. Aber weil wir inzwischen Partner sind, scheue ich mich davor, ihn weiter auszufragen. Ich habe Angst, dass er dasselbe auch mit mir macht.

Ich bin zwar in der Turnhalle auf dem Ball, aber meine Gedanken kreisen immer noch um Simons Akte im Büro der Vertrauenslehrerin. Als sich Arme um meine Taille legen, schrecke ich zusammen.

»Entspann dich«, sagt Bret, sein Atem streift mein Ohr. »Ich dachte, du möchtest vielleicht tanzen.«

Ich setze ein Lächeln auf. »Liebend gern.«

Es ist ein langsamer Song, und meine gespielte Leidenschaft wirkt so überzeugend, dass ich schon kurz darauf eng umschlungen mit Bret Thomas tanze – der Junge, dem viele Mädchen gern so nah kommen würden. Nur gedanklich bin ich nicht in der richtigen Verfassung für dieses Spiel. Vorhin war ich es noch. Vor meinem Ausflug in Ms Geists Büro. Ich hätte diese romantische Tanzeinlage voll ausgenutzt. Vielleicht hätte ich sogar einen überzeugenden Kuss hinbekommen, der ihn dazu gebracht hätte, sich ein wenig zu öffnen. Doch jetzt nagen Tausende Zweifel an mir.

Miles hat sein Telefonat scheinbar rechtzeitig beendet und tanzt auf der anderen Seite mit meiner Dekorateurin zu dem Schmusesong. Doch anders als ich macht er diesen Auftritt zu einem überzeugenden romantischen Moment. Vielleicht zu überzeugend.

Ich kann nur noch flach atmen. Meine Brust zieht sich zusammen. Es wird immer enger zwischen den anderen Tanzpaaren um uns herum und ich sehe nur noch Simon vor mir, wie er auf dem Frühlingsball merkwürdig abgehackt zu einem Lied aus den Achtzigern tanzt und wie ich über ihn lache, ohne mir Gedanken über meinen eigenen Tanzstil zu machen. Wir waren hier. Und dann war er fort. Was, wenn ich etwas anders gemacht hätte? Wenn ich ihn gefragt hätte, ob wir nach dem Ball noch zusammen abhängen, die ganze Nacht aufbleiben und reden wollen. Vielleicht wäre er dann noch am Leben.

Bret muss meine Anspannung gespürt haben, denn er lehnt sich zurück und schaut mich an. »Alles okay?«

»Ich bin … Ich bin nur …« *Atme, Ellie. Atme einfach.* »Entschuldige mich kurz.«

Ich löse mich aus seinen Armen und tauche in dem Meer aus Kleidern und Anzügen unter.

KAPITEL 28

Ich verlasse die Sporthalle durch die unbewachten Türen, gehe den dunklen Flur entlang und schlüpfe in den erstbesten Klassenraum. Das Licht lasse ich aus. Ich lehne mich an die Wand gegenüber der Tür und lasse mich nach unten gleiten, bis ich auf dem Boden sitze. Die Musik aus der Turnhalle hängt immer noch leise in der Luft – wie eine Erinnerung.

Atme, Ellie. Reiß dich zusammen. Du schaffst das. Geh wieder zurück und lass deinen Charme spielen.

Aber die aufmunternden Worte scheinen diesmal alles nur noch schlimmer zu machen. Als ich mit Simon auf dem Ball war, gab es dafür einen ganz anderen Grund. Ich hatte keine Zielperson im Visier, ich hab nicht versucht, Akten unserer Vertrauenslehrerin zu klauen oder gegen Gefühle für jemanden anzukämpfen, für den ich wahrscheinlich nur ein Mittel zum Zweck bin. Ich war hier, um Spaß zu haben. Ich wollte ein neues Leben beginnen. Mit meinem Freund. Meinem Freund, der nicht mehr da ist. Und mit ihm ist die Hoffnung gestorben, dass ich meiner Vergangenheit irgendwann endgültig entkommen kann.

Ich höre leise Schritte vor dem Klassenraum. Sofort wische ich mir die Tränen von den Wangen und bereite mich mental auf irgendeine Lügengeschichte für Bret vor, der nach meinem dramatischen Abgang höchstwahrscheinlich nach mir sucht. Es ist zu dunkel, um ein Gesicht zu erkennen, aber das ist auch nicht nötig. Als er sich neben mir auf den Boden setzt, erkenne ich den Duft nach Seife und Zimt.

»Sollte der Teil mit den Tränen nicht auf der Toilette stattfinden, mit einem Dutzend anderer Mädchen um dich herum?«, fragt Miles.

Ich glaube nicht, dass Miles mich schon einmal weinen gesehen hat, und mir wäre es lieber gewesen, wenn sich das auch nicht geändert hätte. »Was, wenn wir bei Simon doch falschliegen? Obwohl du diesen Beweis hast. Vielleicht bedeutet dieses Puzzleteil nicht das, was du glaubst. Was, wenn er …« Ich schlucke einen großen Kloß im Hals hinunter. »Was, wenn er Depressionen hatte?«

»Wo ist das Mädchen, das sich die ganze Zeit so sicher war?«, fragt Miles.

»Das war hauptsächlich gespielt«, gebe ich zu.

Er lehnt den Kopf neben mir an die Wand. »Ich nehme an, du hast seine Akte gelesen?«

Schuldgefühle machen sich in mir breit. »Ich weiß, das war nicht Teil des Plans, aber als ich die Akte entdeckt habe –«

»Er war auch *dein* Freund, Ellie«, flüstert Miles. »Nur weil ich ihn länger kannte, habe ich nicht das Recht, dir deine Trauer zu nehmen. Du brauchtest ihn. Und er ist nicht mehr da. Du verdienst die Antworten genauso wie ich.«

Ich wische ein paar neue Tränen weg. »Ich komme einfach nicht mit dem Gedanken klar, dass er vielleicht völlig am Ende war und ich es nicht bemerkt habe.«

»Ich bin nicht ganz sicher, warum Simon sich regelmäßig mit Ms Geist unterhalten hat, aber ich weiß, dass seine Familie über seine Homosexualität Bescheid wusste. Natürlich waren seine Eltern nicht gerade begeistert.« Er lacht bitter.

»Was war es dann –?« Ich breche den Satz ab, denn ich will nicht fragen, was seine Absicht gewesen sein könnte. Simon hatte keine »Absichten«, er war nicht berechnend. Das ist meine Welt. Und es scheint auch Miles' Welt zu sein.

»Du meinst, was diesen Beweis betrifft?«, sagt Miles.

Ich setze mich auf und sehe ihn an. »Ja?«

»Er wollte sich mit mir treffen. Er hatte bereits Pläne gemacht.« Miles versagt fast die Stimme. »Ganz einfache, klare Pläne. Nur wenige Tage bevor …«

Ich bin sicher, dass da noch mehr ist. Er lässt etwas aus, aber es fühlt sich dennoch verdammt gut an, das zu hören. Zu hören, dass ich nicht verrückt bin, weil ich dachte, dass Simon an diesem Abend ganz er selbst war. Er hat sich wohlgefühlt. Er hat sogar Pläne gemacht, sich mit Miles zu treffen.

»Danke«, flüstere ich. »Dass du mir das erzählt hast.«

Wir sitzen eine Weile schweigend nebeneinander und ich gebe mein Bestes, meine Gedanken wieder auf unsere Mission zu richten, aber ich schaffe es nicht. »Gott, ich sollte in der Turnhalle sein und Bret bearbeiten. Ich bin echt mies in diesem ganzen Homecomingball-Kram.«

»Sei nicht so hart zu dir selbst.« Miles steht auf und hält mir eine Hand hin. »Wie wäre es, wenn wir uns eine kurze Pause von unseren Dates gönnen?«

»Eine Pause?«, frage ich, aber meine Hand liegt schon in seiner. »Woran denkst du?«

»Tanzen«, sagt er nur.

Ich sehe mich in dem dunklen Klassenzimmer um. »Hier?«

Die Musik scheint plötzlich lauter zu klingen. Es ist wieder ein langsamer Song. Miles ist viel feinfühliger, viel sanfter als Bret. Er legt eine Hand tief in meinen Rücken und zieht mich langsam in seine Richtung, die andere Hand schließt sich um meine. Er drückt unsere Finger an seine Brust, mein Gesicht ist nur Zentimeter von seiner Schulter entfernt.

Ich versuche, mich zu entspannen, aber schon kurz darauf erfüllt mich eine ganz andere Art von Nervosität. Die Art, die sich gut anfühlt und die mich dazu bringt, all meine Sorgen zu vergessen und einfach nur den Moment zu genießen. Ich möchte Haut an Haut und Lippen an Lippen spüren.

Seine Hand wandert meinen Rücken hinauf und bleibt zwischen meinen Schulterblättern liegen. Ich schließe die Augen und atme ein, nehme alles in mich auf, um nichts zu vergessen, auch wenn es nicht weiter gehen wird als bis hierher. Es ist das erste Mal, dass ich echtes Verlangen für jemanden empfinde, all meine Masken liegen auf einem Haufen zu meinen Füßen.

Ich schmiege meine Wange an seine Schulter. Warme Finger streichen mein Haar zur Seite. Mein Herz schlägt schneller und ich bin sicher, dass Miles das spüren kann.

Aber ausnahmsweise mache ich mir keinen Kopf darüber.

Sein Mund wandert seitlich an meinem Hals entlang und lässt mich hoffnungslos dahinschmelzen. Als ich kurz vorm Explodieren bin, berühren seine Lippen mein Ohr. »Du machst mich total verrückt. Das weißt du, oder?«

Ich bemühe mich, normal zu atmen, aber mein Mund ist seiner Wange gefährlich nah, ich spüre seine Haut und eine Menge anderer Stellen, die ich liebend gern berühren würde. Ich schiebe meine freie Hand in seine Haare.

Er schließt die Augen und seufzt. »Ellie …«

An seinem Tonfall höre ich, dass seine disziplinierte Seite die Oberhand gewinnt, aber das kann ich nicht zulassen.

»Dein Dad hat gesagt, dass du Spaß haben sollst, stimmt's?«, argumentiere ich.

Er drückt seine Lippen sanft auf meinen Hals. »Aber wie viel Vergnügen dürfen wir haben? Eine Minute? Fünf?«

Ich hebe den Kopf, jede Faser meines Körpers sehnt sich nach mehr. »Das spielt keine Rolle. Lass uns einfach … bitte …«

Sein Mund landet auf meinen Lippen und wir seufzen beide auf. Er löst sich nur kurz von mir, um mein Gesicht in seine Hände zu nehmen und mich festzuhalten. Er drückt mich nach hinten an die Wand. Seine Hände wandern über meinen Körper, über das enge Kleid, suchen nach Haut. Meine Finger finden ihren Weg unter sein Jackett und ziehen sein Hemd aus seiner Hose. Ich lehne den Kopf nach hinten, während Miles meinen Hals küsst.

»Noch eine Minute«, flüstert er. »Vielleicht zwei …«

Sein Mund legt sich wieder auf meine Lippen. Er küsst mich noch inniger, unsere Zungen verschlingen sich ineinander. Meine Finger graben sich in seinen Rücken, ziehen ihn näher. Nah genug, dass ich spüren kann, dass er genauso erregt ist wie ich. Meine Hand wandert zu seinem Po und ich drücke unsere Hüften zusammen.

Miles löst die Lippen von meinen und murmelt: »Jesus …«

Er hebt den Kopf, unsere Blicke treffen sich. Seine Hand landet auf meinem Oberschenkel und wandert langsam nach oben, bis unter mein Kleid. Ich unterdrücke ein Stöhnen, als seine Finger am Rand meines Slips innehalten, dann fährt er mit dem Daumen kleine Kreise direkt über dem Bund.

Ohne mich aus den Augen zu lassen, flüstert er: »Sag mir, was ich machen soll. Ich mach alles, was du willst.«

Ich halte seinem Blick stand, meine Augen weiten sich. Es fühlt sich an, als ginge es um mehr als nur diesen einen Moment.

»Was glaubst du, wo sie hingegangen sind?«

Justice' Stimme hallt vom Flur herein. Miles und ich erstarren. Er schiebt uns zur Seite, bis wir in der dunkelsten Ecke des Raums verborgen sind.

»Wenn ich das wüsste«, sagt Bret. Es klingt schon lauter. Sie sind ganz nah.

Miles legt die Stirn an meine. »Wir waren zu lange weg.«

Ich lege meinen Zeigefinger auf seine Lippen. »Schhh!«

Er lächelt und beugt sich vor, bis sein Mund über meinem schwebt. »Zehn Sekunden noch.«

Er holt sich noch einen Kuss, diesmal langsam und ruhig, zärtlicher. Ich will diesen Raum nicht verlassen, aber ich habe keine Wahl.

»Du rührst dich nicht von der Stelle«, befehle ich ihm, während ich mich aus seinen Armen löse. Ich verlasse den Klassenraum und warte darauf, dass Bret und Justice mich entdecken. Das Gute an meinem Nervenzusammenbruch von vorhin ist, dass ich wahrscheinlich noch rot verweinte Augen habe.

»Hey, wo warst –?« Bret bricht den Satz ab, als er mein Gesicht sieht. »Was ist los?«

»Mir geht's gut.«

Justice mustert mich mit erhobenen Augenbrauen. Dann schaut sie kurz zu Bret. »Gibst du uns eine Minute? Frauengespräch.«

Er hebt die Hände. »Na schön, ich bin bei Dominic in der Sporthalle.«

Dominic ist hier? Miles hat mir erzählt, dass er nicht zum Ball kommen wollte. Jetzt wird Miles nach ihm sehen wollen, doch er sitzt noch im Klassenzimmer fest.

»Du hast nicht zufällig Miles irgendwo gesehen?«, fragt Justice. Bevor ich etwas erwidern kann, betritt sie das Klassenzimmer und schaltet das Licht an. Miles steht immer noch in der Ecke. Als sie sich wieder zu mir umdreht, sieht sie mich an, als wäre ich plötzlich ein ganz anderer Mensch.

»Wow …« Sie schüttelt den Kopf.

»Wir waren nicht –«, versuche ich mich herauszureden, während Miles gleichzeitig sagt: »Sie wollte nur –«

»Spart euch das.« Justice schüttelt noch einmal den Kopf und lacht. »Ich habe dich unterschätzt, Ellie. Ich wusste, dass du nicht ganz harmlos bist, aber das … das setzt besonders hinterhältige Fähigkeiten voraus.«

Schuldgefühle, wie ich sie bisher noch nicht kannte, treffen mich mit voller Wucht. »Es tut mir leid. Ich hatte wirklich nicht die Absicht –«

»Ich kann nicht behaupten, dass ich nicht vorgewarnt gewesen wäre«, fällt sie mir ins Wort. »Miles hat mich rein freundschaftlich zu diesem Ball eingeladen. Er war ganz offen zu mir. Aber du …« Sie macht eine Pause und atmet durch. »Du solltest wissen, dass Bret dich auch nur ausnutzt.«

»Aus welchem Grund?«, frage ich völlig verwirrt.

Sie zuckt mit den Schultern. »Ich vermute, er denkt, du bist wichtig.« Mit diesen Worten wendet sie sich zum Gehen.

Mein Herz beginnt wieder zu pochen, doch diesmal aus einem anderen Grund. Ich strecke die Hand aus und halte sie am Arm fest. »Inwiefern wichtig?«

Sie sieht mich an. Hinter ihrer beherrschten Miene wirkt sie verletzt. »Simon Gilbert hat ihm wohl erzählt, dass dich irgendein Erbe mit der Holden Prep verbindet, dass deine Familie Einfluss auf die Schule hat und bestimmte Dinge lenken kann.«

Ich kann praktisch hören, wie Miles hinter mir ins Grübeln gerät. Warum sollte sich Simon eine solche Lüge über mich ausdenken?

»Ist das der Grund, warum auch du plötzlich mit mir abhängen wolltest?«

Justice zieht ihren Arm weg. »Er hat mir das erst vor zehn Minuten erzählt. Ich hab nach dir gesucht, um dich zu warnen.« Sie dreht sich um und geht rasch den Flur hinunter. Sieht so aus, als hätte ich, ohne es zu merken, endlich eine echte Freundin gefunden und sie einen Moment später schon wieder verloren.

Gut gemacht, Ellie. Aber das ist ja nichts Neues.

Ich bin immer noch damit beschäftigt, alles zu verarbeiten, sodass ich nur am Rande mitbekomme, wie Miles an mir vorbei und den Flur hinuntergeht. Bis mir sein Gang auffällt – zielstrebig und wild entschlossen.

So schnell ich kann, renne ich ihm in meinen Stöckelschuhen nach. »Wo willst du hin?«

»Zu einer kleinen Unterhaltung mit Bret.«

Ich packe ihn am Jackett und halte ihn fest. »Du wirst ihm nicht zu nahe kommen! Nicht jetzt!«

Er schüttelt meine Hand ab. Als er mich ansieht, breche ich in Panik aus. Er hat diesen »Ich hole mir, was ich will und es ist mir egal, wer davon erfährt«-Blick.

»Er war an diesem Abend dort, Ellie«, argumentiert Miles. »Mit einer Kamera. Er terrorisiert Dominic. Ich muss wissen –«

»Miles.« Ich lege die Finger um seinen Bizeps und halte ihn fest. »Lass Justice nach ihm suchen. Sie wird ihm erzählen, dass wir rumgeknutscht haben. Wir müssen den Dingen ihren Lauf lassen. Den Spieß umdrehen, damit ich ihn zur Rede stellen kann. Ich, nicht du. Sobald wir Bret gemeinsam befragen, sind wir geliefert.«

Miles weiß das. Er hat es mir hundertmal erklärt. Aber ich weiß, dass er im Moment nicht klar denken kann.

Ich schiebe ihn in die dunkle Mädchentoilette und schließe die Tür ab. »Was hast du denn vor? Willst du ihn verhören, bis er redet und deine Tarnung auffliegt?«

Es dauert nur etwa fünf Sekunden, bis er tief eingeatmet hat und wieder einigermaßen normal wirkt. »Du hast recht. Tut mir leid. Ich bin –«

»Ein Idiot?«, schlage ich vor.

Seine Hände berühren mein Gesicht und schon im nächsten Atemzug drückt er seine Lippen auf meine. Er dreht mich um, bis ich wieder mit dem Rücken zur Wand stehe. »Nur ein letztes Mal, versprochen.«

Für ein paar Sekunden sinke ich wie Wackelpudding in mich zusammen, mein Körper wird nur von der Wand hinter mir und seinen starken Händen aufrecht gehalten. Schließlich umfasse ich sein Gesicht mit meinen Händen und drücke ihn schwer atmend von mir weg. »Was zum Teufel machen wir hier?«

»Nichts. Ist erledigt.« Er schließt die Augen und lehnt seine Stirn an meine. »Ich weiß, du wirst mich umbringen, wenn ich dir das jetzt sage, aber mir gefällt der Gedanke nicht, dass du allein mit ihm redest.«

»Du kannst auch dabei sein«, versichere ich ihm. »Er darf es nur nicht merken.«

Miles tritt ein Stück zurück. Er schaut sich auf der Mädchentoilette um und fährt sich mit den Fingern durchs Haar. »Ich weiß nicht, warum ich –«

»Warum du mir nicht widerstehen kannst?«, beende ich den Satz für ihn.

»Das kann ich«, sagt er, als hätte er nicht noch vor ein paar Sekunden regelrecht an mir geklebt. »Oder das sollte ich. Wir haben schon genug Mist um die Ohren, um den wir uns kümmern müssen. Am besten, wir belassen es dabei.«

Stimmt. Aber wäre es so schrecklich, wenn die Leute denken würden, dass wir zusammen sind? Ich habe meine Enttäuschung wohl nicht besonders gut überspielt, denn Miles starrt mich an.

»Es war dein Vorschlag«, sagt er ruhig. »Fünf Minuten Vergnügen.«

»Ja, und die Zeit ist um.« Diesmal treffe ich den richtigen Tonfall, lässig und überzeugend. Ich zupfe mein Kleid zurecht und setze eine neutrale Miene auf, an der ich hart gearbeitet habe, um sie perfekt zu beherrschen.

»Kannst du mir jetzt widerstehen? Dann sollten wir in den nächsten zehn Minuten einen Plan aufstellen. Wir haben nicht viel Zeit …« Ich nehme mein Handy und stecke es mir in den Ausschnitt meines Kleides. Dann schaue ich zu Miles auf. »So … kannst du irgendetwas sehen?«

Er richtet den Blick auf meinen Busen und schüttelt den Kopf. »Ich … ich denke, das wird funktionieren.«

KAPITEL 29

Bret lehnt an der Außentür der Turnhalle und mustert mich. »Also, du und Beckett, was?«

»Nein, ich meine … wir sind kein –«

»Spar dir das«, sagt er und benutzt damit dieselben Worte wie Justice. »Ich weiß es schon eine Weile. Habe nur Justice zuliebe mitgespielt.«

»Das war eine einmalige Geschichte.« Vielleicht auch zwei Mal oder drei Mal, wenn man den Kuss auf dem Mädchenklo extra zählt. »Ein Moment der Schwäche.«

»Seit der Sache mit dem Thunfischauflauf konnte ich es mir denken«, sagt er ruhig.

Offenbar sind meine Klassenkameraden doch nicht nur Idioten. Notiz am Rande: Man darf nie einen C-Schüler unterschätzen, der achtlos Drogen an irgendwelche Leute verteilt.

Ich sehe ihn an. »Es scheint dich nicht besonders zu stören. Warum nicht, Bret?«

Er lacht. »Justice, ihr großes Mundwerk und ihre Selbstgerechtigkeit –«

»Was genau hat Simon Gilbert dir erzählt?«

»Er hat mir erzählt, warum er mit dir befreundet ist«, sagt Bret. Als er merkt, dass ich die Arme verschränke und mehr hören will, fährt er seufzend fort. »Wegen deinem Vater. Und deinem Großvater.«

»Ach ja?« Ich nicke. »Und er hat behauptet, dass sie …?«

»Ja, Eleanor, ich kenne dein Geheimnis.« Er grinst. »Die Wilkenson-Familie. Zu der gehören die beiden Männer, die der Schule fünf Millionen Dollar gespendet haben, um den neuen Flügel zu bauen. Harold Wilkenson, der demnächst bekannt geben wird, dass er für die nächste Präsidentschaftswahl kandidieren möchte.«

»Und du versprichst dir etwas von einer solchen Verbindung?«

»Das denken doch alle von mir, oder nicht? Dass ich mich bei wichtigen Leuten einschleime, um an ein Dutzend Empfehlungsschreiben zu kommen.«

»Du glaubst also, wenn du mit mir ausgehst, werden dich mein Vater und mein Großvater unterstützen? Bei Praktikumsplätzen? Collegezulassungen?«

»Hallo, nein.« Bret lacht. »Ich habe schon in jungen Jahren gelernt, dass es viel nützlicher ist, die schmutzigen Geheimnisse von Leuten zu kennen, als eine freundschaftliche Beziehung zu jemandem aufzubauen.«

Bingo! Und er hat das Gespräch selbst auf dieses Thema gelenkt. »Schmutzige Geheimnisse? So was wie kompromittierende Fotos?«

Er lässt sich nicht darauf ein, sondern verschränkt jetzt ebenfalls die Arme vor der Brust. Ich muss etwas aus ihm herauskitzeln, bevor Miles sich wieder in Hulk verwandelt und angestürmt kommt, um Antworten zu fordern.

»Du hast also Fotos von mir«, schlussfolgere ich aus seinem Schweigen. »Und was genau tue ich darauf?«

»Drogen kaufen, Alkohol trinken«, zählt er auf.

»Drogen kaufen? Du hast sie mir gegeben! Umsonst!« Ich atme durch und rufe mir wieder mein Ziel ins Gedächtnis – und die Tatsache, dass ich eigentlich gar nicht reich bin und auch keine einflussreichen Familienmitglieder habe, die er erpressen könnte.

Du bist der Angeschmierte, Bret. Du hast dir das falsche Mädchen ausgesucht.

»Vergiss es. Spielt keine Rolle. Ich habe dich nämlich auch ausgenutzt.«

»Ach, wirklich?« Er wirkt skeptisch. »Was erhoffst du dir davon?«

»Antworten.« Ich mache einen Schritt auf ihn zu, damit Miles auch wirklich jedes Wort mithören kann. »In der Nacht, in der mein Freund Simon starb, warst du auf dem Parkplatz, als er mich nach dem Ball abgesetzt hat, und ich möchte wissen, warum.«

Er hält meinem Blick stand. »Ich habe keine Ahnung, wovon du redest. Abgesehen davon habe ich der Polizei und dem FBI bereits alles erzählt, was ich weiß. Genau wie du. Genau wie jeder, der jemals mit Simon Gilbert in Kontakt stand.«

»Es gibt einen neuen Beweis.« Ich lasse es absichtlich so klingen, als gäbe es eine Wende in dem Fall, obwohl es in Wirklichkeit noch gar nicht so weit ist. »Die Videoaufnahme einer Überwachungskamera, die dein Auto auf dem Parkplatz zeigt. Und ich habe zufällig gehört, wie Chantel über den Frühlingsball geredet hat und was ihr danach passiert ist. Hatte etwas mit deinem Rücksitz und einer Kamera mit großem Objektiv zu tun …«

Sein Gesicht verliert etwas Farbe. »Und ich nehme an, du hast diese Geschichte der Polizei angedreht? Sollte ich nach Hause gehen und auf meine Verhaftung warten?«

»Weiß nicht, solltest du?«, fordere ich ihn heraus. »Und nein, ich war nicht bei der Polizei. Noch nicht.«

Bret kommt näher. »Was willst du, Ellie? Geld? Bei Jacob scheint das ja funktioniert zu haben. Was habt ihr zwei zusammen getrieben?«

»Er hat mir tausend Dollar bezahlt, damit ich eine Dreißig-Dollar-Nachforschung für ihn durchziehe. Und ich hab dir bereits gesagt, was ich will. Antworten.« Ein kalter Luftzug erfasst mich und ich reibe mir mit den Händen über die Arme, um nicht zu zittern. »Lass uns einen Deal machen, Bret. Du hast Fotos von mir, ich habe belastende Informationen über dich. Und jetzt erklär mir mal, wieso ich nicht vom Schlimmsten ausgehen sollte? Warum bist du Simon gefolgt? Bist du ihm bis nach Hause nachgefahren?«

Bret verzieht wütend das Gesicht. »Ich bin doch nicht Simon gefolgt, verdammt! Ich habe Dominic beschattet! Check dein kleines Video noch mal, und ich garantiere dir, dass da noch ein anderes Auto ist. Ich dachte, er hätte Ärger mit diesem Spinner, diesem Dealer Davey. Ich wollte ihm helfen! Er ist verfickt noch mal mein bester Freund und er kann mir verfickt noch mal nicht sagen, dass er auf Kerle steht? Er hat es mir immer noch nicht erzählt. Als würde ich ihn dann hassen oder so.«

»Deshalb terrorisierst du ihn mit diesen Fotos«, folgere ich. »Du willst, dass er dir die Wahrheit sagt.«

Die Wut verschwindet aus seinem Gesicht, er runzelt die Stirn. »Was? Ich habe keine Fotos von –« Er schüttelt den Kopf.

»Okay, ich habe Fotos, aber ich würde nie … vielleicht dem Senator, aber nicht …«

Mein innerer Lügendetektor verrät mir, dass er die Wahrheit sagt, aber bei Bret kann man nie wissen.

»Du hast Dominic also nicht jede Woche ein Foto von ihm und Simon geschickt, auf dem sie sich am Abend des Frühlingsballs küssen?«

»Warum zum Teufel sollte ich das tun? Du hast ja keinen Schimmer, was ich diesen Sommer mit Dominic durchgemacht habe. Aus welchen tiefen Löchern ich ihn ständig ziehen musste. Es war die verdammte Hölle.«

Wahrheit.

»Warum hast du dann überhaupt Fotos von den beiden, wenn du Dominic gar nicht damit erpressen willst?«

»Den Senator, nicht Dominic. Das würde ich ihm nicht antun«, beharrt Bret. »Und es ist inzwischen zu einer Art Angewohnheit bei mir geworden. Ich lerne Leute kennen und suche sofort nach Wegen, sie zu ruinieren.«

Mir fehlen wirklich die Worte. Eigentlich müsste ich ihn dafür hassen, dass er mich verarscht hat. Doch ich lasse das Thema bleiben und stelle ihm lieber eine neue Frage.

»Also, nachdem Simon mich abgesetzt hat, ist Dominic ihm gefolgt und du bist Dominic gefolgt? Wohin?«

»Zu Dominic nach Hause«, sagt Bret. »Ich habe sie zusammen gesehen … also richtig zusammen, und alle meine Fragen über Dominic waren beantwortet. Also bin ich wieder gefahren. Ich hab Chantel nach Hause gebracht, und der Rest wird durch das Alibi gestützt, das ich der Polizei genannt habe.«

»Simon war an diesem Abend in Dominics Haus?«, presse

ich hervor, und mein Herz klopft. Das ist wirklich eine Wende in dem Fall. »Bist du sicher?«

»Ich habe sie nicht wirklich reingehen sehen. Nur vor dem Haus.«

»Und du hast nichts davon der Polizei oder dem FBI erzählt? Auch nicht, dass Chantel so betrunken war, dass sie in deinem Wagen ohnmächtig geworden ist?« Ich brauche die Antwort gar nicht zu hören. Offenbar hat er niemandem davon erzählt.

Und das bedeutet, dass ich nicht die letzte Person war, die Simon an diesem Abend gesehen hat. Ich war nicht mal die vorletzte.

KAPITEL 30

Nachdem ich lange auf den Bus warten musste, stürze ich in Miles' Geheimzimmer. Ich kann die neuen Informationen kaum noch für mich behalten und bin kurz davor zu explodieren.

Ich zerre das Handy aus meinem Ausschnitt und werfe es auf den Tisch. Miles schaut von seinem Laptop auf.

»Und …?« Ich warte darauf, dass er mir sagt, wie fantastisch ich war und dass ich für meine Verhörtaktik eine Ehrenmedaille verdient hätte.

»Ich saß direkt daneben, Ellie«, sagt er, schiebt den Stuhl zurück und steht auf. Er dreht den Laptop zu mir, sodass ich einen Blick auf den Bildschirm werfen kann. »Du hast echt Nerven, so etwas direkt vor meiner Nase abzuziehen.«

»Du saßt wo?«, frage ich. »Und was soll ich vor deiner Nase getan haben?«

Ich beuge mich vor und kann gerade noch lesen, was oben auf der Seite steht: MILES HENRY BECKETT. Dann drückt er auf Löschen und die Datei auf dem Bildschirm verschwindet.

Miles' Schulakte. Habe ich wirklich –?

»Was willst du so dringend wissen?«

»Ich …« Meine Augen weiten sich, meine Gedanken wandern ein paar Stunden zurück und ich erinnere mich, wie meine Finger über die Akten in Geists Büro wanderten. Nach Thomas landeten sie bei Gilbert, und nach Gilbert wusste ich nicht mehr, wo mir der Kopf steht. Doch dann fällt es mir plötzlich wieder ein. Als Miles mir mit dem Handy am Ohr den Rücken zukehrte, habe ich seine Akte aus Abschnitt B herausgezogen und für später ein paar Bilder gemacht. Mit meinem Handy. Aber wie ist er …?

Natürlich, er hat mein Handy mit seinem Laptop synchronisiert, bevor ich Bret zur Rede gestellt habe. Gott, bin ich ein Idiot. Diese ganze Knutscherei muss mein Hirn in Brei verwandelt haben. Ich konnte der Versuchung einfach nicht widerstehen.

»Ich habe nichts davon gelesen«, verteidige ich mich schwach.

»Noch nicht!« Seine Stimme wird lauter.

»Das kannst du gar nicht wissen!«

»Würde ich deine vertraulichen Schulunterlagen etwa lesen? Würde ich in deinem Leben herumstochern?« Er knallt den Laptop zu, das Geräusch hallt durch die Stille. »Ich habe dir vertraut! Wir wollten zusammenarbeiten, ein Team sein. Aber du weißt ja nicht mal, was das bedeutet!«

Ich schüttele den Kopf. »Was versteckst du in dieser Akte? Noch mehr Geheimnisse?«

»Ja! Ich verstecke eine Menge darin.« Er sieht mich an, als wäre ich eine einzige Enttäuschung, und plötzlich fühle ich mich auch so. »Zum Beispiel den Beruf meiner Eltern. Notrufnummern, wo sie zu erreichen sind, falls mir etwas zustößt. Das sind geheime Informationen. Leute könnten sterben, Ellie. Und du hast sie in einem ungesicherten Netzwerk gespeichert.«

»Ungesichert nach deinen Fort-Knox-Standards oder nur ungesichert?« Ich fühle mich wie das größte Arschloch der Welt. Aber natürlich gehe ich in den Verteidigungsmodus über, anstatt mich zu entschuldigen.

Miles ignoriert meine sarkastische Bemerkung. Er packt einfach weiter seine Sachen zusammen, als wollte er das Geheimzimmer aufräumen.

»Was machst du da?«, frage ich. »Haben wir nicht etwas anderes zu erledigen?«

Miles schüttelt den Kopf. »Nein. Nicht gemeinsam.«

»Ist das dein Ernst?« Mir wird flau im Magen und ich folge ihm aus dem Zimmer. »Hast du das Gespräch zwischen Bret und mir nicht mitgehört? Wie kannst du einfach gehen?«

Er dreht sich zu mir um. »Ich habe nicht gesagt, dass ich gehe.«

»Oh.« Ich sinke in mich zusammen. »Dann sind wir also wieder solo unterwegs, wie es aussieht.«

»Ja, sieht so aus.«

Auf dem Weg zu meinem Apartment denke ich mir die schlimmsten Bezeichnungen für ihn aus, aber keine davon hilft. Ich habe sein Vertrauen verletzt. Ich habe nicht nachgedacht.

In der Wohnung ist es dunkel und still, aber als ich ins Bett falle, öffnet sich meine Tür einen Spalt. Harper schlüpft ins Zimmer und krabbelt unter meine Decke.

»Und?«, flüstert sie. »Gerade erst nach Hause gekommen? Obwohl der Ball um elf Uhr zu Ende war …«

»Was willst du damit sagen?«

»Nichts, ich wollte nur ein bisschen quatschen. Es ist zwei Uhr morgens. Was hast du die ganze Zeit gemacht? Mit Bret …«

Ich kuschele mich in mein Kissen und schließe die Augen. »Wie wäre es, wenn wir ein Ratespiel daraus machen?«

»Sei nicht so frech«, sagt Harp. »Du kannst dich wirklich glücklich schätzen. Aidan meint, du könntest ein Aufklärungsgespräch gebrauchen. Aber ich bin nicht hier, um tatsächlich eins mit dir zu führen.«

Ich reiße die Augen auf. »Gott, im Ernst? Aber er wird das doch nicht versuchen, oder?«

»Lieber stirbt er einen langsamen, qualvollen Tod. Seine Worte, nicht meine«, erwidert Harper lachend. »Aber mal ehrlich, Ellie, willst du über dieses Thema reden?«

Am liebsten würde ich ihr sofort anvertrauen, dass ich keine Jungfrau mehr bin. Aber dann würde sie mich fragen, mit wem es war und wann. Und dann müsste ich ihr gestehen, dass meine Geschichte ähnlich abgelaufen ist wie ihre: Ein nur etwas älterer, gut aussehender Typ aus dem Familienkreis verführt ein unschuldiges Mädchen und trampelt auf ihren Gefühlen herum, nachdem sie mit ihm geschlafen hat. Das war auch einer der Gründe, warum Harper damals abgehauen ist. Aber es liegt nicht daran, dass ich mich zu sehr schäme, es ihr zu erzählen. Es liegt daran, dass sie mich immer vor so einer Erfahrung bewahren wollte.

»Ich weiß gar nicht, ob ich überhaupt schon dafür bereit bin.« Ich zwinge mich, die Lüge glatt über die Lippen kommen zu lassen. »Und mit Bret bin ich mir auch nicht sicher.«

Sie grinst. »Miles! Ich wusste es! Aidan hat mir nicht geglaubt, aber ich wusste es!«

»Schhh …« Ich lege ihr eine Hand auf den Mund. »Ja, wir haben uns geküsst. Zwei Mal. Aber mehr läuft da nicht.« Ich denke kurz nach, suche nach einer Begründung, die weder mit unseren Ermittlungen noch mit meinem Vertrauensbruch zu tun hat. »Er ist ein wenig bindungsscheu.«

Sie runzelt die Stirn. »Wirklich? Dieses Gefühl hatte ich bei ihm nicht. Er wirkt eher wie der disziplinierte, treue Typ.«

Das ist er. Leider. »Na ja, jeder hat eine zweite Seite, oder?«

»Vermutlich.« Sie krabbelt aus meinem Bett. »Tja, das war echt langweilig. Danke für nichts, kleine Schwester.«

Nachdem sie gegangen ist, versuche ich einzuschlafen. Ich versuche die Worte zu vergessen, die Miles mir an diesem Abend an den Kopf geworfen hat. Doch der Teil meines Hirns, der ohne nachzudenken handelt – und Miles' Akte abfotografiert hat –, ist schon wieder in Bewegung. Kurz darauf klettere ich, meinen Laptop an die Brust gedrückt, über die Balkonbrüstung. Ich knacke das Fahrradschloss des Nachbarn unter uns, und während ich in der Dunkelheit davonradele, sehe ich mein Ziel genau vor Augen.

Simon Gilberts Haus.

Miles hätte nie zugestimmt, das Haus des Senators zu observieren. Aber jetzt bin ich ja wieder solo unterwegs.

Willkommen zurück im Team, Ellie.

KAPITEL 31

Connie: Funktioniert das neue Gerät?

Ich drehe die Lautstärke am Empfänger auf und höre Dominics Stimme deutlich.

Ich: Perfekt. Und noch mal sorry wegen der anderen Wanze.

Connie: Kein Problem. Check deine E-Mail. Hab dir was geschickt.

Ich esse mein Mittagessen draußen, obwohl es bereits Ende Oktober ist und ein wenig zu kalt dafür. Aber seit dem Homecomingball scheint in der Cafeteria kaum noch jemand neben mir sitzen zu wollen. Also habe ich Dominic wieder ein Abhörgerät untergeschoben. Fair, oder? Connie hat mir letzte Woche eine neue Wanze ausgeliehen. Und sie war nicht mal sauer, dass die andere kaputt ist. Eine hätte ich gern in der Villa der Gilberts versteckt, aber leider suchen diese Typen vom Secret Service das Haus regelmäßig danach ab. Warum bloß?

»Wie war dein Date gestern Abend?«, fragt Miles.

»Schön«, sagt Dominic auf eine Art, die eher auf ein Ende als auf einen Anfang hindeutet.

Er hat Miles immer noch nicht anvertraut, dass er auf Jungs steht, und auch keine Andeutungen gemacht, was Simon betrifft. Dafür hat er eine Menge über sein Familiendrama ausgeplaudert – dass sein Dad ihn unter Druck setzt, seine Mom alkohol- und tablettensüchtig ist und seine arme kleine Schwester die ganze Zeit zwischen den Fronten steht.

Ich gähne und versuche, mich wach zu halten. Zu viele Nächte draußen vor dem Haus der Gilberts.

Seit ich mit meinen Solo-Ermittlungen begonnen habe, ist Miles zu Dominics emotionaler Stütze geworden. Aber er hat Dominic immer noch nicht gefragt, ob er die letzte Person war, die Simon Gilbert lebend gesehen hat.

Ich sehe mir den Link an, den Connie mir geschickt hat. Es ist ein dreihundert Seiten langer Bericht in winziger Schrift und voller langweiliger Fachbegriffe. Ich überfliege ein paar Seiten und rufe dann noch mal die E-Mail auf, um Connies Erläuterung zu diesem Bericht zu lesen.

Während der Ermittlungen zu einer Mordserie aus dem Jahr 1968 verfasste die US-Regierung einen Bericht, der alle Opfer mit einem einflussreichen Politiker in Verbindung brachte. Der Bericht konzentrierte sich auf diese Verbindung, aber es gibt auch eine interessante Randbemerkung zu einigen Gegenständen, die an allen Tatorten gefunden wurden. Sie trugen alle das gleiche Logo und den gleichen Namen: St. Felicity's Shelter. Kein Obdachlosenheim, keine Kirche oder andere vergleichbare Einrichtung wurde jemals unter diesem Namen auf US-Boden identifiziert. Die Ermittlungen wurden 1974 eingestellt, als alle Spuren im Sand verlaufen waren.

Die Schlussfolgerungen aus diesem Bericht sind tatsächlich interessant, aber wohin führt mich die Information über diese nicht existierende Einrichtung? Und was hat das alles mit Dominic zu tun? Natürlich kennt Connie die Hintergründe meiner

Nachforschungen nicht. Denn wenn sie davon wüsste, würden ihre Gedanken wahrscheinlich längst um irgendwelche Verschwörungstheorien kreisen. Schließlich stand Simon mit einem einflussreichen Politiker in Verbindung und ist jetzt tot, und er wurde wahrscheinlich sogar ermordet –

Scheiße. Vielleicht gibt es doch einen Zusammenhang.

Hektisch sende ich Connie eine Million weitere Fragen. Das Sandwich, das Aidan mir heute Morgen gemacht hat, bleibt unangerührt liegen. Ich formuliere die Sätze sorgfältig, lasse persönliche Details und den Fall Simon Gilbert vollkommen raus. Am Ende vergesse ich aber doch ein wichtiges Detail.

Connie: Was ist aus dem Dummchen geworden, das vor ein paar Wochen in meinem Laden war?

Ich: Äh ... Als Text klingt alles schlauer.

Connie: Glaubst du, ich nehme dir ab, dass du nur neugierig bist, weil du eine Wanze gefunden hast?

Ich: Vorsicht ist besser als Nachsicht. Ich hab sie im Rucksack eines Klassenkameraden gefunden. Ehrlich.

Connie: Ok. Ich bin Connie. Freut mich, dich kennenzulernen, Mädchen, das viel schlauer ist, als es aussieht oder tut.

Ich schaue auf mein Handy und spüre zum ersten Mal seit über einer Woche wieder eine Verbindung zwischen mir und einer anderen Person.

Ich: Eleanor. Kannst mich Ellie nennen.

Connie: Alles klar. Ich durchforste weitere Regierungsberichte. Im Moment komme ich nur an veröffentlichte Berichte ran, die meisten mindestens 20 Jahre alt.

Das bedeutet wahrscheinlich, dass sie sich nicht in den Polizeibericht über Simons Tod hacken kann.

»Bist du sicher, dass du dich noch mal mit Davey abgeben willst?«, fragt Dominic. *»Ich hätte mir beim letzten Mal fast in die Hose gepisst.«*

»Dann komm nicht mit«, antwortet Miles. *»Ich treffe mich allein mit ihm.«*

Oh nein. Nicht schon wieder.

»Alter, entweder hast du echt dicke Eier oder Todessehnsucht«, erwidert Dominic. *»Aber vergiss es, ich lass dich nicht allein gehen. Kannst du nicht einfach Gras bei dem Typen kaufen? Warum muss es dieses neue Zeug sein? Ich kann dir auch Adderall besorgen, wenn du was fürs Lernen brauchst.«*

»Bin nur neugierig. Du nicht?«

»Ein bisschen schon, aber nicht genug, um mir irgendeine Scheiße einzuhandeln«, sagt Dominic.

Ein stechender Laut dringt durch die Kopfhörer, als ein Handy klingelt. »*... später, Mann.*«

Verdammt. Jetzt konnte ich nicht hören, wo sie sich treffen wollen. Ich stürme in meinen nächsten Kurs, sauer auf mich selbst, weil ich die wichtigste Information verpasst habe. Doch schon nach fünfzehn Minuten werde ich aus der Klasse gerufen. Ich soll mich im Sekretariat melden. Ich überlege, einfach nicht hinzugehen, aber was, wenn Harper und Aidan wieder herbestellt wurden und dort auf mich warten?

Auf halbem Weg greift eine Hand nach mir und zieht mich in die Abstellkammer des Hausmeisters. Mein Herz schlägt mir bis zum Hals. Die Tür fällt zu und ich bin von völliger Dunkelheit umgeben.

»Wenn du meine Gespräche belauschen willst, hättest du einfach nett fragen können«, sagt Miles.

Nach einer Weile haben sich meine Augen an die Dunkelheit gewöhnt, sodass ich die Umrisse seines Gesichts und seines Körpers erkennen kann.

»Ich weiß, dass du die ganze Woche das Haus der Gilberts observiert hast«, sagt er. »Nur den Grund konnte ich nicht herausfinden.«

Gott, kann ich überhaupt nichts hinter seinem Rücken tun? Oder war ich zu nachlässig darin, meine Spuren zu verwischen? Wahrscheinlich bin ich einfach nur zu besessen. Nicht von den Gilberts, sondern von der Suche nach Antworten. Mein Dad bezeichnet das als Junkie-Modus. Jeder in meiner »Familie«, der davon betroffen war, wurde sofort aus dem Job geworfen oder bekam nur noch eine Nebenrolle. Es ist zu riskant, hat mein Dad immer gesagt. Man sieht nicht mehr klar, denkt nicht mehr klar. Wenn ich jetzt zurückblicke, bin ich mir ziemlich sicher, dass mein Dad während unseres letzten gemeinsamen Jobs im Junkie-Modus war. Sonst hätte er mitbekommen, dass ich das FBI unterstützt habe.

»Ellie?« Miles holt mich in die dunkle Abstellkammer zurück. Er ist mir immer noch unfassbar nah. Ich spüre, wie er mich in der Dunkelheit mustert. »Hast du überhaupt mal geschlafen? Du siehst müde aus.«

Er beugt sich vor, sein Atem streift meinen Hals. »Müde, aber immer noch wunderschön.«

Wir waren uns eine ganze Weile nicht mehr so nah und jetzt kann ich nur noch an den Homecomingball denken. Wie Miles mich gegen die Wand gedrückt hat, wie seine Hand unter mein Kleid geglitten ist.

»Also deshalb hast du mich in die Abstellkammer gezerrt,

nachdem du mich eine Woche lang ignoriert hast. Hast du nicht gesagt, du hättest kein Problem damit, mir zu widerstehen?«

»Es geht um das Haus der Gilberts …« Er räuspert sich und wirkt wieder diszipliniert. »Um deine Ermittlungen im Alleingang. Was bezweckst du damit?«

Ich schiebe ihn zur Seite und lege eine Hand an die Tür. »Sieht so aus, als müsstest du mich heute Abend dort erwischen, um es herauszufinden.«

KAPITEL 32

Gegen zweiundzwanzig Uhr, als mein Körper vor Kälte schon so gut wie taub ist und mir die Augen fast zufallen, taucht ein Kaffeebecher direkt vor meiner Nase auf und versperrt mir die Sicht auf die Villa der Gilberts.

»Konntest es wohl doch nicht lassen, mir nachzuspionieren, was?«

Miles ist ganz in Schwarz gekleidet. Er hockt sich neben mich.

»Du kannst mich doch sehen, oder? Also kein Nachspionieren.«

Ich drehe den warmen Kaffeebecher zwischen den Händen und starre geradeaus. Ich weiß nicht, wonach ich suche, vielleicht weil ich in den Junkie-Modus abgedriftet bin und den Durchblick verliere.

»Und wir spionieren auf keinen Fall gemeinsam.«

»Auf keinen Fall«, stimmt er mir zu.

Eine schwarze Limousine hält vor dem Haus. Ein Secret-Service-Agent springt heraus, schaut sich um und öffnet die hintere Wagentür. Senator Gilbert steigt aus. Ich schlage meinen Notizblock auf und notiere die Zeit. Er kommt heute eine Stunde später nach Hause als gestern.

Miles sitzt regungslos neben mir, beobachtet das Haus und

schreibt nichts auf. Er hat nicht mal einen Kaffee. Ich versuche, ihn nicht anzusehen, versuche auszublenden, dass er hier ist, aber je stiller er ist, desto mehr nehme ich seine Anwesenheit wahr. Das geht zwei Stunden so weiter, nur ab und zu fallen ein paar Worte. Das klingt dann etwa so:

Nach dreißig Minuten …

Miles: Fünf Eingänge, die Fenster nicht mitgezählt.

Ich: Ja, und nur an zwei davon sind Kameras.

Nach fünfundvierzig Minuten …

Ich: Es gibt keinen Nachtwächter, der die Aufnahmen überwacht. Die Kameras zeichnen nur auf.

Miles: Du meinst Wachmann?

Nach siebenundsechzig Minuten …

Miles: Was dagegen, wenn ich mir deine Notizen ansehe?

Ich: Weiß nicht … das klingt mir wieder nach einer Teamsache.

Miles: *Starrt. Starrt weiter.*

Ich: Na gut.

Nach zweiundsiebzig Minuten …

Miles: Woher hast du den Alarmcode?

Ich: Hab angerufen.

Nach einhundertvierzehn Minuten …

Miles: Also sieben Uhr abends oder ein Uhr nachts?

Ich löse den Blick vom Haus und sehe ihn an. »Was meinst du?«

»Du weißt, was ich meine.« Bevor ich seinen Gesichtsausdruck lesen kann, dreht er sich weg. »Allein ist es zu riskant.«

»Im Ernst?« Ich drehe mich ganz zu ihm um. »Du – Mr Alles-nach-Vorschrift – denkst darüber nach, einzubrechen?« Und dann auch noch ausgerechnet in das Haus eines US-Senators.

Aber das sage ich nicht laut. Ich bin zu aufgeregt, weil ich die Aussicht auf einen Komplizen habe.

»Wir müssen …« Er schüttelt den Kopf. »Ich muss sein Zimmer sehen.«

Ich werfe einen Seitenblick auf das Haus. »Es ist schon Monate her. Woher wissen wir, dass es noch in seinem ursprünglichen Zustand ist? Dass es nicht längst zu einem fünften Büro oder einem neunten Gästezimmer gemacht wurde?«

Nur dieser Gedanke hat mich davon abgehalten, schon eher einzubrechen. Okay, vielleicht bin ich doch nicht völlig im Junkie-Modus.

»Ich weiß es.« Miles steht auf und klopft sich die Hose ab. »Morgen. Sieben Uhr oder ein Uhr?«

»Warte …« Ich stehe umständlich auf und bücke mich nach dem leeren Kaffeebecher. »Es wäre richtig, richtig schlimm, wenn wir erwischt werden. Warum willst du das riskieren?« Ich kann nicht glauben, dass ich ihm diese Frage stelle, und auch nicht, was ich als Nächstes vorschlage. »Vielleicht sollten wir die Informationen, die wir schon haben, einfach weiterleiten. Anonym oder wie auch immer.«

»Habe ich schon«, sagt Miles knapp. »Vor acht Tagen.«

Oh Gott. »Warum ist das FBI dann nicht …?«

»Weil er eine prominente Persönlichkeit des öffentlichen Lebens ist und die Leute schnelle Antworten wollen«, erklärt Miles. »Es sind eine Menge begründete Zweifel nötig, um den Fall erneut aufzurollen. Mehr, als wir haben.«

»Zumindest bis jetzt.«

»Also morgen. Um sieben ist am besten, denke ich. Das Haus ist leer und es ist trotzdem dunkel draußen.«

Ich nicke.

»Brauchst du eine Mitfahrgelegenheit nach Hause?«

Ich will schon Ja sagen, entscheide mich dann aber dagegen. Wenn er unsere Kräfte wieder vereinen will, muss er den ersten Schritt machen. »Nein, ich komm schon klar.«

Nach diesen Worten geht er, ruft aber noch über die Schulter: »Morgen fahren wir zusammen.«

KAPITEL 33

Ich kann meinen Atem sehen. Es ist kalt und dunkel. Laub raschelt unter meinen Füßen. Miles weigert sich, mir die Taschenlampe zu geben. Meine hat vor zwanzig Minuten den Geist aufgegeben und Mr Boy-Scout hatte auch noch die Nerven, mir vorzuhalten, dass ich mich besser hätte vorbereiten sollen.

»Erklär mir das noch mal«, sage ich zu Miles. »Warum mussten wir so weit entfernt parken und jetzt durch einen ganzen Wald marschieren?«

»Vielleicht weil es zu offensichtlich wäre, den Wagen direkt vor der Villa der Gilberts stehen zu lassen, während wir einbrechen?«

Ich schubse ihn von hinten. Sein herablassender Tonfall ist absolut uncool.

»Wir sind kein Team mehr. Woher soll ich wissen, dass du mich nicht irgendwohin schleppst, wo du mich umbringen und meine Leiche vergraben kannst, und dich dann davonmachst, bevor mich irgendjemand ausbuddelt?«

»Wenn ich dich töten wollte, hätte ich das schon vor Wochen tun können.«

»Das ist ja mal ein beruhigender Gedanke.« Zumindest reden wir mehr als letzte Nacht. Das hilft gegen die Nervosität. Obwohl Einbrüche mein Spezialgebiet sind, nehme selbst ich einen Job wie diesen nicht auf die leichte Schulter.

»Aber vielleicht ist das ja auch deine Masche, um bei Mädchen zu landen. Wir wandern durch den Wald und dann wache ich halb nackt in deinem Apartment auf, während du mit Klamotten nach mir wirfst.«

Miles dreht sich zu mir um, seine Umrisse sind deutlich zu erkennen. »Ist es das, was du willst? Eine wilde Nacht in meinem Apartment?«

Vielleicht. Ich schubse ihn erneut, diesmal stärker.

Er stolpert zurück. »Hey, du hast doch davon angefangen. Klang wie ein Vorschlag.«

»Fahr zur Hölle.«

Wir treten aus dem Wald und die Villa der Gilberts taucht vor uns auf. Sie wirkt heute anders. Größer. Näher. Schulter an Schulter bleiben wir stehen und sehen uns um.

»Fünf Eingänge«, sage ich, obwohl wir das gestern schon festgestellt haben.

Miles nickt. »Sechs, wenn du bis zum dritten Stock klettern willst.«

»Dann los, Spider-Man.«

»Sein Zimmer liegt in der zweiten Etage, aber ich weiß nicht genau, welches es ist«, sagt Miles.

Ich versuche, sein Gesicht in der Dunkelheit zu erkennen. »Du warst nie hier?«

Miles schüttelt den Kopf. »Simon hat mich ein paarmal eingeladen, aber meine Eltern haben mich in den Ferien immer irgendwohin mitgeschleppt oder wir sind in Baltimore geblieben.«

Trotz unserer gegenwärtig rein geschäftlichen Beziehung muss ich noch ein paar Dinge wissen, bevor wir das hier durchziehen. »Was hoffst du zu finden? Und warum machst du dir keine Sorgen, dass wir gefasst werden könnten?«

»Ich weiß nicht, was wir finden werden, vielleicht nichts. Aber ich weiß, dass sein Zimmer noch genauso aussieht, wie er es verlassen hat. Das ist doch schon mal etwas.« Miles schaut in die Dunkelheit. »Und ich weiß, dass jemand hier vor uns problemlos eingebrochen ist.«

Ich drehe mich zu ihm. »Was?«

»Dominic«, sagt er mit tonloser Stimme. Ich wäre nie in der Lage gewesen, dieses Detail für mich zu behalten, ohne irgendwann damit herauszuplatzen.

»Ich glaube nicht, dass er es getan hat«, fügt er hinzu.

Dass er Simon umgebracht hat, meint er. Ich hätte es auch nicht laut aussprechen können. »Findest du es nicht verdächtig, dass er in Simons Zimmer eingebrochen ist?«

»Er war es nicht, Ellie!« Diesmal höre ich Emotionen aus seinem Tonfall heraus. »Ich habe ihn mit Simons Schülerausweis erwischt und er hat zugegeben, dass er ihn aus seinem Zimmer hat mitgehen lassen.«

Ich bin fast zu schockiert, um etwas zu erwidern. »Also hat er dir seine Beziehung zu Simon gestanden?« Das ist ein riesiger Fortschritt für Dominic. Vor allem wenn man bedenkt, dass er es noch nicht mal Bret erzählt hat, der ihn schon sein ganzes Leben lang kennt.

»Nein.« Miles klingt niedergeschlagen. »Er hat gelogen und behauptet, es sei eine Mutprobe gewesen, angestiftet von Rowman-Mitgliedern aus der Zwölften.«

Holden Prep Rowman. Ich hatte schon von dem angeblich zweihundert Jahre alten Geheimbund gehört, war mir aber nicht sicher gewesen, ob es ihn wirklich gibt.

»Er hat gesagt, die Typen aus dem Geheimbund würden ihm den Arsch aufreißen, wenn sie wüssten, dass er es jemandem erzählt hat«, fährt Miles fort.

»Guter Schachzug, Dominic«, murmele ich. »Denkst du, er hat es getan, um sich ein Erinnerungsstück an Simon zu holen? So etwas sieht Dominic gar nicht ähnlich.«

»Ich glaube nicht. Ich glaube, er sucht auch nach Antworten. Genau wie wir.«

»Na toll.« Ich schüttele den Kopf. »Vielleicht sollten wir einen Schulclub gründen. Stell dir nur die Pluspunkte vor, die wir mit dieser außerschulischen Aktivität für unsere Collegebewerbung sammeln könnten. Und wenn wir herausfinden, wer hinter *all eyes on you* steckt, könnten wir sie oder ihn ebenfalls in den Club aufnehmen.«

»Bist du fertig mit deinem Sarkasmus?«

Ich werfe Miles einen spitzen Blick zu, erlaube ihm aber, seinen Teil des Plans zu erklären – wie er auf der anderen Seite des Hauses den Alarm abstellen wird, bevor wir reingehen. Er gibt mir einen schicken Ohrstöpsel und ein spezielles Sprechgerät, damit wir kommunizieren können. Er ordnet jedem Eingang und Ausgang eine Zahl zu, damit wir unsere Position schneller benennen können. Ich wiederhole die Zahlen mehrmals im Kopf, um sie mir gut einzuprägen.

»Du nimmst die Zwei, ich gehe zur Fünf. Beide Eingänge werden nicht bewacht, aber vergiss nicht, dich von den Überwachungskameras fernzuhalten. Der Alarm wird für dreißig Sekunden ausgeschaltet sein. Du wartest auf mein Signal, nur für den Fall, dass der Zugangscode geändert wurde.«

Ich gehe zum Eingang am Wintergarten und sehe Miles nach, der durch den Garten davonhuscht. Seine schwarzen Klamotten verschmelzen mit der Nacht, bis ich ihn nicht mehr erkennen kann. Ein paar Sekunden später höre ich seine flüsternde Stimme in meinem Ohr. Es kann losgehen. Ich taste in meiner Jackentasche nach dem richtigen Werkzeug, um das Schloss zu knacken. Kurz darauf öffne ich die Tür – langsam und leise. Ich lausche auf Stimmen, dann schlüpfe ich hinein.

»Ich bin drin«, teile ich Miles durch das Sprechgerät mit, das an meiner Schulter befestigt ist. In diesem Raum wurde Simon tot aufgefunden. So haben es die Medien berichtet. Ich schaue mich um. Alles ist perfekt aufeinander abgestimmt – die Möbel, die Pflanzen, und die Bücher im Regal sind sogar nach der Größe sortiert.

»Fast drin«, sagt Miles.

Ich schleiche auf Zehenspitzen umher, mache überall Fotos. Mit meinem Tennisschuh schlage ich eine Ecke des Läufers um. Der polierte Holzfußboden schimmert selbst in der Dunkelheit, nur eine matte Stelle unter dem Läufer fällt mir auf.

»Ich bin drin«, sagt Miles. »Gehe jetzt durch die zweite Etage.«

Ich fotografiere die matte Stelle auf dem Boden und schicke das Bild an Miles. »Sieh dir das mal an.«

Es folgt eine kurze Pause, dann sagt er: »Die Stelle wurde abgeschliffen. Die einzige Möglichkeit, einen Blutfleck zu entfernen, der in das Holz gesickert ist.«

Ich starre auf den matten Kreis am Boden, als könnte er mit mir reden und mir Antworten geben.

»Ellie!« Miles' Tonfall klingt jetzt drängender. »Ich habe sein Zimmer gefunden. Direkt an der Treppe, linke Seite, dritte Tür.«

»Alles klar.« In Windeseile bin ich oben an der Treppe, als sich auf der gegenüberliegenden Seite des Flurs eine Tür öffnet. Ich ziehe mich rasch in den Wäscheraum zurück.

»Bleib, wo du bist«, flüstere ich. »Hier ist jemand.«

»Wahrscheinlich die Haushälterin.«

Wer auch immer es ist, geht nur Sekunden später die Treppe hinunter. Ich seufze erleichtert auf, warte aber, bis es wieder still ist, bevor ich den Wäscheraum verlasse. Ich finde Simons Zimmer, öffne die Tür einen Spalt und schlüpfe hinein. Alles hier drin wirkt seltsam unberührt, als wäre Simon tatsächlich die letzte Person gewesen, die diesen Raum verlassen hat. Die Decke auf dem Bett ist zurückgeschlagen, ein Glas Wasser steht auf dem Nachtschrank. Er ist mit Staub bedeckt, genau wie das Bücherregal neben dem Fenster. Ich trete auf etwas Weiches. Als ich den Blick senke, starre ich auf ein blaues Jackett und die passende Hose.

Der Anzug, den Simon zum Frühlingsball getragen hat. Der Anzug, den er auf dem Foto trägt, auf dem er und Dominic sich küssen.

Miles streckt die behandschuhte Hand nach einer roten Krawatte aus, die über der Stuhllehne hängt, dann schaut er zu mir. »Das hatte er an diesem Abend an. Auf dem Ball.«

Ich nicke nur, aus Angst, meine Stimme könnte zittern.

»Er war also hier und hat sich umgezogen«, sagt Miles mit steifer, gezwungen ruhiger Stimme. »Er hat sich etwas Bequemeres geholt …«

»Warum sollte das eine Rolle spielen, wenn er vorhatte …?« Ich kann den Satz wieder nicht beenden.

»Ja, ich weiß«, sagt Miles. »Lass uns das Zimmer nach Fingerabdrücken absuchen. Ich muss jeden überprüfen, der diesen Raum betreten hat.«

Ich bin sicher, dass die Ermittler das bereits ausführlich getan haben, aber für uns könnten die Fingerabdrücke vielleicht noch etwas anderes ergeben. Ich gehe in Miles' Richtung. Ich will nur noch mechanisch handeln, nur noch Befehle befolgen.

Mein Vorhaben löst sich in Luft auf, als ich einen Wandkalender über dem Tisch entdecke. Der fünfzehnte Juni, der Samstag, an dem ich Simon zum letzten Mal gesehen habe, ist mit einem dicken schwarzen Filzstift eingekreist. Die Worte *Frühlingsball mit Ellie, 20 Uhr* stehen in der Mitte. Miles streift mich am Arm, als er sich neben mich stellt und auf dieselben Worte starrt. Ich sehe, wie er die Stirn runzelt.

»Was ist?«, frage ich.

Er tritt näher, inspiziert den Kalender, und dann, bevor ich überhaupt blinzeln kann, reißt er ihn von der Wand. Dahinter ist ein Safe in die Wand eingebaut.

Mir bleibt vor Schreck der Mund offen stehen. »Woher wusstest du –?«

»Er hat es mir erzählt.« Miles benutzt Klebeband, um sorgfältig Fingerabdrücke vom Safe zu nehmen. Alle Beweisstücke landen in einer kleinen Plastiktüte. »Er hat den Safe selbst eingebaut, als seine Eltern einen Sommer mal in Fidschi waren.«

Vergeblich versuche ich mir vorzustellen, wie Simon in der Middle School einen Safe einbaut. »Kennst du vielleicht auch den –?«

Miles dreht bereits so selbstsicher am Zahlenschloss, dass ich überhaupt nicht überrascht bin, als sich die Tür wenige Minuten später öffnen lässt.

»Schätze mal, dass man solche Sachen seinem besten Freund verrät«, murmele ich.

Miles leuchtet in das Innere des Safes, aber bevor wir uns einen genaueren Überblick verschaffen können, ertönt ein anhaltender Piepton. Zuerst leise, wie ein schwaches Summen, dann immer lauter.

»Wir haben den Alarm ausgelöst«, wispert Miles.

Ich bewege mich in Richtung Tür – wir müssen schnellstens hier raus –, da donnern bereits Schritte die Treppe herauf. Miles rennt zum Fenster und reißt es auf.

»Ist wahrscheinlich nur wieder die Katze«, sagt eine dunkle Männerstimme draußen auf dem Flur.

»Keine vagen Vermutungen«, erwidert eine weitere Stimme, die vertraut klingt.

Scheiße. Oh Scheiße.

Miles schwingt ein Bein aus dem Fenster. »Ellie, mach schon!«

Ich blicke zwischen ihm und der Tür hin und her. Die Schritte werden lauter, kommen näher. Wenn wir aus diesem Fenster springen, suchen sie dort zuerst nach uns. Wir schaffen es nie bis in den Wald, ohne entdeckt zu werden. Zumindest nicht wir beide. Und da wir ja kein Team mehr sind …

»Geh«, fordere ich ihn auf. Ich nehme mir zwei Sekunden, um den Inhalt des Safes zu überfliegen, schließe die Tür und hänge den Kalender wieder davor. Miles wartet immer noch. »Los! Verschwinde! Ich schaff das schon.«

Er ist offensichtlich hin- und hergerissen, also löse ich seine

Finger vom Fensterbrett und verpasse ihm einen Stoß, sodass er draußen auf den Sims treten muss. Ich habe gerade noch Zeit, das Fenster zu schließen, das Sprechgerät unter mein T-Shirt zu schieben und meine Haare über den Ohrstöpsel fallen zu lassen. Aber nicht genug Zeit, um mich zu verstecken.

Die Zimmertür schwingt auf. Ein heller Lichtstrahl zeigt direkt auf mich.

KAPITEL 34

Vor fast neun Monaten war ich in genau derselben Situation – auf frischer Tat ertappt im Büro eines zwielichtigen Bankers. Nur dass ich zu diesem Zeitpunkt noch nicht wusste, dass er zwielichtig war. Meine Familie suchte sich grundsätzlich unschuldige, naive Leute als Opfer aus. Aber wie sich herausstellte, war das bei diesem Kerl anders. Das FBI ermittelte schon eine Weile wegen Betrugs gegen ihn. Und wie sich ebenfalls herausstellte, wusste ich Dinge über diesen Banker, die die Agenten nicht wussten.

So entstand meine wundervolle Beziehung zu »den guten Jungs«. Sie schenkten mir die Freiheit und damit anscheinend auch meine zweite Chance, irgendwo einzubrechen.

»Ellie …?«, fragt Jack. »Was zum –?«

Ein jüngerer Kerl im Anzug unterbricht Jack, indem er seine Waffe zieht. »Was hast du hier zu suchen?«

Ich schlucke die Angst hinunter und schüttele den Kopf. »Nein … ich meine, nichts. Ich wollte nur …«

Jack hebt die Hand und hält sie zwischen die Waffe des anderen Kerls und mich. »Warte, Rider!«

»Es tut mir leid … Ich kann … ich kann einfach nicht glauben, dass er tot ist, und ich hatte nichts …« Ich hebe die Hände vors Gesicht und lasse mich auf den Boden sinken. »Er hat mir nie erzählt, dass etwas nicht stimmt, aber ich hätte es merken müssen. Er war mein Freund und ich habe nicht mitbekommen, wie verzweifelt er war. Hätte ich doch nur …«

»Nehmen wir sie für eine Befragung mit nach unten in den Verhörraum?«, fragt Rider.

Ich greife nach Simons Jackett und drücke es an mein Gesicht. Es riecht immer noch nach ihm – nach Dutzenden Stunden im Biolabor, nach unserem Tanz, nach Twizzlers, seinen Lieblingssüßigkeiten. Ich drücke es ganz fest.

Jack seufzt und dreht sich zu Rider um. »Ich kümmere mich darum. Geh und schalte den Alarm aus.«

Jack zieht mich am Arm hoch. Er nimmt mir das Jackett aus den Händen und wirft es wieder auf den Boden. Seine Hand liegt fest um meinen Arm, bis wir den Flur erreicht haben. Dann lässt er mich los.

Er hält sich sein Handy ans Ohr, und ohne mich aus den Augen zu lassen, sagt er zu wem auch immer: »Falscher Alarm … Ich checke noch mal die Leitungen … danke.«

Er steckt das Handy weg und schaut mich lange an, als wollte er sagen: *Das war deine einzige Chance.*

Zum Glück weiß Jack nichts von all den anderen Chancen, die ich schon hatte.

Rider taucht im Flur auf. »Ich würde das nicht gerade einen falschen Alarm nennen«, korrigiert er Jack, aber es ist offensichtlich, dass er seinem Boss nur ungern widerspricht.

»Sie ist mit mir hergekommen«, sagt Jack. »Lawrence' Stieftochter.«

Das ist etwas weit hergeholt, wenn man bedenkt, dass Aidan

erst siebenundzwanzig ist. Jack wirft mir einen warnenden Blick zu, aber das ist gar nicht nötig. Er muss mir nicht klarmachen, dass ich meinen Mund halten soll.

»Sie sollte im Gästehaus bleiben, um zu lernen, aber offenbar hatte sie andere Pläne.« Jack deutet mit dem Kinn in Richtung Treppe. »Lass uns gehen, junge Lady.«

Mit gesenktem Blick folge ich ihm. Sobald er mir den Rücken zugekehrt hat, ziehe ich mir rasch den Stöpsel aus dem Ohr und zerdrücke ihn zwischen den Fingern. Ich schiebe die winzigen Teile in meine Hosentasche und gehe weiter. Das Sprechgerät ist zum Glück noch gut versteckt.

Harper springt vom Sofa auf und läuft im Zimmer hin und her. »Was zum Teufel hast du dir dabei gedacht?«

Ich werfe Aidan einen kurzen Blick zu und versuche, schlau aus ihm zu werden. Er rührt sich nicht, schreit nicht herum, gibt nicht den kleinsten Hauch einer Gefühlsregung preis. Ganz anderes als meine wütende Schwester, die völlig ausflippt.

Harper wirft sich das blonde Haar aus dem Gesicht. »Ist dir klar, was da hätte passieren können? Immunität ist ein einmaliger Deal, Ellie. Wenn du dir wieder etwas zuschulden kommen lässt, dann –«

Ich weiß nicht, was ich sagen soll. Wie soll ich ihr erklären, dass diese Suche nach Antworten über den Tod eines Jungen, den ich gerade einmal drei Monate kannte, wichtiger ist als alle Opfer, die sie und Aidan für mich erbracht haben? Ich war definitiv im Junkie-Modus.

»Es tut mir leid, Harp«, wispere ich und hoffe, dass sie mir glaubt. »Ich habe Scheiße gebaut, okay?«

Sie mustert mich misstrauisch. »Also, wenn du noch mal die Wahl hättest, würdest du nicht in Senator Gilberts Haus einbrechen?«

Doch, aber ich würde mich nicht erwischen lassen. Ich bin nur nicht herzlos genug, meiner Schwester ins Gesicht zu lügen, also sage ich nichts.

»Das dachte ich mir.« Sie seufzt, flucht vor sich hin und läuft dann wieder auf und ab. »Jeden Monat muss ich mich mit dieser Frau mit dem schicken FBI-Abzeichen treffen und –«

»Welche Frau?«, will ich wissen.

Harper hält sich die Hand vor den Mund und schließt dann für einen Moment die Augen. »Agent Sheldon. Ich muss ihr über deine Aufenthaltsorte und sämtliche Aktivitäten Bericht erstatten. Und sie scheint ein wandelnder Lügendetektor zu sein. Jack konnte deine Aktion beim Secret Service unter den Teppich kehren, aber ich werde eine verfickte FBI-Agentin anlügen müssen. Denn ich werde ihr sicher nicht erzählen, dass du in das verdammte Haus eines US-Senators eingebrochen bist, und sie davon überzeugen, dass das ein harmloser Fehler war!«

Ich schrumpfe auf dem Sofa zusammen und ziehe die Knie an die Brust.

»Was muss ich tun, damit du endlich verstehst, wie ernst die Sache ist? Wir sind nur eine Handbreit davon entfernt, alles zu verlieren.« Die Wut in Harpers Gesicht verschwindet. Sie wirkt müde, erschöpft. »Warum, Ellie? Was war so wichtig?«

Wieder weiß ich nicht, was ich sagen soll. Ich habe überhaupt nicht darüber nachgedacht, wie schwierig das für sie sein würde und dass wir dem FBI immer noch Rede und Antwort stehen müssen. Aber ich bin erst siebzehn und offenbar hat das FBI die Verantwortung für meine Taten Harper aufgebrummt.

»Bitte, Ellie«, sagt Harper leise. »Sag etwas. Damit ich weiß, dass ich dir vertrauen kann.«

Schuldgefühle und Schmerz bilden einen Knoten in meinem Magen. Zuerst Miles und jetzt meine Schwester. »Natürlich kannst du mir vertrauen.«

»Schwörst du bei Gott, dass du nicht mit Dad geredet hast? Dass du keinen Kontakt zu ihm oder unserer Familie hast?«

»Ich weiß, warum sie dort war«, sagt Aidan plötzlich.

Harper und ich halten inne und sehen ihn völlig überrascht an. »Das Überwachungsvideo. Ich hätte es dir niemals zeigen sollen. Damit hat das alles angefangen, stimmt's?«

Harper ist verwirrt, ihr Blick wandert zwischen mir und Aidan hin und her.

»Sie glaubt nicht, dass Simon Selbstmord begangen hat, und sie versucht es zu beweisen.«

Harper sinkt langsam auf die freie Hälfte des Zweiersofas und schaut mich an. »Ist das wahr?«

Jetzt gibt es keinen Ausweg mehr. »Das hast du doch auch gesagt. Du glaubst nicht, dass er es getan hat, oder?«

Sie schüttelt den Kopf. »Ellie … ich weiß es nicht. Gott, ich wünschte, es wäre wahr, aber das FBI hat stichfeste Beweise, sonst wären die Ermittlungen nicht eingestellt worden. Es geht um den Sohn eines Senators. Die Ermittler hätten nicht so früh aufgegeben, wenn sie nicht sicher wären. Darauf musst du vertrauen.«

Jetzt schaut meine Schwester mich an, als bräuchte ich eine Trauertherapie. Aber wir werden schon wieder von Aidan abgelenkt, der sein Smartphone aus der Tasche zieht und den Akku entfernt. Er streicht sich mit der Hand über sein Gesicht.

Harper berührt ihn an der Schulter. »Was ist, Schatz?«

»Der Grund, weshalb sie die Ermittlungen eingestellt haben …«, sagt Aidan, und in seiner Stimme liegt ein Zittern, das mein Herz zum Rasen bringt. »Es war wegen mir. Wegen dem, was ich gesehen habe.«

Ich sitze da wie erstarrt und warte.

»Ich wusste nicht, dass er zu Hause war. Ich dachte, ihr wärt immer noch auf dem Ball.« Aidan steht auf und geht zum Fenster, er schaut nach draußen und schließt die Jalousien. »Die Gilberts hatten an diesem Abend eine Dinnerparty und ich war auf meinem üblichen Kontrollgang. Simons Zimmer war dunkel, die Tür stand einen Spalt offen. Er stand im Dunklen und betrachtete etwas in seinem Safe. Es war eine Waffe.«

Aidan hat mir nie erzählt, dass er bei den Gilberts eingesetzt war. Die Vorstellung, dass Aidan in dieser Nacht dort gewesen ist, dass er diese Waffe gesehen hat, ist …

»Moment«, mischt sich Harper ein. »Hast du ihn auf die Waffe angesprochen? Wie konnte er trotzdem –?«

Aidan schüttelt den Kopf. »Das ist nicht mein Job. Nicht, ohne die Hintergründe zu kennen. Ich war für jemanden eingesprungen. Ich dachte, dass er die Waffe legal besitzt. Als er ins Bad ging, habe ich zumindest überprüft, ob der Safe wieder abgeschlossen war. Ich wollte seinen Vater informieren, sobald er wieder zu Hause wäre. Ich habe am Ende der Zufahrt im Wagen gewartet, noch lange nachdem ich Feierabend hatte, um sicherzugehen, dass Simon das Haus nicht verlässt. Und dass auch niemand hineingeht.«

Ich kann mich weder rühren noch sprechen. Harpers Augen sind groß und rund.

Aidan schaut uns an, er hofft verzweifelt auf Verständnis. »Ich dachte, er geht wie sein Vater regelmäßig zum Schießplatz, vielleicht sogar mit seinem Vater. Ich dachte, solange ich aufpasse, dass er nicht das Haus verlässt –« Er hält inne und schluckt. »Ich hätte nie gedacht, dass er die Waffe gegen sich selbst richtet … niemals.«

»Oh Gott«, murmelt Harper. Sie lässt die Hand von seiner Schulter fallen und weicht ein Stück zurück.

Aidan sieht mich an. »Es tut mir so leid, Ellie. Ich hätte es dir schon eher sagen sollen. Aber jetzt weißt du, warum die Ermittlungen eingestellt wurden. Niemand sonst war im Haus. Und ich wünschte, ich könnte diese Nacht ändern. Für Simon. Für dich. Jeden Tag wünsche ich mir das.«

»Hast du es gehört?« Die Worte sind nur ein Krächzen. Ich räuspere mich und versuche es noch einmal. »Hast du den Schuss gehört?«

Er nickt.

»Wie spät war es da?«

Aidan schüttelt den Kopf. »Ellie, lass einfach gut sein –«

»Wie spät?«

»Ein Uhr vierundzwanzig.«

»Wenn du d-das alles wusstest …«, stammele ich, »wenn du dir so sicher warst, warum hast du mir dann das Video gezeigt? Mich nach Bret Thomas auf dem Parkplatz gefragt?«

»Weil ich wissen wollte, ob dieser Dreckskerl etwas gesagt oder getan hat, das Simon zum Äußersten getrieben haben könnte.«

Oh Gott. Wir waren nie auf derselben Spur. Aidan hatte nie einen Funken Hoffnung, sondern nur das Bedürfnis, einen Fehler zu korrigieren.

»Ich glaube nicht, dass er das getan hat«, presse ich hervor.

Aidan steht auf und schaut mich lange an, dann sagt er noch einmal: »Es tut mir leid.«

Er geht durch die Küche und verlässt das Apartment. Ich bin immer noch wie erstarrt.

Harper atmet tief ein. Sie hebt den Kopf, ihr Blick ist auf mich gerichtet. »Die ganze Zeit dachte ich, dass wir völlig verschieden sind – mein Leben im Gegensatz zu Aidans Job. Aber vielleicht sind die Unterschiede gar nicht so groß. Vielleicht lügen wir alle und haben unsere Geheimnisse.«

Ich möchte Aidan verteidigen, möchte ihr sagen, dass er immer noch der Mann ist, den sie liebt. Aber so weit bin ich noch nicht.

Sie steht auf und geht zum Schlafzimmer. »Es wird alles gut, Ellie. Mit uns wird alles gut.«

Nachdem sie im Zimmer verschwunden ist, gehe ich zum Fenster und spähe durch die Jalousie. Ich entdecke Aidan auf einem Stuhl neben dem Pool, den Kopf in den Händen vergraben. Ich weiß, dass er genau dasselbe tut, was ich getan habe, was Miles getan hat … wahrscheinlich auch Dominic.

Wir alle wünschten, wir könnten die Zeit zurückdrehen. Eine zweite Chance für diese Nacht bekommen. Aber manchmal gibt es keine zweite Chance.

KAPITEL 35

Ich bin kurz vor dem Einschlafen, als ich ein Klappern in meinem Zimmer höre. Mühsam öffne ich die Augen und sehe gerade noch, wie Miles leise auf dem Boden landet. Er schleicht auf Zehenspitzen durch den Raum und schließt die Tür.

»Es gibt Mädchen, die dieses Verhalten gruselig nennen würden. Das ist dir schon klar, oder?«

»Bist du okay?«, fragt Miles. »Ich hab gehört, wie Jakowski dich gedeckt hat, aber dann habe ich die Verbindung verloren.«

Gähnend setze ich mich auf. »Kein Wunder, ich habe den Ohrstöpsel kaputtgemacht.«

Miles zuckt zusammen, sagt aber nichts. War wahrscheinlich Schuleigentum.

»Ich musste es tun. Die Agentenausstattung hätte nicht wirklich zu der Geschichte gepasst, die ich mir ausgedacht habe.«

»Auf die Tränendrüse drücken, ist wohl zu deinem Markenzeichen geworden, was?«

»Es funktioniert. Warum sollte ich es nicht nutzen? Außerdem habe ich gar nicht geheult. Es ging mehr um die Dramatik.« Ich verschränke die Arme vor der Brust, als wäre ich für eine Diskussion bereit, bin mir aber gar nicht sicher, ob ich jetzt die Nerven dazu hätte. »Willst du dich etwa beschweren, weil ich schon wieder deinen Arsch gerettet habe?«

Statt der abfälligen Bemerkung, die ich erwartet habe, überrascht er mich mit den Worten: »Nein. Was du getan hast … was du für mich getan hast … das war echt unglaublich.«

»Wir hätten es nicht beide in den Wald geschafft«, versuche ich das Kompliment herunterzuspielen. »Abgesehen davon sind wir ja solo unterwegs. Dann möchte ich auch allein untergehen. Oder die ganze Anerkennung einstreichen.«

»Vielleicht sollten wir diese Solo-Sache noch mal überdenken.«

Ich richte den Blick auf meine Hände, mein Gesicht wird ganz warm. »Ja, vielleicht.«

Miles setzt sich an das gegenüberliegende Bettende. »Ich muss dir etwas sagen.«

»Ich dir auch.« Ich schlucke meine Nervosität und meine Verwirrung hinunter. »Aber du zuerst.«

»Ich habe einige Fingerabdrücke aus Simons Zimmer überprüft.« Er atmet langsam aus, sodass mir genügend Zeit bleibt, mich zu fragen, wie zur Hölle er das gemacht hat. Mal im Ernst, hat seine Schule ihm eine Fingerabdruckmaschine oder so was geliehen? »Die Fingerabdrücke, die wir am Safe gefunden haben … sie gehören –«

»Aidan«, stoße ich hervor, während er gleichzeitig »Lawrence« sagt.

Miles blinzelt überrascht. »Woher wusstest du das?«

Schweren Herzens erzähle ich ihm, was Aidan vorhin gestanden hat. Miles hört einfach zu, reglos wie ein Stein. Nachdem ich geendet habe, folgen einige Sekunden Schweigen.

»Wusstest du, dass Simon eine Waffe hatte?«, frage ich.

Miles schüttelt den Kopf.

»Ich meine, du hast auch eine Waffe und ihr wart beide auf derselben Schule, vielleicht –«

»Ich trainiere erst seit zwei Jahren mit Schusswaffen«, sagt Miles mit matter, tonloser Stimme. »Es ist Teil des Förderprogramms, aber der Rest der Schule hat keine … auf jeden Fall nicht die Schüler der Middle School. Und außerhalb der Schule durfte ich auch nie eine Waffe benutzen, bis ich hierherkam. Das ist nur im Rahmen der praktischen Ausbildung erlaubt. Waffen sind die letzte Option.«

»Das hoffe ich«, murmele ich. Ich kann den Gedanken immer noch nicht ertragen, dass er eine Waffe in seinem Geheimzimmer hat. Wahrscheinlich hatte er sie heute auch dabei.

»Ich will damit sagen, dass wir zuerst lernen, wie man einen Gegner ohne Waffe zur Strecke bringt. Mit dem Körper, mit den Händen«, fügt Miles hinzu.

Seine Worte versetzen mich wieder zu dem schrecklichen Tag in der Bank zurück, als ich zusehen musste, wie das FBI hereinstürmte. Agenten tauchten aus jedem Winkel auf, einige hielten ihre Waffen im Anschlag, andere stürzten sich auf den verdächtigen Banker und mich. Ich versuche mir Miles in dieser Bank vorzustellen, in diesem FBI-Team, das Dutzende amerikanische Bürger davor beschützt, ihr Geld zu verlieren, indem es ein junges Mädchen erpresst und es während des Überfalls, zu dem es gezwungen wurde, auch noch angreift. Ich hasse die Vorstellung, dass er so etwas tun könnte.

»Es bedeutet nichts«, sagt Miles und holt mich damit aus meinen Gedanken zurück.

»Was? Die Waffe?«

»Dass er die Waffe hatte«, erklärt Miles. »Dass es die Waffe ist, die jemand gegen ihn benutzt hat. Das Ganze deutet höchstens noch mehr darauf hin, dass er erschossen wurde.«

»Aber Aidan hat gesagt, es war niemand im Haus. Er hat an der Zufahrt geparkt und ist im Auto geblieben, bis er den Schuss hörte.« Erst in diesem Moment dämmert es mir, dass Aidan danach bestimmt sofort ins Haus gerannt ist. Wahrscheinlich hat er Simon gesehen …

»Hat er sich etwa geteilt und auch das Waldstück hinter der Villa der Gilberts im Auge behalten?«, gibt Miles zu bedenken. »Denk mal darüber nach, Ellie. Wir sind auf diesem Weg unbemerkt ins Haus gelangt, bis ich die Sache mit dem Safe vermasselt habe. Du hast gesagt, dass er stundenlang im Auto saß, richtig? Jeder hätte in der Zwischenzeit das Haus betreten können. Außerdem hat Jack dich vorhin gedeckt. Wir wissen nicht, warum oder für wen er das gemacht hat. Warum sollte Jakowski dieses Risiko für ein Mädchen eingehen, mit dem er nicht einmal verwandt ist? Er hat sich vor einem Untergebenen eine komplette Lüge ausgedacht.«

Ich schätze, da ist was Wahres dran, doch das andere Szenario ergibt viel mehr Sinn. »Aber wer soll das gewesen sein? Wer würde für den Mord an Simon Gilbert so weit gehen, eine Verschwörung anzuzetteln und mitten in der Nacht durch den Wald zu marschieren, um Simon dann mit seiner eigenen Waffe zu erschießen?«

»Ich weiß es nicht. Aber wir müssen es herausfinden.«

Ich sehe ihn an. Ich möchte wissen, was er denkt. »Glaubst du, Aidan hätte Simon die Waffe wegnehmen sollen?«

»Ich kenne nicht das ganze Regelwerk des Secret Service auswendig.« Miles schüttelt den Kopf. »Aber in Anbetracht der Umstände – niemand sonst war zu Hause, er nur als Vertretung für einen Kollegen, er kannte die Familienverhältnisse nicht und nahm sich vor, den Senator zu informieren – das klingt alles, als hätte er sich an das Protokoll gehalten.«

»Aber er hätte ihm die Waffe wegnehmen können«, sage ich. »Er hatte die Wahl.«

»Innerhalb des Secret Service kannst du nicht nach deinen eigenen Entscheidungen handeln. Du folgst Befehlen, du beschützt das Leben von Menschen. Das ist der einzige Weg. Ich hätte genauso gehandelt wie er.«

Keine Ahnung, welche Reaktion ich von Miles erwartet hätte, aber ganz sicher nicht diese. Ich meine, wir reden von seinem besten Freund, wir sprechen über eine Regelwidrigkeit, die Simons Leben vielleicht gerettet hätte. »Jack hat vorhin auch die Regeln gebrochen. Erklär mir das.«

Miles schüttelt erneut den Kopf. »Das kann ich nicht. Ich verstehe es wirklich nicht. Aber es ist trotzdem nicht dasselbe wie bei Aidan. Er ist jünger, noch nicht so lange dabei. Er muss die Regeln befolgen, für die Sicherheit aller.«

»Aber er sollte Simon beschützen«, wispere ich kaum hörbar. »Und Simon ist tot.«

»Das System ist nicht perfekt. Es funktioniert nicht immer reibungslos, aber du musst ihm trotzdem vertrauen. Sonst bleiben nur Chaos und Willkür übrig.«

»Ich hätte dieses Zimmer nie verlassen, bevor Simon mir die Waffe ausgehändigt oder weggeschlossen hätte, und dann hätte ich ihn in einem separaten Zimmer eingesperrt.«

Miles' Kiefermuskeln spannen sich. »Aber eins hast du nicht bedacht. Simon hat sich nicht selbst umgebracht. Und Aidan hätte sich anders verhalten, wenn er davon ausgegangen wäre, dass Simon von jemandem bedroht wird.«

Stimmt. Ich weiß trotzdem nicht, was ich noch glauben soll.

»Wer auch immer es war, kann froh sein, dass Simon eine Waffe hatte und dass Aidan sie gesehen hat«, fährt Miles fort. »Aber das bedeutet nicht, dass er oder sie nicht auch einen anderen Weg gefunden hätte.«

Einen anderen Weg, um Simon umzubringen. Wer sollte Simon Gilbert töten wollen, den nettesten Jungen der ganzen Schule? Miles' Zimmergenossen, der ihm gegen sein Heimweh geholfen hat.

Aber was ist mit dem Simon, der sich diese Lügen über mich ausgedacht hat? Der heimlich Dominic geküsst und einen Safe in sein Zimmer eingebaut hat, um dort eine nicht registrierte Waffe aufzubewahren? Dass jemand diesen Jungen umbringen wollte, ist definitiv wahrscheinlicher.

Miles steht auf und geht zum Fenster. »Wir werden es herausfinden, das schwöre ich dir. Aber ich brauche dich. Ich kann es nicht allein tun, jedenfalls … na ja, wir sind ein gutes Team.«

Ich hasse solche Komplimente. Ich hasse es, dass er mir vertraut. Dass er an mich glaubt.

»Ich muss Dominic zum Reden bringen«, sagt er. »Das ist längst überfällig, aber auch heikel. Wenn ich zu weit gehe, ist es vorbei mit –«

»Miles?«, unterbreche ich ihn bei seinem neuen Plan.

Er will gerade aus dem Fenster klettern, hält aber inne und sieht mich an. »Ja?«

»Es tut mir leid. Wegen der Akte in Ms Geists Büro. Und dass ich mich nicht gleich entschuldigt habe.« Die Worte sprudeln einfach so aus mir heraus, begleitet von einem Gefühl der Erleichterung.

»Okay.« Er nickt und lächelt dann ein wenig. »Du bist nicht die durchtriebene Betrügerin, die du zu sein versuchst. Glaub mir, ich kann Betrüger besser erkennen als jeder andere.«

Mir rutscht das Herz in die Hose. Jenseits unserer Mission werden er und ich uns nie im selben Umfeld bewegen. Niemals. Wir leben nicht in derselben Welt. Er weiß es noch nicht, aber er hasst alles an mir.

Nachdem er gegangen ist, starre ich an die Decke. Ich bin zu aufgewühlt, um wieder einzuschlafen. Ich gehe jede Einzelheit der letzten zwölf Stunden noch einmal in Gedanken durch, bis ich an einer Sache hängen bleibe, die ich zwar wahrgenommen, aber noch nicht bedacht hatte. Ich schieße in die Höhe, mein Herz klopft.

Simons Safe. Da lag ein Stift. Mit dem Logo einer Frau in einem langen Gewand, die Arme ausgestreckt, um sie herum sitzen Kinder. Daneben der Schriftzug »St. Felicity's Shelter«.

Ich will mich nicht von Connies Verschwörungstheorie anstecken lassen und nicht über den merkwürdigen Zufall nachdenken, dass dieser Stift schon wieder aufgetaucht ist, aber ich brauche Connies Hilfe.

Ich schnappe mir mein Handy und tippe eine Nachricht.

Ich: Hab was Neues herausgefunden. Geht um das Teil, über das du Nachforschungen anstellst.

Nur Sekunden später bekomme ich eine Antwort. Ob die Frau jemals schläft?

Connie: Echt? Komm vorbei!

Ich: Brauche einen Gefallen. Einen großen. Muss den Polizeibericht über einen Tatort sehen.

Connie: Von wann?

Ich: Erst kürzlich. Vor sechs Monaten.

Connie: Welcher Bundesstaat?

Ich: Virginia.

Connie: Sollte kein Problem sein. Gibt es einen Namen?

Ich atme tief ein, jetzt gibt es kein Zurück mehr.

Ich: Simon Gilbert.

Connie: Okay, da mache ich wirklich die ganze Nacht durch.

Nun sind wir schon zu zweit.

KAPITEL 36

Connie zieht eine Augenbraue hoch, als ich den Laden nicht allein betrete.

»Du hast mir gar nicht erzählt, dass du einen Partner hast«, sagt sie, als würde das alles ändern.

Miles neben mir sieht aus, als würde es ihm in den Fingern jucken, jeden Zentimeter des Raums nach Wanzen abzusuchen, aber er schafft es, sich zusammenzureißen, und streckt Connie die Hand entgegen. »Miles. Ellies Klassenkamerad.«

»Ich habe die Unterlagen, um die du mich gebeten hast.«

Miles und ich erstarren, aber nach einem kurzen Durchatmen sage ich: »Was ich dir noch erzählen wollte …«

Ich brauche ein paar Minuten, um von unserem Abenteuer gestern Abend in der Villa der Gilberts zu berichten. Miles hört aufmerksam zu, denn ich hatte noch nicht genügend Zeit, ihm die ganze Geschichte im Detail zu schildern.

»Wie konntest du einen Blick in den geheimen Safe werfen, der dem toten Sohn des Senators gehört?«, fragt Connie.

Miles wirft mir einen kurzen Blick zu. »Gute Frage.«

»Ich war mit einem Freund der Familie dort. Er arbeitet im Haus der Gilberts.« Ich lächele die beiden an. »Er hat mir in Algebra geholfen und auf dem Weg zur Toilette habe ich einen kleinen Umweg gemacht. Ich bin direkt über diesen Safe gestolpert, verrückt, was?«

»Na schön«, sagt Connie, was nicht gerade klingt, als würde sie mir glauben.

»St. Felicity«, sagt Miles mit einem gespenstisch kühlen und distanzierten Tonfall. »Die Schutzheilige der Witwen und der Mütter gestorbener Söhne.«

»So nennt man sie?«, fragt Connie.

»Ich denke, das müsste stimmen.« Miles kratzt sich am Kopf. »Saint Felicitas … Felicitas von Rom.«

Connie schlägt mit der Faust auf den Tresen. »Gott, bin ich blöd! Ich hab überhaupt nicht daran gedacht, den religiösen Hintergrund als Metapher zu betrachten. Das ändert alles. Ich muss noch mal bei null anfangen.«

»Nur noch eine Sache«, werfe ich ein, bevor Connie sich in die neue Recherche knien kann. Ich nehme einen Stift und kritzele auf ihren Notizblock: *all-eyes-on-you@gmail.com*. »Kannst du herausfinden, wem diese E-Mail-Adresse gehört?«

Sie runzelt die Stirn. »Vielleicht.«

Ich tue meine Enttäuschung mit einem Achselzucken ab. »Versuch's einfach.«

»Das werde ich. Aber jetzt … zeige ich euch, was ich herausgefunden habe.«

Connie zieht einen braunen Umschlag unter ihrem Laptop hervor und öffnet ihn. »Diese Kopie könnt ihr behalten, aber ihr solltet sie vernichten, sobald ihr euch alles angesehen habt.« Sie deutet auf ein Schild über ihrem Kopf mit der Aufschrift: *Verbrennen, nicht zerreißen,* und dann auf ein weiteres, auf dem steht: *Echte Freaks benutzen Feuer.*

Als der Polizeibericht aus dem Umschlag zum Vorschein kommt, sagt Miles: »Wie bist du da rangekommen? Wenn es dir nichts ausmacht, dass ich nachfrage …«

»Freunde in wichtigen Positionen … Bevor ich diesen Laden eröffnet habe, war ich Anwältin«, antwortet Connie und verdreht die Augen dabei. »Ich weiß.«

Dann räuspert sie sich. »Wie auch immer, vielleicht ist es nicht unbedingt das, was ihr hören wollt, aber ich sehe definitiv einige Ungereimtheiten in dieser Selbstmorderklärung.«

»Zum Beispiel?«, fragen Miles und ich wie aus einem Mund.

Connie greift noch einmal in den Umschlag und zieht einen kleinen Stapel Fotos heraus. »Zunächst einmal spricht der Schusswinkel der Waffe zwar dafür, dass sie selbst abgefeuert wurde, aber die Genauigkeit lässt sich nur sehr schwer einschätzen.«

Ich habe keine Ahnung, warum wir nicht mit Tatortfotos gerechnet haben, aber wir schnappen beide so scharf nach Luft, dass es ist offensichtlich ist, dass weder Miles noch ich daran gedacht haben.

Der Laden um mich herum löst sich auf, meine Augen sind starr auf das Foto vor mir gerichtet. Es zeigt eine große Blutlache auf dem edlen Holzfußboden der Gilberts, genau dort, wo jetzt der Läufer liegt.

»… außerdem wird nirgendwo die Eispackung erwähnt, die auf dem Tisch steht. Warum sollte ein selbstmordgefährdeter Jugendlicher um ein Uhr morgens in die Küche gehen und sich Eis holen? Man sieht, dass es angetaut ist. Ich würde schätzen, dass es etwa fünfundvierzig Minuten vorher aus dem Tiefkühlschrank genommen wurde …«

Mein Blick wandert zum nächsten Foto und ich schnappe erneut nach Luft.

Simon. Sein Kopf liegt in einer großen Blutlache, sodass nicht zu erkennen ist, wo die Kugel ihn genau getroffen hat. Mir dreht sich der Magen um, bis ich den Blick von dem Bild abwende. Meine Kehle ist wie zugeschnürt, da höre ich die Glocke über der Ladentür läuten. Doch erst als ich mich umdrehe, wird mir klar, dass Miles gegangen ist.

Mit zitternden Händen stopfe ich die Bilder zurück in den Umschlag und schiebe ihn unter meine Jacke. »Danke«, presse ich hervor.

Connie sieht mich besorgt an. »Himmel, es tut mir leid«, sagt sie. »Ich wollte nicht –«

»Ist schon okay«, versichere ich ihr. »Es ist nur … ich meine, wir … kannten Simon.« Ich zeige auf die Tür. »Ich sollte mal nach ihm schauen.«

Sie nickt, ohne dass es einer weiteren Erklärung bedarf. Ich gehe auf die Straße und laufe einfach in eine Richtung drauflos. Minuten später finde ich Miles hinter einer Ladenzeile, blass und über einen Mülleimer gebeugt. Ich lege eine Hand auf seinen Rücken. Er verliert das Gleichgewicht, schwankt. Ich hebe mit einer Hand seinen Kopf und sehe gerade noch, wie sich seine Augen nach oben verdrehen.

Rasch lege ich einen Arm um seine Taille und ziehe ihn mit mir nach unten, bis wir auf dem Boden sitzen. Miles' Kopf fällt direkt in meinen Schoß, seine Augen sind geschlossen. Panik erfasst mich. Verdammt, er sollte besser wieder zu sich kommen, denn ich kann ihn ganz bestimmt nicht in ein Krankenhaus schleppen.

»Miles …« Ich rüttele an seiner Schulter, dann gebe ich ihm einen Klaps auf die Wange. »Miles!«

Er öffnet langsam die Augen, lässt sich auf den Rücken rollen und schaut zu mir auf. »Entschuldige«, sagt er.

Ich atme erleichtert auf. »Wofür?«

»Dafür …« Er deutet auf seinen Kopf und meinen Schoß. Schweiß tropft von seiner Stirn.

Das erinnert mich an den Tag in seinem Geheimzimmer, als ich fast ohnmächtig geworden bin, weil ich zu wenig gegessen hatte. »Vielleicht sollten wir dir etwas zu essen besorgen?«

Er schüttelt heftig den Kopf.

Okay, schon verstanden. Nicht nach diesen Fotos. Er braucht eine Ablenkung. »Also … was gibt es noch Neues?«, frage ich lahm.

Miles ringt sich ein Lächeln ab. »Meine Eltern sind in ein paar Wochen aus dem Ausland zurück. Sie wollen dich kennenlernen.«

Seine Eltern. Die Supergeheimagenten. Mir bleibt der Mund offen stehen. Sie wollen mich kennenlernen?

»Warum?«

»Entspann dich.« Miles setzt sich langsam auf, sein Gesicht hat wieder etwas Farbe bekommen. »Das ist üblich, wenn jemand von ihrem Job erfährt.«

»Welchem Job? Ich weiß gar nichts über ihre Arbeit.«

Miles verdreht die Augen. »Komm schon, ich weiß, dass du dir einiges denken kannst. Und ich habe ihnen gesagt, dass meine Tarnung bei dir aufgeflogen ist.«

»Bedeutet das, sie wissen, warum du dir die Holden Prep ausgesucht hast …?«

»Irgendwie schon«, gesteht er. »Sie vermuten, dass ich an der Holden bin, um die Sache für mich abzuschließen, um Dinge zu erfahren, die ich noch nicht über Simon wusste, was ja im Grunde auch stimmt.«

»Aber sie ahnen nicht, dass du einen Mörder finden und Simons Tod rächen willst?«

»Nein«, gibt er zu. »Aber das wusste ich zuerst ja nicht einmal selbst. Ich wollte nur Nachforschungen anstellen.« Dann wechselt er wieder das Thema, wahrscheinlich um einen weiteren Zusammenbruch zu vermeiden. »Also werde ich mir mal den Terminplan meiner Eltern geben lassen und ein Treffen organisieren.«

Ich schlage die Hände vors Gesicht und seufze. »Was, wenn ich Nein sage?«

»Es ist keine große Sache.« Miles nimmt eine Hand von meinem Gesicht. »Sie wollen dich nur etwas besser kennenlernen, es wird kurz und schmerzlos, versprochen. Nur ein kleiner Wochenendtrip.«

»Ein ganzes Wochenende?« Ich lehne mich an die Ziegelsteinwand und schüttele den Kopf. Klar. Schätze, ich habe nichts zu befürchten. Überhaupt nichts.

Miles zieht sich hoch, er wirkt schon etwas gestärkter. Dann hält er mir die Hand hin und hilft mir ebenfalls auf die Beine. »Kaffee auf meine Rechnung. Dann machen wir uns wieder an die Arbeit.«

1. Verdächtige: Justice

Motiv: Nimmt Simons Platz als #3 in unserer Klasse ein.

2. Verdächtiger: Bret

Motiv: Unklar, aber durch sein hinterhältiges Verhalten steht er ganz oben auf der Liste. Außerdem ist er sauer auf Dominic, weil der Geheimnisse vor ihm hat.

3. Verdächtiger: Dominic

Motiv: Möchte sich nicht outen. Vielleicht wollte Simon über ihre Beziehung auspacken und Dominic ist ausgeflippt? Inzwischen bekannt als »vorletzte Person, die Simon lebend gesehen hat«.

»Wenn Dominic deshalb verdächtig ist, sollten wir dann nicht auch die letzte Person hinzufügen, die Simon lebend gesehen hat?«

»Dich?«, fragt Miles.

Ich schüttele den Kopf, Gewissensbisse plagen mich. »Ich meine Aidan. Wenn wir eine Liste von allen Verdächtigen machen wollen, müssen wir auch Aidan dazutun.«

Miles schreibt seinen Namen auf die wachsende Liste. »Dasselbe gilt dann aber auch für jeden anderen Secret-Service-Agenten, der an diesem Tag Dienst hatte, und für jeden, der Zutritt zur Villa der Gilberts hatte.«

»Wie zum Beispiel diesen Rider.«

»Und Jack«, sagt Miles zögernd, denn er weiß, dass Jack der Grund ist, warum wir im Moment nicht in ernsten Schwierigkeiten stecken.

Ich hebe die Hände. »Also gehören grundsätzlich alle auf die Liste. Es könnte jeder gewesen sein. Ich könnte es auch gewesen sein. Hast du schon meine Motive aufgeschrieben?«

»Hast du etwa meine aufgeschrieben?«, fragt Miles herausfordernd.

»Okay, lass mal überlegen ... du warst bestimmt eifersüchtig auf alle Freunde, die er an der Holden Prep hatte. Oder du warst sauer, weil er in dich verliebt war? Ich weiß es nicht ... da gibt es nichts.«

Spontan greift er über den Tisch und drückt meine Hand. Er wird leicht rot und zieht die Finger wieder weg. »Danke! Ich war schon kurz davor, an meiner Unschuld zu zweifeln.«

Ich nehme seinen Stift und schreibe Jacks Namen auf. Als Motiv notiere ich: bekannter Lügner, gut in Mathe und Ausreden.

»Simon könnte auch etwas über Justice gewusst haben. Ich habe sie im Frühling ein paarmal miteinander reden sehen«, füge ich hinzu. »Und die Beziehung zu ihren Eltern ist super angespannt. Die scheinen ziemlich streng zu sein.«

»Ja, da kann jeder mal durchdrehen«, stellt Miles fest. »Aber ein paar Motive sind definitiv stärker als andere, und zwischen einigen besteht eine Verbindung. Wir tappen nicht mehr ganz im Dunklen.«

Ich ziehe eine Linie zwischen Aidan und Jack, dann zwischen Jack und Rider. Miles verbindet Jacob mit Chantel und Bret, weil Jacob uns erzählt hat, dass Chantel an diesem Abend in Brets Auto saß. Eigentlich hat Jacob mich sogar in verschiedene Richtungen geführt. Er könnte ein Drahtzieher sein, der mich genau dorthin lenkt, wo er mich haben will.

Als ich das Miles erzähle, runzelt er die Stirn. »Stimmt, dieser Spur sollten wir nachgehen. Ich kümmere mich um ihn.«

»Und ich hake weiter bei Chantel und Justice nach«, sage ich.

Wir haben gerade so etwas wie einen ersten Durchbruch erzielt, da bekommt Miles eine Textnachricht von seinem Dad. Er schaut zu mir auf, ein Lächeln spielt um seinen Mund. »Passt dir nächstes Wochenende?«

»Nein.« Ich lasse den Kopf auf den Tisch fallen. »Absolut nicht.«

Er lacht auf eine Art, die eins deutlich macht: Ich sollte besser dafür sorgen, dass es passt.

Da würde ich mich ja lieber mit Mördern treffen.

KAPITEL 37

Miles' abgeschottetes Zuhause liegt mitten im Nirgendwo, etwas außerhalb von Baltimore. Er sitzt am Steuer von Clydes Wagen und biegt nach drei Stunden in einen Waldweg ab. Ich glaube, es ist eine unbefestigte Straße, aber das ist in der Dunkelheit kaum zu erkennen. Wir sind gleich nach Unterrichtsschluss losgefahren, jetzt ist es schon fast acht Uhr abends.

Es liegt Schnee, der am Anfang der Woche gefallen ist – der erste Schnee in dieser Saison.

»Kein Wunder, dass es dich nicht stört, durch das Waldstück hinter dem Haus der Gilberts zu wandern«, murmele ich.

Miles lacht, erwidert aber nichts. Der Weg wird immer dunkler, bis ich schließlich die Umrisse eines kleinen Gebäudes ausmachen kann. Es ist eine Art Landhaus, aus dem Schornstein kommt Rauch. Hinter den Fenstern brennt Licht und ich erkenne eine schlanke Frau mit dunklen Haaren, die in der Küche hantiert. Mir wird flau im Magen. Ich warte, bis Miles vor dem Haus anhält, dann schicke ich Harper eine Nachricht.

Ich: Wenn du in zwei Stunden nichts von mir hörst, musst du nach mir suchen.

Harper: Ich habe genau dasselbe gedacht, als ich Aidans Eltern zum ersten Mal begegnet bin. Wird schon gut gehen.

Das ist für sie natürlich leicht zu sagen. Aidans Eltern sind keine CIA-Agenten. Zumindest glaube ich das nicht.

Ich: Ernsthaft, Harp. 2 Stunden.

»Ellie?«, sagt Miles.

Ich stecke mein Handy weg. »Ich habe Harper nur vom Schnee berichtet.«

»Bereit, hineinzugehen?«

Mit einem aufgesetzten Grinsen schaue ich zu ihm auf.

Bevor wir die Haustür erreicht haben, fliegt sie bereits auf. Ein groß gewachsener Mann mit silbergesprenkeltem, dunklem Haar steht im Türrahmen, ein breites Lächeln im Gesicht. »Cari, komm her und sieh dir dieses hübsche Mädchen an, das unser Sohn da mit nach Hause bringt!«

Ich bleibe stehen, unfähig, noch näher hinzugehen. Normalerweise habe ich eine perfekte Begrüßung und ein perfektes Lächeln drauf, aber jetzt geht mir nur ein Gedanke wie in einer Endlosschleife durch Kopf: *CIA-Agent, CIA-Agent.* Eigentlich dürfte mir das ja nicht so schwerfallen, schließlich wohne ich mit Aidan unter einem Dach, aber das hier ist etwas anderes. Aidan weiß fast alles über mich und er hat Nachforschungen angestellt, bevor ich ihn überhaupt kennengelernt habe. Diese Leute werde ich anlügen müssen, und sie sind CIA-Agenten … das macht mir wirklich Angst.

Die Frau aus der Küche taucht neben Mr Beckett auf, ihr Lächeln wirkt genauso herzlich wie das ihres Mannes. »Du meine Güte, sieh sie dir an … ich wusste schon immer, dass Miles sich die Hübschesten schnappen kann.«

»Mom!«, sagt Miles warnend. »Ellie ist meine Nachbarin, meine Klassenkameradin oder meine gute Freundin – diese Bezeichnungen kannst du alle gern benutzen. Aber keine anderen Substantive, Verben oder Adjektive. Schon vergessen?«

»Natürlich nicht«, sagt sein Dad und beide Eltern lachen.

»Es freut mich, dich kennenzulernen, Ellie«, sagt Mrs Beckett, tritt barfuß nach draußen und umarmt mich. Ich stehe einen Moment stocksteif da, bevor ich den Mut aufbringe, die Umarmung zu erwidern.

Kurz darauf werden wir ins Wohnzimmer geführt, wo rundum deckenhohe Bücherregale stehen und ein loderndes Feuer im Kamin prasselt. Die Regale sind vollgestopft mit Romanen, einige sehen ziemlich alt aus. Aber ich entdecke kein einziges Foto, keinen persönlichen Gegenstand. Miles zeigt mir das Gästezimmer – ein Raum, der direkt an das Wohnzimmer anschließt –, stellt meine Tasche auf das breite Bett und öffnet dann eine Tür auf der anderen Seite.

»Hier ist das Bad«, sagt er und führt mich hinein. »Handtücher sind im Wandschrank.« Dann zeigt er auf eine weitere Tür neben der Dusche. »Und da ist mein Zimmer.«

»Der Braten ist klasse, Mom«, sagt Miles.

Er inhaliert sein Essen förmlich, während ich noch nicht mal meine Gabel in die Hand genommen habe. Auf meinem Teller sind ein Stück Rindfleisch, ein paar Kartoffeln und Möhrengemüse, alles mit einer braunen Soße bedeckt. Ich schneide in das Fleisch, das praktisch zerfällt, und nehme mir einen winzigen Bissen.

»Da kann ich mich nur anschließen«, sage ich. »Es ist unglaublich köstlich.«

Mr Beckett (Agent Beckett?) kommt mit einer offenen Flasche Wein aus der Küche zurück. Er gießt sich und seiner Frau etwas ein und füllt dann Miles' Glas. Als er mir auch etwas Wein einschenken will, hält Mrs Beckett ihn davon ab.

»Richtig«, sagt Mr Beckett, »wir sind ja nicht verwandt, deshalb wäre es illegal, dir Alkohol anzubieten.«

Ich schüttele den Kopf. »Ist schon gut. Ich brauche keinen Wein zum Essen.«

Miles nimmt die Flasche, die sein Dad gerade auf den Tisch gestellt hat, und gießt mir ein halbes Glas ein. »Problem gelöst.«

Da ich fürchte, das könnte ein Test sein, starre ich ein paar Sekunden lang auf das Glas und sehe dann Miles an. Er nickt mir zu, als wäre alles in Ordnung. Ich könnte definitiv etwas Alkohol gebrauchen, nur um meine Nerven etwas zu beruhigen. Also hebe ich mein Glas an die Lippen und nehme einen Schluck. Ich habe in meinem Leben noch nicht oft Wein getrunken, und wenn, hat es mich einige Überwindung gekostet. Aber dieser hier ist ziemlich gut, nicht bitter, kein Nachgeschmack.

Miles ist viel zu sehr damit beschäftigt, sich weiter sein Essen reinzuschaufeln, um sich zu unterhalten. Seine Eltern werfen mir abwechselnd Blicke zu.

»Wie lange bleiben Sie hier?«, frage ich die Becketts.

Mr Beckett antwortet zuerst. »Leider nur bis Mittwoch. Ich bin so froh, dass es dir an diesem Wochenende gepasst hat. Wir hätten sonst wahrscheinlich Monate warten müssen, um dich kennenzulernen.«

Ich sehe kurz zu Miles, aber der starrt auf seinen Teller.

»Wir haben nicht oft die Gelegenheit dazu«, sagt Mr Beckett. »Zu einem Abendessen mit Freunden. Natürlich halten wir den Kreis so klein wie möglich, aber wenn der Schaden nun schon mal angerichtet ist, können wir ruhig auch einen Vorteil daraus ziehen, nicht wahr?«

»Bringt Miles viele Freunde zum Abendessen mit nach Hause?«, frage ich.

»Miles hat schon lange niemanden mehr mitgebracht«, erwidert Mr Beckett.

Mrs Becketts Gesicht nimmt einen traurigen Ausdruck an. »Nicht, seit Simon hier war.«

Mit der Spitze meiner Gabel schiebe ich ein Stück Möhre über den Teller. »Wir hatten im letzten Halbjahr einen Kurs zusammen. Simon und ich. Er war sehr nett.«

Mrs Beckett nickt. »Das war er.«

Im Esszimmer breitet sich Schweigen aus. Schließlich hebt Mr Beckett sein Weinglas und sagt: »Auf Simon!«

Nachdem wir angestoßen haben, nehme ich einen extragroßen Schluck Wein – das brauche ich jetzt.

»Miles ist so schüchtern«, sagt seine Mom. »Ich glaube, ohne Simon hätte er nie Freunde in der Schule gefunden.«

Ich verkneife mir ein Lachen. Miles und schüchtern? Ja, klar.

»Mom«, sagt Miles und wirft ihr über den Tisch einen warnenden Blick zu. Dann sagt er etwas auf Chinesisch, das sie verstummen lässt.

»Wird an deiner Schule Mandarin unterrichtet?«, frage ich Miles.

Er nickt und schluckt einen Bissen hinunter, den er sich gerade in den Mund gesteckt hat. »Ja, aber ich habe es nicht in der Schule gelernt.«

»Er wurde in China geboren«, erklärt sein Dad. »Wir haben dort sechs Jahre lang gelebt.«

»Bist du in China zur Schule gegangen?«

»Bevor ich an der Marshall Academy angenommen wurde, bin ich überhaupt nicht zur Schule gegangen«, erwidert Miles.

Mrs Beckett fügt hinzu: »Wir sind zu oft ungezogen – auch innerhalb der Länder, in denen wir gerade gearbeitet haben. Es war leichter, ihn zu Hause zu unterrichten.«

»Nach China waren wir zwei Jahre lang in Brasilien«, erzählt sein Dad. »Danach ein Jahr unten in Texas, und dann zwei Jahre im Nahen Osten. Miles hat Portugiesisch, Arabisch, Farsi, Urdu und ein wenig Texanisch sprechen gelernt.« Mr Beckett schüttelt den Kopf. »Aber die Zeit in Texas versuchen wir zu vergessen.«

»Also war er immer bei Ihnen zu Hause, bis er fast zwölf Jahre alt war?«, hake ich nach.

»So gut wie«, sagt sein Dad.

»Wir haben damals nie Aufträge angenommen, bei denen wir beide gleichzeitig über Nacht wegbleiben mussten«, fährt Mrs Beckett fort. »Ich habe pausiert, bis Miles fünf war, und dann hatten wir –«

»Mr Lee«, fällt Miles ihr ins Wort. »Er hat mir Chinesisch beigebracht, Kampfsport und Origami.«

»Wir haben ihn überallhin mitgenommen, bis Miles an die Marshall Academy kam. Lee war eine fantastische Nanny.«

Miles schaut mich an und formt das Wort »Bodyguard« mit den Lippen, sodass ich mich nicht mehr traue zu fragen, wo Mr Lee jetzt ist.

»Aber genug von uns«, sagt Mr Beckett. »Was ist mit dir, Ellie? Miles hat uns erzählt, dass du in Clydes Wohnanlage bei deiner Schwester wohnst.«

»Und bei Aidan.« Ich nehme noch einen Schluck Wein. »Harpers Freund.«

»Der Secret-Service-Agent, richtig?«, fragt Mrs Beckett.

Ich nicke.

»Mir hat ein Agent vom Secret Service mal das Leben gerettet.« Mr Beckett runzelt die Stirn, als würde er scharf nachdenken. »Eigentlich sogar zwei Mal. Das sind gute Jungs. Obwohl die Abteilung für meinen Geschmack ein wenig zu restriktiv ist.«

Wir reden weiter über die Schule, die Holden Prep und die ganze Collegevorbereitung, mit der sie uns vollstopfen. Schon bald habe ich meinen Wein ausgetrunken, mir noch ein halbes Glas nachgeschenkt, und wir lassen uns Schokoladenbrownies mit Eiscreme schmecken. Ich bin sogar so mutig, ihnen zu erzählen, wie gern ich mit Aidan »Memory« spiele.

»Vielleicht sollte ich das in meiner Collegebewerbung erwähnen«, scherze ich. »Könnte ja sein, dass sie es als außerschulische Aktivität anrechnen.«

Mr Beckett wischt sich den Mund mit einer Serviette ab. »Wenn du ein Empfehlungsschreiben für irgendeine Regierungsstelle oder ein Praktikum brauchst, kannst du uns gerne fragen.«

»Ich weiß nicht …« Bei dem Gedanken, dass ich irgendwann tatsächlich auf der Seite der Guten stehen könnte, beginnt mein Gesicht zu glühen. »Ich bin nicht sicher, ob diese Art von Job etwas für mich ist. Außerdem hat sich unsere Vertrauenslehrerin fest vorgenommen, mich an eine Eliteuni zu schicken.«

Mrs Beckett zeigt mit dem Finger auf ihren Sohn. »Nimm dir das als gutes Beispiel.«

Diesmal kann ich mir das Lachen nicht verkneifen. Seit wir uns kennengelernt haben, bin ich permanent ein schlechtes Beispiel für ihn.

»Ich wünsche mir so sehr, dass Miles nach Harvard geht. Aber er weigert sich«, fährt Mrs Beckett fort. »Er ist sogar schon zugelassen, mit einem vollen Stipendium.«

Miles zuckt nur mit den Schultern und mir wird plötzlich etwas klar. Ich sehe seine Eltern an. »Sie wollen nicht, dass er beruflich in Ihre Fußstapfen tritt?«

»Er soll tun, was er möchte«, sagt Mr Beckett. »Aber du hast recht, die CIA ist nicht unbedingt das, was wir uns für ihn erhoffen.«

»Du könntest zum Beispiel ein großartiger Arzt werden«, sagt Mrs Beckett zu Miles. »Erinnerst du dich noch, wie du immer deinen Plüschdinosaurier operiert hast? Ich könnte mir auch eine Lehrtätigkeit für dich vorstellen. Professor Beckett. Klingt doch nett.«

Miles steht auf und beginnt die Teller einzusammeln. Als er nach dem Dessertteller seiner Mom greift, drückt er ihr einen Kuss ins Haar.

Meine Meinung von Miles wurde gerade erschüttert. Er ist kein menschlicher Roboter, der geboren und aufgewachsen ist, um Regierungsbeamter zu werden. Seine Eltern wünschen sich das nicht mal für ihn. Er will das alles selbst.

Nach dem Abendessen schickt Mr Beckett seine Frau ins Schlafzimmer, damit sie »nach all der anstrengenden Küchenarbeit ein wohlverdientes heißes Bad nehmen kann«, dann schürt er im Wohnzimmer das Feuer im Kamin und bittet Miles, noch etwas Holz von draußen zu holen.

Ich winde mich bereits in meinem Sessel, denn ich weiß, dass Mr Beckett das alles nur macht, weil er sich unter vier Augen mit mir unterhalten will. Das Abendessen war viel zu nett und zu entspannt. Ich hätte wissen müssen, dass es noch ganz anders werden würde.

Mr Beckett sitzt auf dem Sims vor dem Kamin und starrt in die Glut. Erst als sich die Tür hinter Miles schließt, dreht er sich zu mir um. »Mein Sohn hat mir erzählt, dass du eine kluge junge Frau bist«, sagt er mit gesenkter Stimme. »Stimmt das?«

Ich räuspere mich. »Warum fragen Sie?«

Er zieht einen winzigen Zettel und einen Stift aus seiner Hemdtasche und kritzelt etwas darauf. Nach einem raschen Blick aus dem Fenster zu Miles, der durch den Schnee stapft, schaut er wieder zu mir. »Ich muss dich bitten, dir diese Nummer einzuprägen. Du darfst sie niemals aufschreiben oder in deinem Handy speichern, verstanden?«

Die Dringlichkeit in seinem Tonfall lässt mich alle Fragen beiseiteschieben. Stattdessen passe ich genau auf, als er den Zettel zu mir umdreht. Ich lese die Nummer, wiederhole sie fünfmal im Kopf und nicke dann.

»Es gibt auch noch einen Sprachcode. Miles sagt, dein Deutsch ist gut?« Ich nicke wieder. *»Die Zukunft gehört denen, die an die Schönheit ihrer Träume glauben«*, zitiert er auf Deutsch.

»Das hat Eleanor Roosevelt gesagt.«

Mr Beckett nickt langsam mit einem abschätzenden Blick. »Ich dachte, es fällt dir vielleicht leichter, dir die Worte einer weiteren Eleanor zu merken.«

Das alles kommt mir total düster und hoffnungslos vor. Ich bin nicht mal sicher, was es zu bedeuten hat. »Gehen Sie etwa davon aus, dass ich in naher Zukunft die Hilfe der CIA nötig haben werde?«

»Ich hoffe, nicht«, sagt er. »Miles wollte nicht, dass ich das tue. Er dachte, das könnte dir Angst einjagen. Aber unter uns gesagt, wir haben dein Leben in Gefahr gebracht, indem wir dich in unsere Welt gelassen haben. Das Mindeste, was ich tun kann, ist dir eine Art Rückversicherung anzubieten. Nur für den Fall.«

Okay, er ist also vorsichtig. Das macht Sinn.

»Und lass dir von Miles ein paar grundlegende Selbstverteidigungstechniken beibringen, okay? Dann hätten meine Frau und ich ein paar Sorgen weniger.«

Als die Haustür aufgeht, lässt Mr Beckett den Papierschnipsel mit der geheimen Notfallnummer unauffällig ins Feuer fallen. Der Zettel ist in den Flammen verschwunden, noch bevor Miles das Wohnzimmer betritt. Ich sehe Miles kurz an, um herauszufinden, ob er irgendetwas ahnt. Aber wenn es so wäre, versteckt er es gut.

Als wir uns später vor dem Zubettgehen im Bad über den Weg laufen, halte ich Miles auf, bevor er zurück in sein Zimmer geht. »Ich kann nicht glauben, dass du deine Eltern getäuscht hast.«

Er macht große Augen. »Womit denn?«

»Dass du schüchtern bist.« Ich lehne mich gegen den Türrahmen. »Du bist das Gegenteil davon.«

Er denkt einen Moment nach, dann sagt er: »Das bin ich jetzt vielleicht.«

»Und vorher?«

»Ich glaube, es fällt mir einfach leichter, diesen Teil von mir zu überspielen, wenn ich an einem neuen Ort, wo mich niemand kennt, von vorn anfangen kann. Auch der Auftrag, den ich zu erledigen habe, hilft mir dabei. Wir trauen uns alle mehr, wenn wir hinter einer Maske stecken.«

Ich schaue zu ihm auf. »Also ist das alles nur Teil deiner Tarnung?«

Er kommt näher, bis uns nur noch wenige Zentimeter trennen. »Ganz genau … Ich bin nur nicht sicher, ob es wirklich nur eine Rolle ist.«

Ich rühre mich nicht von der Stelle und denke über seine Worte nach.

Miles schiebt sich an mir vorbei. »Gute Nacht, Ellie«, flüstert er mir zu.

Allein der Klang meines Namens aus seinem Mund lässt mein Herz rasen. Auf dem Weg zurück ins Gästezimmer muss ich lachen. Von wegen schüchtern.

KAPITEL 38

Ich wache von Stimmen draußen vor der Tür auf. Dämmerlicht fällt durch das Fenster im Gästezimmer. Ich schließe die Augen und versuche, wieder einzuschlafen, aber die Unterhaltung wird lauter, die Worte sind jetzt deutlich zu verstehen.

»Dein Auftrag bestand doch darin, dem FBI dabei zu helfen, diesen Drogendealer aufzuspüren. Warum sollst du jetzt auch noch Drogen von diesem Davey kaufen?«

Es ist Mrs Beckett.

»Die brauchen eine Wirkstoffprobe«, erwidert Miles.

Klapperndes Geschirr macht es mir unmöglich, die Antwort seiner Mom zu hören.

»Ich weiß nicht, wie viele Leute diese neue Droge schon bei ihm gekauft haben, aber wahrscheinlich sind es genug, sodass er mich nicht verdächtigen wird. Abgesehen davon wird sich niemand Davey oder seine Lieferanten vorknöpfen, ehe ich zurück an der Marshall Academy bin. Ich muss nur noch ein paar Informationen sammeln.«

»Ich dachte, das sollte nur eine Praxisübung für dich sein«, sagt Mrs Beckett. »Sieht aber eher so aus, als wäre das FBI gierig auf echte Ermittlungsergebnisse. So gierig, dass sie sogar Kinder für ihre Zwecke ausnutzen.«

»Du darfst nicht vergessen, dass alles nur über meinen Betreuer läuft«, sagt Miles. »Niemand beim FBI weiß, an welcher von Daveys sieben oder acht bevorzugten Schulen ich ermittle. Und die wissen auch sonst nichts über mich.«

»Wissen sie, dass du ein hoch qualifizierter Schüler und Geheimnisträger bist? Die behandeln dich wie irgendeinen beliebigen Informanten.«

»Entspann dich, Mom. Ich halte die meisten meiner Daten bis zum Ende des Halbjahrs unter Verschluss. Und sie wollen nicht nur Davey verhaften, sondern auch seinen Boss und die ganze Organisation dahinter. Außerdem werden sie bestimmt auch ein paar von den Holden-Schülern festnageln und den Schul-Drogenring hochnehmen. Und ich kenne die ganzen Namen.«

Leute aus unserer Schule? Will er etwa Bret und Dominic an das FBI verraten? Weil sie bei Davey Gras und Ecstasy kaufen? Oh Gott, ich will gar nicht darüber nachdenken.

Ich schiebe die Decke weg und stehe auf. Als ich in die Küche trete, endet die Unterhaltung abrupt. Ich werfe einen Blick auf die Uhrzeit an der Mikrowelle. Es ist sechs Uhr dreißig. Mrs Beckett trägt einen Morgenmantel, aber Miles ist bereits angezogen und hat Schweißperlen auf der Stirn. Er muss joggen gewesen sein.

Miles' Mom dreht sich mit einem breiten Lächeln im Gesicht zu mir um. »Morgen, Ellie. Wie hast du geschlafen?«

»Gut, danke.«

Miles nimmt sich einen Apfel aus dem Obstkorb und beißt hinein. »Was dagegen, wenn ich zuerst dusche? Oder brauchst du jetzt das Bad?«

»Geh ruhig«, erwidere ich.

Wir gehen plötzlich so höflich und förmlich miteinander um. Daran bin ich gar nicht gewöhnt. Doch als er an mir vorbeigeht, setzt er ein schelmisches Grinsen auf und flüstert: »Ich schließe die Tür nicht ab. Für den Fall, dass du irgendwas brauchst.«

Mein Gesicht wird ganz heiß, wahrscheinlich laufe ich gerade knallrot an. Er verschwindet im Flur. Als ich wieder zu Mrs Beckett schaue, hat sie die Augenbrauen hochgezogen. Sie hat ihn gehört. Natürlich hat sie das.

»Kaffee?«, fragt sie.

Ich verberge mein Gesicht so gut es geht hinter meinen Haaren. »Nein, danke.«

»Saft? Wasser?«, fügt sie hinzu, nur um das Thema zu wechseln.

»Ja, gern.« Ich setze mich an den kleinen Küchentisch. »Saft klingt gut.«

Kurz darauf sitzen wir zusammen am Tisch, ich mit einem großen Glas Saft und Mrs Beckett mit einem Kaffeebecher. Sie mustert mich eine Weile, dann sagt sie schließlich: »Miles und Simon standen sich sehr nah. Hat er dir das erzählt?«

Ich nicke.

»Als Simon nicht in das Förderprogramm aufgenommen wurde, war Miles am Boden zerstört. Ich glaube, dass es ihm niemals in den Sinn gekommen wäre, dass einer von ihnen es nicht in das Programm schaffen könnte. Ich dachte, er schmeißt die Marshall Academy hin.« Sie versteckt ein verlegenes Lächeln, indem sie den Blick auf ihre Tasse senkt. »Okay, ich hoffte, er würde die Schule verlassen und mit uns in die Schweiz kommen. Aber eines Tages im Hochsommer, nachdem er wochenlang Trübsal geblasen hatte, zog er sich seine Sneakers an, ging laufen und eröffnete mir im Anschluss, dass er bis September noch eine Menge zu erledigen hätte.«

»Das klingt ganz nach Miles«, sage ich.

»Als wir dann im Juni von den schrecklichen Neuigkeiten hörten, dachte ich, er würde nie wieder Freundschaften schließen. Bis er dich traf. Eine junge Frau, die so clever ist, dass sie Miles' Tarnung auffliegen lässt, passt perfekt zu meinem Sohn.« Sie lächelt mich an. »Er scheint wieder etwas Gleichgewicht in seinem Leben gefunden zu haben. Die Leere, die ihn zwei Jahre lang begleitet hat, scheint wieder ausgefüllt zu sein.«

Ich habe keine Ahnung, ob das, was Miles und ich tun, auch nur im Geringsten mit »Gleichgewicht finden« zu tun hat. Ich bringe nur ein schwaches Lächeln zustande. Sie greift über den Tisch und tätschelt meine Hand. »Ich weiß, ihr seid nur Freunde. Miles verlässt die Schule nach Halbjahresende wieder. Es soll nicht sein.«

Für eine Sekunde wünsche ich mir, dass ihre Vermutung wahr wäre. Es wäre so einfach, wenn die Entfernung und die getrennten Schulen unsere einzigen Hürden wären. Nicht die Tatsache, dass Miles mich hassen würde, wenn er alles über mich wüsste. Und ich glaube nicht, dass er mit jemandem zusammen sein könnte, den er nicht in- und auswendig kennt.

»Ja, es soll wohl nicht sein …« Ich senke den Blick. »Ich bin ziemlich gut darin, Miles zu enttäuschen. Ich habe das schon ein paarmal geschafft.«

»Nur weil er hohe Erwartungen hat, bedeutet das nicht, dass du ihm nicht wichtig bist.«

Ich weiß nicht, was ich sagen soll. Als die Badtür aufgeht,

schiebt Mrs Beckett ihren Stuhl zurück und steht vom Tisch auf. »Zeit für mich, Frühstück zu machen.«

Miles kommt zurück in die Küche und stützt sich an meiner Stuhllehne ab. »Ich möchte dir draußen was zeigen.«

Ich deute zum Fenster. »In dieser Kälte? Und in diesem Schnee?«

Er lacht. »Sei nicht so ein Weichei.«

Ich blicke auf meine Pyjamahose hinunter. »Ich bin noch nicht angezogen und geduscht.«

»Das kannst du später noch machen.«

Miles holt ein Paar Wollsocken, Winterstiefel, die mir nur ein bisschen zu groß sind, und eine Skijacke. Ich folge ihm dick eingepackt nach draußen. Kurz darauf stapfen wir durch den Schnee, die Sonne steht schon höher und heller am Himmel.

»Miles Beckett, der Wildführer«, sage ich, als wir schon ein gutes Stück vom Haus entfernt sind. »Du siehst gut aus hier draußen im Wald.«

Er grinst mich an, protestiert aber nicht. Stattdessen legt er noch einen Schritt zu, sodass ich praktisch rennen muss, um mit ihm mitzuhalten.

Kurz bevor meine Finger und Zehen erfroren sind, erreichen wir einen Bach, der durch den Wald fließt. Vor dem Bach steht ein kleines Fort aus Holz.

Miles bedeutet mir, zuerst einzutreten. Ich beuge mich hinein und bin kurz darauf vom kalten Wind befreit. Miles geht zu einer großen Holzkiste, die in das Fort eingebaut ist. Er tippt einen Code ein und öffnet den Deckel. Ich begutachte den Inhalt – Kissen, ein Gasheizer, ein Campingkocher, ein paar Bücher und eine Tüte Marshmallows.

»Die sind wahrscheinlich abgelaufen.« Miles nimmt die Marshmallows aus der Truhe. Bevor ich ihn davon abhalten kann, öffnet er die Tüte und schiebt mir eins davon in den Mund. »Aber du kannst sie testen.«

Langsam kaue ich. Es ist schwer zu sagen, ob es schon schlecht ist oder nur so komisch schmeckt, weil es kalt ist. »Ich hatte schon Schlimmeres.«

Miles stellt den Heizer an und ich wärme sofort meine Hände daran. »Hat das dein Dad für dich gebaut?«

»Ich habe es selbst gebaut«, sagt er. »Während meine Eltern an dem Wohnhaus gearbeitet haben. Hat mich einen ganzen Sommer gekostet.«

Ich kann mir gut einen elfjährigen Miles hier draußen vorstellen, der Holzbretter zusammennagelt und alles nachmacht, was sein Dad gerade tut.

»Also …« Er lehnt sich an eins der Kissen aus der Truhe und sieht mich an. »Worüber hat sich mein Dad gestern Abend mit dir unterhalten?«

Dann bin ich wohl nicht die Einzige, die glaubt, dass es Mr Beckett an Raffinesse fehlt. Trotzdem fühle ich mich verpflichtet, die Unterhaltung geheim zu halten. Zumindest das meiste davon. »Er möchte, dass du mir Selbstverteidigungstechniken beibringst, und ich habe zugestimmt.«

»Wirklich?«

Ich nicke und starre dabei auf seinen Mund. Er ist direkt vor mir. Ganz nah. Bevor wir gestern hier angekommen sind, habe ich mich noch nach einer Auszeit von unserer Nicht-Beziehung gesehnt, einem weiteren Moment »Vergnügen«, wie wir ihn am Abend des Balls hatten. Nachdem ich durch Miles' Eltern einen kleinen Einblick in sein Leben bekommen habe, wünsche ich mir das sogar noch mehr. Gleichzeitig fühlt es sich auch gefährlicher an, riskanter.

Ich rutsche von ihm weg zur Holztruhe. »Mal sehen, was für geniale Bücher der junge Miles so gelesen hat.«

»Kluger Zug«, sage ich zu Mr Beckett, der seinen Turm über einem schwarzen Quadrat schweben lässt.

Er sieht mich an. »Du lieferst ein ziemlich gutes Spiel ab, junge Dame.«

Mrs Beckett lacht vom Sofa herüber. »Und nicht nur im Schach.«

»Stimmt, sie hat es geschafft, einem bekannten Drogendealer einen Peilsender unterzuschieben«, sagt Mr Beckett. »Ich hätte wissen müssen, worauf ich mich da einlasse.«

Oh Mann. Miles hat seinen Eltern wirklich alles erzählt.

»Moment …«, sage ich. »Ihr Sohn hat tatsächlich zugegeben, dass ich den Job für ihn erledigt habe? Miles … ist das wahr?« Ich schaue über meine Schulter, aber der Stuhl, auf dem er vorhin noch gesessen hat, ist leer.

»Er ist noch mal raus und holt Feuerholz«, sagt Mrs Beckett. Sie wirft einen Blick auf die Uhr über dem Kamin. »Das ist siebzehn Minuten her.«

»Vielleicht hat er beschlossen, noch ein paar neue Scheite zu hacken«, sagt Mr Beckett.

»Ich habe keine Axtschläge gehört.«

Miles' Eltern springen gleichzeitig auf und gehen zum Wohnzimmerfenster. Mr Beckett seufzt erleichtert. »Im Gästehaus brennt Licht.«

»Sie haben ein Gästehaus?« Ich trete zu ihnen ans Fenster.

»Wir benutzen es hauptsächlich für unser Training«, erklärt Mrs Beckett. Nachdenklich betrachtet sie das kleine Gebäude hinter dem Haus. Dann wendet sie sich an ihren Mann. »Vielleicht solltest du mal mit ihm reden.«

Mein Magen schnürt sich zusammen. Es war so ein entspannter Tag, aber irgendwann hatte ich das Gefühl, dass sich eine dunkle Wolke über Miles zusammenbraut. Ich greife nach dem geborgten Mantel an meiner Rückenlehne. Ich glaube, ich habe eine Ahnung, was ihn beschäftigt.

»Lassen Sie mich gehen«, schlage ich vor. Bevor einer von beiden etwas einwenden kann, schlüpfe ich in die Stiefel.

KAPITEL 39

Das »Gästehaus« ist nicht abgeschlossen. Leise betrete ich es, aber es ist gar nicht nötig, auf Zehenspitzen zu gehen, denn Miles prügelt so heftig auf einen Boxsack ein, dass die Schläge laut von den Wänden widerhallen. Das einzig Gemütliche in diesem Gästehaus ist der Kamin. In der Ecke befindet sich eine Küchenzeile, eine Couch steht an der Wand und blaue Übungsmatten bedecken fast den gesamten Boden, der mit einem flauschigen weißen Teppich ausgelegt ist.

Der Boxsack, den Miles gerade malträtiert, hängt in der hinteren Ecke. Miles holt zu einem weiteren Schlag aus. Schweiß tropft von seiner Stirn. Ich zucke zusammen, als er den Sack erneut trifft. Es ist so laut, dass das ganze Haus erzittert.

»Dominic will mir nichts verraten. Er macht nicht mal Andeutungen, was ihn und Simon betrifft. Er lügt immer weiter, um alles zu vertuschen.« Der nächste Treffer, diesmal mit dem linken Fuß. »Er spricht auch nicht über den Psycho, der ihn terrorisiert. Aber wenn ich ihn danach frage, fliegt meine Tarnung auf und ich ruiniere alles … verdammt, so eine Scheiße …«

Er ist kurz davor, völlig auszurasten oder zusammenzubrechen. Ich greife nach dem schaukelnden Boxsack und lege meine Arme darum. »Das reicht. Du brichst dir noch die Knochen.«

Er senkt das Bein, mit dem er gerade zutreten wollte, die Anspannung ist ihm deutlich anzusehen. »Meine Eltern haben dich hergeschickt?«

»Nein, das war meine Idee. Aber sie sahen besorgt aus.« Ich lasse den Sack los und stelle mich davor. »Warum erzählst du es ihnen nicht einfach? Sag ihnen doch, was wir machen. Dass es neue Informationen gibt, die das FBI nicht gerade ernst zu nehmen scheint. Vielleicht können sie uns helfen.«

»Das wollte ich.« Miles greift nach dem Saum seines T-Shirts und wischt sich damit die Stirn ab, was mir einen netten Blick auf seine Bauchmuskeln ermöglicht. »Aber sie sind so glücklich, dass es mir gut geht. Ich hasse den Gedanken, ihnen das kaputtzumachen.«

»Was ist mit deinem Betreuer? Kannst du ihn nicht ins Vertrauen ziehen?«

»Dem hab ich es erzählt.« Miles sieht aus, aus wollte er gleich wieder den Boxsack attackieren, doch in diesem Moment scheint er mich endlich richtig wahrzunehmen. Von oben bis unten. »Keine Schuhe im Gästehaus. Mr Lees Regel.«

Ich bücke mich, um mir die Stiefel auszuziehen. »Und wo ist Mr Lee?«

»In Miami«, sagt Miles. »Er lebt den Traum jedes Frührentners. Aber manchmal kommt er zu Besuch und prüft die Matten nach Schuhabdrücken. Früher hat er hier gewohnt.«

Ich öffne den Mantel und werfe ihn zu den Stiefeln auf den Boden. Die wenigen Sekunden reichen aus, um Miles wieder zu seinem Plan zurückzubringen, sich die Seele aus dem Leib zu prügeln. Ich stelle mich zwischen ihn und den bedauernswerten Boxsack.

»Du hast recht. Die Sache mit Dominic kann einen zur Weißglut bringen. Er könnte uns genau sagen, wann Simon sein Haus verlassen hat, in welcher Stimmung er war, mit welchen Worten sie sich verabschiedet haben … Aber er hält das streng unter Verschluss. Auch die Wahrheit über ihn und Simon. Ich kann mir vorstellen, wie du dich dabei fühlst. Aber wenn du dir mal einen Moment Ruhe gönnst, das alles kurz hinter dir lässt, bekommst du vielleicht eine neue Sicht auf die Dinge.«

»Stimmt.« Er holt tief Luft und wendet den Blick vom Boxsack ab.

Ich lächele erleichtert, weil er sich wieder so leicht zur Vernunft bringen lässt. »Deine Eltern haben frei, du bist zu Hause und alles, was wir an diesem Wochenende tun, sollte deinem Gehirn eine Pause verschaffen, damit du die perfekte Lösung finden kannst.«

»Alles, was wir tun«, wiederholt er und wirft mir dabei einen Blick zu, bei dem mir ganz warm wird. »Wie zum Beispiel dein Selbstverteidigungstraining …«

Darauf wollte ich eigentlich nicht hinaus. »Warum willst du mir Selbstverteidigung beibringen? Dein Dad hat sicher seine Gründe, aber falls du es noch nicht mitbekommen hast – ich kann mich ziemlich gut aus Situationen herausreden. Und das ist wahrscheinlich besser, als mich mit jemandem zu prügeln.«

»Davey«, sagt Miles. »Das ist der Grund. Er weiß, wie du aussiehst, und er weiß, wo du wohnst. Ich hätte dich nie –«

»Du wolltest nicht, dass das passiert.«

»Das hat mein Dad auch gesagt.« Miles wirft mir ein schwaches Lächeln zu, das schnell wieder verfliegt. »Aber es ist passiert. Und du … du bist so … du bist einfach … Ich bin …«

»Sprachlos?«, ziehe ich ihn auf. »Was ist aus dem Typen geworden, der mich heute Morgen zum Duschen eingeladen hat?«

Er verdreht die Augen. Endlich kommt er aus seinem Tief heraus. »Komm schon, lass uns mit deiner ersten Übungsstunde beginnen.«

Ich blicke auf mein Sweatshirt und die Leggings. »Aber ich habe mein Ninja-Girl-Kostüm zu Hause vergessen. Was würde Mr Lee denken?«

Miles findet sein schelmisches Grinsen wieder. »Er würde dich auffordern, dein Sweatshirt auszuziehen.«

»Typisch.« Ich schubse ihn. »Mr Lee scheint ein versauter alter Lüstling zu sein.«

Weil ich unter dem Sweatshirt aber ein Tanktop trage, folge ich seinem Befehl.

»Okay«, sagt Miles und baut sich vor mir auf. »Zeig mir deinen besten Tritt.«

»Du willst, dass ich dich trete?« So etwas würde ich nie machen, um davonzukommen. »Wohin? In die Eier?«

Miles zuckt zusammen. »Möglichst nicht.«

Ich habe keine Ahnung, was ich da tue, aber ich hebe trotzdem mein Bein und trete nach ihm. Mein Fuß landet in seiner Hand. Er hebt ihn so weit hoch, dass ich rücklings auf der Matte lande. Mit einem dumpfen Geräusch schlage ich auf. »Oh Mann … mir gefällt dieses Spiel nicht.«

»Ich mache es dir bestimmt nicht leichter, nur weil du ein Mädchen bist.« Er zuckt mit den Schultern, hält mir aber wenigstens die Hand hin. »An meiner Schule kämpfe ich die ganze Zeit gegen Mädchen.«

Das weckt sofort mein Konkurrenzgefühl. Am liebsten würde ich diese Mädchen umhauen, die sich mit Miles über die Matten wälzen.

Als ich wieder auf den Beinen bin, sagt Miles: »Versuch mich zu schlagen.«

Ich schüttele die Arme aus, und als ich sicher bin, dass er nicht damit rechnet, hole ich mit der rechten Faust aus. Er fängt sie problemlos ab, genau wie er es mit meinem Fuß gemacht hat. Mit einem raschen Griff um mein Handgelenk dreht er mich um, bis mein Rücken an seine Brust gepresst ist.

»Ich glaube langsam, du lässt mich absichtlich in die Falle tappen.« Ich versuche mich zu befreien, aber er hält mich fest. »Was soll das Ganze?«

»Der Punkt ist«, sagt er ganz nah an meinem Ohr, »dass du manchmal zu selbstbewusst bist.«

Ich stoße ihm meinen Ellbogen in die Seite, aber sein Griff lockert sich nicht. »Und du willst mich in die Schranken weisen. Vielen Dank auch.«

»Ich will, dass du Angst hast«, sagt Miles. Seine Stimme klingt so intensiv, dass mir ein Schauer über den Rücken läuft. »Ich hab dich neulich beobachtet, als Davey ganz nah bei dir war und sich deinen Ohrring angesehen hat. Du hattest Angst. Ich möchte, dass du dich jetzt an diesen Moment erinnerst und dir vorstellst, du wärst allein. Weder Dominic noch ich sind da. Auch Harper nicht, die dich vom Fenster aus im Blick hat.«

Mein Herz rast, mein Atem geht schneller.

»Gut«, sagt Miles, der meine Körpersprache offenbar versteht. »Stell dir vor, du bist irgendwo unterwegs, es ist dunkel und du hast das Gefühl, du bist nicht allein. Ein Typ wie Davey … Er würde dich in die Enge treiben, zuerst so tun, als wollte er mit dir reden, und dann auf dich losgehen …«

Mein Körper versteift sich, aber ich zwinge mich, Miles weiter zuzuhören. Ich will nicht, dass er denkt, ich würde mit so einer Situation nicht fertig werden. Aber vielleicht hat er recht – vielleicht würde ich das auch nicht.

Als könnte er meine Gedanken lesen, sagt Miles: »Du wirst mit ihm fertig. Ich kann dir zeigen, wie. Aber keine Spielchen, keine Scherze im Trainingsraum. Du musst dich konzentrieren. Du musst mir vertrauen. Schaffst du das?«

Ich schließe die Augen und lehne mich in die Arme, die mich immer noch festhalten. Es ist nicht fair, dass ich nicht die Person sein kann, für die er mich hält.

»Miles?« Meine Stimme zittert, aber ich rede trotzdem weiter. »Warum hast du mich nie nach meiner Familie gefragt?«

Miles lässt mich los und dreht mich zu sich um. »Lawrence hat mich gebeten, es nicht zu tun.«

Ich starre ihn verwirrt an. »Und du hast auf ihn gehört, ohne nach dem Grund zu fragen?«

»Er sagte, es sei wichtig. Warum sollte ich das ignorieren?«

Die Last auf meiner Brust wird immer schwerer. »Keine Ahnung, vielleicht weil es in der menschlichen Natur liegt, die Wahrheit wissen zu wollen?«

Seine Finger landen auf meiner Hüfte und er zieht mich ein Stück näher. »Aber die Wahrheit über deine Eltern ist nicht deine, Ellie.«

Dann frag mich nach meiner Wahrheit. Ich werde dir alles sagen. Ich kann dich nicht länger anlügen. Auch wenn dann alles vorbei ist.

Ich schließe erneut die Augen und blende meine Gedanken aus. »Miles?«

Er zieht mich sanft zu sich heran, bis ich zwischen seinen Beinen stehe. »Ja?«

Ich bin kurz davor, ihm zu erzählen, was mir durch den Kopf geht. Doch dann wird mir klar, dass ich nicht will, dass es vorbei ist. Ich will nicht, dass er mich hasst. Also sage ich stattdessen: »Mache ich dich immer noch verrückt?«

Ich spüre, wie sich seine Finger fester um meine Taille legen.

Er drückt seine Stirn an meine. »Jede. Verdammte. Sekunde.«

Meine Brust hebt und senkt sich schneller, meine Hände zittern, weil es mich so sehr zu ihm hinzieht. Ich umfasse sein Gesicht mit den Händen. »Das Gefühl kenne ich.«

»Was wäre …«, seine Lippen schweben über meinen, »… wenn wir uns noch mal eine Auszeit nehmen? Nur für dieses Wochenende. Wenn wir zurück in Virginia sind, können wir wieder getrennte Wege gehen.«

Ich fühle mich wie eine Statue, die zum Leben erwacht. Ich sehe ihn an und atme tief ein. Er hat seine sanften, freundlichen Augen auf mich gerichtet, doch sein Blick verspricht etwas ganz anderes.

Ich beuge mich vor und lasse zu, dass wir uns küssen. Eine wohlige Wärme breitet sich in mir aus, meine Lippen verweilen auf seinen, bewegen sich kaum, nehmen nur das Gefühl in sich auf. Miles seufzt, dann löst er sich viel zu schnell von mir. Er lässt mich los, geht durch den Raum und dreht an einem Regler an der Wand, bis es dunkel ist. Bevor ich eine Frage stellen kann, nimmt er mich wieder in die Arme und vergräbt sein Gesicht an meinem Hals.

»Ferngläser«, flüstert er. »Die liegen bei meinen Eltern immer direkt neben dem Fenster. Zum Vögelbeobachten. Aber ich dachte, du hättest lieber etwas Privatsphäre.«

Er hebt mich hoch und plötzlich sitze ich auf der Rückenlehne des Sofas. Seine Finger finden den Saum meines Tanktops, schieben sich darunter, schieben den Stoff nach oben.

In meinem Magen kribbelt es nervös, aber ich zwinge mich zu einem Lachen. »Versuchst du etwa, mich in Mr Lees Raum auszuziehen? Ich sollte mein Geld zurückverlangen, wenn das dein Selbstverteidigungsunterricht ist.«

Statt etwas Lässiges zu erwidern, zieht er die Hände unter meinem Top hervor und zupft es glatt. Sogar in der Dunkelheit erkenne ich die Falten auf seiner Stirn. »Tu das nicht, Ellie.«

»Was?«, frage ich verlegen.

Er kommt näher, legt meine Beine um seine Hüfte. »Sei nicht das Mädchen, das Bret den Kopf verdreht und Davey dazu bringt, ihr auf den Hintern zu starren. Ich weiß, das bist nicht wirklich du.«

Mir schnürt sich die Kehle zu.

»Du darfst ruhig nervös sein«, fährt er fort. »Ich bin es jedenfalls. Und ich möchte nicht so tun, als ob mir das hier keine Angst machen würde.«

Ich lege die Arme fester um seinen Nacken.

»Ich weiß, dass es innerhalb der Holden-Clique so wirkt, als hätte ich viel Erfahrung. Aber in Wirklichkeit habe ich so was noch nicht oft gemacht«, flüstert er.

Ich hebe den Kopf und sehe ihn an. »Okay, ich verstehe. Keine coole Ellie mehr. Bist du jetzt fertig mit Reden?«

»Gott, ja«, sagt er ganz nah an meinen Lippen. Er berührt

mein Gesicht mit einer Hand, und seine Zunge schiebt sich in meinen Mund. Wir küssen uns eine gefühlte Ewigkeit.

Irgendwann löse ich mich von ihm und drücke ihn ein Stück von mir weg, damit ich ihn besser betrachten kann. Ich schiebe die Hände unter sein T-Shirt und ziehe es ihm über den Kopf. Meine Hände wandern von seinen Schultern an den Armen hinab und er beobachtet mich die ganze Zeit.

Schließlich beende ich das, was er vor ein paar Minuten begonnen hat, und ziehe mir mein Tanktop aus. Miles kommt sofort wieder näher.

Er mustert mich, wahrscheinlich sucht er nach irgendeinem Anzeichen von Zögern. »Ist dir kalt? Ich kann Feuer machen …«

Ich strecke die Arme aus und ziehe sein Gesicht zu mir. »Später.«

KAPITEL 40

Miles stochert ein letztes Mal in den Flammen, die im Kamin lodern. Er zieht die Decke enger um uns, dann wandern seine Küsse meinen Hals entlang. Ich lehne den Kopf an Miles' Schulter und schließe die Augen.

»Daran könnte ich mich gewöhnen«, sage ich. »Am liebsten würde ich gar nicht mehr nach Hause fahren.«

»Geht mir genauso.« Miles schiebt den Träger meines BHs zur Seite und küsst meine nackte Schulter. »Nur, dass ich zu Hause bin.«

Unter der Decke wird es schnell warm – und mir ziemlich heiß. So heiß, dass ich langsam darüber nachdenke, was Miles und ich hier so allein noch alles tun könnten, abgesehen von dem Kuss-Marathon, den wir bereits hinter uns haben. Als hätte er meine Gedanken gelesen, landen seine Hände sanft auf meinem Bauch und beginnen nach unten zu wandern. Instinktiv zucke ich innerlich zusammen. Möchte ich seine Hand wirklich dort haben?

Miles hält inne. »Ich glaube, wir sollten es dabei belassen.«

»Weißt du, was helfen würde?« Mutig ziehe ich eine Hand unter der Decke hervor und lege sie ihm auf die Wange. »Es würde sicher helfen, wenn ich mich von der übertrieben selbstbewussten Ellie leiten lassen könnte. Sie würde dir genau sagen, wo du deine Hände hinlegen sollst.«

»Du meinst, sie würde wissen, was sie von mir will«, korrigiert er mich. »Im Gegensatz zu dir, weil du dir nicht sicher bist?«

Ich lasse die Hand sinken und seufze. »Als du gesagt hast, dass du es noch nicht oft getan hast, dachte ich, das bedeutet … Oder meintest du, dass du es … mehr als ein Mal getan hast?«

Miles unterbricht mein erbärmliches Gestammel mit einem Lachen. Seine Brust bebt an meinem Rücken. »Gott, Ellie. Ich bin siebzehn, nicht vierzig. Bei dir klingt es, als wäre Unerfahrenheit in unserem Alter etwas Merkwürdiges. Ich möchte jetzt keine Statistiken anführen, aber ich gehöre zur Mehrzahl.«

Ich ziehe die Knie an die Brust und lege die Arme um meine Beine. »Ich war fünfzehn. Schätze, damit gehöre ich zur Minderheit.«

Er schweigt lange, viel zu lange. Ich hätte es ihm nicht sagen sollen.

»Fast sechzehn«, füge ich hinzu.

»Du hast recht. Es ist bei jedem anders. Fünfzehn ist gar nicht so jung.« Miles dreht mich zu sich um. »Und nein, ich habe es noch nicht getan.«

Dann war also die Szene mit dem halb nackten Mädchen, das Klamotten von seinem Balkon geworfen hat, tatsächlich nicht das, wonach es aussah.

Ich beuge mich vor und küsse ihn. Die Decke rutscht zu Boden, ich schiebe mich auf Miles' Schoß und lege die Arme um seinen Nacken. Seine Hände vergraben sich in meinem Haar, wandern über meinen Rücken, drücken uns aneinander. Er öffnet meinen BH, schiebt die Träger von meinen Schultern und wirft das Teil zur Seite.

Dann lässt er sich auf den Rücken sinken. »Was ich an dem Abend auf dem Ball gesagt habe, meinte ich auch so«, sagt er. »Ich tue alles, was du willst, Ellie.«

Ich lege die Arme fester um seinen Nacken, küsse seinen Hals vom Ohr abwärts, bis ich an seinem Schlüsselbein bin. »Ich will nur das hier – dich ganz nah bei mir – in diesem Moment.«

Er legt die Arme um mich und drückt mich an sich. Seine Hand streicht durch mein Haar.

Sonnenlicht fällt in das Gästehaus. Es sieht jetzt ganz anders aus als letzte Nacht – eher wie ein Trainingsraum, kaum noch wie ein romantischer Zufluchtsort. Aber es fühlt sich trotzdem noch romantisch an. Vor allem weil mein Kopf an Miles' Schulter ruht und ich seine Herzschläge zähle, während er noch schläft. Ich will gerade die Augen schließen und wieder einschlafen, als etwas gegen das Fenster kracht. Miles schnellt neben mir hoch, sein Blick huscht durch den Raum, sucht nach der Gefahr.

Wir entdecken gleichzeitig den nassen Kreis auf der Fensterscheibe. Ein zweiter weißer Ball trifft das Fenster an derselben Stelle.

Miles schaut mich an, ein Lächeln spielt um seine Lippen. »Meine Eltern.«

Mit geröteten Wangen richte ich mich auf alle viere auf, sammle meine Kleidungsstücke zusammen und schlüpfe hinein. Als ich das Sweatshirt nehmen will, schnappt Miles danach und zieht es aus meiner Reichweite.

»Entspann dich«, sagt er. »Sie wollen mich nur ärgern.«

Ich will mich auf ihn stürzen, um mir mein Sweatshirt zurückzuholen, doch dann werfe ich einen Blick aus dem Fenster und sehe, wie sich Mr und Mrs Beckett Hand in Hand vom Gästehaus entfernen und in Richtung Wald gehen.

»Wohin wollen die beiden denn?«

»Wahrscheinlich machen sie einen Spaziergang.« Miles zuckt mit den Schultern. »Oder sie gehen Schießen üben.«

Ich stelle mir seine Eltern lieber nicht mit gezückten Waffen vor. »Wie romantisch.«

Miles springt auf und streckt mir die Hand entgegen. »Komm, wir haben viel zu tun.«

»Viel zu tun?«

Er nickt. »Diesmal aber wirklich.«

Dann greift er nach meiner Taille, zieht mich näher und küsst mich. Aber bevor ich den Kuss richtig genießen kann, ist er auch schon wieder vorbei.

»Genug jetzt. Kein Spaß mehr. Kein Küssen.«

Ich nicke schnell und nehme mir vor, alles zu tun, was er mir sagt.

Kurz darauf bin ich schweißgebadet, an diversen Stellen bilden sich Blutergüsse. Aber ich verstehe, warum Miles dieses Training wichtig ist, warum es seinem Dad wichtig ist. Es ist ein befriedigendes Gefühl, die Kontrolle zu haben. Das ist natürlich nicht neu für mich – nur die Tritte und Schläge sind neu.

KAPITEL 41

Ich rutsche auf dem Beifahrersitz hin und her und ächze vor Schmerzen. Mir tun Muskeln weh, die ich wahrscheinlich noch nie benutzt habe.

»Was hast du mit mir gemacht, Beckett?«

Miles grinst, aber es liegt auch etwas Mitgefühl in seinem Blick, vielleicht sogar ein Anflug von schlechtem Gewissen. »Das wird wieder. Die Übungen heute Abend werden dich auflockern.«

Welche Übungen? Oh Gott, bloß nicht! Aber weil ich mir vorgenommen habe, Miles zu vertrauen, verkneife ich mir einen Kommentar. Wir sind gerade an D. C. vorbei, jetzt ist es nicht mehr weit bis nach Hause.

»Wann siehst du deine Eltern wieder?«

»Hoffentlich Weihnachten«, sagt er, ohne den Blick von der Straße zu nehmen.

»Stimmt ja.« Ich rufe mir Miles' Telefongespräch mit seinem Dad am Abend des Balls ins Gedächtnis. »In der Türkei.«

»Nur wenn ich Türkisch lerne. Und ich glaube kaum, dass ich Zeit dazu haben werde. Im Moment steht bei mir einfach zu viel auf dem Plan.«

»Klar, zum Beispiel für das FBI Namen von Junkies sammeln.« Mist, ich wollte doch eigentlich mit den Sticheleien aufhören.

Seine Hände umklammern das Lenkrad fester. »Ich brauch mich nicht mehr um meine Schularbeiten kümmern. Ich bin der Drittbeste in meiner Klasse. Ich bin nicht dort gelandet, weil ich ein Idiot bin.«

Ich seufze innerlich. Nein, du bist dort gelandet, weil du die Vorschriften befolgst – weil du Namen und Nummern zusammenträgst und sie an die entsprechenden Dienststellen weiterleitest.

Ich lehne den Kopf an meinen Sitz und starre aus dem Fenster. Ich bekomme das Bild einfach nicht aus dem Kopf, wie das FBI Justice und Dominic in Handschellen aus der Schule schleift. Und dann ist da auch noch Bret, der tatsächlich eine betrügerische Ader hat und das Gefängnis wahrscheinlich genauso sehr verdient wie ich. Aber warum kümmert es mich überhaupt, was mit den anderen passiert? Hatte ich mir nicht vorgenommen, es Bret, Dominic und Konsorten in Simons Namen heimzuzahlen?

Miles greift nach meiner Hand und schiebt die Finger zwischen meine, was sofort einen angenehmen Schauer bei mir auslöst. Nach letzter Nacht ist es nicht leicht, zum Ausgangspunkt zurückzukehren.

Dabei glaube ich, dass ich ihm bei einigen Dingen wirklich geholfen habe. Er war überfordert, brauchte jemanden, dem er sein Herz ausschütten konnte. Es ist schwer, sich nicht permanent mit Simons Tod auseinanderzusetzen. Besonders nachdem wir die Tatortfotos gesehen haben und diese Eispackung …

»Oh mein Gott!«, rufe ich.

Miles schreckt zusammen und hebt den Fuß, um jeden Moment auf die Bremse zu gehen. »Was ist los?«

»Fahr sofort rechts ran!« Okay, jetzt kommt die Szene, in der wir bei einem Autounfall ums Leben kommen und das wichtigste Teil eines riesigen Puzzles mit uns untergeht. Ich atme tief ein und halte meine Stimme so ruhig wie möglich. »Ich meine, fahr bei der nächsten Möglichkeit rechts ran. Alles gut.«

Miles nickt, ohne den Blick von der Straße zu nehmen. Die Anspannung, die ihn in großen Wellen erfasst, ist deutlich zu spüren. Zum Glück kommt schon nach drei Meilen ein Rastplatz. Kurz darauf halten wir neben einem Picknicktisch.

»Die Eispackung«, sage ich eindringlich. »Auf dem Tatortfoto.« Gott, ich wünschte, ich hätte das verdammte Bild bei mir. Aber mir war es zu riskant, einen gestohlenen Polizeibericht in das Haus von zwei CIA-Agenten mitzunehmen. Miles hat den Umschlag in seinem Geheimzimmer eingeschlossen.

Er runzelt die Stirn. »Was ist damit?«

»Auf der Packung lag ein Löffel.« Ich versuche, mich so genau wie möglich an die Einzelheiten auf dem Foto zu erinnern. »Und ein zweiter lag daneben auf dem Tisch.« Ich mustere Miles, warte darauf, dass es klick bei ihm macht, aber seine Stirn bleibt gerunzelt. »Denk doch mal nach … Wir wissen, dass Dominics Eltern an diesem Abend zu Hause waren. Wir wissen auch, dass Simons Eltern nicht zu Hause waren. Und wir wissen, dass Bret Thomas Simon zu Dominics Haus gefolgt ist, sie beim Knutschen beobachtet hat und dann weggefahren ist –«

»Bret hat sie nicht hineingehen sehen«, murmelt Miles. »Der Motor in Simons Wagen lief noch …«

»Und später an diesem Abend brauchte er zwei Löffel für die

Eiscreme bei sich zu Hause«, sage ich abschließend. »Simon hat Dominic wahrscheinlich zu sich eingeladen, weil er sturmfrei hatte. Er hat ihnen Eiscreme geholt. Vielleicht hat er Dominic sogar seine Waffe gezeigt. Sie könnten sich gestritten haben und die Situation ist außer Kontrolle geraten.«

»Oh Mann.« Miles' Augen sind weit aufgerissen, seine Fingerknöchel treten weiß hervor, so fest umklammert er das Lenkrad. »Dominic ist in das Haus der Gilberts eingebrochen. Wir haben seine Fingerabdrücke gefunden, was nicht im Polizeibericht stand.«

»Und wenn Simon ihn in dieser Nacht mit zu sich genommen hat, erklärt das auch, woher Dominic wusste, wie er sich Zutritt verschaffen kann«, füge ich hinzu. »Er könnte ihn dabei beobachtet haben, wie er den Code in die Alarmanlage eintippt. Wahrscheinlich sind sie auch den Überwachungskameras ausgewichen. Was definitiv nicht schwer ist, vor allem für jemanden, der dort wohnt.«

»Dominic ist nicht eingebrochen, um nach einem Mörder zu suchen«, sagt Miles mit zusammengebissenen Zähnen. »Er wollte seine Spuren verwischen.«

Nach diesen Worten herrscht Stille in Onkel Clydes Wagen.

Schließlich stößt Miles ein paar Flüche aus und schüttelt den Kopf. »Ich hätte nie gedacht, dass er es war. Verdammt noch mal.«

Für einen Moment wirkt Miles völlig verloren. Doch dann richtet er sich in seinem Sitz auf, dreht sich zu mir und sagt entschieden: »Schnall dich an.«

Miles schaltet in den Rückwärtsgang, wendet und rast auf den Highway.

Ich halte mich am Türgriff fest. »Ich nehme an, du hast einen Plan?«

Er nickt. »Wir sind nur zwanzig Minuten von der FBI-Außenstelle entfernt.«

Mir wird noch mulmiger, als mir sowieso schon war. »Wir können doch nicht –«

Ich sehe Miles an und verstumme. Er wird sich auf keinen Fall von seinem Entschluss abbringen lassen. Was bedeutet, dass ich etwa zwanzig Minuten habe, um zu entscheiden, ob ich ihm erzählen sollte, warum ich nicht wirklich begeistert davon bin, in eine FBI-Dienststelle zu spazieren.

Als Miles den Highway verlässt und vor dem FBI-Gebäude nach einem Parkplatz sucht, hat sich die Sorge um meine eigenen Geheimnisse eher auf die von Miles verlagert.

Bevor er aus dem Wagen springen kann, greife ich nach dem Ärmel seines Shirts. »Wir können da nicht ohne einen Plan reingehen. Einen guten Plan.«

»Wir brauchen keinen, wir geben nur Informationen weiter. Das ist alles.«

Ich halte den Ärmel noch fester. »Willst du etwa wie Kathleen French enden? Ich bin noch nicht bereit dafür, dass du einfach verschwindest.«

»Ellie …« Er wirft mir einen liebevollen Blick zu. »Es wird schon alles gut gehen.«

Leider hält mich mein Vertrauensproblem davon ab, diesen Mist einfach hinzunehmen. »Es muss einen Weg geben, ihnen unsere Theorie über Simons Tod zu erklären, ohne deine Tarnung auffliegen zu lassen.«

»Du gehst nicht als du selbst da rein«, sagt er mit Nachdruck.

Verdammt. Das war's mit Plan A. »Okay, dann ziehen wir das zusammen durch. Lass mich nur eine Minute nachdenken.«

Er wirkt skeptisch, nickt aber. »Eine Minute.«

»Und Sie beide haben diese Fotos gesehen?«, fragt Agent Riley. Er hat uns mindestens zwanzig Minuten lang zugehört und uns dabei kaum unterbrochen.

Miles und ich werfen uns einen Blick zu, dann räuspert sich Miles. »Nein, ich habe sie nicht gesehen.«

Guter Junge.

»Ich bin neu an der Holden, also weiß ich nicht wirklich viel über den Fall«, fährt er fort. Als ich das Wort »Fall« höre, zucke ich innerlich zusammen. Ein ahnungsloser Beobachter hätte das nicht so ausgedrückt. »Abgesehen von ein paar Nachforschungen, die ich für mein Soziologieprojekt angestellt habe. Ich bin ein echter Nerd, was Kriminalfälle betrifft.« Er zieht ein winziges Spiralnotizbuch aus der Brusttasche seines T-Shirts und schlägt eine leere Seite auf. »Vielleicht darf ich Ihnen ein paar Fragen zu den Beweisen stellen, wenn Ellie fertig ist?«

Okay, fünf Wiedergutmachungspunkte für den Anfänger.

»Also nur du, Eleanor?«, will Agent Riley wissen. Ich nicke. »Und wer hat euch die Fotos gezeigt?«

Die Tür zum Verhörraum geht auf und eine Agentin setzt sich wortlos neben Riley.

»Äh …« Mein Blick huscht zwischen den beiden Agenten hin und her. »Ich kenne seinen Namen nicht. Ein Neuntklässler … Donnie vielleicht.«

»Ich dachte, du hättest Joey gesagt«, behauptet Miles. »Ich hätte schwören können –«

»Ich glaube, er hatte dunkle Haare«, unterbreche ich Miles.

»Der Junge, den du mir auf dem Gang gezeigt hast, war definitiv blond«, erklärt Miles.

Die Agentin, die gerade hereingekommen ist, hebt den Arm und bringt uns zum Schweigen. »Okay, die Tatortfotos gehen also in der Holden Prep herum und ihr seid nicht sicher, wer sie zuerst hatte, richtig?«

Ich nicke ihr zufrieden zu. »Ganz genau.«

»Und dieser Bret Thomas hat euch erzählt, dass er Simon und Dominic DeLuca …«, Agent Riley rutscht auf seinem Stuhl hin und her, »… in körperlichem Kontakt gesehen hat. An dem Abend, als Simon Selbstmord begangen hat.«

»Angeblich«, korrigiert ihn Miles. Als Riley eine Augenbraue hebt, fügt er hinzu: »Angeblich Selbstmord begangen hat.«

»Ja«, sage ich. »Das hat Bret mir erzählt.«

»Und Dominic DeLuca hat zugegeben, dass er anonyme E-Mails bekommt von einem Absender namens …«, Riley wirft einen Blick auf den Schreibblock vor ihm, »… *all eyes on you*, die Fotos von dem Vorfall enthalten, den Thomas bezeugen kann.«

Miles kratzt sich am Hinterkopf. »Na ja, also er war ziemlich betrunken, als er mir das erzählt hat. Und ich bezweifle, dass er vor Ihnen auspacken würde, aber ich habe das Foto gesehen. Er musste pinkeln und da hab ich eine der Mails an mich weitergeleitet.«

Er holt sein Handy heraus, lässt sich Rileys E-Mail-Adresse geben und schickt ihm das Bild. Er muss kürzlich an Dominics Handy oder E-Mail-Passwort herangekommen sein. *Was verheimlichst du noch vor mir, Miles?*

Die Agenten hängen eine Weile über der E-Mail, dann blickt Riley auf und lächelt knapp. »Danke für die Informationen.« Er wendet sich wieder mir zu. »Wir bleiben in Kontakt, falls wir weitere Fragen haben.«

Ich seufze erleichtert. Miles hat es geschafft, sich für sie als nutzlos darzustellen, abgesehen von der weitergeleiteten E-Mail. Doch dann wird mir klar, dass es nicht so aussieht, als ob sie einer von unseren Theorien nachgehen würden. »Also … dann ist es doch möglich, dass noch jemand Dominic an diesem Abend bei Simon zu Hause gesehen hat, richtig? Vielleicht wird er deshalb mit den E-Mails terrorisiert – um ihm zu sagen, hey, ich weiß, was du getan hast?«

Die beiden Agenten wechseln einen Blick, dann ergreift die Frau das Wort. »Dominic DeLuca hat ein wasserdichtes Alibi für Simons Todeszeitpunkt.«

Agent Riley öffnet eine Akte, die neben seinem Schreibblock liegt, und schaut hinein. »Justice Kimura hat ausgesagt, an diesem Abend mit ihm zusammen gewesen zu sein. Sie haben an einem Mini-Markt angehalten und ein paar Artikel gekauft. Ein Angestellter hat sie identifiziert und ihre Geschichte bestätigt.«

»Welcher Mini-Markt?«, will Miles wissen. »Haben Sie Aufnahmen von den beiden aus der Überwachungskamera?«

Shit. Er hat sich nicht mehr im Griff. Das ist zu persönlich für ihn. Ich drehe mich zu ihm. »Hör auf, eine deiner Sherlock-Holmes-Geschichten aus dem Ganzen zu machen. Für dich ist Simon vielleicht nur ein Name auf dem Papier, aber für mich war er ein Freund!«

Miles wirkt erschrocken nach meinem Ausbruch. »Sorry.«

»Schon okay.« Ich wende mich wieder den beiden Agenten

zu, die uns gegenübersitzen. »Aber mal im Ernst. Wenn Simon sich hätte umbringen wollen, wozu hätte er dann die Packung Eis gebraucht? Oder die zwei Löffel? Könnte das Eis auch von jemand anderem gewesen sein? Waren Simons Fingerabdrücke auf der Packung?«

»Es war halb aufgegessen«, sagt Riley.

Das ist ein Ja.

Die Agentin räuspert sich. »Es gab drei verschiedene Fingerabdrücke. Die von Simon, der Haushälterin und dem Kassierer des Supermarkts.«

»Dann ist es doch möglich«, sage ich.

»Was?«, fragt die Frau. »Dass Simon Gilbert Eis isst, bevor er sich in den Kopf schießt? Oder dass Dominic DeLuca in sein Haus eigeladen wurde und es geschafft hat, Simon aus nächster Nähe zu erschießen, ohne Fingerabdrücke oder DNA-Spuren auf der Waffe zu hinterlassen? Und dass er sich gleichzeitig ein Alibi mit zwei Zeugen verschafft hat, von denen einer nicht einmal in persönlicher Beziehung zu ihm und der DeLuca-Familie steht?«

Neben mir rutscht Miles auf seinem Stuhl herum und ich bereite mich auf den nächsten Ausbruch vor. Doch er nimmt nur meine Hand von der Armlehne und hält sie fest in seiner. »Versprechen Sie uns, dass Sie das wenigstens überprüfen werden?«

Die versteinerten Mienen der beiden Agenten nehmen einen mitfühlenden Ausdruck an und Agent Riley sagt: »Natürlich, ihr habt mein Wort.«

Zurück im Auto schiebt Miles wortlos den Schlüssel ins Zündschloss und fährt los, doch ein paar Querstraßen weiter hält er schon wieder an und stellt den Motor ab.

»Wusstest du, dass Dominic mit Justice unterwegs war?«, fragt Miles ruhig.

»Nein.« Ich werfe ihm einen kurzen Blick zu. »Ich nehme an, du wusstest auch nichts davon?«

Er schüttelt den Kopf. »Wir haben nur den Polizeibericht gesehen. Das FBI hat innerhalb von vierundzwanzig Stunden die Ermittlungen übernommen. Wahrscheinlich gibt es einiges, was wir nicht wissen.«

Ich lasse mich in den Beifahrersitz sinken. Warme Hände gleiten an meinen Armen hinauf. Miles beugt sich zu mir und mustert mich. »Eigentlich ist doch immer noch Wochenende, oder?«

Bevor ich antworten kann, küsst er mich. Mein Herz pocht, ein angenehm warmes Gefühl breitet sich von meinem Haaransatz bis zu den Zehenspitzen aus. Und irgendwo in meinem Kopf sagt eine Stimme, dass ich falle. Und zwar viel zu schnell.

Doch ich strecke trotzdem die Arme über die Mittelkonsole aus, denn ich brauche mehr von ihm. Meine Hände wandern unter seine Jacke und ich weiß nicht mehr, was ich tue. Ich habe den Durchblick verloren. Ich habe mir eingeredet, dass ich Miles verdient habe, aber tief in meinem Inneren liegt die Wahrheit verborgen, tickend wie eine Bombe, die unvermeidlich hochgehen wird. Es ist nur eine Frage der Zeit, aber ich bin so sehr im Junkie-Modus gefangen, dass ich die Explosion am Ende unserer Geschichte nicht kommen sehe.

KAPITEL 42

»Nein«, sagt Miles zum hundertsten Mal.

Er hebt meinen Arm und zeigt mir erneut, wie ich seinen Faustschlag in mein Gesicht verhindern kann. Er wartet, bis ich bereit bin, dann holt er wieder aus. Ich kann die Panik nicht abschalten, das Bedürfnis, mich zu ducken, wenn seine Faust auf mich zukommt. Und weil ich zu lang brauche, um eine Entscheidung zu treffen, ducke ich mich nur halb weg und blockiere nicht vollständig. Er hält in der Bewegung inne.

»Nein«, wiederholt er. »Behalt mich im Auge. Lass deinen Arm oben.«

Es ist nicht nur die Panik, die mich durcheinanderbringt, es sind auch die ganzen Kommentare, die ich mir während des Trainings verkneifen muss. Wieso zur Hölle müssen wir das um sechs Uhr morgens durchziehen? Woher kommt der eklige Geruch dieser Schulmatten? Und muss ich wirklich darauf liegen und riskieren, mir eine Ringelflechte einzufangen?

Und was, wenn ich das Verlangen verspüre, dich noch einmal zu küssen? Es ist Montag. Ist das trotzdem erlaubt?

Miles lässt seufzend die Arme sinken. »Du musst alles andere draußen lassen.« Er deutet auf die Türen der Sporthalle. »Es zählen nur du und ich und dieses Training. Fertig?«

Ich nicke und warte auf einen neuen Angriff von Miles. Als er ausholt, blockiere ich seine Faust mit meinem Arm.

»Ja! Genau so!« Er macht einen Schritt zurück und bereitet sich auf den nächsten Schlag vor. »Noch mal.«

Als ich später nach dem Duschen aus der Mädchenumkleide komme, wartet Miles auf dem Gang auf mich. Wir haben noch fast dreißig Minuten Zeit, bevor es zur ersten Stunde klingelt.

»Willst du dir am Imbissstand noch einen Bagel holen?«

Ich ziehe eine Augenbraue hoch. »Das klingt ja fast nach einem Frühstücksdate.«

Seine Wangen bekommen Farbe, aber er weicht meinem Blick nicht aus.

»Ja, ich könnte einen Snack vertragen.«

Miles geht voran, während ich mir meine feuchten Haare flechte. Er bestellt einen Bagel mit Frischkäse und einen Kaffee. Und für mich einen mit Erdnussbutter und Marmelade. Dann setzen wir uns mit unserem Frühstück auf eine nahe gelegene Bank.

Ich bin nicht richtig hungrig, also sehe ich Miles dabei zu, wie er den Frischkäse penibel auf seinem Bagel verteilt. »Hast du gestern Abend mit Dominic geredet?«

»Ja.« Er legt das Plastikmesser zur Seite und drückt die Bagelhälften aufeinander. »Aber es gibt nichts Neues. Glaubst du, ich sollte ihn noch mehr unter Druck setzen?«

»Willst du meine Meinung hören?«, frage ich ihn.

»Ja, du kannst das irgendwie besser als ich«, erwidert Miles. »Leute zum Reden bringen, ohne dadurch alles zu ruinieren. Du hast es bei Jacob und bei Bret geschafft. Und gestern bei den FBI-Agenten. Ich hab nichts aus ihnen herausbekommen, aber als du dich eingemischt hast, haben sie plötzlich von den Fingerabdrücken auf der Eispackung erzählt.«

Ich brauche einen Moment, um meine Gedanken zu ordnen. Dann sage ich: »Das ist etwas, was man nicht vorausplanen kann. Man muss sich langsam herantasten und in der Lage sein, einen offenen Türspalt zu bemerken. Der Weg hinein ist bei jedem anders.«

Er wirft mir einen seiner lodernden Blicke zu. »Wie funktioniert das?«

»Bret respektiert Menschen, die ihn überraschen, die ihn austricksen können. Aber Jacob ist völlig anders … Ich hab ausprobiert, ob er auf Gerüchte und Lästereien steht – aber das tut er nicht. Und ich wusste schon, dass er ziemlich unsicher ist und Angst haben würde, ich könnte ihn erledigen, und dass er ein Geheimnis für sich behalten kann.«

Es ist seltsam, das alles in Worte zu fassen. Es klingt so berechnend und unmoralisch. Wie manipuliert man andere Menschen? »Du musst herausfinden, was sie mögen, was ihnen wichtig ist.«

Miles schweigt eine Minute lang, beißt von seinem Bagel ab und kaut langsam. »Bei Jacob irrst du dich. Er hat keine Angst vor dir. Sonst hätte er dir nicht anvertraut, was Chantel ihm erzählt hat. Er respektiert dich, weil du der Wahrheit auf den Grund gehen willst und weil du das Richtige tust.«

Ich verschlucke mich an meinem Kaffee. Ich tue das Richtige? Oh nein. »Siehst du? Du hast es schon kapiert. Du brauchst meine Hilfe nicht. Abgesehen davon hat sich Dominic dir gegenüber schon etwas geöffnet. Mit mir würde er keine zwei Worte wechseln.«

»Vielleicht spielt er mir ja nur etwas vor«, hält Miles dagegen, und zwischen den Zeilen höre ich, was er nicht ausspricht: Dominic könnte ein Mörder sein. »Was ist mit Justice? Wie ist es bei ihr?«

Ich nehme mir eine Serviette von dem kleinen Stapel, der zwischen uns liegt. »Sie gibt ihr Bestes, um ihrem Image als fiese Zicke gerecht zu werden, aber in Wirklichkeit ist sie das nicht –«

Während die Worte aus mir heraussprudeln, entdecke ich Justice am anderen Ende des Flurs auf dem Weg zu ihrem Spind. Und plötzlich wird mir bewusst, dass ich genau weiß, wie ich sie zum Reden bringe.

Ich lege meinen Bagel auf die Bank und springe auf. »Danke fürs Frühstück«, sage ich zu Miles, hänge mir meinen Rucksack über die Schulter und gehe zu Justice.

»Justice«, rufe ich ihr zu.

Sie bleibt vor ihrem Spind stehen. »Hey, Ellie.«

»Hör mal«, beginne ich, »das mit dem Homecomingball tut mir leid. Ich wollte nicht –«

»Ist schon gut.« Sie schiebt ihr Mathebuch in den Spind und weicht meinem Blick aus. »Miles ist heiß und so, aber wir sind ja nicht verliebt. Und wie du gesagt hast, er ist sowieso bald wieder weg.«

Als müsste ich daran erinnert werden. »Trotzdem, ich möchte, dass alles wieder gut zwischen uns ist, okay? Ich könnte eine Freundin gut gebrauchen.«

»Ich bin nicht sicher, ob ich die Freundin bin, die du dir wünschst.« Sie schaut wieder weg und kramt in ihrem Spind. »Dates meiner Freundin kommen für mich normalerweise nicht infrage.«

»Hast du uns etwa beobachtet?«, frage ich.

Sie lacht. »Äh, nein, aber das war ja wohl offensichtlich.«

»Ich war total aufgelöst, weißt du? Auf dem letzten Ball war ich noch mit Simon, an dem Abend, als er starb. Das hat mich alles wieder eingeholt. Und dann war Miles da …« Ich schüttele den Kopf. »Keine wirkliche Entschuldigung, aber die Wahrheit.«

»Okay, danke, dass du es mir erzählt hast.« Endlich lässt sie ihre Maske ein Stück fallen.

»Und was Miles angeht, würde ich ihm keine allzu großen Vorwürfe machen«, fahre ich fort. »Manchmal tun wir Dinge, die wir besser lassen sollten, nur weil uns jemand leidtut. So wie du dem FBI erzählt hast, dass du mit Dominic zusammen warst, als Simon gestorben ist.«

Im nächsten Moment steht sie stocksteif da und hat eine unsichtbare Mauer zwischen uns errichtet. »Was hätte ich denen sonst erzählen sollen?«

»Vielleicht, dass Dominic eigentlich doch nicht mit dir zusammen unterwegs war?«, sage ich leise. »Vielleicht, dass er sich nach dem Ball mit Simon getroffen hat und du ihn nur deckst?«

»So war es aber nicht«, zischt Justice. Sie greift nach einem ihrer Bücher, ihre Hand zittert. Rasch schiebt sie die Hand hinter ihren Rücken.

»Nein?« Ich warte auf eine Erklärung von ihr, als sie jedoch nichts erwidert, fahre ich fort: »Ich bin nicht die Einzige, die weiß, dass Simon zu Dominics Haus gefahren ist, nachdem er mich abgesetzt hatte. Ich dachte nur, du verdienst eine Warnung.«

Ich hätte keinen besseren Abgang inszenieren können, als

den, der nun zufälligerweise folgt. Als ich Justice stehen lasse, biegen drei schwarze SUVs in den Wendekreis vor der Schule ein. Ein halbes Dutzend Secret-Service-Agenten springt aus den Autos. Ich entdecke sowohl Aidan als auch Jack. Die Männer haben versteinerte Mienen und wirken angespannt.

Jacob und Chantel tauchen neugierig neben mir auf. Ich wechsele einen Blick mit Justice und ziehe eine Augenbraue hoch. Sie schluckt, ihre Augen sind panisch aufgerissen.

Chantel stößt mich mit dem Ellbogen an und nickt in Aidans Richtung. »Ist das nicht –?«

»Der Freund meiner Schwester? Jep.«

Aidan und seine Leute hetzen an mir vorbei. Er blickt starr geradeaus, sieht mich nicht einmal. Der Schulleiter kommt aus seinem Büro und nimmt die Agenten auf dem Gang in Empfang. Jack tritt vor und übernimmt das Gespräch, während sich die anderen im Hintergrund halten und wie Statuen aufbauen.

Die erste Stunde beginnt in wenigen Minuten und die Flure füllen sich schnell. Ich mache mich auf den Weg zu meinem Klassenraum, bleibe jedoch stehen, als ich sehe, dass der Schulleiter Bret Thomas aus dem Meer der Schüler fischt. Ich kann nicht verstehen, was er sagt, aber Brets Augen weiten sich. Er bricht in Panik aus. Einer der Agenten deutet den Gang hinunter in Richtung der Laborräume, dann geht Bret ihm hinterher.

Justice ist nah an mich herangerückt und klammert sich jetzt verzweifelt an den Ärmel meines Pullovers.

Die Leute bleiben stehen, um etwas von den Geschehnissen mitzubekommen. Der Schulleiter setzt ein steifes Lächeln auf und klatscht in die Hände, damit alle in ihren Klassenräumen verschwinden. Als er zu seinem Büro zurückgeht, schwärmen die Agenten aus. Die eine Hälfte folgt ihm in sein Büro und die andere – zu der auch Aidan gehört – läuft den Gang zu den Laborräumen hinunter.

Ich drehe mich zum Ausgang um und blinzele in die Sonne. Auf der gegenüberliegenden Straßenseite stehen mehrere Übertragungswagen. Ich will Miles eine Nachricht schicken, als zwei Neuntklässlerinnen an uns vorbeistürzen. Sie haben ihre Smartphones in der Hand und tuscheln so laut, dass ich sie verstehen kann.

»Wenn es kein Selbstmord war, wer hat ihn dann umgebracht, frage ich mich.«

Gänsehaut kribbelt auf meiner Haut. Jacob zeigt Chantel, Justice und mir das Display seines Handys. Auf der Website von CNN steht die Schlagzeile: *Senator Gilberts Sohn ermordet: Neue Hinweise widerlegen die Selbstmordtheorie. Der Fall wird neu aufgerollt.*

Ich schaue mich nach Miles um, ich muss sein Gesicht sehen. Ist das alles wegen uns? Passiert das wirklich? Aber bevor ich Miles ausfindig machen kann, werde ich von Justice in die Toilette gezerrt.

Hastig überprüft sie die Kabinen. »Was zum Teufel geht hier vor, Ellie?«, fragt sie dann.

»Ich weiß es nicht«, antworte ich wahrheitsgemäß.

»Bret hat dir von Dominic und Simon erzählt, stimmt's?«, will sie wissen, aber sie lässt mich nicht zu Wort kommen. »Ich wusste, dass er Bescheid weiß. Gott, was für ein Lügner!«

»Ich nehme an, dass du nach dem Ball tatsächlich nicht mit Dominic zusammen warst.« Ich versuche, ruhig zu bleiben. Aber heilige Scheiße, das bedeutet – ich kann den Gedanken nicht zu Ende führen, obwohl wir diese Theorie gestern schon bei Agent Riley angesprochen haben.

»Sieh mich nicht so an, Ellie.« Sie reißt die Augen noch weiter auf. »Dominic hat Simon nichts getan, und selbst wenn, ich hatte keine Ahnung – sonst hätte ich ihn nie gedeckt.« Sie hält sich die Hände vors Gesicht und atmet aus. Als sie wieder aufblickt, liegt pure Verzweiflung in ihrem Blick. »Du musst mir helfen. Ich weiß, dass du gut in so was bist. Du hast Jacob geholfen und du hast gute Beziehungen durch den Freund deiner Schwester.«

»Jemandem, der das FBI angelogen hat, kann ich nicht helfen.« Es fällt mir nicht leicht, mich auf diese Riesenchance zu konzentrieren, denn ich will unbedingt hier raus und Miles suchen. Genau in diesem Augenblick vibriert mein Smartphone, Miles' Name leuchtet auf dem Display auf. Ich drücke den Anruf weg. »Und ich kann dir erst recht nicht helfen, wenn du mich auch anlügst.«

»Okay, ich werde dir alles erzählen.« Sie nickt, als wollte sie sich selbst davon überzeugen. »Alles fing damit an, dass Dominic mich gefragt hat, ob ich vor dem Ball zu ihm kommen kann. Er meinte, seine Eltern würden ihn erst in Ruhe lassen, wenn er ihnen sein Date präsentiert. Also änderte ich meine Pläne mit Austin Mahogany, sagte ihm, dass wir uns dort treffen, und spielte für Dominic mit.«

»Du hast ihm geglaubt? Dass dein Auftauchen bei ihm zu Hause seine Eltern glücklich machen würde?«

»Na ja, nein«, gibt sie zu. »Aber ich hab ihn eine Woche vorher dabei erwischt, wie er Simon eine Nachricht geschickt hat. Ich hab ihm im Spanischkurs über die Schulter geschaut.«

Ich mustere sie skeptisch. Ich kann kaum glauben, dass Dominic DeLuca, der nach wie vor unglaubliche Anstrengungen unternimmt, seine Beziehung mit Simon zu verheimlichen, so unvorsichtig war, Simons richtigen Namen in sein Handy zu tippen. Ich erwähne das Justice gegenüber.

»Ich habe seinen Namen nicht gesehen, und auch kein Foto oder so. Aber als eine neue Nachricht kam, war ein Bild von Simons Katze dabei.« Sie sieht mich an, als wollte sie sagen: *Ja, ich weiß, wie das klingt.* »Ich gehe mit meinem Hund zum selben Tierarzt wie die Gilberts. Wir sind uns letzten Herbst mal in der Praxis begegnet.«

Während ich mit jeder Sekunde immer besorgter werde, schicke ich Miles eine kurze Nachricht.

Ich: Gib mir 5 min.

»Okay, du wusstest also schon vor dem Ball über die beiden Bescheid und hast Dominic einen Gefallen getan. Aber wieso hast du Dominic auch später an diesem Abend gedeckt?«

»Auf dem Weg zum Ball habe ich ihm erzählt, dass ich sein Geheimnis kenne, und ihm vorgeschlagen, sich später noch mit Simon zu treffen. Er sollte seinen Eltern erzählen, dass er mit mir ausgegangen ist.« Sie macht eine kurze Pause. »Ich bin sogar mit zu ihm nach Hause gefahren, hing eine Weile in seinem Zimmer rum. Er wollte, dass ich mit seinem Auto zu Austins Party fahre, die nach dem Ball noch steigen sollte. Dann hätten die Leute seinen Wagen dort entdeckt und geglaubt, dass er auch auf der Party ist –«

Ich hebe die Hand und bringe sie zum Schweigen. Mehr muss ich nicht hören. Den Rest kenne ich bereits. »Dominic hat seinen Eltern erzählt, er geht zu Austin, und ist mit dir rausgegangen. Dann bist du in seinem Auto weggefahren, und Simon ist aufgetaucht, um Dominic abzuholen. Bret ist Simon gefolgt, hat sie zusammen gesehen und ist weggerast.«

»Bret?«

Ich schüttele den Kopf, denn ich will ihr nicht antworten, ehe ich das alles durchschaut habe. Ich gehe auf der Toilette auf und ab. »Der Verkäufer hat nicht Dominic gesehen, sondern nur Dominics Auto«, schlussfolgere ich. »Und ich wette, Dominic ist gleich am nächsten Morgen zu dir gekommen und hat dich gebeten, zu behaupten, er sei den ganzen Abend mit dir zusammen gewesen.«

»Du hast ihn nicht gesehen«, verteidigt sie sich. »Er kam die ganze Woche nicht aus seinem Bett. Er war völlig am Boden zerstört. Er wusste, wie schlimm es für ihn stand –«

Nun verliere ich endgültig die Nerven. »Weil er jemanden umgebracht hat!«

Sie öffnet den Mund, um zu protestieren, aber ich lasse sie nicht zu Wort kommen. »Kam es dir überhaupt nicht merkwürdig vor, dass Dominic unbedingt wollte, dass du sein Auto nimmst? Nachdem du erfahren hattest, was mit Simon passiert war, hast du da nicht ein Mal darüber nachgedacht, dass Dominic dich zu seinem Alibi gemacht hat, damit er etwas Schlimmes tun konnte?«

Justice schaut mir direkt in die Augen, nicht die Spur eines Zweifels liegt in ihrem Gesicht. »Nein. Nie.«

Ich hebe die Hände. »Ist das dein Ernst? Du hast einfach dagesessen und gedacht, wow … echt scheiße für Dominic, dass Simons Selbstmord so ein schlechtes Timing hatte? Dass es genau in dem Moment passiert ist, als sie zusammen waren?«

Für eine Weile sind wir wie erstarrt, und dann sehe ich, dass die Wahrheit Justice genauso trifft, wie die Wellen mich überspült und zum Grund des Meeres gezogen haben. Sie beginnt ebenfalls auf und ab zu tigern. »Oh mein Gott … Ich hab das FBI angelogen. Ich komme ins Gefängnis. Meine Eltern werden mich umbringen.«

Ihre Stimme wird mit jeder Silbe lauter. Ich baue mich vor ihr auf und halte sie an den Armen fest, damit sie stehen bleibt. »Wenn du nicht willst, dass dich die ganze Schule hört, hältst du jetzt besser die Klappe.«

Augenblicklich laufen ihr Tränen über die Wangen. »Was soll ich denn jetzt machen? Mich stellen? Warten, bis sie hinter mir her sind? Wird dann nicht alles noch schlimmer?«

Ich schüttele den Kopf. »Ich weiß es nicht. Wir müssen –«

Es läutet zum Unterricht, und das bedeutet, dass Justice und ich zu spät zur ersten Stunde kommen. Sie wirkt wieder völlig panisch. »Wenn ich den Kurs sausen lasse, sieht das bestimmt verdächtig aus. Ich muss Dominic finden –«

»Nein!« Ich verstelle ihr den Weg zur Tür und hole mein Handy heraus. »Hast du immer noch nicht kapiert, dass er ein Mörder ist?« Ich brauche Miles. Er wird wissen, was zu tun ist. Ich schicke ihm noch eine Nachricht.

Ich: Hilfe! Justice hat einen Nervenzusammenbruch. Auf dem Klo.

Ich wähle die Nummer des Sekretariats. »Hallo, hier ist Candace aus dem Starbucks drüben auf der Lincoln«, sage ich mit gespieltem Südstaatenakzent zur Sekretärin. »Wir haben hier eine Justice Kimura bei uns, und laut ihres Schülerausweises geht sie an Ihre Schule.«

»Ja, das stimmt. Ist alles in Ordnung?«

»Na ja, sie hat sich auf der Toilette versteckt und will nicht rauskommen. Ich fürchte, dass sie nicht ganz pünktlich kommen wird. Vielleicht sollten Sie ihre Familie mal anrufen? Oder möchten Sie, dass ich das erledige?«

Justice wirkt völlig entsetzt, hält aber den Mund.

»Ähm, nein, das ist nicht nötig«, sagt die Sekretärin. »Solange es ihr gut geht, erwarten wir sie einfach etwas später. Danke für den Anruf.«

Ich lege auf und sage zu Justice, dass sie sich nicht von der Stelle rühren soll. Ich hetze durch die Gänge zu Miles' Klassenraum. Vorsichtig spähe ich hinein, um ihm ein Zeichen zu geben, aber er sitzt nicht auf seinem Platz.

Fünfzehn Minuten später bin ich zurück in der Mädchentoilette, wo Justice inzwischen auf dem Boden hockt. Ich habe in allen Toiletten der Schule nachgesehen, in der Turnhalle, den Umkleideräumen, in der Bibliothek – aber keine Spur von Miles.

Jetzt breche ich selbst in Panik aus. Ich bin kurz davor, Justice auf eigene Verantwortung anzuzeigen, aber irgendetwas hält mich davon ab. Wie sie mich angesehen hat, als sie sagte, dass sie niemals gedacht hätte, Dominic könnte Simon so etwas antun. Ich möchte nicht, dass sie Probleme bekommt, nur weil sie der falschen Person vertraut hat. Sollte Dominic tatsächlich gefährlich sein, muss Justice an einen sicheren Ort gebracht werden.

»Du wirst jetzt Folgendes tun«, sage ich und sie steht sofort auf. »Du gehst zu Starbucks, bestellst einen Kaffee und gehst aufs Klo, um unsere Spuren zu verwischen. Dann gehst du …«

Ich zerbreche mir den Kopf nach einer Idee. »Du gehst zu deinem Hausarzt. Du sagst, dass du sofort einen Termin brauchst. Dann googelst du seltene Krankheiten, suchst dir eine aus und tust so, als hättest du ein paar der Symptome. Du wirst den ganzen Tag in der Praxis bleiben.«

»Und was hast du inzwischen vor?«, fragt sie mich.

»Ich gehe zum Unterricht. Ich war nie mit dir hier.«

Ich öffne das Fenster und fordere sie auf, die Schule auf diesem Weg zu verlassen. Zu meiner Überraschung zögert sie keine Sekunde und klettert nach draußen. Als sie weg ist, lehne ich mich an die Wand und atme ein paarmal tief durch, während ich darauf warte, dass es läutet.

Miles sollte besser bald auftauchen, denn ich weiß nicht, wie lange ich das alles noch allein durchziehen kann.

KAPITEL 43

Es dauert kaum mehr als zwölf Stunden, bis die Sicherheitsbehörden Justice zu einer Befragung abholen. In der Nachricht, die sie mir um einundzwanzig Uhr geschickt hat, stand nur: *Sie sind jetzt hier.* Dann kam nichts mehr. Stundenlang. Auch keine Nachricht von Miles seit unserem Bagel-Date heute Morgen. Aidan ist nicht nach Hause gekommen, also kann ich ihn nicht mit Fragen löchern. Meine Schwester ist die ganze Nacht bei den Feldsteins, weil sie ihren Hochzeitstag feiern. Also habe ich niemanden, an dem ich mich festhalten kann.

Obwohl ich am Rand der Verzweiflung bin, döse ich gegen halb zwei Uhr morgens ein. Doch nur ein paar Minuten später wache ich wieder auf, als sich ein warmer Körper neben mir ins Bett legt. Bevor ich die Augen öffnen kann, landen Lippen auf meinen Mund. Vertraute Lippen, die ich seit einer gefühlten Ewigkeit nicht mehr geküsst habe. Miles vergräbt die Hand in meinem Haar, presst seine Brust an meine. Sein Herz pocht unter seinem Shirt. Für ein paar Minuten vergesse ich, dass ich ihm vor Stunden eine Nachricht geschickt und keine Antwort bekommen habe.

Doch dann schiebe ich Miles von mir weg. »Wo zur Hölle warst du? Ich bin fast verrückt geworden!«

»Tut mir leid«, erwidert er. »Als der Medienrummel losging, hat mich mein Betreuer da rausgeholt, bevor ich irgendjemandem Bescheid sagen konnte.« Er zieht die Augenbrauen zusammen. »Glaub mir, ich bin auch fast durchgedreht.«

Ich richte mich auf. Es gibt so viele Fragen, dass die Müdigkeit sofort von mir abfällt. »Was ist eigentlich passiert?«

»Ich weiß es nicht.« Miles lehnt sich ans Kopfende meines Bettes. »Agent Riley schien am Sonntag nicht besonders an unserer Hilfe interessiert zu sein – und trotzdem stürmt der Secret Service die Schule.«

»Sie haben Justice vorhin zur Befragung abgeholt«, berichte ich. »Seitdem habe ich noch nichts von ihr gehört, aber sie hat zugegeben –«

»Ich weiß«, unterbricht er mich. »Ich habe alles gehört.«

Mein Mund bleibt offen stehen. »Du hast mich verwanzt?«

»Nein, dich nicht, aber sie«, stellt er klar. »Dominic wurde auch vorgeladen.«

Scheiße. Jetzt wird es ernst.

»Ich habe vorher noch mit ihm geredet«, sagt Miles. »Möchtest du das Gespräch hören?«

Er wartet meine Antwort gar nicht ab, sondern holt sein Smartphone heraus und lässt die Aufnahme laufen. Er überspringt den belanglosen Teil, bis Dominics Stimme lauter wird. Seine Wut ist in jedem Wort zu hören.

»Glaub doch, was du willst. Ich bin an diesem Abend nicht in Simons Auto gestiegen. Und er hat mich verdammt noch mal nicht zu sich eingeladen. Ich konnte auch nicht zurück nach Hause, weil ich meine Eltern angelogen hatte und Justice mit meinem Auto weggefahren war. Also ließ ich ihn gehen …«

»*Komm schon*«, sagt Miles in einem harten und kalten Ton, den ich gar nicht von ihm kenne. »*Ich weiß, dass du dort warst, Dominic! Was ist wirklich passiert? Vielleicht bist du kein Mörder … vielleicht dachte Simon, er müsste mit seiner Waffe herumprahlen. Vielleicht hat er sie mit nach unten gebracht und ihr habt damit rumgespielt und sie ging versehentlich los. Wenn das so ist –*«

»*Okay!*«, schreit Dominic. »*Du hast recht, verdammt, ich war bei ihm zu Hause. Aber nicht weil er mich eingeladen hat. Ich wollte kein Feigling sein und es ihm persönlich sagen – ich bin hingelaufen. Ich habe keinen Fuß in sein Auto gesetzt. Und ich war auch nicht in seinem Haus. Das brauchte ich gar nicht. Ich war nur noch ein Stück entfernt, als ich sah, warum er mich nicht zu sich eingeladen hatte.*«

»*Warum nicht? Waren seine Eltern zu Hause?*«, drängt Miles weiter.

»*Nein, er hatte einen anderen Kerl bei sich.*«

»Was für einen Kerl?«, will ich wissen, doch Miles schüttelt nur den Kopf und hält die Aufnahme an.

»Er hat keine Ahnung. Hat ihn nicht erkannt. Es war wohl irgendein junger Typ, vermutlich ein Weißer.«

»Wirklich sehr hilfreich«, stelle ich fest.

»Er trug glänzende schwarze Anzugschuhe zu einer alten abgewetzten Jeans«, fügt Miles hinzu.

Am liebsten würde ich irgendetwas gegen die Wand werfen. »Also haben wir jetzt einen weiteren Verdächtigen, der Simon zuletzt gesehen hat.«

»Wenn wir davon ausgehen, dass Dominic die Wahrheit sagt«, betont Miles.

Ich starre an die Zimmerdecke. »Und was wollte der Secret Service heute Morgen von Bret?«

»Keine Ahnung, aber ich weiß, dass Senator Gilbert auch da war, im Chemielabor. Ich hab ein paar Agenten gesehen, die ihn durch den Hintereingang in das Schulgebäude begleitet haben. Ich bin nicht sicher, warum er dort war. Vielleicht wollte er persönlich mit Bret reden. Das ist eigentlich nicht üblich, aber schließlich ist er Anwalt. Es könnte sein, dass sie Bret einen Deal anbieten wollten – er sagt gegen Dominic aus, und sie sehen über etwas hinweg, das sie gegen ihn in der Hand haben.«

»Vielleicht haben sie die Erpresserfotos bei ihm gefunden.« Ich lege die Arme um meine Knie und wir schweigen eine Weile, bis ich ihn mit dem Fuß anstupse. »Was ist los? Du siehst aus, als würdest du über ein großes Geheimnis brüten.«

Er schaut mich an. »Es wird demnächst Veränderungen geben. Weil sich mein Semester an der Holden mit der Wiederaufnahme dieses großen Falls überschneidet, wird meine Schule mich wahrscheinlich aus Sicherheitsgründen von der Holden wegholen. Sie wollen nicht, dass die Aufmerksamkeit auf die Marshall Academy gelenkt wird und erst recht nicht auf das Förderprogramm.«

»Du verlässt uns …?«

Miles nickt. »Sieht ganz so aus.«

Mir rutscht das Herz in die Hose. Das stand zwar sowieso bald bevor, aber ich dachte, wir hätten wenigstens noch einen Monat. »Stimmt, das macht Sinn. Die Journalisten vor der Schule und deine Vergangenheit mit Simon …«

»Meine Vergangenheit mit Simon ist unter Verschluss. Die Öffentlichkeit wird nichts davon erfahren.«

Ich nicke, stehe auf und gehe im Zimmer auf und ab. »Dann musst du dich wenigstens nicht mehr mit Clyde oder den Drogen-Kids rumärgern, oder mit mir und meinen –«

»Ellie«, sagt Miles. Als ich stehen bleibe, greift er nach meiner Hand und zieht mich neben sich. »Ich will nicht weg. Aber wenn mein Betreuer das von mir verlangt, habe ich keine andere Wahl.«

Wir starren uns in der Dunkelheit an, meine Brust hebt und senkt sich mit jedem Atemzug. Jetzt könnte ich es tun. Ihm die Wahrheit sagen. Dann wäre es ein sauberer Schlussstrich. Er würde gehen und nicht zurückblicken.

Doch dann legt Miles eine Hand auf meine Wange. »Ich will vor allem wegen dir nicht gehen.«

Wärme breitet sich in mir aus, und als ich Miles küsse, fällt alles von mir ab. Es gelingt mir nicht, meine Gefühle zurückzuhalten, die mich mit ganzer Wucht treffen, so sehr ich mich auch bemühe.

Minuten später liegen wir ausgestreckt auf meinem Bett und unsere Shirts auf dem Boden. Warme Lippen wandern über meine Brust und meinen Bauch. Miles zieht mir langsam die Schlafanzughose aus und schaut alle paar Sekunden zu mir auf, um mir die Chance zu geben, ihn aufzuhalten. Sein Mund fährt am Bund meines Slips entlang und gleitet dann zur Innenseite meiner Oberschenkel.

Mein Herzschlag pocht in meinen Ohren, ich strecke die Hände nach ihm aus, möchte ihn berühren. Schließlich wandern seine Lippen wieder nach oben, bis sie meinen Mund gefunden haben.

Seine Finger sind überall. Ein Schauer läuft mir über den Rücken. Seine Lippen berühren meinen Hals und er flüstert: »Du riechst nach Sonnenschein.«

Ich vergrabe mein Gesicht an seiner Schulter und atme tief ein. Dann setzt er sich auf und ich öffne die Augen, um zu sehen, ob er gehen will. Sein Blick wandert von meinen Zehen über meinen Slip zu dem kleinen Bogen an meinem BH und hält erst inne, als er an meinem Gesicht angekommen ist.

Mir ist überall warm, obwohl mir die wichtigsten Kleidungsstücke fehlen. Und als sich seine Hand wieder nach unten tastet, wo sie unter den Bund meines Slips gleitet, wird die Wärme zur Hitze. Er tut alles ganz langsam, ganz behutsam, und irgendwann halte ich den Abstand zwischen uns nicht mehr aus. Ich ziehe an seinen Armen, bis er neben mir liegt. Meine Hände gleiten über seine Schultern, seine Brust und wandern immer tiefer. Er streichelt mich ebenfalls weiter, und ich muss mir auf die Unterlippe beißen, um nicht laut aufzustöhnen.

Je länger Miles mich berührt, desto mehr Gefühl baut sich in mir auf, und schon bald bin ich kurz davor, zu explodieren. Meine Finger wandern tiefer, bis ihm der Atem stockt und sein Körper sich anspannt. Und dann küsst er mich, flüstert meinen Namen und wir vergessen alles um uns herum.

Nur Sekunden später lege ich mein Ohr auf Miles' Brust und lausche seinem schnellen Herzschlag. Seine Hand liegt auf meinem Haar und streichelt sanft darüber, als würden wir das immer so machen.

»Ellie?« Sein Daumen streicht über meine Lippen. »Was, wenn du nächstes Halbjahr auch die Holden verlässt? Dort ist alles so chaotisch. Du … du könntest an die Marshall Academy wechseln.«

Ich hebe den Kopf und lächle ihn an. »Du willst, dass ich auf deine Militärschule gehe? Hast du meine Kommodenschubladen gesehen? Ich lege nie meine Klamotten zusammen.«

»Ich meine es ernst, Ellie. Mein Dad kann dafür sorgen, dass du aufgenommen wirst. Und ein Stipendium bekommst.« Er schiebt mir die Haare hinters Ohr und küsst mich. »Du bist so klug. An der Holden verschwendest du dein Talent. Da gibt es nur einen Haufen Idioten.«

Ich berühre seine Wange. »Ich bin für diese Schule nicht geeignet.« Ich würde nie einen Backgroundcheck überstehen. »Und Harper ist hier …«

Er küsst meine Handfläche. »Wenn sich die Holden endgültig in ein Kriegsgebiet verwandelt, komme ich zurück und rette dich.«

Als ich etwas später die Augen öffne und zusehe, wie Miles aus meinem Zimmerfenster klettert, trifft es mich wie ein Schlag, dass er bald nicht mehr da sein wird.

Am liebsten hätte ich ihn angerufen und Ja zu seinem Vorschlag gesagt. Dass ich überall mit ihm hingehen würde. Selbst wenn das bedeutet, dass ich jeden Tag meine Schuhe putzen muss.

Aber ich bin eine Betrügerin. Ich erkenne mich selbst kaum wieder. Wie ich reagiert habe, als Justice mir alles gestanden hat, für wie verrückt ich sie hielt, weil sie für Dominic gelogen hat. Aber darf ich mir überhaupt ein Urteil erlauben? Meine Rolle beim Dr.-Ames-Betrug ist nur ein kleines Beispiel für das, was ich getan habe, um unschuldige Menschen zu verletzen.

Ich greife nach meinem Handy und sende Miles eine Nachricht.

Ich: Und was ist jetzt?

Miles: Schlafen? Hab gehört, das machen alle.

Ich: Regel #228. Ich meinte die Befragung von Justice und Dominic.

Miles: Ab jetzt sollen sich die Erwachsenen darum kümmern.

KAPITEL 44

»Lass ruhig, ich kaufe mir was zum Mittagessen«, sage ich zu Harper, aber sie wuselt weiter in der Küche herum und stopft irgendwelche Sachen in eine braune Papiertüte.

»Aidan schafft es, dir jeden Morgen etwas zum Mittagessen einzupacken, also werde ich das wohl auch hinkriegen.«

Aidan ist erst vor einer Stunde nach Hause gekommen und sofort ins Bett gefallen. Er hat fast vierundzwanzig Stunden durchgearbeitet. Ich werfe erneut einen Blick auf mein Smartphone. »Harp, ehrlich. Der Bus kommt in einer Minute.«

»Na schön.« Sie wirft mir einen Zehner zu.

Ich fange den Schein in der Luft und mache gleichzeitig die Tür auf. Als ich mich umdrehe, stehen zwei Typen in marineblauen FBI-Jacken vor mir, die Dienstwaffen am Gürtel befestigt. Hinter ihnen hat sich ein komplettes SWAT-Team aufgebaut, mit Schutzwesten und Gewehren. Mein Herz schlägt gegen meine Brust, ich bin wie erstarrt.

»Ellie, geh schon!«, ruft Harper. »Der Bus ist –«

Ich spüre, wie sie hinter mir den Atem anhält.

»Wir suchen nach Agent Lawrence«, sagt einer der Männer.

»Ich bin hier. Was ist los?« Aidan taucht in der Küche auf und zieht sich hastig sein Sweatshirt über.

Bevor irgendjemand eine Antwort geben kann, stürmt das SWAT-Team an uns vorbei direkt auf Aidan zu.

Aidan hebt fassungslos die Hände. »Wow, was –?«

Er kann seinen Satz nicht beenden, denn einer der FBI-Agenten brüllt ihm Befehle entgegen. Als Nächstes holt er Handschellen heraus.

»Sie sind wegen des Mordes an Simon Gilbert verhaftet –«

Mein Rucksack rutscht mir von der Schulter und fällt auf den Boden. Ich stehe einfach da, versteinert und sprachlos. Aidan wirkt schockiert, doch dann setzt er ein ausdrucksloses, hartes Gesicht auf. Wie in der Nacht, als ich beim Einbruch in die Villa der Gilberts erwischt worden bin.

»Sie haben das Recht zu schweigen …«

»Nein!« Harper packt Aidans Arm und weigert sich, ihn loszulassen.

Seine Arme sind jetzt hinter seinem Rücken mit Handschellen gefesselt. Das SWAT-Team und einer der FBI-Agenten führen Aidan zur Tür, die Gewehre immer noch im Anschlag. Harper folgt den Männern, und als der Agent versucht, ihre Hände von Aidan loszumachen, stößt sie ihm den Ellenbogen in die Seite.

»Lass los«, sagt Aidan so entschieden, dass sie gehorcht.

»Haben Sie verstanden, welche Rechte Sie haben?«

Aidan senkt den Blick auf den Boden und nickt.

Ich warte darauf, dass er sich noch einmal zu mir umdreht, und als er es tut, klammere ich mich an diesen winzigen Hoffnungsschimmer. *Bitte sag mir, dass du es nicht getan hast. Bitte, Aidan.* Er erwidert meinen Blick für ein paar Sekunden, dann wird er abgeführt.

Harper muss sich extrem zusammenreißen und wendet sich an den zweiten Agenten, der immer noch in unserem Apartment steht. »Bringen Sie mich zu Ihrer Dienststelle. Ich werde auf keinen Fall hier rumsitzen, während Sie einen Unschuldigen verhören.« Dann dreht sie sich zu mir um. »Ellie, hör zu, ich fahre mit ihnen mit, um die ganze Sache zu klären, und du rührst dich nicht von der Stelle. Verstanden?«

Sie umarmt mich kurz. Am liebsten hätte ich sie nicht mehr losgelassen. Der Agent führt sie wortlos nach draußen und ich bleibe allein in der Küche zurück. Um mich herum herrscht das totale Chaos. Harper hat die ganze Küche auf den Kopf gestellt, um mir mein Mittagessen zusammenzusuchen, und den Rest hat das SWAT-Team erledigt.

Ich hebe verstreut herumliegende Gegenstände auf und räume alles wieder an seinen Platz. Doch meine Brust zieht sich immer mehr zusammen. Ich zerre am Kragen meines Poloshirts und versuche, das erdrückende Gefühl irgendwie loszuwerden. Ist das alles meine Schuld? Weil ich Aidan zu unserer Liste der Verdächtigen hinzugefügt habe? Nein, das ergibt keinen Sinn. Ich konzentriere mich auf die Tätigkeiten vor meinen Augen – stelle das Gurkenglas zurück in den Kühlschrank, hebe die Müslischachtel vom Boden auf, fege heruntergefallene Flocken von der Anrichte …

»Warum sitzt du nicht im Bus?«

Als ich Miles' Stimme höre und er im Türrahmen auftaucht, schrecke ich zusammen. Die offene Milchpackung rutscht mir aus der Hand und fällt mit einem klatschenden Geräusch auf den Fliesenboden. Gluckernd läuft die Milch heraus. Ich atme in kurzen Stößen.

»Du sitzt ja auch nicht im Bus«, sage ich leicht beschränkt.

»Na ja, als ich das FBI draußen gesehen habe, hielt ich es für klüger, mich zu verdrücken. Aber sieht so aus, als wären wir aus dem Schneider.«

Clyde taucht hinter Miles auf. »Da war ein ganzes SWAT-Team vor dem Haus. Was hast du angestellt? Dich mit noch einem Großdealer angefreundet?«

»Aidan«, presse ich hervor. »Sie haben Aidan verhaftet. Wegen Simon.« Ich versuche einzuatmen, kriege aber keine Luft. Panik steigt in mir auf. Ich bekomme Miles' Reaktion kaum mit, aber im nächsten Moment hat er die Milchpfütze überquert, baut sich vor mir auf und hält mich an den Armen fest. »Ellie, stimmt etwas nicht?«

»Ich … kann … nicht … atmen«, stoße ich hervor. Ich greife nach meinem Poloshirt und zerre so fest daran, wie ich kann.

Punkte tauchen vor meinen Augen auf, schwere Schritte stürmen durch die Küche. Dann ist Clyde an Miles' Seite. Er hat die Papiertüte in der Hand, die Harper für mein Mittagessen vorgesehen hatte. Er hilft mir, mich auf den Boden zu setzen und mit dem Rücken an die Wand zu lehnen. Dann hält er mir die Papiertüte vor Mund und Nase. »Atme langsam … entspann dich.«

Ich schließe die Augen und lausche seiner Stimme. *Konzentrier dich.* Mein Kopf hämmert, Schweiß rinnt aus meinen Poren, die Tüte knistert, während sie sich öffnet und schließt. Obwohl Miles und Clyde direkt vor mir hocken, klingt der Streit zwischen ihnen, als käme er von außerhalb des Apartments.

Kurz darauf entspannt sich meine Lunge und beginnt wieder zu arbeiten. Mein Körper wird zu Wackelpudding und ich sacke gegen Miles. Für einen Moment fühle ich nichts als Erleichterung. Erleichterung, dass ich noch lebe.

Clyde nimmt die Tüte weg und mustert mich. »Gut, atme so weiter. Das wird schon wieder.« Er dreht sich zu Miles. »Lass uns zurück in unsere Wohnung gehen.«

Miles legt meine Arme um seinen Nacken und hebt mich vom Boden hoch.

»Nimm ihren Rucksack und ihr Handy mit«, bittet er Clyde.

Miles setzt mich in ihrem Apartment auf dem Sofa ab und eilt dann mit seinem Onkel durch die Zimmer, um alle Fenster und Türen zu schließen und die Jalousien herunterzulassen. Wahrscheinlich befürchten sie, dass die Medienmeute hier auftauchen könnte. Ich nehme mir fünf Minuten Zeit, mich auf dem Sofa auszuruhen, danke dem Universum für die saubere Luft, eine funktionierende Lunge und was mir sonst noch alles einfällt. Und ganz langsam, mit jeder Minute, die verstreicht, kehrt die Panik zurück.

Ich schnappe mir mein Smartphone vom Couchtisch und rufe Harper an. Ich lasse es durchklingeln, bis sich die Mailbox einschaltet. »Ich brauche den neusten Stand!«, sage ich.

Ich lege auf und wähle erneut. Aber ohne Erfolg. »Verdammt, Harper, sag mir, was los ist!«

Bevor ich sie ein drittes Mal anrufen kann, nimmt mir Clyde das Handy aus der Hand und ersetzt es durch eine Dose Mineralwasser. »Trink das. Ich werde zum FBI gehen und mich umhören, okay?«

»Pass auf, dass du nicht in einer Zelle landest«, sagt Miles.

Bevor er geht, greife ich nach seinem Arm. Wir sind nicht verwandt, und er ist nicht verpflichtet, mir zu helfen.

»Danke, Clyde.«

Er nickt verlegen. »Ich rufe dich dann an.«

Als die Tür hinter ihm zufällt, drehe ich mich zu Miles. Er steht steif wie eine Statue da und mir wird klar, dass die Bombe, die ihn getroffen hat, genauso groß war wie meine. »Du glaubst doch nicht, dass er es war, oder? Ich weiß, dass wir gesagt haben, es könnte jeder gewesen sein, aber …«

Das Schweigen, das sich zwischen meiner Frage und seiner Antwort aufbaut, wird zu einem ganzen Kontinent. Ich stehe umständlich auf und durchquere den Raum, trotz meiner zitternden Beine. »Welche Beweise haben sie denn gegen ihn in der Hand? Und was ist mit diesem anderen Kerl, den Dominic erwähnt hat? Ist das keine wichtige Spur, der man nachgehen sollte?«

Aus meinem Mund scheint alles logisch zu klingen, denn in meinem Kopf kann ich kein Bild von Aidan heraufbeschwören, der vor Simon steht, eine Waffe auf ihn richtet und den Abzug drückt. Oder ist das vielleicht genau die Logik dahinter? »Er hat kein Motiv.«

»Er war der Letzte, der Simon gesehen hat, er war in dem Zimmer mit Simon und der Waffe«, zählt Miles unsere Notizen auf.

»Das ist ein Szenario, das sich so abgespielt haben könnte«, protestiere ich. »Aber es ist kein Motiv. Sag mir einen Grund, warum er der Täter sein soll, abgesehen von irgendeiner psychischen Störung.«

Wieder herrscht Schweigen zwischen mir und meinem Partner, doch schließlich räuspert er sich und sagt nur ein Wort: »Geld.«

Ich drehe ihm den Kopf zu. »Geld?«

»Er ist ein ausgebildeter Scharfschütze. Hat drei Jahre im Militär gedient.«

»Du glaubst, dass er als Auftragskiller arbeitet?« Ich schüttele den Kopf.

»Er müsste nicht mal besonders viele Aufträge annehmen«, erwidert Miles. »Ein großer Job könnte mehr als eine Million Dollar wert sein.«

»Okay, und wo ist das Geld dann?«, will ich wissen. »Simon ist seit Juni tot. Jetzt haben wir November. Er müsste doch inzwischen bezahlt worden sein.«

Miles zuckt zusammen, als ich so unverblümt von Simons Tod spreche. Ich rudere sofort zurück. »Tut mir leid. Ich wollte nicht –«

»Ist schon gut.«

Die Wände scheinen immer näher zu kommen, als mich eine Erkenntnis mit voller Wucht trifft. Ich sehe Miles an und klammere mich verzweifelt an meinen letzten Strohhalm. »Du hilfst mir doch, seine Unschuld zu beweisen, oder?«

Er schaut mir in die Augen, hält meinen Blick. Unvermittelt erinnere ich mich an seine Worte, als ich dahintergekommen bin, warum er sich die Holden ausgesucht hat. *Wenn es kein verdammter Selbstmord war, wird derjenige dafür bezahlen, der es getan hat.*

Er trägt diese Wut immer noch in sich und jetzt richtet er sie auf Aidan.

Warum kann es nicht Dominic sein? Oder der mysteriöse Kerl, den Dominic gesehen hat?

»Ich möchte nicht, dass es Aidan war«, flüstere ich.

»Ich weiß.« Miles schaut mich mitfühlend an und kommt näher.

Ich reiße mich zusammen und weiche seiner Berührung aus. »Dann erklär es mir.«

»Das FBI hat den Fall wegen Aidans Aussage zu den Akten gelegt«, sagt Miles und geht jetzt auf und ab. »Weil er Simon mit der Waffe gesehen hat, die ihn wahrscheinlich getötet hat. Aidan hat den Schuss gehört. Er hat Simon tot aufgefunden.«

»Okay, aber warum verhaften sie ihn gerade jetzt? Vor zwei Tagen haben wir sie doch auf Dominics Spur geführt«, argumentiere ich. »Außerdem hat sich herausgestellt, dass Dominic und Justice ein falsches Alibi angegeben haben. Und was ist mit dem geheimnisvollen Fremden vor Simons Haus? Dieser vermutlich Weiße? Also definitiv nicht Agent Lawrence. Wie zur Hölle passt Aidan da hinein?«

»Wahrscheinlich gibt es eine neue Beweislage. Das könnte alles Mögliche sein, E-Mails, Textnachrichten, Telefongespräche mit seinem Auftraggeber. Fotos von Lawrence, auf denen er sich mit verdächtigen Personen trifft. Vielleicht hat Dominics Geständnis sie auch zu dem geheimnisvollen Fremden geführt, und der hat Aidan im Haus gesehen.«

»Aber wir wissen doch, dass er im Haus war! Das war sein Job!« Panik schnürt mir wieder die Kehle zu. »Es geht hier um Aidan … Du hast keine Ahnung, was er für Harper und mich alles getan hat –«

»Was dich zu einem großartigen Leumundszeugen für ihn macht«, fällt Miles mir ins Wort.

»Mich? Ja klar. Wohl eher Harper«, sage ich. Als ich aufblicke, entdecke ich etwas in Miles' Gesicht. »Was ist?«

Er schüttelt den Kopf. »Nichts. Ich meine … du bist eine gute Schülerin, hast keine Vorstrafen –«

»Wie bitte, Miles? Was ist falsch an meiner Schwester als Leumundszeuge? Du glaubst, dass sie nicht in der Lage ist, das Böse zu sehen? Liebe macht blind und so was?«

KAPITEL 45

Miles wirkt völlig hin- und hergerissen. Dann schaut er mich an, und ich weiß, dass er eine Entscheidung getroffen hat. Mit einem Nicken bedeutet er mir, ihm in sein Geheimzimmer zu folgen. Er schlägt eine Ecke des Teppichs zurück, und eine kleine Vertiefung im Boden kommt zum Vorschein. Daraus holt er ein Päckchen hervor – einen großen braunen Umschlag mit Luftpolsterfolie. Er zögert, ehe er ihn mir reicht.

»Erinnerst du dich noch an dieses Puzzleteil, das mich hierhergeführt hat?«, fragt Miles und deutet mit dem Kinn auf den Umschlag. »Da drin ist der Grund, warum ich nicht genauer darauf eingehen wollte.«

Ich erkenne sofort die Handschrift auf dem Umschlag, der an Miles adressiert ist. Die Handschrift ist mir aus Dutzenden Biologie-Mitschriften vertraut. Und in der Ecke sehe ich seinen Namen: Simon Gilbert. Ich lasse den Umschlag beinahe fallen. Ich werfe einen Blick auf das Datum des Poststempels. Der Brief ist vom Juni. Eine Woche bevor er starb. Miles nickt mir kaum merklich zu und ich ziehe den Inhalt des Umschlags heraus. Es ist eine Aktenmappe, auf der vorn eine Notiz klebt. Darauf steht in Simons ordentlicher Handschrift:

M.B.
Ich brauche deine Hilfe. Wir sehen uns nächste Woche.
Du weißt, wo und wann. Bewahre das bis dahin für mich auf.
Danke.
J

Miles hat also keinen Scherz gemacht. Das klingt nicht nach der Nachricht einer selbstmordgefährdeten Person.

Ich öffne den Hefter und habe das Foto einer jungen Frau vor mir – wahrscheinlich eine Stripperin –, die sich mit nacktem Oberkörper und nur einem schwarzen Tanga bekleidet um eine Stange windet. Ich betrachte sie genauer.

»Hey, das ist doch …« Ich blicke zu Miles auf und warte auf seine Bestätigung. Ich habe so oft nach diesem Mädchen gefragt, aber er hat sich hartnäckig geweigert, mir zu verraten, warum sie in seinem Apartment war und seine Klamotten in den Pool geworfen hat. »Aber was hat das mit Harper zu –?«

Mir stockt der Atem. Am äußeren rechten Bildrand, ebenfalls halb nackt und an einer zweiten Poledance-Stange, entdecke ich meine Schwester. Ich lasse das Foto auf den Boden fallen und sehe mir das nächste an. Es ist eine Nahaufnahme von Harper. Diesmal hängt sie mit dem Kopf nach unten an der Stange. Ich stoße scharf die Luft aus, als ich das dritte Foto sehe: Aidan in seiner Marinekorps-Uniform, wie er Geldscheine in Harpers Tanga steckt.

So haben sie sich also kennengelernt. Aidan hat meiner Schwester beim Nackttanzen zugeschaut. Und dann hat er sie für ihre Darbietung bezahlt. Dafür hat Harper unsere Familie verlassen? Ich war fünf Jahre allein, damit meine Schwester als Stripperin arbeiten konnte?

Ich schüttele den Gedanken ab. So einfach ist das nicht. Tief in meinem Inneren weiß ich das.

»Warum hat Simon dir diese Bilder geschickt?«, frage ich Miles.

»Ich weiß es nicht«, antwortet er ehrlich. »Ich habe nicht mal darüber nachgedacht, den Hefter zu öffnen, erst nach seinem Tod. Ich sollte den Umschlag sicher für ihn verwahren, bis wir uns treffen, und das habe ich getan. Aber danach … ich dachte, es könnte vielleicht ein Zusammenhang bestehen. Also bin ich zu dem Stripclub gefahren und habe das Mädchen auf dem ersten Foto ausfindig gemacht, das andere aber nicht. Nicht Harper. Ich habe der Managerin erzählt, dass ich ihr Bruder bin, und sie hat sich überreden lassen, mir die Adresse zu geben. Als ich das Apartment überprüft habe, bin ich auf Agent Lawrence gestoßen, wie er Geld in –« Er schüttelt den Kopf und sieht mich an. »Und dann habe ich dich am Pool gesehen. Ich hab dich wiedererkannt, weil Simon Bilder von eurem Frühlingsball auf Facebook gepostet hatte. Es waren die letzten Fotos, die er hochgeladen hat. Aber du warst leider nicht markiert. Ich wusste nicht, wo ich nach dir suchen sollte, außer an der Holden.«

Ich starre ihn mit offenem Mund an. »Also dachtest du, es wäre eine gute Idee, nebenan einzuziehen und dich an der Holden einzuschreiben?«

»Das ist kein Geheimnis, Ellie«, sagt Miles. »Du wusstest, dass ich dich zuerst im Visier hatte. Das habe ich dir doch erzählt.«

Stimmt. Ich bin nur die ganze Zeit davon ausgegangen, dass wir uns zum ersten Mal damals am Pool begegnet sind, als ich seine Klamotten aus dem Wasser gefischt habe. Aber das war offenbar nur das erste Mal für mich.

»Lawrence hat mich beim Observieren erwischt«, gesteht Miles. »Im Juni. Ich war noch total aufgewühlt, kam mit der ganzen Situation überhaupt nicht zurecht … Jedenfalls hat Aidan mich auf dem Parkplatz abgefangen und diesen Umschlag gefunden. Ich hab ihm erzählt, dass Simon mein Freund war und dass ich herausfinden muss, was diese Fotos zu bedeuten haben.«

»Aidan weiß von deiner Vergangenheit mit Simon? Weiß er auch von dem Förderprogramm?«

»Nein, ganz sicher nicht. Er war ziemlich nett, als er mich geschnappt hat, wenn man bedenkt, dass ich diese Fotos von Harper bei mir hatte …« Miles kaut an seinem Daumennagel. »Aber er hat meine Eltern angerufen und mich in ein Diner geschleppt, wo wir auf meinen Dad gewartet haben. Er hat mir erlaubt, den Umschlag zu behalten, wenn ich ihm verspreche, die Fotos nie jemandem zu zeigen, ganz besonders nicht dir.«

Kein Wunder, dass es mir so vorkam, als würden sich die beiden kennen, als ich Miles zum ersten Mal begegnet bin.

»Lawrence hat mir erzählt, dass die Fotos nicht das wären, was sie zu sein scheinen. Und nachdem ich den ganzen Sommer Nachforschungen angestellt hatte, blieb mir nur eine einzige Schlussfolgerung: Du oder Harper wart in Gefahr und Aidan beschützte euch. Simon muss das herausgefunden haben. Vielleicht wollte er dich auch beschützen. Und ich hatte das Gefühl, ich müsste dasselbe tun.«

Mir wird leicht übel. »Du bist also nur meinetwegen hergekommen?«

»Nicht ganz«, gesteht er. »Ich wollte die Wahrheit herausfinden. Simon war tot und ich wollte niemandem vertrauen, bis ich alles aufgeklärt hätte.«

»Was ist mit der anderen jungen Frau auf dem Foto?«

»Ich war noch mal in diesem Stripclub, um weitere Informationen zu sammeln. Sie wollte gerade mit ein paar finsteren Typen mitgehen, also habe ich sie für die Nacht bezahlt.« Er kratzt sich am Kopf. »Wie sich herausstellte, hat sie ein ziemlich großes Ego und es gefiel ihr gar nicht, dass ich … ich wollte nicht …«

»Ich versteh schon.«

Miles schweigt, während ich mir den restlichen Inhalt der Mappe ansehe.

»Simon hat diese Fotos jedenfalls nicht gemacht. Aidan hat die Ausbildung beim Secret Service schon vor einem Jahr abgeschlossen. Diese Marineuniform trägt er gar nicht mehr. Simon muss die Fotos irgendwo gefunden haben«, stelle ich fest.

»Vielleicht hatte er Aidan unter irgendeinem Verdacht und war dabei, Beweise zu sammeln, die nicht in falsche Hände geraten sollten.«

Ich versuche mir vorzustellen, wie Simon Aidan nachspioniert hat, aber es gelingt mir nicht. Er hat mich oft besucht, hing auch bei mir rum, wenn Aidan da war. Es gab nie irgendwelche Spannungen oder eine komische Stimmung zwischen den beiden.

»Aber was würde das beweisen?«, halte ich dagegen. »Du hast selbst gesagt, dass du Aidan als Täter ausschließt.«

»Da wusste ich noch nichts davon, dass er angeblich an diesem Abend in Simons Haus war. Aber selbst das reicht eigentlich nicht aus. Das FBI muss mehr gegen ihn in der Hand haben. Ich bin sicher, die haben einen stichhaltigen Beweis.«

Ich schüttele den Kopf. »Aber was sollen diese Fotos? Was haben sie für eine Bedeutung? Auf keinem dieser Bilder geschieht etwas Illegales.«

»Vielleicht ist es nicht illegal, aber moralisch fragwürdig …« Miles hebt eine Augenbraue. »Mit Harper als Lebensgefährtin und seiner Position beim Secret Service …«

»Deshalb wolltest du mir die Aufnahmen nicht zeigen«, sage ich mehr zu mir selbst als zu Miles. Ich kann die ganzen Gefühle, die aufgestaute Wut und den Betrug kaum noch ertragen.

Er antwortet nicht.

»Ich hätte nie gedacht, dass Harper so etwas macht. Aber das sagt nichts über Aidan aus. Das ist kein Beweis gegen ihn.« Ich stecke die Fotos zurück in die Aktenmappe. »Und es macht Harper nicht weniger zur Leumundszeugin als mich.«

Miles' Ansichten in diesem Fall beweisen erneut, wie verschieden wir sind, wie sehr er sich von seinen Überzeugungen beeinflussen lässt und ich von meiner Vergangenheit. Bisher war unsere Beziehung kompliziert und nervig. Jetzt ist sie unmöglich.

»Was Aidan getan hat, ändert nichts an meinen Gefühlen für dich, das weißt du, oder?« Er steht direkt vor mir, seine Hände liegen auf meinen Armen. »Ich hab dir schon gesagt, dass die Wahrheit über deine Familie nicht deine Wahrheit ist.«

Ich nicke. »Aber manchmal ist sie das doch.«

»Nein –«

»Meine Mutter sitzt gerade im Bundesstrafvollzug und wartet auf ihren Gerichtsprozess wegen Bank- und Investitionsbetrugs.«

Miles' ganzer Körper spannt sich. Der letzte Funke Hoffnung stirbt mit seiner Reaktion.

»Wir sind Betrüger. Wir haben keine Geburtsurkunden oder Sozialversicherungsausweise – jedenfalls keine echten. Wir leben außerhalb des Systems, ziehen ständig um. Unser gesamtes Geld holen wir uns durch Diebstahl und Täuschung. Aidan ist der ehrlichste Mensch, den ich jemals kennengelernt habe. Harper kommt gleich an zweiter Stelle. Ohne die beiden wäre ich immer noch in dieser schrecklichen Welt gefangen. Ich wäre sicher immer noch Teil des Dr.-Ames-Betrugs, irgendwo in einer neuen Stadt, mit einem neuen verzweifelten Opfer.«

»Und ich dachte, ihr seid … Niemals.« Er schüttelt den Kopf und weicht ein paar Schritte zurück.

»Was dachtest du denn?«, will ich wissen. »Schutzhaft? Zeugenschutzprogramm?«

»Ja«, sagt er fast flüsternd. »Warte … Dr. Ames? Davon habe ich mal gehört … Das warst du?«

»Nur beim ersten Mal. Wir nehmen für jeden Auftritt eine andere Besetzung.«

Sein Gesichtsausdruck, die Mischung aus verletzten Gefühlen, Verrat, Verwirrung trifft mich wie ein Schlag. »Ich hatte keine andere Wahl. Das war mein Leben. Ich kannte nichts anderes. Und ich wollte es dir schon hundertmal erzählen. Aber du hast so genaue Vorstellungen davon, was richtig und was falsch ist. Es gibt nichts, was dich von deinem Standpunkt abbringen könnte.« Ich ersticke fast an meinen Worten und atme aus, um mich wieder etwas zu fangen. »Aber bei Harper irrst du dich. Sie hat das Leben in meiner Familie nicht ausgehalten. Sie ist abgehauen, als ich zwölf war. Alles, was sie wollte, war ein ehrliches Leben. Und das hat sie sich auch für mich gewünscht. Okay, sie hat sich von irgendwelchen Arschlöchern begrapschen und Geld in den Tanga stecken lassen, aber sie war sich sicher, das Richtige zu tun. Und ich, ich kann dieses Leben nicht einfach hinter mir lassen, diesen Teil von mir. Wenn du tief in dich hineinhorchst, wirst du es erkennen. Es ist immer da.«

Miles' Miene verhärtet sich, er ballt die Hände zu Fäusten. »Wie heißt sie? Deine Mutter?«

»Lenora.« Ich schlucke die Tränen hinunter. »Lenora Hayes.«

Seine Augen weiten sich. »Deine Mutter ist verheiratet mit … Du gehörst zu dieser Hayes-Familie?«

»Nicht mehr. Das FBI hat mir erlaubt, meinen Namen zu ändern. Ich habe mir einen einprägsamen ausgesucht.« Ich mustere Miles. Wir haben uns so weit voneinander entfernt, dass wir diesen Abstand nie mehr überwinden können. »Und woher kennst du die Hayes-Familie? Etwa aus dem Marshall-Academy-Wahlfach ›Organisiertes Verbrechen‹?«

»So ähnlich.« Er beißt die Zähne zusammen. »Du darfst nicht hier sein. Ich darf nicht –«

»Mit einer bekannten Kriminellen in Verbindung gebracht werden«, beende ich den Satz für ihn. Ich kenne die streng geheimen Sicherheitsvorschriften genau. Aidan hat diese Vorschriften offiziell nicht verletzt, aber nur weil ich noch minderjährig bin und Harper nie angeklagt wurde. »Außer natürlich, deine Eltern zwingen dich, mit einem Kriminellen zusammenzuwohnen.«

»Clyde wurde nie verurteilt.«

»Ich auch nicht. Wir haben uns nur als hervorragende Informanten erwiesen. Aber weißt du, was man über Informanten sagt?«

Er greift nach der Stuhllehne neben sich und klammert sich daran fest. »Verlieb dich nicht in sie«, zwingt er sich zu sagen.

Ich nicke. »Und das ist wahrscheinlich ein guter Ratschlag.«

»Du darfst nicht hier sein«, wiederholt er.

»Okay, aber …« Ich starre auf die Aktenmappe und werfe Miles dann einen langen Blick zu. Ich suche nach einem Anflug von Zweifel, doch sein Blick bleibt hasserfüllt. »Ich brauche diese Bilder.«

»Auf keinen Fall.« Er schnappt sich die Mappe, bevor ich auch nur eine Bewegung machen kann.

Ich drehe mich halb um, als wollte ich gehen, hole stattdessen aber aus und ramme ihm meinen Ellbogen gegen die Schläfe – ein Schlag, den er mir beigebracht hat. Als er bewusstlos zu Boden geht, ringe ich nach Luft.

Mit Tränen in den Augen ziehe ich ihm die Aktenmappe aus den Fingern. Ich reiße Simons Notiz ab und schiebe die Mappe unter mein Shirt. Den Zettel klebe ich an den Türrahmen.

Und dann renne ich los.

KAPITEL 46

Ich habe gerade Aidans Autoschlüssel in das Zündschloss gesteckt, als eine Faust gegen das Fenster hämmert.

Clydes Gesicht ist gegen die Scheibe gepresst, er deutet auf die Motorhaube und zeigt mir damit, dass er mich nicht wegfahren lassen wird. Ich lasse die Scheibe herunter, meine Hände zittern immer noch.

»Hast du einen gültigen Führerschein, junge Lady?«

Offensichtlich war er bis jetzt noch nicht in der Wohnung. »Äh, nein. Aber ich muss zu meiner Schwester.«

Er greift in den Wagen und öffnet die Fahrertür. »Komm, ich bring dich hin. Wir wollen doch keine weitere Verhaftung, okay?«

Langsam steige ich aus und folge ihm zu seinem Truck, der auf der gegenüberliegenden Straßenseite parkt. Ich versuche krampfhaft, mich nicht nach dem Apartment umzudrehen. Die feste Aktenmappe sticht in meine Taille. Ich kann nicht glauben, dass ich das gerade getan habe. Aber Miles hätte die Mappe dem FBI übergeben, und wenn Harper nicht einmal mir diesen Teil ihres Lebens anvertrauen konnte, bezweifle ich, dass sie ihn dem Rest der Welt zeigen will.

Clyde biegt auf die Straße ab und ich wische mir rasch über

das Gesicht, kann die Tränen aber nicht zurückhalten. Wenn Aidan ins Gefängnis kommt, wohin sollen wir dann gehen? Ich hole mein Handy heraus und scrolle durch die Nachrichten, um zu sehen, ob Harper sich gemeldet hat. Bei einer Nachricht, die Justice mir heute Morgen geschickt hat, halte ich inne.

Justice: Wieder frei. Gott sei Dank. Dominic auch. Da ist wohl noch ein anderer Typ ... keine Ahnung.

Sie wird bald erfahren, dass es definitiv noch einen anderen Typen gibt. Wahrscheinlich denkt sie, ich habe ihr gestern eine Falle gestellt oder so was in der Art. Na ja, ich glaube kaum, dass ich so bald an die Holden zurückkehren werde, und bin überrascht, wie enttäuscht ich darüber bin. Ich hab mich wohl viel zu sehr auf meine Rolle als normale Schülerin eingelassen.

»Haben sie …?«, beginne ich. »Ist Aidan …?«

Clyde schüttelt den Kopf. »Agent Lawrence wurde noch verhört und deine Schwester saß im Vernehmungsraum. Ich konnte nicht nach ihr sehen.« Er mustert mich kurz, dann richtet er den Blick wieder auf die Straße. »Der Junge war wohl nicht damit einverstanden, unerlaubt zum FBI zu fahren? Hattet ihr beiden etwa Streit?«

Ich schaue starr geradeaus und halte die Mappe an meine Brust gedrückt. »So was in der Art.«

»Es ist nicht seine Schuld, dass er so ist, weißt du.« Clyde seufzt. »Er hat ein Herz aus Gold, er hält sich nur zu bedeckt und hat die große Entscheidung noch nicht getroffen.«

»Welche große Entscheidung?«, frage ich. »Meinen Sie, ob er Regierungsbeamter werden soll? Einen Eid ablegt?«

»Ich meine den Moment, wenn du dich entscheiden musst, ob du einem Menschen oder einer Sache glauben willst, die gegen deine Überzeugungen verstößt.« Er trommelt einen hypnotischen Rhythmus auf das Lenkrad. »Jeder wird irgendwann damit konfrontiert.«

Ich starre Clyde von der Seite an. »Sie wissen, wer ich bin, oder?«

»Zuerst wusste ich es nicht«, gibt er zu. »Ich arbeite häufig für die FBI-Sondereinheit im Hauptquartier in D. C. Hauptsächlich Wirtschaftskriminalität. Ich hab nur am Rand am Fall deiner Mom mitgearbeitet und brauchte eine Weile, um eins und eins zusammenzuzählen.«

Ich starre auf meine Hände. »Und Sie haben Miles nichts davon erzählt.«

»Ich dachte, das würde nicht so gut ankommen.«

Den Rest der Fahrt verbringen wir schweigend. Mir ist ganz schlecht, wenn ich an Miles denke, der bewusstlos in seiner Wohnung liegt. Aber als Clyde in eine Parklücke vor dem FBI-Gebäude einbiegt, kehren meine Gedanken wieder zu meiner Schwester zurück.

»Meinen Sie, Sie könnten ein paar Beweise für mich verschwinden lassen?«

Clyde öffnet den Mund, um zu protestieren, aber ich hole einfach die Mappe unter meinem Shirt hervor und ziehe ein Foto von Harper heraus. Er wirft einen Blick darauf und nimmt mir die Mappe ohne weitere Fragen aus der Hand.

Ich öffne die Wagentür, drehe mich aber noch einmal zu ihm um. »Sie sollten gleich wieder nach Hause fahren und nach Miles sehen. Sagen Sie ihm, dass es mir leidtut.« Ich räuspere mich. »Es tut mir wirklich leid.«

Dann mache ich mich auf den Weg zu meiner Schwester.

Ich starre auf die Türen zum Verhörraum, in dem Aidan sitzt, und wünschte, sie würden sich öffnen, damit ich noch einmal einen Blick in sein Gesicht werfen kann. Ich muss unbedingt in diesen Raum, ich will die Beweise hören, die Anschuldigungen.

Harper sieht zu, wie ich aufstehe, aber ich halte sie davon ab, mir zu folgen. »Bin gleich zurück.«

Ich verlasse das Gebäude und bleibe mitten auf dem Parkplatz stehen, damit der laute Verkehr auf der viel befahrenen Straße mein Gespräch überdeckt. Dann wähle ich Connies Nummer.

Ich erkläre ihr rasch, was passiert ist und wer Aidan ist, dann gebe ich ihr die kürzeste Zusammenfassung meiner Familiengeschichte, die ich hinbekomme.

»Weißt du irgendeine Möglichkeit, wie man ein Handy mit dem Gespräch im Verhörraum synchronisieren könnte?«, frage ich. »Oder kannst du vielleicht die Kameraaufzeichnung anzapfen?«

Connie schweigt einen Moment und ich bereue sofort, dass ich sie angerufen habe.

»Gib mir fünfundvierzig Minuten«, sagt sie schließlich. »Und bleib, wo du bist.«

KAPITEL 47

Justice ruft mich zum dritten Mal an. Ich drücke den Anruf erneut weg, aber sie schickt mir gleich darauf eine Textnachricht.

Justice: Bist du ok? Wtf geht hier vor????? Ruf mich an. ASAP!

Meine Finger schweben schon über den Tasten, als eine vertraute Stimme mich aufblicken lässt. Fünfundvierzig Minuten, auf die Sekunde genau.

»Ich bin Agent Lawrence' Strafverteidigerin.«

Connie trägt einen maßgeschneiderten Anzug, hat das Haar zu einem strengen Dutt nach hinten gebunden und eine Designerbrille auf der Nasenspitze. Hätte ich ihre Stimme nicht erkannt, hätte sie wahrscheinlich einfach an mir vorbeispazieren können.

»Kommen Sie vom Büro des Staatsanwalts?«, fragt der Empfangsmitarbeiter.

Connie schüttelt den Kopf. »Agent Lawrence' Verlobte hat mich gebeten, herzukommen.«

Connie wirft Harper und mir einen Blick zu und lächelt. »Da ist sie ja …« Sie geht direkt auf Harper zu und umarmt sie. »Ich bin so schnell hergekommen, wie ich konnte.«

Harper dreht sich mit schmalen Augen zu mir, spielt aber mit.

»Danke, das weiß ich wirklich zu schätzen.« Sie nickt in meine Richtung. »Das ist meine Schwester Ellie.«

Connie schüttelt mir die Hand und schiebt mir dabei zwei kleine Gegenstände zu. Ich warte, bis der Empfangsmitarbeiter sie zu dem Raum führt, wo Aidan festgehalten wird, dann werfe ich einen Blick auf meine Hand. Ohrhörer.

Ich gebe einen Harper und stecke mir den anderen schnell ins Ohr.

»Ist sie wirklich Anwältin?«, flüstert Harper.

Ich will schon Nein sagen, doch da erinnere ich mich an etwas, das Connie gesagt hat, als ich beim letzten Mal in ihrem Laden war. »Ich glaube, sie ist es wirklich. Oder war es zumindest.«

Es dauert fast zehn Minuten, dann hallen die Stimmen aus dem Verhörraum klar und deutlich durch die Ohrhörer. Harper richtet sich sofort kerzengerade auf.

»Wenn Sie bitte die Vorwürfe gegen meinen Mandanten noch einmal formulieren könnten, damit ich ihn angemessen beraten kann«, sagt Connie.

Der Agent im Verhörraum seufzt. »Ihr Mandant muss uns nur den Namen der Person nennen, die ihn als Auftragskiller angeheuert hat. Dann können wir über einen Deal reden.«

Neben mir schnappt Harper nach Luft. Ich stoße sie in die Seite, um sie daran zu erinnern, still zu sein.

»Mein Mandant hat mir bereits versichert, dass er kein Auftragskiller ist und es auch nie war. Ich denke also, wir treten hier auf der Stelle.«

Papier raschelt, es folgen einige Sekunden Stille.

»Unter diversen Varianten Ihres Namens wurden zwischen Juli und Anfang dieses Monats eine Reihe internationaler Investmentkonten eröffnet«, sagt der Agent. »Die Gelder ergeben zusammen über eine Million Dollar.«

Mir rutscht das Herz in die Hose. Genau, wie Miles gesagt hat.

»Und dann ist einer unserer Agenten auf dieses Foto von Ihnen gestoßen, auf dem Sie mitten in einem Geschäftsabschluss zu sehen sind … Wissen Sie, wer dieser Mann hier ist?«

»Nein, das weiß ich nicht«, mischt sich Connie ein.

»Wir sind schon seit fast zwei Jahren hinter ihm her. Er arbeitet für die amerikanische Zulassungsstelle und erstellt nebenbei gefälschte Identitäten. Was wollten Sie von ihm? Vielleicht einen Pass oder zwei … oder möglicherweise sogar drei?«

Ich halte die Luft an. Das kann nicht stimmen. Aidan würde alles für Harper tun, alles, um ihr das Leben zu ermöglichen, das sie sich wünscht, aber nicht das. Nicht Simon. Ich halte mein Smartphone fest in der Hand und wünschte, ich könnte Miles anrufen. Ich wünschte, er könnte alles mithören und mir helfen, daraus schlau zu werden.

»Ein Auftrag, eine Menge Geld. Ihre Freundin und deren kleine Schwester … sie könnten ein neues Leben anfangen. Diesmal wirklich. Haben Sie ihnen das nicht versprochen?« Die Stimme des Agenten wird mit jedem Wort lauter. »Sie sind ein guter Mann, Agent Lawrence. Loyal den Menschen gegenüber, die sie lieben. Es muss eine schwere Entscheidung gewesen sein, diesen Auftrag anzunehmen. Aber Harper und Eleanor stehen die ganze Zeit unter der Beobachtung unserer Außenstelle in Charleston. Es ist nicht leicht, damit zurechtzukommen. Sie bleiben immer in ihrer Vergangenheit gefangen. Und das wollten Sie nicht länger hinnehmen, habe ich recht?«

»Sagen Sie uns, wer Sie beauftragt hat!«, sagt ein zweiter

Agent mit donnernder Stimme. Er hat wahrscheinlich die Rolle des bösen Cops. »Sagen Sie uns, wen Sie in dieser Nacht als Köder benutzt haben. Wer ist der Junge, der Simon monatelang in eine Online-Beziehung verwickelt und Ihnen die Tür geöffnet hat? Oder haben Sie sich um diesen Teil des Auftrags gar nicht gekümmert, Agent Lawrence? Vielleicht verwendet Ihre Organisation Mitglieder mit verschiedenen Talenten, so wie das FBI. Sie brauchten einen schlauen Kopf, der sich um die Konten kümmert und Ihre Spuren verwischt. Sie brauchten ein hübsches Gesicht, das sich den Gilbert-Jungen angelt, und sie brauchten einen Scharfschützen, wie Sie es sind. Wir wissen doch beide, dass Sie nur der ausführende Arm sind, Agent Lawrence. Helfen Sie uns, Ihr Team zu überführen, und ich werde das berücksichtigen, wenn es zur Verurteilung kommt.«

»Das reicht«, sagt Connie mit gesenkter Stimme. »Ich hätte gern einen Moment mit meinem Mandanten allein.«

Als die Agenten den Raum verlassen haben, spricht Aidan zum ersten Mal, seit wir zuhören. »Wer zur Hölle sind Sie?«

»Eine besorgte dritte Partei«, sagt Connie ruhig. »Ich brauche folgende Passwörter von Ihnen: E-Mail-Account, Kontoverbindung, Handy …«

Harper zieht den Ohrhörer heraus, steht abrupt auf und geht zum Empfangstresen hinüber. »Können Sie mir ein Taxi rufen?«

Der Mann schaut von seinem Computer auf. »Gerne.«

»Harper –«, beginne ich.

Sie bringt mich mit einer Handbewegung zum Schweigen. »Lass uns gehen.«

Ich habe keine Ahnung, was in ihr vorgeht. Hat sie den Glauben an Aidans Unschuld verloren? Kurz darauf kommt Connie aus dem Verhörraum und verabschiedet sich knapp von uns.

Unser Taxi ist schnell da. Nachdem wir eingestiegen und losgefahren sind, erkläre ich Harper, wer Connie ist und woher ich sie kenne. Harper starrt aus dem Fenster, während sie mir zuhört, sagt aber nichts.

Stunden nachdem wir das FBI-Gebäude verlassen haben, ruft mich Connie endlich an.

»Die mysteriöse E-Mail-Adresse«, sagt sie. »Die gehört einem Bret Thomas. Ich glaube, er –«

»Geht an meine Schule.« Ich wusste es. Ich wusste, dass der Kerl Dreck am Stecken hat. Er hat mir direkt ins Gesicht gelogen, aber ich bin nicht darauf reingefallen. »Oh Scheiße, das könnte bedeuten … dass Bret imstande ist …« Einen Mord zu begehen? Oh Gott, ich fass es nicht.

»Ellie, hör mir zu«, sagt Connie mit Nachdruck. »Du und dein Freund, ihr müsst mit eurem Detektivspiel aufhören. Du hast die Agenten vorhin gehört. Sie glauben nicht, dass Agent Lawrence allein gehandelt hat. Irgendjemand könnte hinter euch her sein –«

»Warte«, unterbreche ich sie. »Mein Freund? Du meinst Miles? Er ist nicht mein –«

»Wie auch immer, er hat mich gebeten, ihm dabei zu helfen, sich Zugang zur Datenbank des FBI zu verschaffen.«

»Und, hast du?«

»Nein«, sagt Connie. »Und das werde ich auch nicht. Lasst mich einfach weiterrecherchieren. Wenn Agent Lawrence unschuldig ist, hat jemand eine Menge auf sich genommen, um ihm die Tat anzuhängen. Wer auch immer den Sohn des Senators umgebracht hat, wird sich wahrscheinlich jeden vorknöpfen, der nach Antworten sucht.«

Mein Herz pocht wie wild. Miles schien sich heute Morgen so sicher zu sein, dass es Aidan war. Warum hat er dann weitere Nachforschungen angestellt?

Nachdem ich aufgelegt habe, suche ich im Apartment nach meinen Schuhen und schicke eine Nachricht an Dominic.

Ich: Hier ist Ellie. Hast du Miles heute gesehen?

Dominic: Woher hast du meine Nummer?

Ich: Von Miles. Hast du ihn gesehen?

Dominic: Bei mir steigt gerade ein Party. Er müsste jede Minute hier sein.

Ich: Super!! Lass ihn nicht aus den Augen! Und halte dich von Bret fern!

Ich bleibe mitten in der Wohnung stehen und überlege, was ich als Erstes tun sollte. Connie hat mir geraten, mich aus der Sache rauszuhalten, aber diese Info über Bret … Bret muss etwas mit dem Ganzen zu tun haben. War Aidan deshalb so beunruhigt wegen dem Bildmaterial vom Parkplatz? Hat er mit Bret zusammengearbeitet? Ich weiß überhaupt nicht mehr, was ich glauben soll.

Ich brauche Miles. Sofort.

Dominic hat gesagt, dass Miles jeden Moment bei ihm vorbeikommt. Aber vielleicht ist er noch gar nicht weg.

Mein Handy klingelt zum tausendsten Mal an diesem Tag. Jack.

»Wie kommt ihr beide klar?«, fragt er.

»Nicht gut, denke ich.« Ich werfe einen Blick in Harpers und

Aidans Schlafzimmer, wo meine Schwester ein Chaos aus Unterlagen und Ordnern hinterlassen hat. »Harper hat das ganze Apartment auf den Kopf gestellt, ohne mir zu sagen, wonach sie eigentlich sucht. Dann ist sie zu den Feldsteins, um ihren Gehaltsscheck abzuholen.«

»Will sie die Stadt verlassen?«

»Ich weiß es nicht«, sage ich ehrlich. »Sie hat mir nichts davon gesagt.«

»Dann ist gut. Ohne dich wird sie nirgendwohin gehen«, sagt Jack. »Gib ihr etwas Zeit. Versuch dir keine Sorgen zu machen. Ich habe ein Auge auf euch.«

Er hat ein Auge auf uns.

All-eyes-on-you.

Ich bleibe wie erstarrt stehen und schaffe es gerade noch, eine Antwort zu stammeln. »Äh … okay. Danke, Jack. Wir reden später.«

Ich stopfe mein Handy in die Tasche und renne in Harpers und Aidans Zimmer. Es sieht aus wie nach einem Tornado, aber Aidans Smartphone liegt immer noch auf dem Nachtschrank. Mit zitternden Händen greife ich danach, tippe das Passwort ein und scrolle durch seine Unterhaltungen mit Jack. Immer weiter zurück. Bis zum fünfzehnten Juni. Mir bleibt fast das Herz stehen, als ich sehe, was Aidan um 21:32 Uhr an Jack geschrieben hat – in der Nacht, als Simon starb.

Aidan: Willst du irgendwas von WaWa?

Jack: Klar. Mein übliches Sandwich.

Aidan: Bin in zwanzig Minuten zurück.

Aidan hat Jack gar nicht erwähnt, als er mit der Geschichte herausgerückt ist. Sie haben an diesem Abend zusammengearbeitet. Bei den Gilberts. Entweder stecken sie immer noch unter einer Decke, oder Jack will Aidan die Schuld in die Schuhe schieben.

Ich werfe Aidans Handy aufs Bett und renne aus der Wohnung zu Miles hinüber.

Ich hämmere an die Tür. Keine Reaktion. Ich will gerade das Schloss knacken, da merke ich, dass sich der Knauf bewegen lässt. Es ist nicht abgeschlossen.

Ich trete nur zwei Schritte ins Wohnzimmer und stoße einen Schrei aus.

Clyde liegt reglos mitten auf dem Teppich am Boden.

KAPITEL 48

Ich hocke mich neben Clyde auf den Boden, lege mein Ohr auf seine Brust und lausche. Ich versuche, ganz still zu halten, aber ich zittere am ganzen Körper.

Seine Lunge dehnt sich, kurz darauf hebt und senkt sich seine Brust. Ich atme erleichtert auf und rüttele an seiner Schulter.

»Clyde! Clyde, wachen Sie auf!«

Er bewegt sich, scheint aber nicht zu Bewusstsein zu kommen. Ich schaue mich im restlichen Apartment um. Es herrscht ein heilloses Durcheinander. Jede Schublade, jeder Schrank und jede Kiste wurde geöffnet und der Inhalt auseinandergenommen. Die Tür zum Geheimzimmer wurde aufgebohrt und aus den Angeln gehoben.

»Clyde! Bitte kommen Sie zu sich!« Ich breche in Panik aus, weil ich ihn angefasst und geschüttelt habe. Was, wenn er eine Nackenverletzung hat?

Ich nehme einen langen, tiefen Atemzug und zwinge mich, Prioritäten zu setzen, stelle gedanklich eine Liste zusammen, was jetzt am wichtigsten ist. Ich schicke Dominic und Justice dieselbe Nachricht. Dann füge ich noch Chantel und Jacob als Empfänger hinzu, nur um auf Nummer sicher zu gehen.

Ich: Lasst Miles NICHT aus den Augen!

Ich schnappe mir Clydes Handy und wähle 911.

»Mein Nachbar ist bewusstlos, aber er atmet noch«, sage ich hastig. »Ich glaube, er hat einen Schlag auf den Kopf bekommen oder so.« Ich gebe der Frau am anderen Ende der Leitung die Adresse und lege auf.

Als ich in Aidans Wagen vom Parkplatz fahre, höre ich in der Ferne bereits die Sirenen heulen. Es ist inzwischen dunkel und der Nieselregen verwandelt sich in einen Wolkenbruch mit Hagelkörnern, die auf die Windschutzscheibe prasseln. Ich versuche, auf dem Weg zu Dominic nicht zu rasen, aber mein Adrenalinspiegel ist viel zu hoch. Nachdem ich vor dem Haus der DeLucas angekommen bin und zwischen den zahlreichen Autos meiner Klassenkameraden geparkt habe, schicke ich Harper eine Nachricht.

Ich: Geh nicht zurück in die Wohnung. Die ist nicht sicher. Nimm ein Taxi zum FBI und WARTE dort. Halt dich fern von Jack!!!

Ich stelle den Motor ab und springe aus Aidans Auto. Dominics Haus ist voller Leute aus meiner Schule und es ist höllisch laut. Auf der Suche nach dem Eingang muss ich Partygäste aus dem Weg schieben. Ich entdecke Justice und Chantel. Beide haben sich für die Party ordentlich aufgedonnert und halten Drinks in den Händen. Ich habe immer noch meine Schuluniform an, meine Beine sind nass und matschig vom Regen.

»Oh, wow, du musst ja einen harten Tag gehabt haben«, sagt Justice mit einem abschätzigen Blick. »Nimm erst mal einen Schluck.«

Ich schlage den Becher zur Seite, den sie mir vor die Nase hält. »Wo ist Miles?«

»Ich glaube, er ist in der Küche –«

Sofort dränge ich mich zur Küche durch. Ich sehe mich um, aber keine Spur von Miles. Ich höre Dominics Stimme, gehe direkt zu ihm und zerre ihn aus einer hitzigen Diskussion.

»Wo ist Miles?«, frage ich.

»Himmel, wer hat dich denn eingeladen?« Er reißt sich von mir los und wirft mir einen wütenden Blick zu. Dann bleibt er zehn Sekunden vor mir stehen und nimmt einen Zug vom Joint eines Kumpels, ehe er mir endlich antwortet. »Miles ist schon wieder weg, sein Dad hat ihn abgeholt.«

»Was meinst du mit ›sein Dad‹? Wie hat der ausgesehen?«

»Du weißt schon, er hatte Haare und Augen, ziemlich große Augen.« Dominic hält seine Hand einige Zentimeter über meinen Kopf. »Und er war ganz schön groß.«

Ich packe Dominic am Arm und schüttele ihn. »Konzentrier dich! Sag mir, wie der Kerl ausgesehen hat.«

Dominics Augen weiten sich, als würde ich ihm Angst machen. »Ähm … normal, nicht besonders schlank. Seine Haare hatten etwa die Farbe wie meine. Auf jeden Fall nicht grau.«

»Das war definitiv nicht Miles' Dad.«

»Entspann dich«, sagt Dominic. »Ich rufe Miles an.«

Kurz darauf höre ich ein Summen. Ich hocke mich hin und spähe unter die Kücheninsel. Ein schwarzes Handy vibriert auf den Keramikfliesen.

Panik erfasst mich. Ich hebe das Smartphone auf und betrachte es. Miles würde sein Handy nie absichtlich irgendwo liegen lassen. Ich stecke es in meine Jacke und stehe auf.

»Ruf mich sofort an, wenn du ihn siehst oder etwas von ihm hörst.«

Ohne auf eine Antwort von Dominic zu warten, gehe ich zur Hintertür raus und renne um das Haus. Ich kämpfe gegen das Bedürfnis an, aus voller Kehle Miles' Namen zu rufen. Kalter Regen fällt auf mein Gesicht. Matsch und Wasser spritzen an meinen Beinen hoch. Ich drehe eine ganze Runde um das Haus, finde aber keine Spur von Miles. Niemand ist zu sehen.

Ein Klassenkamerad rennt mich fast um, als er in seinen Anzugschuhen versucht, eine Pfütze zu umgehen. Ich betrachte seine Schuhe, starre sie ein paar Sekunden an. Glänzende Schuhe, wie Aidan sie trägt. Wie alle Secret-Service-Agenten sie tragen. Und eine abgewetzte Jeans. Jemand, der im Dienst war und sich danach etwas Bequemeres angezogen hat, nur kein zweites Paar Schuhe mit zur Arbeit gebracht hat.

Es muss einen Agenten geben, auf den Dominics Beschreibung passt, jemand wie dieser Typ im Haus der Gilberts –

Scheiße, wie war noch mal sein Name? Rider, glaube ich. Aber er kann sich nicht als Miles' Dad ausgegeben haben. Auch Aidan nicht, wofür es eine Menge Gründe gibt, zum Beispiel dass er verhaftet wurde.

Jack.

Oh Gott, es ist Jack! Und er hat Miles! Aber warum?

Komm schon, Ellie, denk nach. Du brauchst einen Plan.

Ich muss nur zum FBI gehen und ihnen alles erzählen. Aber das könnte zu lange dauern. Dann könnte es bereits zu spät sein.

Ich hole im Dunkeln mein Smartphone heraus. Regen fällt auf das Display, während ich mit zitternden Fingern die Nummer wähle, die Mr Beckett auf den Papierschnipsel gekritzelt und dann ins Feuer geworfen hat.

»Bitte nennen Sie Ihr Passwort.«

Meine Stimme bebt, aber ich zwinge mich, ruhig zu sprechen, während ich die deutschen Worte aufsage, die Mr Beckett mir vorgegeben hat. Ich warte zwei Sekunden, dann kommt wieder die automatische Stimme vom Band: »Passwort bestätigt. Danke, dass Sie die Mailbox sechs-drei-vier-sieben-zwei angerufen haben. Ein Rückruf erfolgt in den nächsten vierundzwanzig bis achtundvierzig Stunden.«

Damit wird die Verbindung abgebrochen. Ich bleibe zitternd im Regen stehen und starre auf das Handy, völlig am Boden zerstört. Warum hat Miles' Dad mir diese Nummer als Notruf angedreht, wenn es nichts anderes ist als ein sicherer Anrufbeantworter?

Ich springe in den Wagen und mache mich auf den Weg zum FBI. Ich nehme eine Nebenstraße, denn ich möchte nicht angehalten werden. Es ist dunkel, der Regen prasselt auf die Windschutzscheibe. Ich kann kaum sehen, wo ich entlangfahre. Ich taste links vom Lenkrad nach dem Schalter für das Fernlicht, als mein Ellbogen irgendwo anstößt. Ich schaue nach unten und schnappe nach Luft.

Finger. Eine Hand.

Zwei Gesichter tauchen im Rückspiegel auf und jemand drückt auf die Zentralverriegelung. Ich muss nicht mal hinschauen. Ich weiß auch so, wer das ist.

KAPITEL 49

Das Auto schlingert auf einen Graben zu. Mein Herz schlägt mir bis zum Hals. Dann drückt sich etwas, das sich wie der Lauf einer Waffe anfühlt, in meine rechte Seite. Ich unterdrücke einen Schrei.

»Ganz ruhig, Ellie. Lenk den Wangen auf die Straße und fahr weiter, verstanden?«

Jack hockt auf dem Rücksitz.

Ich riskiere einen Blick in den Spiegel und entdecke den jungen Agenten, der mich im Haus der Gilberts erwischt hat. Rider. Ich hatte recht. Ich zittere, schaffe es aber trotzdem, wieder die Kontrolle über den Wagen zu bekommen.

»Gutes Mädchen«, sagt Jack. »Fahr einfach geradeaus, die Hände schön am Lenkrad lassen, auf zehn und zwei, wo wir sie sehen können.«

»Ich hab dir doch gesagt, dass sie noch zu einem Problem wird.« Rider drückt seine Waffe fester in meine Seite. »Hat sie überhaupt einen Führerschein?«

»Das reicht«, schimpft Jack. »Noch zwei Meilen, dann nach links.«

»Was ist –?«, presse ich hervor. »Wohin fahren wir? Und wo ist Miles?«

Rider tastet die Taschen an meiner Jacke ab, schnappt sich mein Smartphone und das von Miles. Sekunden später ertönt das Geräusch splitternder Displays.

»Wir fahren an einen besseren Ort«, sagt Rider lachend.

»Das reicht«, wiederholt Jack. »Hier, Ellie. Links.«

Nach dem Abbiegen sind wir auf einer noch dunkleren, einsameren Straße. Das sieht nicht gut aus.

»Wenn Rider der Köder ist, bist du dann der Kopf oder der Scharfschütze, Jack? Und wer von euch ist *all eyes on you?*«

Jack antwortet eine ganze Weile nicht. Ich sehe im Spiegel, wie er den Kopf schüttelt. »Du kannst dich einfach nicht raushalten, was, Kleine? So war es nicht geplant … verdammt.«

Angst schnürt mir den Magen zu, meine Hände umklammern das Lenkrad fester.

»Du warst auf Dominics Party«, flüstere ich. »Du hast Miles etwas angetan.« Ich unterdrücke ein Schluchzen. Vielleicht ist es zu spät, Miles zu retten.

»Der Junge hat es verdient«, sagt Rider. »Läuft herum, als wäre er ein verdammter FBI-Agent. Wenn er Räuber und Gendarm spielen will, werden wir ihm zeigen, wie das geht.«

»Halt endlich deine dämliche Klappe«, blafft Jack seinen Komplizen an. »Du hast keine Ahnung, wovon du da redest oder wer dieser Junge ist. Wir müssen …«

Ich blende Jacks Worte aus und konzentriere mich auf ein kaum wahrnehmbares Geräusch. Ein leiser, sich wiederholender dumpfer Schlag.

Der Regen trommelt weiter gegen die Windschutzscheibe. Ich beuge mich vor, das Lenkrad immer noch fest umklammert, und warte auf den richtigen Moment. Ein Baum taucht in der

Ferne auf. Dann mache ich das Dümmste und Gefährlichste, was ich jemals getan habe. Ich ziehe das Lenkrad scharf nach links und das Heck des Wagens schlägt heftig aus. Jack und Rider brüllen los und werden über den Rücksitz geschleudert. Riders Tür knallt gegen den Baum, und er und Jack prallen gegen die andere Wagentür. Mein Kopf stößt gegen die Scheibe, und ich schaffe es gerade noch, nach dem Knopf neben meinem Knie zu tasten, damit der Kofferraum aufspringt. Ich drücke die Tür auf und renne um das Auto herum.

Bevor ich einen Blick in den Kofferraum werfen kann, schwingt schon ein Bein heraus und Miles steht vor mir. Ihm wurde ein Tuch um den Mund gebunden, seine Hände sind mit Handschellen gefesselt. Meine Finger zittern, als ich ihm das Tuch vom Gesicht zerre.

»Beeil dich! Nimm mir die Dinger ab.« Miles hebt die Arme mit den Handschellen und wirft einen Blick über die Schulter, ob im Wagen eine Bewegung zu erkennen ist. »In meinen Taschen!«

Wasser tropft von meinem Kinn, aber ich suche seine Taschen ab, bis meine Finger sich um ein Taschenmesser legen. Ich hocke mich vor die Handschellen.

»Wo ist das Schloss? Ich sehe nichts!«

»Komm schon, Ellie. Du weißt, wie das geht.«

Meinen Namen auf diese vertraute Art aus Miles' Mund zu hören, treibt mich weiter an. Ich schüttele den Regen von den Handschellen und finde endlich das Schloss. Als ich gerade das Messer hineinstecke, öffnet sich die hintere Wagentür und Jack taumelt heraus. Er zerrt Rider auf die Beine.

Das Schloss springt auf und Miles' Hände sind frei. In diesem

Moment stürzt sich Rider auf mich. Miles verpasst ihm einen Tritt gegen die Brust, sodass er nach hinten fällt. In Sekundenschnelle holt er sich Riders Waffe. Er richtet sie auf Jack, während Rider sich wieder aufrappelt. Miles packt mich an meiner Jacke und zieht mich hinter sich.

»Lauf!«, befiehlt er.

Ein Schuss geht los, dröhnt laut in meinen Ohren. Ich ducke mich hinter die Motorhaube des Wagens. Miles folgt mir und geht ebenfalls in Deckung. Er feuert zwei Schüsse in die Dunkelheit.

»Los!« Er deutet auf den Wald.

Ich renne los, mein Herz pocht, Matsch spritzt über meine Beine. Miles holt mich ein, sein Atem geht so schnell wie meiner. Wir rennen durch die Dunkelheit. Doch Miles bewegt sich langsamer, als ich erwartet hatte. Aus dem Augenwinkel sehe ich, dass er einen Arm an seinen Bauch gedrückt hält.

Plötzlich werden Jacks und Riders Stimmen wieder lauter. Miles legt einen Arm um meine Taille und zieht mich hinter einen Baum.

Er legt einen Finger an die Lippen. Wir bemühen uns, möglichst leise zu atmen. Erst als Miles seine Stirn an meine legt, bemerke ich, wie schwer ihm das Atmen fällt.

»Es ist meine Schulter«, flüstert er. »Ich glaube, sie ist ausgekugelt.«

Vorsichtig streiche ich mit der Hand über seine rechte Schulter. Dann taste ich an seinem linken Arm hinunter bis zu der Waffe in seiner Hand. Kann er mit der Linken überhaupt schießen?

»Kommt raus! Wir finden euch irgendwann ja doch«, hallt

Riders Stimme durch den Wald. Er scheint ziemlich weit weg zu sein.

Miles' Puls rast fast so schnell wie meiner. Wir rühren uns nicht von der Stelle.

»Hier drüben sind sie nicht!«, ruft jemand. Eine neue Stimme, die weder Jack noch Rider gehört. »Bist du sicher, dass sie bewaffnet sind?«

»Wenn der kleine Rambo noch meine verdammte Waffe hat …«

Ich bin nass bis auf die Haut und es ist eisig kalt. Wir lauschen einen Moment, versuchen die Entfernung der Schritte zu schätzen und zu erraten, wie viele Männer es sind.

»Umstellt das Gelände!«, ruft eine weitere unbekannte Stimme. »Lassen wir sie erfrieren. Bei Tageslicht sammeln wir ihre Leichen ein.«

Miles versteift sich, doch gleich darauf sackt er wieder gegen mich. Unsere Verfolger haben sich noch weiter entfernt.

»Ich bin ziemlich sicher, dass wir Beckett bei der Kofferraumaktion den Arm gebrochen haben«, sagt Jack.

Miles hebt den Kopf. »Was siehst du hinter mir?«, raunt er mir zu. Zuerst bin ich überrascht über die Frage. Doch dann wird mir klar, dass er sich mit seiner verletzten Schulter nicht umdrehen kann.

Ich schüttele den Kopf. »Nichts als Bäume.«

»Da muss etwas sein«, wispert er. »Jack hat dich in diese Richtung fahren lassen und mindestens eine weitere Person hat sich ihnen angeschlossen –« Er hält inne und lauscht genau auf die Schritte. »Zwei weitere Personen.«

Ich starre durch die Schatten der Bäume vor mir, bis ich tatsächlich einen schmalen Durchlass erkenne. »Dahinten könnte eine Hütte sein oder irgendein anderes Gebäude.«

Miles nickt. Er hebt die gestohlene Waffe hoch und öffnet die Pistole. »Wie viele Patronen?«

Ich versuche etwas zu erkennen oder zu ertasten. »Vier, glaube ich.«

»Okay, das ist scheiße.« Er lässt den Lauf wieder zuschnappen und behält die Waffe im Anschlag. »Ich schätze, du hast kein Handy bei dir?«

Ich schüttele den Kopf. »Rider hat unsere Handys beide zertrümmert.«

Er runzelt die Stirn, als ich sein Smartphone erwähne.

»Ich habe es auf Dominics Party gefunden.«

Miles legt wieder die Wange an meine. »Du hast nach mir gesucht?«

»Ein paar Minuten zu spät.«

»Ellie?«, flüstert Miles. »Du musst mir helfen, meine Schulter wieder einzurenken.«

»Wie bitte?«

Er beginnt zu erklären, hält dann aber inne, sein ganzer Körper erstarrt zu Stein. Watende Schritte nähern sich kaum hörbar. Ich öffne den Mund, um Miles zu warnen, aber er hebt bereits die Waffe.

Als er den Abzug drückt, kneife ich die Augen zusammen. Er feuert nur einen Schuss ab, es folgt ein Schmerzensschrei.

Miles drückt sich von mir weg. »Lauf!«

Er deutet in Richtung Hütte, aber ich kann mich nicht von der Stelle rühren. Ich stehe unter Schock. Er hat gerade auf jemanden geschossen.

»Um Himmels willen!«, schreit eine Stimme.

»Es hat Rider erwischt!«, sagt jemand.

»Ellie, lauf!«, wiederholt Miles.

Endlich erwache ich aus meiner Starre und wir hetzen los. Unsere Deckung ist durch den Schuss aufgeflogen. Ich renne immer weiter, Miles dreht sich zweimal um und schießt. Da leuchtet mir plötzlich ein grelles Licht direkt in die Augen. Ich bleibe abrupt stehen, Miles stößt von hinten gegen mich.

Er zielt auf die Person, die die Taschenlampe hält, und drückt den Abzug. Aber es fällt kein Schuss. Er hat keine Munition mehr. Zwei weitere Taschenlampen tauchen rechts und links von uns auf.

Wir sind umzingelt.

»Ich wusste, dass du nicht genug Patronen für uns alle hast«, sagt Jack. »Doch ich muss sagen, du bist ein ziemlich guter Schütze, mein Sohn.«

Ein unbekannter Mann baut sich neben uns auf. Er hat ein Gewehr im Anschlag, trägt eine kugelsichere Weste und eine Kopfhaube – wie ein Sicherheitsbeamter der Regierung. »Los, bewegt euch! Alle beide!«

Ich kann sehen, wie Miles fieberhaft überlegt. »Ich gehe mit Ihnen«, sagt er, »und Ellie lassen Sie hier im Wald. Sie wird niemandem von der Sache erzählen. Sie ist eine begabte Betrügerin, die Geheimnisse für sich behalten kann.«

»Genug geredet!« Die Spitze des Gewehrs schwankt, doch der Kerl hält sie gleich wieder ruhig und rammt sie direkt in Miles' ausgekugelte Schulter.

Miles stolpert gegen mich, sodass ich spüre, wie er vor Schmerzen zusammenzuckt.

»Los jetzt!«

Miles setzt sich in Bewegung. Ich gehe neben ihm und kämpfe gegen das Verlangen, nach seiner Hand zu greifen.

»Es tut mir leid, Ellie«, sagt Jack, als wir bei ihm angekommen sind. »Ich wollte nicht, dass es so abläuft. Du hast so viel Potenzial.« Dann schaut er zu Miles und schüttelt den Kopf. »St. Felicity's hatte deinen Namen auf der Liste, direkt neben deinem Kumpel Simon, aber ich habe ihnen gesagt, dass du dich nie darauf einlassen wirst. Dein Vater hätte dich nicht mal einen Tag lang dorthin gelassen.«

Wir stecken so tief in der Scheiße, dass ich einen Moment brauche, bis mir bewusst wird, dass Jack uns erschießen wird. Aber genau in diesem Moment ist das Dröhnen eines Hubschraubers zu hören und die Männer brechen in Panik aus.

KAPITEL 50

Schon wieder kreist der Hubschrauber über uns. Ich taste mich an den Wänden entlang und suche nach einem möglichen Fluchtweg.

»Wenn es in diesem Raum ein Fenster gibt, muss es so weit oben sein, dass ich nicht rankomme«, sage ich mit klappernden Zähnen. Es ist eiskalt hier drin. Fast so kalt wie draußen. »Was ist das hier überhaupt für ein Ort? Und warum warst du mit Simon auf dieser St. Felicity's-Liste? Bedeutet das, dass sie dich auch umbringen wollen?«

»St. Felicity's Shelter ist eine Organisation von Auftragskillern. Ehrenhafte Männer, die ihr Leben einer Mission widmen, ohne sich persönlich bereichern zu wollen«, sagt Miles. »Ich habe Gerüchte darüber gehört, aber ich hätte nie gedacht …«

»Okay, aber warum glaubt Jack, dass ich für so eine Organisation Potenzial hätte?«, will ich wissen. »Ich könnte doch niemals jemanden umbringen.«

»Ich glaube, Jack dreht nebenbei seine eigenen Dinger.«

»Bezahlte Aufträge, bei denen ihm eine identitätslose, erfahrene Betrügerin helfen könnte«, vermute ich.

Miles schweigt, aber es klingt, als würde er sich hinsetzen. Ich tappe durch die Dunkelheit, bis ich gegen ihn stoße.

»Bist du okay?«, frage ich. »Natürlich nicht, deine Schulter ist hinüber.«

Die Stimmen vor der Tür werden lauter. Sie streiten sich.

»Hack dich endlich in die verdammte Leitstelle und finde heraus, woher dieser Hubschrauber kommt«, brüllt jemand.

»Soll ich Rider etwa verbluten lassen?«

»Wie sehr tut es weh?«, hake ich bei Miles nach. »Auf einer Skala von eins bis zehn?«

»Weiß ich nicht«, erwidert Miles mit angestrengter Stimme. »Sechs … vielleicht acht.«

Mir wird wieder leicht übel, aber ich lasse mir nichts anmerken und lege eine Hand auf seine unverletzte Schulter. »Okay, ich helf dir, wenn du willst. Sag mir, was ich machen soll.«

Er setzt sich aufrecht hin. Ich wünschte, ich könnte sein Gesicht sehen. Ob er genauso viel Angst hat wie ich? Ich höre ihm aufmerksam zu und taste mich dann genau zu der Stelle, die er mir beschrieben hat. Bevor ich beginnen kann, hält er mich zurück. »Mach keine halben Sachen. Dadurch könnte es noch schlimmer werden.«

»Alles klar.« Ich atme tief ein.

Miles umfasst meine Wange und zieht mich näher, bis wir uns an der Stirn berühren. »Ich würde dich nicht darum bitten, wenn ich nicht überzeugt davon wäre, dass du das kannst. Ich vertraue dir.«

Tränen brennen in meinen Augen. »Du solltest mir nicht vertrauen.«

Er streicht mit dem Daumen über meine Wange. »Das tue ich aber.«

Ich gebe mein Bestes, Miles' Ratschläge zu befolgen, und

stelle mir die Schulter als Kugel vor, die wieder in das richtige Loch geschoben werden muss. Das Adrenalin, das durch meine Adern pumpt, verleiht mir die nötige Kraft. Worauf ich nicht vorbereitet war, ist Miles' Schmerzensschrei und das knirschende Geräusch, das nun folgt. Aber selbst in der Dunkelheit spüre ich, wie der Knochen wieder an seinen Platz rutscht.

»Alles okay? Bitte sag mir, ob du okay bist.«

Er lässt sich gegen die Wand sinken, sein Atem geht stoßweise, aber ich höre, wie er nickt.

Ich zittere am ganzen Körper. Vorsichtig lege ich Miles' Arm über seinen Bauch. Ich ziehe meine Jacke aus und binde daraus eine Schlinge, die ich hinter seinem Nacken verknote. In dem Moment wird die Tür aufgerissen und das Licht geht an.

Ich gleite hinüber und setze mich neben Miles an die Wand. Seine linke Hand wandert zu meiner und drückt sie.

Der Gewehr-Typ hat seine Kopfmaske abgenommen. »Was war das für ein Lärm?«

Er richtet die Waffe direkt auf uns. Ich halte den Atem an.

»Mach die verdammte Tür zu und komm her!«, brüllt Jack.

Die Tür wird wieder zugeschlagen und ich stoße die ganze angestaute Luft in einem langen Atemzug aus.

»Oh Gott, wo sind wir hier nur?«

Ich drehe mich zu Miles und erst jetzt wird mir bewusst, dass das Licht noch an ist. Und er ist blass, so blass.

»Komm her«, sagt er und ich rutsche zu ihm hinüber, bis mein Arm seine unverletzte Schulter berührt. »Näher …«

»Wie stark ist der Schmerz jetzt?«, frage ich.

»Sechs … vielleicht fünf.« Er streichelt meine Wange, dann legt er den Arm um mich. »Gott, bist du kalt.«

»Glaubst du wirklich, das sind ehrenhafte Killer?«

»Mein Dad hat offenbar etwas gegen sie«, erwidert er. »Deshalb bin ich nicht sicher. Andererseits hätte man unzählige Leben retten können, wenn jemand Hitler vor dem Zweiten Weltkrieg ermordet hätte.«

»Und das ist die Aufgabe von St. Felicity's? Den nächsten Hitler auszuschalten?«, frage ich schockiert.

»Ja, wenn die Gerüchte stimmen«, antwortet Miles mit schwacher Stimme. »Aber bedeutet das dann auch, dass jemand Jack dafür bezahlt hat, Simon zu töten?«

»Nein«, sage ich nach einer langen Pause. Jetzt ergibt alles einen Sinn – Simon hatte die Fotos von Harper und wollte über Rider an Informationen kommen. Er hat versucht, ihn auszuspielen. Simon wusste, was vor sich ging. Er wollte mich beschützen. »Er hat Simon umgebracht, weil er hinter ihm her war.«

Miles nickt, denn er hat die Puzzleteile ebenfalls zusammengesetzt.

»Ich dachte die ganze Zeit, dass niemand mein Geheimnis kennt, aber Jack kannte es. Simon wahrscheinlich auch. Kein Wunder, dass Jack mich gedeckt hat, als wir bei den Gilberts eingebrochen sind. Er wollte mir sicher anbieten, mich an seinen Millionen-Dollar-Aufträgen zu beteiligen. Wahrscheinlich kennt er meine Einstellung zu Schusswaffen nicht. Oder meine miesen Fähigkeiten in Selbstverteidigung.«

Miles sagt nichts, aber ich spüre, wie sein Körper sich anspannt. Vielleicht weil meine dunkle Vergangenheit wieder zur Sprache kommt, der Teil von mir, den er so verabscheut.

»Wenn wir uns einfach rausgehalten hätten, wäre dir nichts

passiert.« Ich drücke mein Gesicht an sein Shirt. »Es tut mir leid, Miles. Wegen heute Morgen. Ich wollte nicht –«

»Schhhh!« Er lehnt den Kopf an die Wand und schließt die Augen. »Lassen wir das einfach. Du bist hier, obwohl du es gar nicht sein müsstest. Du hättest auf der Party nicht nach mir suchen und den Wagen auch nicht gegen einen Baum fahren müssen.«

Miles' warme Lippen berühren meine Stirn. »Diese Typen haben Simon auf dem Gewissen, Ellie. Wir haben keine Handys, keine Waffen, keine Fluchtmöglichkeit. Unsere Überlebenschancen stehen nicht gut. Und der Teil von mir, der wütend auf dich ist, weil er nicht wusste, wer du bist – ist jetzt nicht hier in diesem Raum. Ich habe ihn auf der Party gelassen.«

Obwohl ich schrecklich friere, wärmen mich seine Worte von innen. Aber es ist ein bittersüßes Gefühl, denn die Realität macht mir Todesangst.

Jacks Stimme ist von draußen zu hören. »Seht ihr? Es ist nur ein Rettungshubschrauber, der in Richmond landen will. Das Wetter ist schlecht. Deshalb dreht er Kreise.«

Miles hebt meinen Kopf und drückt seine Lippen auf meine, erst sanft, dann drängender, immer verzweifelter. Und mit einem Mal geht die Tür auf, und Jack und der Gewehr-Typ bauen sich vor uns auf.

Miles löst sich von mir und erhebt sich. Er sieht Jack an. »Wo ist Ihre Waffe?«

Jack deutet mit dem Kinn auf den Gewehr-Typ neben sich.

»Ach, kommen Sie«, sagt Miles. »Wir wissen, dass Sie Simon umgebracht haben. Sie haben ihn mit seiner eigenen Waffe erschossen.«

Jack zuckt zusammen.

»Ich verdiene denselben Respekt.« Miles hebt die Stimme. »Wenn Sie mich töten wollen, Jakowski, seien Sie verdammt noch mal ein Mann und tun Sie es selbst. Nehmen Sie eine Waffe und sehen Sie mir dabei in die Augen.«

Meine Beine zittern, aber ich stehe trotzdem auf und stelle mich neben Miles.

Mit einer kurzen Bewegung reißt Jack dem anderen Kerl das Gewehr aus der Hand und entsichert es. »Zufrieden?«

Mein Blick huscht durch den Raum, immer noch auf der Suche nach einer Fluchtmöglichkeit. Ich bin nicht so gut im Märtyrerspielen wie Miles.

»Ich will nur wissen, wie Sie das gemacht haben, Jack. Wie haben Sie es geschafft, alles so einzufädeln, dass Aidan am Ende als Täter dasteht?«

Der Lauf des Gewehrs wippt auf und ab. »Dominic DeLuca hat nicht zum Täterprofil gepasst, mit ihm wäre es nie zu einer Verurteilung gekommen. Leider hat er Rider an diesem Abend gesehen, also mussten wir ihn zum Schweigen bringen, was nicht ganz funktioniert hat. Lawrence zu beschuldigen, war nur Plan B. Wenn ihr zwei eure Nasen nicht überall reingesteckt hättet, wäre der Fall nicht wieder aufgerollt worden.«

Jack richtet die Waffe auf mich. »Okay, ihr habt eine winzige Überlebenschance.«

»Lassen Sie mich raten«, sagt Miles. »Sie wollen, dass Ellie und ich in Ihren Killer-Club eintreten?«

»Ich wollte Eleanor schon immer in meinem Team haben. Von dem Moment an, als ich Nachforschungen über Lawrence' neue Freundin angestellt habe. Ich habe die Schwestern wieder zueinander geführt und Ellie einen Platz an der Holden verschafft, damit sie Freundschaften auf den höchsten Ebenen schließen kann«, sagt Jack zu Miles, als wäre ich gar nicht anwesend. »Du hast sie noch nicht in Aktion erlebt. Sie hat eine Gabe, die man nicht lernen kann. Mit ihr könnten wir Millionen scheffeln, vielleicht sogar ohne eine Waffe in die Hand zu nehmen.«

Okay, er wollte also nicht, dass ich Leute umbringe. Ich sollte nur lügen und stehlen. Und Freundschaften schließen. Im Grunde mein altes Leben führen.

»Aber du könntest dich auch als nützlich erweisen«, fährt Jack fort.

Ein schmerzhaftes Stöhnen dringt von draußen herein, und der Gewehr-Typ schüttelt den Kopf. »Rider werden wir wohl ersetzen müssen. War das dein erstes menschliches Ziel?«

Miles steht mit geballter Faust da. »Ja.«

»Oberschenkelschlagader beim ersten Versuch. Beeindruckend. Aber du bist ja auch einer der Besten in deinem Jahrgang an der Marshall Academy. Wer hat dich für das Praktikum rekrutiert?«, fragt Jack. »FBI? CIA? NSA?«

Miles wirft mir einen kurzen Seitenblick zu, aber mehr brauche ich auch nicht, um seinen nächsten Schritt zu erraten.

»Harvard«, sagt er zu Jack, dann duckt er sich und schiebt mich mit seinem unverletzten Arm aus dem Weg. Ein Schuss geht an die Decke. Sofort hebe ich schützend die Arme über den Kopf. Ich höre, wie das Gewehr auf den Boden poltert und neben mir landet. Ich stürze darauf zu und ziehe es unter mich, bevor der Kerl, dem es gehört, es sich schnappen kann.

Jack ringt Miles zu Boden, seine Hände legen sich um Miles'

Kehle. Ich hieve mich hoch und richte das Gewehr auf ihn. Miles' Augen weiten sich, während ich verzweifelt an der Waffe herumhantiere. Ich hatte noch nie eine Schusswaffe in der Hand. Als sich der andere Typ auf mich stürzt, halte ich das Gewehr verkehrt herum. Ein überhebliches Grinsen breitet sich in seinem Gesicht aus und ich ramme ihm wütend die Waffe gegen die Schläfe. Er stolpert, und ich schmettere ihm das Gewehr wie eine Keule gegen den Hinterkopf.

Ich wirbele herum und ziele auf Jack. »Lass ihn los!«, befehle ich ihm.

Aber Miles macht eine schnelle Kung-Fu-Bewegung und schon fliegt Jack nach hinten. Er kracht gegen die Wand und prallt mit einem lauten Geräusch auf den Boden. Leider ist er sofort wieder auf den Beinen.

Miles nimmt mir das Gewehr aus der Hand und richtet es auf Jack. Ihm stehen der pure Hass und das unbändige Verlangen nach Rache ins Gesicht geschrieben.

»Ellie, verschwinde!«

Ich gehe auf Miles zu. »Wir verschwinden zusammen.«

Jack beobachtet uns, sein Blick landet auf mir. Dann schaut er kurz zu seinem niedergestreckten Teamkollegen. »Hör auf ihn, Ellie. Du musst hier weg.«

»Ich komme gleich nach«, sagt Miles.

Ich bin hin- und hergerissen. Aber bevor ich eine Entscheidung treffen kann, tritt ein blutiges Bein durch den Türrahmen und Rider steht vor uns, eine Pistole in der Hand.

»Ich glaube, das nennt man Zwickmühle«, sagt Rider. »Du erschießt ihn und ich erschieße sie.«

Da holt ein Ellbogen aus und trifft Rider. Gleich darauf landet eine Faust in seinem Gesicht. Er fällt um und brüllt vor Schmerzen.

»Du hättest nie die Geduld für eine Zwickmühle.«

Starr vor Schreck stehe ich da.

Miles' Onkel Clyde beugt sich über Rider und zielt mit seiner Waffe auf ihn.

KAPITEL 51

Rider blickt mit weit aufgerissenen Augen zu Clyde auf.

»Ganz richtig«, sagt Clyde. »Ich bin der alte Mann, den du vorhin k. o. geschlagen hast. Dachtest wohl, ich vergesse deine Visage?«

Rider will nach seiner Waffe greifen, da schießt Clyde ihm, ohne zu zögern, in das andere Bein. Und Clyde ist nicht allein. Dominic und Bret tauchen hinter ihm auf. Bret stürzt sich auf Rider und nimmt ihm die Waffe weg.

»Also, ihr alle …«, Bret lässt die freie Hand durch den Raum wandern, »seid für den Tod unseres Kumpels Simon verantwortlich?«

Jack funkelt Bret an. »Wir haben eine Abmachung.«

»Jetzt nicht mehr.« Bret schüttelt den Kopf. »Dafür habe ich nicht unterschrieben. Sie haben mich dazu benutzt, Dominic zu erpressen und Agent Lawrence die Tat anzuhängen.«

Ich gehe schnell um Miles und Rider herum, der immer noch auf dem Boden liegt.

Clyde zieht seine Jacke aus und reicht sie mir. »Okay, Kinder, Zeit zu gehen.«

Miles schüttelt mit zusammengebissenen Zähnen den Kopf. »Geht schon vor. Ich hole euch auf der Straße ein.«

»Verdammt noch mal, Miles«, schimpft Clyde. »Leg dieses verdammte Gewehr hin, oder ich drehe dir den Hals um, so wahr mir Gott helfe …«

»Er hat meinen Freund umgebracht«, protestiert Miles. »Er hat mich in einen Kofferraum gesperrt und Ellie und mich hierhergeschleppt, um uns auch zu töten. Ich bringe das zu Ende.«

»Du wirst mir jetzt ein Mal in deinem gottverdammten Leben zuhören«, knurrt Clyde. »Es ist mir egal, wie wütend du bist oder wie sehr du dich rächen willst, du bist immer noch ein Kind. Du bist noch nicht so weit, jemanden zu erschießen.«

Miles' Hand zittert vor Wut.

»Miles … nicht«, flehe ich ihn an. »Bitte, lass uns nach Hause gehen.«

»Komm schon, mein Sohn«, sagt Clyde etwas ruhiger. »Leg die Waffe weg.«

Miles umklammert das Gewehr noch fester. Ich kneife die Augen zu und halte den Atem an.

Und dann fällt das Gewehr mit einem lauten Aufschlag auf den Boden. Ich greife nach Miles' Shirt und ziehe ihn aus diesem Kerker.

Dominic und Bret folgen uns. Wir treten in den Regen hinaus. Nachdem wir etwa zehn Meter durch den Schlamm gewatet sind, hallt ein Schuss aus der Hütte. Wir bleiben alle wie gebannt stehen und drehen uns zum Eingang um. Ein paar Sekunden später kommt Clyde aus der Hütte und wirft das Gewehr in den Dreck.

Miles starrt ihn an. Ich warte darauf, dass er böse wird, aber stattdessen umarmt er Clyde mit einem Arm. »Danke«, höre ich ihn sagen.

Clyde nimmt Bret die geklaute Waffe ab und steckt sie in seinen Hosenbund. »Ist das dein Pakt mit dem Teufel, Junge? Du machst ein paar Fotos für ihn und er besorgt dir dafür eine Waffe? Ich will gar nicht wissen, was du damit vorhattest.«

Bret wendet den Blick von Clyde ab. »Ich hatte keine Ahnung, dass er Simon umgebracht hat. Ich dachte, er ist ein dreckiger Agent, der nur auf Kohle aus ist.«

»Tja, und damit hattest du wohl recht. Genau das ist er.« Clyde stößt ein frustriertes Stöhnen aus. »Und jetzt lasst uns endlich hier verschwinden.«

Wir bewegen uns schnell durch den Wald, doch schon bald wird es Miles und mir zu viel. Ich stütze mich mit der Hand an einem Baum ab und verschnaufe einen Moment, Miles ist völlig außer Atem und gefährlich bleich.

»Seine Schulter hat was abgekriegt«, erkläre ich Clyde.

Er macht ein finsteres Gesicht. »Denkt ihr, ihr schafft es bis zum Auto?«

Miles und ich nicken. Wir kämpfen uns weiter durch den Wald zurück zur Straße, wo Dominics grauer SUV steht. Dominic hält mir die Wagentür auf und ich höre ihn ganz leise sagen: »Es tut mir leid. Für vorhin auf der Party. Ich hätte dir helfen sollen.«

»Schon gut«, erwidere ich. »Wieso seid ihr überhaupt hier? Wie habt ihr uns gefunden?«

»Das ist eine verdammt lange Geschichte«, sagt Clyde.

Ich setze mich mit Miles auf die Rückbank des Wagens und Dominic steigt vorn ein. Er dreht sich zu uns um.

»Bret ist, kurz nachdem du weg warst, bei der Party aufgetaucht und hat nach Miles gefragt«, erklärt er. »Ich hab ihm erzählt, was passiert ist … und irgendeine Tussi sagte, dass sie gesehen hat, wie jemand Miles in einen Kofferraum gesperrt hat …«

»Irgendwie hatte ich das Gefühl, dass Jakowski in die Sache verwickelt ist«, sagt Bret. »Dominic und ich sind zu Becketts Wohnung gefahren, um nach ihm zu suchen. Unser Señor Griesgram hier sagte zuerst, wir sollten aufhören, uns ständig LSD einzuwerfen, aber dann glaubte er uns doch.«

»Ich habe nichts von dem verstanden, was die beiden erzählt haben«, sagt Clyde vom Fahrersitz aus. »Ich war am Kopf verletzt, hatte gerade die Sanitäter weggeschickt, als diese Trottel geklopft haben.«

»Aber wie habt ihr uns mitten im Nirgendwo gefunden?«

»Ich hab gesehen, dass Lawrence' Auto nicht da war, und mir über das Nummernschild die GPS-Daten besorgt. So konnte ich ihn lokalisieren. Wir haben das Autowrack entdeckt und mussten nur noch den Fußspuren folgen.«

Dominic hockt reglos auf dem Beifahrersitz.

Ich tippe ihm auf die Schulter. »Alles okay mit dir?«

Er zuckt mit den Schultern. »Keine Ahnung. Ich meine, Gott … Ich war direkt vor seinem Haus. Wäre ich reingegangen –«

»Dann hätte Jack dich auch umgebracht«, sagt Bret.

Ich lehne mich mit dem Kopf an den Rücksitz und lasse mich von dem ganzen Drama des Tages überrollen.

Miles mustert mich mit einem traurigen Lächeln. Er streckt seinen Arm aus und legt die Hand auf meine Wange. »Was machst du nur mit mir, Ellie?«

»Nichts Schlimmes, hoffe ich«, antworte ich ehrlich.

Er drückt mir einen Kuss auf die Lippen. Es fühlt sich weich und warm und so einladend an. »Die Dinge waren früher viel einfacher.«

»Und jetzt?«, frage ich unwillkürlich.

Seine Lippen wandern weiter, er küsst mich sanft auf die Wange. »Jetzt habe ich Angst, dass du all die Schwierigkeiten tatsächlich wert sein könntest.«

Die Straße vor uns wird plötzlich von Dutzenden roten und blauen Polizeilichtern erhellt. Clyde tritt auf die Bremse und der Wagen ist sofort von verschiedenen Einsatzkräften umstellt.

Clyde lässt die Scheibe herunter.

»Wir müssen Ihren Wagen durchsuchen«, sagt der Officer. »Wir haben eine Vermisstenmeldung. Das Opfer wurde in einem Radius von drei Meilen lokalisiert. Miles Beckett, siebzehn Jahre alt, dunkle Haare, mittelgroß …«

Miles richtet sich auf, seine Augen weiten sich.

»Keine Durchsuchung ohne Durchsuchungsbefehl«, ruft Bret von seinem Platz aus.

»Halt den Mund«, sagt Clyde zu ihm. »Was haben Sie mit diesem Miles vor, wenn Sie ihn finden?«

Ich greife nach Miles' Arm und drücke ihn fest. Was, wenn Jacks Team noch größer ist? Es könnte jemand bei der Polizeitruppe sein, die hier die Straße blockiert.

»Wir haben die Anweisung, ihn zu einer Adresse in D. C. zu begleiten.«

»Zum CIA-Hauptquartier«, flüstert Miles, sodass nur ich es hören kann. »Hast du die Notrufnummer meiner Eltern angerufen?«

Ich schrumpfe in meinem Sitz zusammen.

»Der Junge sitzt hinten, aber er geht nirgendwo ohne mich hin«, erklärt Clyde dem Polizisten. »Wenn Sie nichts dagegen haben, greife ich jetzt in meine Tasche, um Ihnen meinen Ausweis zu zeigen. Ich bin autorisiert, Miles Beckett zu fahren.«

Clyde hält dem Beamten seinen Ausweis hin. Der Polizist geht damit weg und kommt ein paar Minuten später zurück, um Clyde mitzuteilen, dass er die Erlaubnis hat, weiterzufahren. »Ich vermute mal, die Durchsuchung des Wagens hat sich damit erledigt?«

Die Becketts haben also einen Hubschrauber geschickt, um nach Miles zu suchen. Okay, diese Notrufnummer scheint doch mehr als einen Anrufbeantworter zu erreichen.

KAPITEL 52

Das Licht des späten Nachmittags fällt in Harpers und Aidans Schlafzimmer. Ich drehe mich auf die Seite, Harper ist wach und beobachtet mich.

»Brauchst du noch mehr Eis?«, fragt sie. »Oder Schmerztabletten?«

Ich schüttele den Kopf. »Die machen mich ganz schwammig im Kopf. Und bitte leuchte mir nicht ständig mit der Taschenlampe in die Augen.«

»Du hast eine Gehirnerschütterung«, hält sie dagegen.

Eine leichte Gehirnerschütterung neben vielen Schrammen und Blutergüssen. Ich setze mich auf, lehne mich an das Kopfende und schlinge die Decke eng um mich.

»Was ist mit Aidan passiert?«

Sorgenfalten stehen auf ihrer Stirn. »Ich weiß es nicht. Mir wurde gesagt, dass ich abwarten soll, also tue ich das.«

»Harper?« Ich schlucke. »Was hast du gestern gemacht? Nachdem du das FBI-Gebäude so überstürzt verlassen hast und das ganze Apartment durchwühlt hast … Du hattest vor, abzuhauen, oder?«

»Ja.« Sie starrt auf ihre Kaffeetasse. »Mit dir.«

»Du dachtest, er war es«, flüstere ich. Als sie nicht antwortet, füge ich hinzu: »Ich auch, zumindest eine Weile. Es war auch schwer, bei den ganzen Beweisen etwas anderes zu denken.«

Sie sieht mich an und lächelt. »Ich wusste, dass er es nicht getan hat. Und ich hatte auch Informationen, dass du es nicht warst.«

»Was soll das heißen?«

»Weißt du noch, der Abend, an dem Aidan uns erzählt hat, dass er Simons Waffe gesehen hat?«, platzt es aus ihr heraus. »Er hat es einem Kollegen mitgeteilt, der nach ihm Dienst hatte. Der hat ihm versprochen, sich darum zu kümmern und die Information zu Protokoll zu geben.«

»Jack«, stoße ich hervor. »Er hatte an diesem Abend Dienst. Ich hab gestern einen Blick in Aidans Handy geworfen und ihre Nachrichten gelesen.«

»Jack«, wiederholt Harper mit angespanntem Gesicht. »Aidan hat Jack blind vertraut. Genau wie ich …«

»Und er wusste die ganze Zeit über mich Bescheid.« Ich senke den Blick auf meine Hände, denn ich kann es kaum ertragen, dass meine Vergangenheit in die ganze Sache verstrickt ist. »Er wusste über uns Bescheid, über unsere Familie. Er wollte mich in seine Auftragskiller-Organisation holen. Immer wenn er in der Nähe war, sich für mein Leben eingesetzt hat, mir bei Schulaufgaben geholfen hat, ging es ihm nur …«

Harper schüttelt den Kopf. »Und das alles nur, weil Simon zu viel über Jacks Nebengeschäft herausgefunden hat. Ich kann nicht glauben, dass Jack jemanden umgebracht hat.«

Wir sitzen eine Weile schweigend nebeneinander, dann komme ich auf meine Frage zurück. »Wenn du wusstest, dass Aidan unschuldig ist, warum wolltest du dann abhauen?«

Harper sieht mich an. »Ich liebe Aidan. Ich würde alles für ihn tun, aber du bist mir wichtiger. Ich habe beschlossen, wenn irgendetwas schiefläuft, wenn die Chancen wirklich schlecht für ihn stehen, dann fliehen wir. Eigentlich haben Aidan und ich diese Flucht gemeinsam vorbereitet, nur für den Fall.«

Sie holt einen großen Umschlag aus der Schublade des Nachtschranks und schüttet den Inhalt zwischen uns auf dem Bett aus. Ein verschnürtes Bündel Hundertdollarnoten und zwei Pässe. Ich öffne einen der Pässe und blättere durch die Seiten, bis ich bei einem Foto in der Mitte lande. Ein Foto von mir.

»Josie Whitcolm«, lese ich vor. »Klingt ganz nett.«

Dann sehe ich mir Harpers gefälschten Pass an. »Suzanna?«

»Mein Name als Stripperin«, sagt Harper. »Der gefällt Aidan.«

Letzte Nacht, während Harper mit mir in der Klinik im Warteraum saß, weil mein Kopf geröntgt werden sollte, habe ich ihr erzählt, dass ich über ihren alten Job Bescheid weiß und dass Clyde die Fotos, die Simon und Miles hatten, vernichtet hat. Aber es war nur ein kurzes Gespräch mit wenigen Informationen ihrerseits. Ich will gerade weitere Fragen über ihre erste Begegnung mit Aidan stellen, da öffnet sich die Wohnungstür. Harper und ich wechseln einen Blick, dann werfen wir die Decken weg und rennen ins Wohnzimmer.

Clyde hält die Tür auf. »Seht mal, wer gerade noch den Absprung geschafft hat, bevor sie ihn in einen organgefarbenen Gefängnisoverall gesteckt haben.«

Aidan kommt herein, gefolgt von Mr Beckett.

Meine Schwester stürzt sich Aidan weinend in die Arme.

Mr Beckett legt eine Hand auf meine Schulter und drückt sie.

»Du warst die Einzige, die mich angerufen hat. Mein Bruder und mein Sohn glauben wohl, sie könnten es mit einer ganzen Armee allein aufnehmen. Aber du bist klüger.«

Clyde räuspert sich. »Wer hat denn dieses kleine Auftragskiller-Treffen aufgemischt und deinen Sohn da lebend rausgeholt? Jedenfalls nicht der Helikopter, den du geschickt hast. Und auch nicht die Einsatzkräfte an der Straßensperre.«

»Und bei wem hab ich mich zuerst bedankt?«, sagt Mr Beckett zu Clyde.

»Ich kann gar nicht glauben, dass mein Anruf das alles ausgelöst hat«, sage ich und Mr Beckett nickt.

»Das Ganze wäre allerdings nicht in eine so groß angelegte Fahndung ausgeartet, wenn du den Rückruf abgewartet hättest, der ein paar Minuten später kam. Aber als wir das Handy, das du für den Anruf benutzt hast, zertrümmert vorgefunden haben, war es notwendig, sämtliche Sicherheitsmaßnahmen zu ergreifen.«

»Wie geht es Miles?«

»Seine Mutter müsste bald mit ihm hier sein. Der Arzt unterschreibt gerade seine Entlassungspapiere.«

Mr Beckett und Clyde entschuldigen sich, um in Clydes Wohnung auf Miles zu warten. Harper gibt Aidan endlich eine Sekunde zum Atmen und er schaut sich im Apartment um – bis sein Blick auf mir landet. »Du musst dir immer irgendwelche Schwierigkeiten einhandeln, oder?«

Jetzt kann ich die Tränen nicht mehr zurückhalten. Ich wische mir das Gesicht mit meinem Shirt ab. »Es tut mir leid.«

Aidan kommt zu mir und nimmt mich in den Arm. »Was soll dir denn leidtun, Ellie?«

Ich vergrabe mein Gesicht in seinem Hemd. »Dass ich an dir gezweifelt habe.«

Er schweigt einen Moment, als müsste er das erst verdauen, dann sagt er: »Okay.«

»Außerdem …«, ich trete einen Schritt zurück und zwinge mich, die Worte auszusprechen, »… tut es mir leid, dass ich deinen Wagen zu Schrott gefahren habe.«

Er macht große Augen und schüttelt dann den Kopf. »Weißt du, was? Ich muss nicht gleich alles wissen. Lass es uns ruhig angehen.«

Er nimmt auf dem Sofa Platz, während Harper in die Küche geht und uns Kaffee macht. Ich setze mich neben Aidan und senke die Stimme. »Der Typ, mit dem dich das FBI fotografiert hat. Du wolltest uns Sozialversicherungsausweise besorgen, stimmt's? Das war direkt nach dem Gespräch mit meiner Vertrauenslehrerin.«

Aidan sieht mich mit einem schuldbewussten Blick an. »Ich hätte das nicht tun sollen. Aber ich wollte –«

»Ich hab schon verstanden«, erwidere ich. »Du wolltest, dass ich aufs College gehen kann.«

Er nickt.

Ich werfe einen Blick in die Küche, um mich zu vergewissern, dass Harper außer Hörweite ist, dann wende ich mich wieder Aidan zu. »Und du möchtest meine Schwester heiraten.«

Er starrt mich eine ganze Weile an. Schließlich nickt er wieder. »Ja, das möchte ich.«

»Hast du schon deinen Text gelernt? Und ihr einen Ring besorgt?«

Er grinst.

»Hoffentlich versteckst du ihn nicht irgendwo in diesem Apartment, denn nach dem gestrigen Tag ist es sehr wahrscheinlich, dass sie ihn entweder gefunden oder verloren hat.«

»Ich bin doch kein Idiot.« Aidan verstrubbelt mir die Haare, als Harper mit zwei Tassen Kaffee auftaucht und die Unterhaltung vorbei ist.

Mehr als alles andere würde ich Aidan gern fragen, ob er Teil von St. Felicity's Shelter ist. Ich habe diesen Gedanken die ganze Nacht hin- und hergewälzt. Einerseits ist Aidan ein echter Weltverbesserer, der für ein übergeordnetes Wohl auch das Gesetz brechen würde. Andererseits scheinen die St.-Felicity's-Mitglieder ihre Pflicht gegenüber der Vereinigung über alles andere zu stellen. Für Aidan steht immer Harper an erster Stelle.

Aber ich frage Aidan nicht danach, denn Miles hat mir beigebracht, dass es Dinge gibt, die man nicht wissen muss, wenn das Leben von Menschen auf dem Spiel steht.

Ich rolle mich an einem Ende des Sofas zusammen und kuschele mich in meinen warmen Pullover und die Decke, die Harper mir gebracht hat. Ich sitze einfach nur da und höre Aidan und Harper zu, beobachte, wie sie sich an ihn schmiegt, und mache schließlich die Augen zu.

Meine Familie ist jetzt vielleicht kleiner geworden, aber es gibt genügend Liebe und Loyalität zwischen uns, um damit die ganze Welt zu füllen.

Als Harper eingedöst ist, stößt Aidan mich mit dem Ellbogen an. »Ich kann kaum glauben, dass Miles mit dir bei den Gilberts eingebrochen ist und dass ihr zwei direkt vor meiner Nase Detektiv gespielt habt. Ich dachte, du kannst ihn nicht leiden?«

»Wie konnte das an dir vorbeigehen?«, murmelt Harper mit

geschlossenen Augen. »Ich hab irgendwann aufgehört, die ganzen Peilsender zu zählen, die dieser Junge den Leuten untergeschoben hat.«

»Was?«, sagen Aidan und ich gleichzeitig. Und Aidan fügt hinzu: »Warum hast du nichts gesagt?«

Harper legt den Arm um ihn und drückt ihn an sich. »Ich dachte, du wusstest es.«

»Äh, nein.« Aidan lacht. »Weißt du, was? Ich habe fast alle Becketts dabei erwischt, wie sie seltsame Dinge tun. Aber sie sind gute Menschen.« Er sieht mich an. »Du findest Miles jetzt also nicht mehr unausstehlich?«

»Unausstehlich?«, fragt Harper. »Sie ist total verliebt in ihn.«

»Bin ich nicht«, sage ich automatisch, aber Harper hört die Lüge. Ich senke verlegen den Blick. »Aber ich finde ihn auch nicht unausstehlich. Die Frage ist allerdings, was er von mir hält.«

Meine Schwester öffnet kurz die Augen und wirft mir einen mitfühlenden Blick zu. »Er weiß es?«

Ich nicke. »Ich habe es ihm gleich gesagt, nachdem Aidan verhaftet wurde. Er hat es nicht besonders gut aufgenommen.«

»Aber dann hat er dein Leben gerettet«, betont Harper.

»Ja … das stimmt.« Ich belasse es dabei, denn ich will die Feierstimmung nicht zerstören. Ich warte, bis Harper wieder eingedöst ist, dann stoße ich Aidan an. »Ihr werdet mal wunderschöne Babys haben.«

Er runzelt die Stirn, doch dann lacht er.

Ein Klopfen irgendwo in meinem Zimmer holt mich aus dem Schlaf. Ich setze mich auf, und meine Augen scannen jede dunkle Ecke. Dann entdecke ich den Schatten am Fenster. Ich eile hin und öffne es. Miles hebt seine Schlinge ein wenig an. »Damit kann ich nicht einfach reinspringen. Aber der Gedanke zählt.«

Ich lächele ihn an und reiche ihm die Hand, damit er hereinklettern kann. »Wenn du gehst, nimm die Tür. Keine Knochenbrüche mehr.«

Ein Blick in Miles' Gesicht genügt, und ich weiß, dass er hier ist, um ernsthaft mit mir zu reden.

»Was ist los? Hast du was von Jack gehört? Bekommt Bret jetzt Ärger wegen den Fotos und weil er für Jack gearbeitet hat? Und was ist mit Rider und diesem anderen Typen mit dem Gewehr?«

Miles schüttelt mit angespannter Miene den Kopf. »Bret wird in der FBI-Außenstelle befragt. Aber sie haben nichts in der Hütte gefunden, in der wir festgehalten wurden. Keine Spur von Jack und Rider.«

Mein Magen zieht sich zusammen. Ich habe Clyde nicht gefragt, ob er Jack tatsächlich erschossen hat. Vielleicht hat er es gar nicht getan.

»Ich habe mit meinem Dad darüber gesprochen«, fährt Miles fort. »Er sagte, eine Organisation wie St. Felicity's Shelter überlässt nichts dem Zufall. Sie verwischen ihre Spuren, selbst wenn es um Mitglieder geht, die sie hintergangen haben. Vermutlich haben sie die drei aus dem Weg geschafft und dann alles beseitigt.«

Also ist Jack wahrscheinlich tot. Ich verdränge den Gedanken und wende mich wieder Miles zu.

»Du musst mir etwas erklären, Ellie.«

Ich bleibe unbeholfen in der Mitte des Zimmers stehen.

»Willst du das weiterhin tun?«, fragt er. »Leute bestehlen? Betrügen? Hast du nur damit aufgehört, weil du Angst hattest, geschnappt zu werden? Ich muss wissen, wer du wirklich bist.«

Ich schüttele den Kopf. »Es ist unmöglich, darauf zu antworten …«

»Nein, ist es nicht«, hält er dagegen. »Entweder bist du jemand, der anderen Leuten was wegnimmt, um sich persönlich zu bereichern, oder du bist es nicht.«

»Diese Frage kannst du niemandem stellen, der tatsächlich weiß, wie man andere betrügt. Nehmen wir ein Beispiel … sagen wir, Harper wird krank. Sie hat Krebs und wir haben keine Krankenversicherung. Ich hab genug Erfahrung mit Versicherungsbetrug, sodass ich weiß, wie das System funktioniert. Ich könnte dafür sorgen, dass sie völlig umsonst behandelt wird. Und ja, ich würde es tun, wenn es keine andere Möglichkeit gäbe. Ohne mit der Wimper zu zucken. Und ich würde mich kein bisschen schuldig fühlen.«

Er schweigt und denkt darüber nach.

»Mr Lee hat immer zu mir gesagt, dass ich die Gabe habe, in die Seele anderer zu blicken. Zu erkennen, ob sie rein ist oder nicht. Ich denke, das ist ein alter chinesischer Glaube oder vielleicht auch nur ein Märchen, ich weiß es nicht.« Miles legt eine Hand um meine Taille und lässt sie über meinen Rücken wandern. »Bevor du mir von deiner Vergangenheit erzählt hast, konnte ich nur das Gute in dir sehen. Und wenn ich ehrlich bin, sehe ich immer noch nichts anderes.«

Ich lehne mich an ihn, meine Augen brennen. »Ich glaube,

ich kann wirklich nicht auf deine Frage antworten. Ich bin nicht mal hundertprozentig sicher, was meine Seele jetzt gerade ausmacht.« Ich hebe den Kopf und sehe ihn an. »Aber wenn wir nicht … wenn du nicht Teil meines Lebens …« Ich schniefe und versuche, die Tränen mit einem Lachen zu überspielen. »Wir sind so verschieden, aber du bist gleichzeitig irgendwie genau wie ich. Es fühlt sich so gut an und –«

Miles küsst mich stürmisch. Seine Hand ist in meinem Haar, an meinem Gesicht. Schließlich lösen wir uns atemlos voneinander. Er legt die Stirn an meine.

»Enttäusche mich nicht, Ellie.«

Vor Nervosität ist mir ganz flau im Magen, aber ich nicke.

»Du wirst uns trotzdem verlassen, oder?« Bei dem Gedanken daran rutscht mir das Herz in die Hose.

Er geht zum Fenster, obwohl ich ihn gebeten hatte, die Tür zu benutzen. Er schwingt ein Bein nach draußen und dreht sich mit einem Lächeln noch einmal zu mir um. »Mach dir keine Sorgen. Ich werde in der Nähe sein. Jemand muss doch dein Selbstverteidigungstraining fortsetzen.«

Ich schüttele den Gedanken ab, wie Miles und ich uns über die Matten wälzen. Zuerst muss seine Schulter heilen.

»Witzig, dass du dir die ganze Zeit wegen Davey Sorgen gemacht hast, und es dann damit endete –«

Seine Miene wird ernst. »Diesen Fehler werde ich nicht noch einmal machen.«

Ich beuge mich vor und küsse ihn, bis wir beide keine Luft mehr bekommen.

»Geh, bevor deine Eltern noch mal eine Vermisstenmeldung aufgeben.«

Er gibt mir noch einen Kuss. »Halt dich aus Schwierigkeiten raus, okay?«

»Mach ich.« Ich benutze mein Shirt, um mir die Tränen aus dem Gesicht zu wischen. »So gut es geht …«

»Versprichst du mir, dass du mich sofort anrufst, wenn du irgendwas brauchst?« Miles wartet, bis ich genickt habe.

Nachdem er aus dem Fenster geklettert ist, schließe ich es langsam. Ich spüre jetzt schon, wie sehr er mir fehlt. Aber es gibt Hoffnung. Ich verstecke nichts mehr vor ihm. Und das ist das beste Gefühl, das ich jemals hatte.

Ein paar Sekunden später summt mein Handy.

Miles: Sieh in deiner Tasche nach.

Ich greife in die Tasche meiner Pyjamashorts und hole etwas heraus, das sich wie eine Karte anfühlt. Ich knipse das Licht an, um einen Blick darauf zu werfen, und schnappe nach Luft, als ich die blaue Karte sehe, auf der vorn »Eleanor Virginia Ames« gedruckt ist. Unter dem Namen steht eine neunstellige Zahl.

Ein Sozialversicherungsausweis.

Ich: Woher hast du den?

Miles: Ich kenne da einen Typen ...

Ich: Miles!

Miles: Kleiner Scherz. Ist absolut legal. Musste nur die richtigen Knöpfe drücken.

Ich: Du bist wirklich unglaublich.

Miles: Das Mädchen auf der Karte habe ich überprüft. Sie hat ein saubere Akte.

Ich lächele den Ausweis an und frage mich, wann er mir den in die Tasche gesteckt hat. Bevor oder nachdem er sich entschieden hat, an mich zu glauben? Aber ich habe das Gefühl, Miles wäre heute Nacht nicht durch mein Fenster geklettert, wenn er mir nicht schon vorher vertraut hätte.

Jetzt liegt es an mir, das Mädchen auf der Karte zu sein und an mich selbst zu glauben.

DANKSAGUNG

Als Erstes möchte ich meiner Lektorin Liz Pelletier danken, die mich auf *Veronica Mars* gebracht hat. Sie hat mir geholfen, ein Konzept für diese Serie zu entwickeln, und mir die Freiheit gelassen, es auf meine eigene Weise umzusetzen. Ich danke meiner Agentin Nicole Resciniti, die immer einen neuen Plan für mich in Arbeit hat. Roni Loren, meine beste Schriftstellerfreundin, ich danke dir für die so dringend notwendigen Brainstormings. Mein Dank geht auch an einige unglaubliche Mitglieder des Entangled-Publishing-Teams: Stacy Abrams, Heather Riccio, Christine Chhun und Melissa Montovani, um nur ein paar zu nennen.

Ich danke meiner Familie für die unermüdliche Unterstützung, ganz besonders meinem Ehemann Nick und meinen Kindern Charles, Ella und Maddie, denn es ist nicht einfach, mit einer Schriftstellerin zusammenzuleben.

Zum Schluss danke ich meinen Lesern, den neuen und denen, die mir in der Young-Adult-und New-Adult-Literatur überallhin gefolgt sind.